JEN MCLAUGHLIN

Sons of Steel Row

Stunde der Entscheidung

Zu diesem Buch:
Lucas Donohue ist im rauesten Viertel von Boston groß geworden. Um die Arztrechnungen seiner Mutter zu bezahlen und Essen für die Familie auf den Tisch zu bringen, ist er schon in seiner Jugend den Sons of Steel Row beigetreten. Die Sons sind die ungekrönten Herrscher der Gegend und verdienen ihr Geld mit Waffenhandel. Mit siebenundzwanzig und nach zwei Jahren im Gefängnis sieht Lucas seine Zeit nun gekommen und hat nur ein Ziel: eine Führungsposition bei den Sons of Steel Row. Zwei Dinge stehen ihm dabei im Weg: sein eigener Bruder, der es im Kampf um die Macht auf sein Leben abgesehen zu haben scheint, und die Barkeeperin Heidi Greene, die er vor einer Vergewaltigung durch eine rivalisierende Gang gerettet hat und die nun unter seinem Schutz steht. Um einen Vergeltungsschlag der Angreifer zu verhindern, beansprucht er Heidi als sein Eigentum und gibt die junge Frau als seine Freundin aus. Nun muss Lucas nicht nur gegen sein eigen Fleisch und Blut vorgehen, sondern findet sich in einer Schein-Beziehung wieder, in die sich unaufhaltsam tiefe Gefühle schleichen.

Über die Autorin:
Jen McLaughlin schreibt sexy Liebesromane, die regelmäßig den Sprung auf die New-York-Times- und USA-Today-Bestsellerliste schaffen. Mit ihrem Mann und vier Kindern lebt sie in Pennsylvania. Weitere Informationen unter: www.jenmclaughlin.com

Die Romane von Jen McLaughlin bei LYX:
Sons of Steel Row – Stunde der Enstcheidung
Sons of Steel Row – Von Verrat und Sühne *(erscheint Februar 2017)*

Exklusiv als E-Book:
Lust de LYX – Kuss des Verlangens

Weitere Romane der Autorin sind bei LYX in Vorbereitung.

JEN MCLAUGHLIN

SONS OF STEEL ROW

STUNDE DER ENTSCHEIDUNG

Roman

Ins Deutsche übertragen
von Stefanie Zeller

LYX

LYX in der Bastei Lübbe AG
Dieser Titel ist auch als E-Book erschienen.

MIX
Papier aus verantwortungsvollen Quellen
FSC® C083411

Die Originalausgabe erschien 2016 unter dem Titel
Dare to Run. The Sons of Steel Row bei SIGNET ECLIPSE.
Published by New American Library, an imprint of
Penguin Random House LLC, 375 Hudson Street,
New York, New York 10014

Redaktion: Angela Herrmann
Covergestaltung: Guter Punkt/www.guter-punkt.de
Motiv: © Guter Punkt, Anke Koopmann unter Verwendung
von Motiven von shutterstock und istock
Satz: Greiner & Reichel, Köln
Gesetzt aus der New Caledonia LT Std
Druck und Verarbeitung: CPI books GmbH, Leck
Printed in Germany
ISBN 978-3-7363-0227-3

1 3 5 7 6 4 2

Sie finden uns im Internet unter: www.lyx-verlag.de
Bitte beachten Sie auch: www.luebbe.de und www.lesejury.de

Meiner Agentin Louise gewidmet.
Du hast gesagt, wir schaffen es,
und wir haben es geschafft.
Danke für alles.

1

Lucas

Der Geruch von fauligem Fisch, abgestandenem Meerwasser und sterbenden Träumen, der über den Docks von Boston Harbor hing, war mir nur allzu vertraut, und trotzdem … weckte er jedes Mal aufs Neue Zweifel. An mir, an meinem Leben.

Für die Touristen war Boston ein Symbol für Freiheit und Unabhängigkeit. Geschichtsträchtig, der Stolz Amerikas und der ganze Scheiß. Und für mich? Was verband mich mit der Stadt, in der ich mein ganzes Leben verbracht hatte? Knast wegen Körperverletzung, blutige Barschlägereien, bedeutungslose One-Night-Stands, Blackouts nach Saufgelagen, Glücksspiel, gewaltsame Tode und verdächtige Schiffsladungen an den Docks um Mitternacht. Mehr nicht.

Genau deswegen stand ich jetzt auch hier im Dunkeln, in dieser mondlosen Nacht, und sah ein paar schwitzenden Männern dabei zu, wie sie Kisten aus einem Schiffscontainer schleppten, der aussah, als würde er Autoteile transportieren. Was auch stimmte. Aber nicht nur. Die schlechten Lichtverhältnisse erschwerten die Arbeit, aber die Scheinwerfer anzustellen, damit sie besser sahen, war zu riskant.

Ich verschränkte die Arme vor der Brust und klopfte ungeduldig mit dem Fuß auf den Boden. Wir waren noch gut innerhalb des von mir festgelegten Zeitlimits von zwanzig Minuten, aber mir kam es vor, als stünde ich schon seit Stunden auf diesem stinkenden Dock, während die Männer grunzten und sich gegenseitig beschimpften, wenn einer zu langsam machte. Wahrscheinlich würde alles sehr viel schneller gehen, wenn sie nicht immer wieder nervöse Blicke in meine Richtung werfen würden, zu dem Neuen, der frisch aus dem Knast raus war.

Für Scheiß wie diesen fehlte mir die Geduld, weswegen ich auch normalerweise mit dem Teil der Geschäfte nichts zu tun hatte. Eigentlich kümmerte sich mein kleiner Bruder um die Waffenlieferungen, aber da das Gerücht umging, das ATF habe einen Tipp bekommen, hatte ich Scott gesagt, er solle zu Hause bleiben, ich würde das regeln.

Um die Feds abzuschütteln, hatte ich die Lieferung vorverlegt und stand nun hier auf den Docks und hielt Ausschau nach verdächtigen Aktivitäten … in mehr als einer Hinsicht. Scotty dagegen hatte beschlossen, seinen freien Abend darauf zu verwenden, ein Mädel, das er »liebte«, flachzulegen. Dazu musste er erst auf irgendein ödes Event mit ihr gehen, um zu beweisen, dass er ein »anständiger« Typ war.

Das war er nicht.

Keiner von uns war das.

Denn der illegale Waffenhandel war nur ein Teil unserer Geschäfte – was in meinen Augen nicht gerade ein Beweis für Anständigkeit ist. So wie ich Scotty kannte, hatte er dem Mädel offen gesagt, womit er sein Geld verdiente, und auf den Bad-Boy-Charme gesetzt. Mit Erfolg, wie es schien. Ich persönlich vermied lieber alles, was mehr als einen Klaps auf den Po und ein Danke nötig machte, wenn sie auf Nimmerwiedersehen durch die Tür verschwand. Ich war zu lange weggesperrt gewesen, um mich auf Experimente einzulassen.

Dazu kam, dass eine Woche, bevor ich rauskam, so ein kleines Arschloch versucht hatte, mich umzubringen, und es ihm beinahe auch gelungen war – weshalb ich jetzt niemandem, egal wo, über den Weg traute. Bisher hatte ich noch nicht herausgefunden, ob der Überfall im Knast persönlich gemeint war oder mit dem Geschäft zu tun hatte, aber eines wusste ich: Irgendein Wichser wollte mich tot sehen.

Eines hatte ich durch die Arbeit für unsere Gang, die Sons of Steel Row, und unseren Boss, Tate Daniels, äußerst erfolgreicher Unternehmer und illegaler Waffenhändler, gelernt: Wann etwas ein Fake und wann etwas echt war.

Und diese Todesdrohung gegen mich war definitiv kein Fake.

Einer der Männer warf mir einen argwöhnischen Blick zu. Er versuchte wohl, mich einzuschätzen. Ich starrte zurück. Das kleine Arschloch. Dass ich die Augen offen hielt, bedeutete nicht, dass ich Schiss um mein Leben hatte.

Man lebte. Man starb.

Das war das Leben.

Da ich nun einmal die Aufsicht über diese Lieferung hatte, war es meine Aufgabe, dafür zu sorgen, dass alles glattlief. Wir hatten Importe und Exporte zu managen, Bestände zu führen, Geld zu waschen. Es gab eine Menge zu tun, wir mussten in die Gänge kommen, und das sofort.

Mit einem lauten Donnerschlag, der einen Toten erweckt hätte, fiel eine Kiste zu Boden. Ich gab ein lautes Zischen von mir, ballte die Hände an den Seiten zu Fäusten und war mit ein paar großen Schritten bei den beiden Männern, die für den Krach verantwortlich waren. Einer war ein neuer Rekrut, der während meiner Knastzeit aufgenommen worden war, der andere ein Anwärter. »Ob ihr es wohl schafft, die Ware auszuladen, ohne das gesamte Polizeirevier zu wecken? Ich habe den Termin aus gutem Grund vorverlegt.«

Der Anwärter wurde rot und senkte den Kopf. »Sorry, Mr Donahue.«

»Hey, ist nicht meine Schuld, wenn der zu blöd ist«, sagte der Neue.

Ich kannte ihn nicht, aber ich wusste, dass er aus dem gleichen Bostoner Drecksloch wie wir alle stammte – einem Viertel im Süden der Stadt, das allgemein Steel Row genannt wurde. Es war der Rothaarige, der mich eben so gemustert hatte. Ungefähr Mitte zwanzig. Er trug ein weites Shirt, zerrissene Jeans. Herausfordernder Blick. Feindselig. Muskulös wie ein Footballer, aber das war mir egal. Die Konfrontation kam mir gerade recht.

Die Herausforderung.

Früher hatte mir gerade das an diesem Job gefallen. Er hielt mich wach. Aber jetzt war alles so verdammt einfach geworden. Es langweilte mich zu Tode. Ich verschränkte die Arme und musterte ihn. »Ist das so?«

»Vielleicht solltet ihr hin und wieder mal solche Schwächlinge aussortieren, dann würde so'n Scheiß auch nicht passieren. Was hat sich Scotty dabei gedacht, dir das hier zu übertragen? Du hast doch von nix 'ne Ahnung. Wie lange warst du überhaupt drinnen?«

Ich trat dicht an ihn heran und starrte den Mann nieder. Er wollte Ärger? Den konnte er haben. »Loyalität wird belohnt, du kleiner Scheißer. Ich habe meine Zeit abgesessen und die Klappe gehalten. Könntest du das auch, wenn das ATF jetzt hier einfallen würde?«

Der Mann schwieg.

»Antworte mir.« Ohne ein weiteres Wort zog ich die Sig P229 aus dem Holster und drückte sie ihm mitten auf die Stirn. Meine Stimme war ruhig und tief, und ich sprach bewusst schön langsam. »Denn aus meiner Sicht gibt es nur eine einzige andere Option.« Die Ratte mit kaltem Blick fixierend, verstärkte ich den Druck meines Fingers auf den Abzug, um ihn ins Schwitzen zu bringen. »Also. Sag's mir. Was würdest du tun?«

Der Mann schluckte hart, ohne jedoch klein beizugeben.

Beinahe bewunderte ich ihn dafür, aber er war zu blöd, um das zu kapieren. Statt meine Frage zu beantworten, damit sein Hirn nicht auf dem dreckigen Dock landete, fragte er: »Drückst du wirklich ab?«

Mein Finger zuckte stärker. Für einen kurzen Moment wollte ich nichts lieber als das, nur damit der Vollidiot die Klappe hielt. Ein bisschen Ruhe und Frieden würde sicher gegen den aufziehenden Kopfschmerz helfen. Doch auch wenn ich heute Abend hier die Verantwortung trug, dies war die Crew meines Bruders. Es war nicht mein Job, uns von dem Flachwichser zu befreien. Diese Entscheidung musste ich Scotty überlassen.

Aber trotzdem …

Ich musste ihnen klarmachen, dass man sich mit mir am besten nicht anlegte und ich keinen Ungehorsam duldete. Die Männer um uns herum beobachteten gespannt, wie ich auf diese offene Demonstration von Respektlosigkeit reagieren würde. Er hatte meine Autorität infrage gestellt, und es war an der Zeit, den anderen zu zeigen, dass sie das lieber bleiben ließen.

Ich setzte ein lockeres Lächeln auf, zuckte die Achseln und schob die Waffe zurück ins Holster. »Nein, ich erschieße dich nicht. Dann hätten wir bald die Jungs in Blau am Hals, und ich will nicht wieder hinter Gitter. Noch nicht, jedenfalls.«

»Tja.« Grinsend sah der Mann zu seinen Kumpels hinüber und zupfte an seinem Hemd wie jemand, der mit dem Teufel geflirtet und es überlebt hatte, bevor er sich wieder mir zuwandte. »Hab ich's mir doch gedacht, Mann.«

»*Sir*«, sagte ich mit zusammengebissenen Zähnen, immer noch lächelnd.

»Was?« Der Mann lachte. »Wie hast du mich gerade genannt?«

»Ich sagte …« Langsam, aber entschlossen krempelte ich mir die Ärmel auf. »Du sollst mich mit Sir ansprechen. Ich hab bei dem Job hier das Sagen, und das heißt, heute Nacht machst du schön brav genau das, was ich sage, Blödmann.«

Der Mann erblasste und folgte mit großen Augen jeder meiner Bewegungen. Als ich einen drohenden Schritt auf ihn zumachte, trat er stolpernd zurück, bevor er sich zusammenriss und still stehen blieb. »D-du bist nicht mein Boss. Ich arbeite für deinen Bruder.«

»Mein Bruder leitet diese Crew, das stimmt. Und ich …?« Ich packte den kleinen Scheißer am Hemd und riss ihn an mich, bis wir Nase an Nase voreinander standen. »Ich bin weiter oben in der Nahrungskette. Wo ich gelandet bin, weil ich die Regeln befolgt habe. Damit habe ich über alle hier auf dem Dock das Sagen. Hat dir denn niemand beigebracht, was eine Hierarchie ist? Denjenigen Respekt zu erweisen, für die dein Tod nur ein schnell zu verschmerzender Verlust ist?«

Der Mann packte meine Unterarme und schüttelte den Kopf. »Ich hab's kapiert, Mann. Ich hab's kapiert.«

»Ich habe gesagt, du sollst mich mit Sir ansprechen.« Ich schüttelte ihn. »Wie heißt du, Arschgesicht?«

Der Mann gab ein ängstliches leises Wimmern von sich. Und ich hatte ihn eben noch für seine Eier bewundert. Dabei schrumpften sie beim leisesten Anzeichen von Gefahr auf die Größe von Rosinen zusammen. »D-Doug. Doug Pearson. Hör zu, ich …«

»Halt die Klappe.« Ich stieß Doug von mir. Seine Stimme ging mir schon jetzt auf die Nerven. »Mir tut der Kopf weh, wenn ich dich reden höre.«

Doug wich zurück. »Ich bin …«

»Mein Gott, du kapierst es nicht, was? Dann zeig ich dir mal, wie man in dieser Crew auf die Anordnungen eines Vorgesetzten hört.« Damit riss ich die Faust nach oben und boxte ihm auf die Nase. Grinsend lauschte ich auf das Knacken seiner brechenden Scheidewand in der stillen Nacht. Aber richtig befriedigend war das immer noch nicht. Mann, was hatte ich dieses Gefühl vermisst, wenn etwas unter meinen Fäusten brach.

Meine letzte gute Schlägerei war viel zu lange her.

Sobald Doug auf dem Boden auftraf, die Hand auf die blutige Nase gepresst, riss ich ihn erneut am Hemd hoch und schlug ihm in den Magen. Und als er vornübergebeugt nach Luft rang, lehnte ich mich an seinen Rücken, als wäre er ein Möbelstück. Was mich anging, war er das auch. Er war hier, um einen Job zu erledigen, mehr nicht. Sobald er nicht mehr von Nutzen war, warf ich ihn auf den Müll, zusammen mit dem anderen Zeug, für das ich keine Verwendung mehr hatte. »Du bleibst verdammt noch mal stehen, wenn ich dir eine Lektion erteile, und du hältst die Klappe. Und ich rate dir, mich das nächste Mal mit Sir anzusprechen.«

Doug wankte, schaffte es aber, gerade stehen zu bleiben. »J-ja, Sir.«

»Braver Junge.« Ich grinste ihn an, obwohl ich wusste, dass ich wie ein Irrer aussah. Aber das war mir scheißegal. Ich gab Dougs Wange einen festen Klaps. »Und du solltest es dir lieber zweimal überlegen, bevor du jemandem komisch kommst, dem es egal ist, ob du die Mutter Gottes höchstselbst hinter ihm stehen siehst. Verstanden?«

Doug nickte. Seine untere Gesichtshälfte war blutverschmiert. »Ja, Sir.«

»Gut.« Ich zeigte auf die Kisten. »Jetzt wisch dir das Gesicht ab und lad den Rest aus. Und mach hinter dir sauber. Wir wollen hier keine Blutspur hinterlassen.« Ich warf den anderen, die nur dagestanden und geglotzt hatten, einen vernichtenden Blick zu. »Das gilt für euch alle.«

Sofort setzten sie sich wie die gehorsamen Arbeiterinnen der Ameisen in Bewegung, auch Doug. Niemand sagte etwas, aber sie tauschten immer wieder Blicke aus, während sie die Kisten aus dem Container in den Lastwagen schleppten, der die Ware in unser Lager, eine alte Halle, brachte. Ich hatte ihrem Kumpel die Nase gebrochen. Aber in dieser Welt verdiente man sich so Respekt.

Die würden sich kein zweites Mal mit mir anlegen.

Chris, mein bester Freund und ebenfalls ein Lieutenant, näherte sich mir. Noch im Gehen verschränkte er die Arme vor der Brust. Der Ausdruck in seinen braunen Augen war anerkennend. Chris war der Einzige, dem ich noch vertraute, die Ausnahme meiner Regel. Er hatte mich gegen alle Widerstände in diese Welt hereingeholt und war immer für mich da gewesen, wenn ich ihn am meisten brauchte. »Das hast du gut hingekriegt.«

Es war schon krank, dass es einem in meinem Berufsfeld Lob einbrachte, wenn man jemanden zusammenschlug, aber es war, wie es war. Für mich gab es kein anderes Leben. Und das war okay so. »Er hatte es verdient. Für seine Blödheit.«

»Das passiert, weil dich keiner dieser Typen ernst nimmt.« Chris senkte den Kopf, sodass sein braunes Haar seine Augen verdeckte, und betrachtete seine Nägel. Sein grünes T-Shirt spannte sich über den muskulösen, bis hinunter zu den Handgelenken tätowierten Armen. Er gehörte der Gang seit seiner Teenagerzeit an, genau wie ich. Schon sein Pa war Mitglied gewesen, dieses Leben war ihm quasi in die Wiege gelegt worden.

Ich hatte andere Gründe gehabt.

Meinen Vater würde ich nicht mal erkennen, wenn ich ihn auf der Straße träfe. Und ich bezweifelte, dass meine Mutter, Gott hab sie selig, gewusst hatte, wer er war.

»Tja, das ist dann ihr Fehler«, sagte ich, während ich meine Ärmel wieder herunterkrempelte. »Nicht meiner.«

Er blickte hinüber zur Crew, die es plötzlich ziemlich eilig hatte. »Vielleicht weil du die letzten beiden Jahre im Knast warst. Sie wissen nur, dass du wegen Körperverletzung verknackt wurdest, sonst nichts, und jetzt stehst du auf einmal hier am Dock und kommandierst sie rum.«

Chris und ich waren seit jeher unzertrennlich. Wenn ich saß, besuchte er mich zweimal im Monat und hielt mich auf dem Laufenden über das, was draußen geschah. Er kam öfter als mein eigener Bruder, aber das war keine Überraschung. Scotty war nicht gerade der sentimentale Typ, dem Familienbesuche wichtig waren. Und das war auch okay so. »Hatte ich ja auch gar nicht vorgehabt. Das ist nicht meine Baustelle. Ich bin nur wegen des scheiß AFT hier. Und Scotty hat eine Braut am Start.«

»Seit wann machst du dir bei solchen Sachen Gedanken darüber, was Scotty will?«

Ich zuckte die Achseln. »Seitdem ich einige Zeit hinter Gittern verbracht habe … Scotty und ich, wir sind nicht mehr so eng wie früher. Aber deswegen lasse ich ihn nicht ›Wer hat den Längsten‹ mit den Feds spielen. Er ist zu arrogant, das kann nicht gutgehen.«

»Das heißt, er vögelt irgendeine Tussi, während du den Hals für ihn riskierst? Alles beim Alten also?« Chris verdrehte die Augen.

Ich rollte mit den Schultern, ich wollte nur weg hier. Die Jungs waren fast fertig, gleich war ich endlich frei. *Frei.* Komische Wortwahl. Ich war niemals frei. Nicht wirklich. »Ja. So ungefähr.«

»Du musst aufhören, ihn wie ein Kind zu behandeln. Er ist jetzt vierundzwanzig Jahre alt.« Chris musterte mich, für meinen Geschmack ein wenig zu aufmerksam. Chris war der Einzige, der hin und wieder ein kleines Stück meines wahren Ichs sah. »Er ist nicht mehr der kleine Junge, der deinen Schutz brauchte. Er kann sich gut um sich selbst kümmern. Ein bisschen zu gut, vielleicht.«

»Was soll das denn heißen?«, fragte ich.

»Nichts, Mann. Gar nichts.« Er trat von einem Fuß auf den anderen und sah zu, wie die Crew den Container ein letztes Mal kontrollierte. »Ich habe gehört, es hätte dich da drinnen fast erwischt. Was ist passiert?«

Ich zuckte die Achseln. »Auf dem Weg zum Mittagessen hat mich einer von hinten angegriffen. Ich habe es geschafft, ihn abzuwehren, aber die Wachen hatten ihn schon weggezerrt, bevor ich sein Gesicht sehen konnte. Von einem Kumpel drinnen weiß ich, dass es wohl ein Neuer war, zumindest hat er ihn nicht erkannt. Es ist alles zu schnell gegangen.«

»Du wärst fast gestorben.«

Lachend kratzte ich mich am Kopf. »Na ja, ich lebe noch, oder? Aber gut, dass ich jetzt draußen bin«, sagte ich gedehnt.

Chris wippte auf die Fersen zurück. »Du hast einen Verdacht, oder?«

»Du nicht?« Ich sah Chris an. »Verarschen kann ich mich selbst. Ich sehe es doch in deinen Augen. Du weißt, dass da was im Busch ist.«

»Vielleicht ja. Vielleicht nein. Aber ein kluger Mann redet nicht.« Chris ließ die Hände sinken und pfiff durch die Zähne. Im Weggehen sagte er über die Schulter: »Nicht in dieser Welt.«

»Nicht mal mit seinem Blutsbruder?«

Chris blieb stehen. Seine breiten Schultern waren angespannt. »Nicht mal mit dem.«

»Schön zu sehen, dass du mich nicht vergessen hast, *Bruder*.« Ich presste die Finger auf die alte Narbe in meiner Handfläche. Eine von den beiden, die Chris und ich uns damals, vor so vielen Jahren, auf den Bahngleisen hinter unserem Haus zugefügt hatten. Ma war sauer gewesen, weil ich mich absichtlich geschnitten hatte. Wenn sich die Wunde infiziert hätte, hätten wir uns die Arztkosten nicht leisten können. An dem Abend war ich ohne Abendessen ins Bett gegangen. »Ich wünsche dir eine gute Nacht.«

Chris fuhr auf dem Absatz herum und kam zurück, die Wangen rot und Wut im Blick. »Du weißt nichts. *Gar nichts.* Du warst nicht hier, Arschloch. Als die Scheiße richtig losging. Ich musste ganz allein sehen, wie ich mit unseren verdammten Leuten zurechtkam.«

Ich zog eine Augenbraue hoch. »Tut mir leid, dass ich verhaftet wurde.«

»Haha, echt lustig, du Wichser.« Chris ballte die Hände. »Du willst wissen, was ich denke? Wirklich?«

Ich zwang mich zu einem Schulterzucken. »Wenn du unbedingt möchtest, bitte schön.«

»Ich glaube, jemand will sich in Stellung bringen, und zwar seitdem wir gehört haben, dass du auf Bewährung rauskommst.« Mit geblähten Nasenflügeln musterte Chris mich von oben bis unten. »Und ich rate dir, *Bruder*: Bleib wachsam.«

Ich hielt die Hände locker neben den Oberschenkeln und zeigte ihm ein sorgloses Lächeln … obwohl mir ganz und gar nicht danach war. »Das tue ich immer. Nur ein Geist würde es schaffen, unbemerkt an mich ranzukommen.«

Chris schüttelte den Kopf. »Sei nicht so verdammt arrogant. Das könnte dir zum Verhängnis werden.«

»Oder meine Rettung sein.«

»Wie du meinst, Mann.« Chris erwiderte meinen Blick. »Wie du meinst.«

Als er ging, hörte ich auf zu lächeln und ballte die Fäuste. »Danke.«

Chris erwiderte nichts, sondern ging weiter zu dem beladenen LKW. Die Männer hatten sich auf die Kabine und auf ihre eigenen Fahrzeuge verteilt. Er schlug kurz gegen das Heck, um zu signalisieren, dass alles in Ordnung war, und der Lastwagen setzte sich in Bewegung. Chris folgte ihm in seinem Wagen, die anderen reihten sich nach und nach hinter ihm ein. Er würde sich vergewissern, dass auch alles im Lager ankam, ausgeladen und inventarisiert wurde. Ich sah dem Konvoi nach, der langsam außer Sichtweite geriet, dann drehte ich mich um und ging betont lässig und langsam davon, die Hände in den Jeanstaschen, *The Star-Spangled Banner* pfeifend.

Chris hatte recht, dessen war ich mir sicher. Doch das durfte ich mir auf keinen Fall anmerken lassen. Ich hatte den gleichen Verdacht wie er, und ihn dann noch aus dem Mund des einzigen Mannes bestätigt zu bekommen, dem ich auf dieser Welt vertraute … ja, das beantwortete wohl meine unausgesprochenen Fragen. Es war ein Insider-Job, völlig klar, und das bedeutete …

Jemand in Steel Row wollte meinen Tod.

2

Heidi

Unsere ganze Stadt ging vor die Hunde. Und mich wollte sie offenbar mitnehmen. Nicht dass das an sich etwas Neues für mich gewesen wäre, immerhin war ich hier aufgewachsen. Aber als ich hier so hinter der Theke stand und zuhörte, wie einige Typen, offensichtlich Mitglieder einer Gang, darüber debattierten, wer als Erster den Supermarkt an der Ecke überfallen durfte, wurde es mir noch einmal mehr bewusst.

Manchmal gelang es mir ganz gut, über den Verfall und den Dreck hinwegzusehen und mich einfach von der Energie dieses Viertels anstecken zu lassen. Die Slums von Boston so zu nehmen, wie sie nun mal waren. Dies war mein Leben, und mir gefiel es so. Doch an Abenden wie diesem hatte ich die Nase voll.

Ich schwenkte die Hüften zu der Musik, die aus den Boxen dröhnte, und versuchte, die lästige Stimme in meinem Kopf zu ignorieren, die mir zurief, ich hätte Besseres verdient.

Es gab nichts Besseres. Für mich zumindest nicht. Wie das Schweinchen am Ende der Looney-Tunes-Cartoons immer sagt: »So, das war's, Leute.«

Ich habe dieses Schweinchen immer gehasst.

Aber eigentlich konnte ich mich nicht beschweren. Schließlich war ich immer noch besser dran als andere. Ich war von zu Hause ausgerissen und hatte auf den Straßen von Steel Row gelebt, bis mich ein alter Mann aufnahm, der sich besser um mich gekümmert hatte als meine eigenen Eltern. Und als Frankie starb, hinterließ er mir *The Patriot*, seine Bar. *Meine* Bar. An der ich mehr hing als an irgendeinem Menschen.

Mit einer Ausnahme.

Dem Mann, der sie mir vermacht hatte.

Ein betrunkenes Arschloch beugte sich über die Theke und grinste mich an. Er kam jeden Freitag und baggerte mich an, obwohl ich ihn stets abblitzen ließ. »Hey, meine Schöne.«

»Hey, Jimmy«, sagte ich, nahm ein leeres Glas und füllte es mit Bud Lite. »Wie geht's?«

»Gut. Aber noch besser würde es mir gehen, wenn du mit mir nach Hause kämst«, sagte er mit einem Blick auf meine Brüste. *Überraschung.* »*Sehr* viel besser. Was sagst du? Ist heute die Nacht der Nächte?«

Ich verdrehte die Augen und wandte mich von ihm ab. Er war durchaus nicht unattraktiv. Daran lag es nicht. Aber er war ein Dealer, und ich war nicht so dämlich, mich in jemanden zu verlieben, der kurz darauf tot in irgendeiner Gasse endete. Dazu habe ich viel zu viele Frauen in Steel Row dieses Schicksal erleiden sehen. Mit mir nicht. Bevor ich mich umdrehte, knipste ich ein Lächeln an. »Sorry, aber ich bin heute Abend nicht in Stimmung. Ich habe Kopfschmerzen.«

»Oh Baby, ich sorge dafür, dass du dich wie neugeboren fühlst«, versprach er, streckte die Hand aus und zupfte zärtlich an einer Strähne meines Haars. Ich schob ihm das Bier mit Schwung zu, sodass er sich beeilen musste, um es aufzufangen. »Tja, mir gefällt's, wenn du ein bisschen gröber wirst.«

Ich musterte ihn kühl und hielt ihm die geöffnete Hand hin. »Na klar doch. Fünf Dollar, Hübscher.«

»Eines Tages wird es dir leidtun, dass du so hart zu mir warst«, scherzte er, als er mir einen Zehner reichte.

»Dieser Tag ist noch nicht gekommen.« Ich griff nach dem

Schein. »Und ich glaube nicht, dass er je kommen wird, aber red es dir ruhig weiter ein, wenn's dir gefällt, Mann.«

Er packte meine Hand und drückte fest zu. »Ich zeige dir, was mir gefällt.«

»Ja, daran habe ich keinen Zweifel.« Ich riss mich los und warf ihm einen bösen Blick zu. »Zu schade dass das nie passieren wird.«

»Ich mag es, wenn du dich so zierst.« Er nahm sein Bier und ging zu seinen Kumpeln, alles miese Typen. »Behalt das Wechselgeld, Baby. Das ist gut gegen Kopfschmerzen.«

Meine Hand öffnend und schließend sah ich ihm nach. »Arschloch.«

»Das habe ich gehört«, sagte Marco, mein Rausschmeißer. Sein braunes Haar stand in alle Richtungen ab, aber ich wusste, dass er es absichtlich so stylte. »Hat er dich wieder belästigt?«

»Alles wie immer«, sagte ich und schob den Zehner in die Registrierkasse. »Nichts womit ich nicht klarkäme. Wie sind denn die Gäste so drauf heute?«

»Auf Streit aus.«

»Ja, das ist mir auch aufgefallen.« Ich musterte die Menge, bis mein Blick an einer Gruppe Gangmitglieder hängen blieb. Beunruhigt stellte ich fest, dass sie mich nicht aus den Augen ließen. »Es liegt Ärger in der Luft.«

Marco ließ die Knöchel knacken, und sein Blick wanderte ebenfalls zu den Männern. »Geh heute lieber nicht allein nach Hause. Ich bringe dich.«

»Danke, Marco.«

»Aber gern doch, Heidi. Gern doch.«

Marco war ein wahrer Schatz. Als ich ihm zum ersten Mal begegnete, lebte er auf der Straße, so wie ich in seinem Alter. Er schlief hinter meiner Bar, unter einer fadenscheinigen Wolldecke. In dieser Nacht war es eiskalt gewesen, gut minus zwölf

Grad, und er zitterte am ganzen Leib. Als ich zu ihm trat, wachte er sofort auf, mit dieser traurigen Resignation in den Augen. Ich glaube, so muss ich auch ausgesehen haben, als Frankie mich fand. Er hatte mich bei sich aufgenommen. Mir ein Zuhause gegeben. Einen Lebenssinn. Einen Job.

Mir kam es einfach richtig vor, das Gleiche für Marco zu tun.

Jetzt war er fast neunzehn und hatte die Wohnung über der Bar gemietet, bis er in einer Woche sein Studium beginnen würde. Er war am Boston College angenommen worden, und er würde etwas aus seinem Leben machen. Er hatte die Chance bekommen, die ich nie hatte, er kam raus aus diesem Drecksloch. Noch nie hatte ich mich so sehr für jemanden gefreut. Er war ein guter Junge.

Er hatte nur eine Chance gebraucht.

Ich war lediglich fünf Jahre älter als er, aber in seiner Gegenwart kamen mütterliche Gefühle in mir auf. Ich blickte ihm nach, wie er lächelnd davonging, bevor ich mich dem Gast zuwandte, der sich gerade am Ende der Bar niedergelassen hatte. Sobald ich ihn erkannte, schlug mein Herz schneller. Er hatte etwas an sich, etwas, das ich nicht benennen konnte, aber jedes Mal, wenn er im selben Raum war wie ich, spürte ich seine Anwesenheit überdeutlich. Seinen Namen kannte ich nicht, aber er strahlte Gefahr aus.

Sein Blick aus den zusammengekniffenen Augen brachte mich aus dem Gleichgewicht. Ich wusste, dass sie grün waren. Ein richtiges volles Grün. Ein sauberes, frisches, fröhliches Grün, das so gar nicht zu ihm zu passen schien. Wenn er kam, trug er immer Jeans und ein seine Muskeln betonendes T-Shirt mit langen Ärmeln, die er stets hochkrempelte, um seine starken, mit feinen Härchen bedeckten Arme zu zeigen. Ich hatte diese verdammten Arme schon viel zu oft angestarrt. Eigentlich stand ich gar nicht besonders auf Arme, aber sie hatten einfach diese Wirkung auf mich. Alles an ihm. Dabei sah er rau aus, düster und draufgängerisch. Und er hatte einen ganz leichten Bostoner Akzent.

Als wäre er nicht auch so schon sexy genug gewesen. Es war unfair.

Nachdem er letzte Woche zum ersten Mal da gewesen war, war er jeden Abend gekommen. Er sprach kaum zwei Worte mit mir und kommunizierte vor allem mittels Knurren und Geld. Er war nicht unhöflich oder so. Nur einfach der starke, stille Typ.

Das einzig Persönliche, das ich über ihn wusste, war, dass er die Autowerkstatt auf der anderen Straßenseite führte. Ich hätte gern mehr erfahren, doch dazu gab es nur einen Weg. Ich straffte die Schultern und trat zu ihm. »Was darf's denn heute Abend sein, Lucky?«

Er streifte sich die dunkelbraune Lederjacke von den Schultern – ohne die ich ihn noch nie gesehen hatte – und fuhr sich mit den Händen durch das dunkelbraune Haar, das einen leichten Rotton hatte. Nicht dass mir das aufgefallen wäre, natürlich nicht. Nachdem er seine Jacke auf den Hocker gelegt hatte, richtete er seine hellen irischen Augen auf mich. »Ich heiße nicht Lucky.«

»Bist du sicher?« Ich legte den Kopf schief. »Es würde aber passen. Ich meine, du siehst so irisch aus. Rötliches Haar, helle Augen. Umwerfender Charme.«

Er zog eine Augenbraue hoch. »Umwerfender Charme, hm?«

»Klar.« Ich lehnte mich an die Theke. Sein Blick wanderte kurz südwärts, schoss dann aber schnell wieder höher. »Du kommst hier rein, guckst finster und sagst kaum ein Wort. Wenn das nicht umwerfend charmant ist, weiß ich es auch nicht.«

»Dann solltest du mehr unter Leute gehen, Heidi.« Er tippte mit den Fingern auf den Tresen und erwiderte meinen Blick. »So heißt du doch, oder?«

Mein Magen zog sich fest zusammen, als ich ihn meinen Namen aussprechen hörte, der in diesem Akzent fast melodiös klang. »Ja. Woher weißt du das?«

»Ich höre zu ...« Er brach ab und schenkte mir ein charmantes – ja, wirklich, ein *charmantes* – Lächeln. »Das heißt, wenn ich mal nicht damit beschäftigt bin, schrecklich charmant zu sein.«

Mein Herzschlag beschleunigte sich, aber ich ignorierte es. Nur weil der Typ mich angelächelt hatte, würde ich nicht weich werden. Auf keinen Fall. »Klar. Oder du bist ein Stalker. Eins von beidem.«

»Schätzchen?« Er beugte sich vor. Er roch gut. Nach Dolce und Gabbana, Leder, Autos und einer gesunden Dosis purer Mann. Und als er Schätzchen sagte und dabei das ä in die Länge zog, schmolz ich dahin. Und er merkte es, darauf hätte ich wetten können. »Ich bin die ganze Woche schon hier gewesen. Gerade du solltest wissen, dass ich es nicht nötig habe, Frauen zu stalken, damit sie mit zu mir nach Hause kommen.«

Ich fuhr zurück und riss die Augen auf, um ihm zu zeigen, dass ich schockiert war. Was nicht einfach war, denn es war so gut wie unmöglich, mich zu schockieren. »Entschuldige mal«, heuchelte ich. »Wer hat denn was davon gesagt, dass ich mit zu dir nach Hause gehe?«

Einen kurzen Moment lang wirkte er verlegen. Einen sehr kurzen Moment lang. Dann war das Grinsen zurück, und er tippte wieder mit den Fingern auf die Theke. Die gezügelte Kraft in dieser einfachen Geste schickte mir einen Schauder über den Rücken. »Oh, wie süß. Das musst du gar nicht. Ich habe doch gesehen, wie du mich jeden Abend beobachtet hast.«

Er hatte recht. Das hatte ich getan. Und mir schwante, dass ich ihn von jetzt an noch genauer beobachten würde. Als meine Wangen heiß wurden, drückte ich mich von der Theke ab. »Du hast meine Frage noch nicht beantwortet, Lucky. Was trinkst du?«

»Whiskey.« Er zog sein Handy aus der Tasche und warf einen Blick auf das Display. Seine Augen wurden schmal. »Fuck. Mach einen doppelten draus.«

»Geht klar.« Ich wandte ihm den Rücken zu und achtete darauf, dass meine Hände ruhig blieben, als ich sein Glas füllte. Ich wollte nicht, dass er sah, welche Wirkung er auf mich hatte. »Schlechte Nachrichten oder Nachrichten, die so gut sind, dass du feiern musst?«

»Ist das wichtig?« Er griff in seine Hosentasche und schob einen Zwanziger über die Theke. »Ich zahle so oder so.«

Ich reichte ihm seinen Drink und nahm das Geld. »Nö. Völlig unwichtig.«

»Gutes Mädchen.« Er nahm einen Schluck und warf einen Blick über seine Schulter. Seine starken Finger hielten das Glas, aber es war offensichtlich, dass seine Aufmerksamkeit auf etwas anderes gerichtet war. »Wer ist das?«

»Wer ist was?« Ich kassierte ab und holte das Wechselgeld aus der Schublade. »Du musst schon ein wenig genauer werden.«

»Die Typen, die dich angaffen und miteinander flüstern, seitdem ich hier bin.« Die harten Worte passten zu seinem spröden Akzent.

Ich bedachte ihn mit einem langsamen Lächeln. »Noch mal, drück dich genauer aus. Ich bin in meinem Leben durchaus schon ein oder zwei Mal angestarrt worden.«

Sein Blick glitt über meinen Körper. Auf einmal war es, als hätten sich mein schwarzes Tanktop, die Shorts und die schwarzen kniehohen Stiefel in Luft aufgelöst. Doch statt mir mit einem gekünstelten, gewollt originellen Anmachspruch zu kommen, so wie all die anderen Kerle in diesem Laden, sah er mir in die Augen und sagte: »Die an dem Tisch links in der Ecke. Die sind nicht aus Steel Row.«

Ich versteifte mich. Gefiel ihm nicht, was er sah? Eigentlich sollte es mir egal sein, doch das war es nicht. »Keine Ahnung. Die benehmen sich schon den ganzen Abend komisch.«

»Mehr als komisch.« Er hob das Glas an die Lippen. »Die haben irgendwas vor, und es hat mit dir zu tun.«

»Tja, ihr Pech. Ich bin nicht interessiert.«

»Ich glaube nicht, dass die was drauf geben, ob du interessiert bist oder nicht.« Seine Stimme klang hart. »Wohnst du hier obendrüber?«

»Nein. Da wohnt Marco.« Ungeduldig blies ich mir das Haar aus dem Gesicht. »Meine Wohnung liegt ungefähr drei Blocks die Straße runter.«

Er runzelte die Stirn. »Kann dich heute Abend jemand nach Hause bringen, oder gehst du allein heim?«

»Das geht dich gar nichts an«, blaffte ich ihn an. »Ich kenne dich nicht mal. Komm mir nicht mit der G.-I.-Joe-Nummer.«

Seine Lippen zuckten, aber er lächelte nicht. »Kann sein, aber das hat mich noch nie interessiert. Und du hast meine Frage nicht beantwortet.«

Die Musik schien leiser zu werden, und das Geplauder in der Bar trat in den Hintergrund, als ich seinen Blick festhielt. Meine Finger schlossen sich um das Wechselgeld.

»Du hast nicht besonders nett gefragt.«

»Das werde ich auch nicht.« Er zog eine Augenbraue hoch, und seine Augen wurden dunkel. Aber in seinem forschenden Blick lag noch etwas anderes. Sorge? Nein. Das konnte nicht sein. »Gehst du jetzt allein, ja oder nein?«

»Nein.« Er hatte etwas an sich, das schonungslose Offenheit provozierte. »Aber ich kann trotzdem auf mich selbst aufpassen.«

Er unterzog mich einer weiteren Ganzkörpermusterung. Meine Haut wurde warm. Warum ließ er sich nicht davon abbringen, mich anders zu behandeln, als meine anderen Gäste es taten? »Daran habe ich keinen Zweifel.«

»Meinetwegen.« Ich streckte ihm sein leicht zerknülltes Geld hin, aber er starrte es nur an. »Es ist dein Wechselgeld.«

»Das gehört dir, Schätzchen.«

Gott, dieser Akzent, diese Augen … er machte mich fertig. Das Trinkgeld war lächerlich hoch, aber na gut. Wenn er mich mit Geld bewerfen wollte, bitte schön. Ich tätschelte seinen Arm. Er war so hart, wie ich es mir vorgestellt hatte. »Danke, Lucky.«

»Ich habe es dir schon einmal gesagt.« Er hielt meine Hand fest. Als seine Haut auf meine traf, durchfuhr es mich wie ein Stromschlag. Es gab kein anderes Wort dafür. Vielleicht bildete ich es mir nur ein, aber ich hätte schwören können, dass er überrascht aussah, so als hätte er es auch gespürt. »So heiße ich nicht.«

Er hatte keine weichen Hände. Sie waren rau und schwielig. Männerhände, und sie fühlten sich heiß an. Andererseits war alles an ihm heiß. Aber ich war keine Frau, die es mochte, festgehalten zu werden, und sein Griff war stärker, als ich es gewöhnlich zuließ. Doch ich versuchte nicht, mich loszureißen. Ich wollte nicht, dass er dachte, ich hätte Angst. Denn die hatte ich nicht. »Wie heißt du denn, *Lucky*?«

»Lucas«, knurrte er. An seinem Kiefer pulsierte ein Muskel. »Mein Name ist Lucas.«

»Tja, hallo, Lucas.« Ich beugte mich vor, bis unsere Nasen sich praktisch berührten. Etwas leuchtete in seinen Augen auf, etwas, das gefährlich sexy war, aber ansonsten zeigte er keinerlei Reaktion auf meine Nähe. »Hat deine Mama dir nicht beigebracht, dass es sich nicht gehört, Mädchen ohne ihre Erlaubnis zu begrabschen?« Auch wenn er größer war als ich, ich würde nicht klein beigeben. Nennen Sie es meinetwegen einen Napoleon-Komplex, aber er würde nachgeben, und wenn es mein Tod wäre.

»Meine Ma hat mir in letzter Zeit gar nichts gesagt. Sie ist tot.« Aus seinem Mund klang es sachlich, nicht traurig. Seine Mutter war tot, und er hatte es akzeptiert. Was es aus irgendeinem Grund noch trauriger machte. »Schon seit zehn Jahren.«

Ich blinzelte. »Tut mir leid.«

»Du hast sie ja nicht umgebracht.« Seine Finger drückten fester zu, und dann traf sein Blick auf meinen. Ich weiß nicht, was er dort sah, aber … sein Blick wurde weich. »Danke, Heidi.«

Ich unterdrückte ein Stöhnen. Meine Güte, diese Stimme. Das war wirklich nicht fair. »Gern geschehen.«

Wir starrten uns wortlos an.

Aus der Küche drang das Klappern von Geschirr, und der Koch lachte, nachdem er mit der Kellnerin einen Scherz gemacht hatte. Die Tür hinter mir schwang auf, und die blonde Kellnerin, die ich erst neulich eingestellt hatte, drängte sich mit einem Teller Hähnchenflügel an mir vorbei. Trotzdem rührte ich mich nicht.

Ich bemerkte, dass Marcos Blick auf uns fiel. Als er Anstalten machte herüberzukommen, schüttelte ich ganz leicht den Kopf, damit er auf seinem Posten blieb. Ich kam alleine klar. Auf Lucas' Gesicht lag leichte Belustigung. Ich räusperte mich. »Lässt du mich irgendwann auch mal wieder los oder nicht?«

Er lachte, ein heiserer Laut, bei dem sich mein Magen zusammenzog. »Keine Ahnung.« Dann lockerte er seinen Griff und strich mit den Fingern über mein Handgelenk. Eine trügerisch sanfte Berührung, die meinen Puls beschleunigte. Obwohl er weiter meinen Arm festhielt, hatte er nichts Bedrohliches an sich. »Ich habe mich noch nicht entschieden. Gib mir noch einen Moment, Schätzchen.«

»Tja, die Leute warten auf ihre Getränke.«

Er grinste. »Um die geht es dir doch gar nicht. Du willst, dass ich dich loslasse, weil du meinem Charme und meinem verführerischen Bostoner Akzent nicht widerstehen kannst.«

Mist, er hatte recht. Aber das würde ich nicht zugeben. »So leicht kriegt man mich nicht rum. Ich glaube, du verwechselst mich mit jemandem.«

»Vielleicht. Vielleicht aber auch nicht. Wie dem auch sei, ich liebe die Herausforderung. Und genau das sind Sie, Ms Greene.« Er fuhr wieder mit dem Daumen über meinen Puls und grinste, als dieser einen verräterischen Satz machte. »Deswegen werde ich dich erst wieder anfassen, wenn du mich darum bittest. Wenn du mir sagst, dass du mich willst.«

Damit ließ er mich los.

Ich wich zurück und widerstand dem Impuls, mir das Handgelenk, an dem er mich gehalten hatte, zu reiben. Nicht weil es wehgetan hatte. Seine Berührung war fest, aber sanft gewesen. Doch ich spürte dort immer noch dieses elektrische Kribbeln. Er jedoch sah völlig ungerührt aus. Vielleicht hatte nur ich die heftige Reaktion zwischen uns beiden gespürt. Ich musste die Situation wieder unter Kontrolle bringen. Daher lachte ich gezwungen und warf die Haare über die Schultern zurück. »Ich werde dich nicht bitten, mich noch einmal anzufassen, Lucky.«

»Lucas«, sagte er. »Du kennst meinen Namen, normalerweise sage ich den sonst niemandem einfach so, gratis, also kannst du ihn auch benutzen.«

Die Hände auf die Theke gestützt, zwang ich mich zur Ruhe, obwohl sich mein Fluchtinstinkt meldete. Etwas sagte mir, dass dieser Mann daran gewöhnt war, ein Ultimatum auszusprechen, und dass die Menschen ihm gehorchten. Ich würde allerdings nicht dazugehören. Nicht in meiner eigenen Bar. »Solange du unter meinem Dach bist, nenne ich dich, wie ich will und wann ich es will, und du wirst nichts dagegen tun können.«

»Das werden wir noch sehen«, entgegnete er. In seinen Augen lagen ein Versprechen und noch etwas anderes, über das ich lieber nicht weiter nachdenken wollte. Sein Blick ließ mein Herz schneller schlagen, meinen Atem schneller gehen. Er schenkte mir ein sexy Lächeln. Und in seinen grünen Augen lag eine Hitze … *puh*. »Ich liebe die Herausforderung, aber fast genauso gern höre ich diese drei kleinen Worte.« Seine Stimme war rau.

»Und die wären?«

Er hob die Hand und zählte an den Fingern ab. »Du. Hattest. Recht.«

Ich schnaubte und hob ebenfalls die Hand, um herunterzuzählen. »Vergiss. Es. Schnell.«

Er lachte. Ja, tatsächlich, er lachte. Und sein Lachen war genauso unwiderstehlich wie er. »Ich fürchte, da sind wir unterschiedlicher Ansicht. Bis du die Worte zu mir sagst, zumindest.«

»Da kannst du lange warten.« Ich zwinkerte ihm zu. »So viel Zeit hast du bestimmt nicht.«

»Oh, das bezweifle ich. Ich kann sehr stur sein. Mein Bruder sagt immer, ich sei halb Mensch, halb Esel.«

Das war … *süß*. Auf einmal wirkte er viel zugänglicher. Denn konnte jemand, der halb Esel war … ein schlechter Mensch sein? Und er hatte einen Bruder. Ein Gast ließ sich am gegenüberliegenden Ende der Theke nieder. »Ich muss mich jetzt um die anderen zahlenden Gäste kümmern. Es war nett, mit dir zu plaudern … Lucky.«

Er stieß ein Grollen aus. Ich schwenkte die Hüften, als ich mich entfernte, und hoffte, dass es lässig und unbeschwert aussah. Der andere Gast war ein alter Mann, der jeden Abend Punkt zehn auf ein Sam Adams erschien und nicht sehr erfreut darüber war, warten zu müssen. Im Weggehen spürte ich Lucas' brennenden Blick im Rücken.

Und zwanzig Minuten später ging er – allein. Ich zwang mich, nicht hinzusehen. Was mir auch fast gelungen wäre. Fast. Als ich es dann doch tat, wäre mir fast das Herz stehen geblieben. Hatte ich vorher geglaubt, dass er mich interessiert beobachtete, war das *nichts* im Vergleich zu der Art, wie er mich jetzt ansah, als er durch die dunkle, holzvertäfelte Bar zur Tür schlenderte. Wie ein Raubtier.

Und als sei ich seine Beute.

3

Lucas

Am nächsten Abend saß ich in einem überteuerten Diner in einem Touristenviertel der Stadt, das versteckt hinter einem hippen Club lag, den ich normalerweise um jeden Preis gemieden hätte. Am Nachmittag hatte ich mein Bargeld gezählt und vorsorglich schon mal eine Tasche gepackt, für den Fall, dass ich schnell verschwinden musste. Ein Typ wie ich hatte immer einen Fluchtplan in der Hinterhand – vor allem wenn es jemand schon im Knast auf sein Leben abgesehen hatte. Ich hielt die Hand vor den Mund, weil ich gähnen musste, und rutschte unruhig auf der abgeschabten Lederbank hin und her.

Mir gegenüber saß Chris, der einen dampfenden Kaffeebecher mit beiden Händen umklammerte und vorsichtig daraufblies. Die Wände um uns herum waren rot und weiß gekachelt, und Kellnerinnen in nachgemachten Fünfziger-Jahre-Uniformen rollten durch das vollbesetzte Restaurant.

Immer wieder wich er meinem Blick aus und sah zum Fenster hinaus, als erwartete er noch jemanden, obwohl er mir versichert hatte, dass wir heute Abend unter uns bleiben würden. Jetzt nahm er einen Schluck Kaffee und stellte dann den Becher ab. Klopfte einmal, zweimal mit den Fingern auf den Tisch, bevor er wieder nach dem Kaffee griff.

Er benahm sich seltsam, und das machte mich unruhig.

Ich legte die Hand an die Hüfte und spürte die harten Kanten meines Holsters. Dass ich eine Waffe trug, verstieß gegen meine Bewährungsauflagen, aber ich musste vorbereitet sein. Schließlich konnte ich nicht wissen, woher der nächste Schlag kam. Ich dankte Gott, dass ich Chris hatte. Er war der einzige Mensch auf dieser Welt, dem ich tatsächlich, ohne zu zögern, vertraute. Soweit ich dazu in der Lage war, zumindest.

»Jetzt reicht's. Wenn du noch einmal aus dem Fenster guckst, schlag ich die Scheibe ein.« Ich setzte mich anders hin. Unsere Blicke trafen sich. »Warum hast du mich heute Abend herbestellt?«

Chris zuckte die Achseln. »Brauche ich dafür einen besonderen Grund?«

»Wenn du nervöser bist als eine Jungfrau bei ihrem ersten Freier?« Ich nahm meinen Kaffeebecher in die linke Hand. »Ja, Mann. Dann schon.«

Am Tisch auf der anderen Seite des Ganges saß eine vierköpfige Familie vor riesigen Eisbechern. Sie lachten und wirkten so verdammt fröhlich, dass es fast wehtat, ihnen zuzusehen. Das Klischee der glücklichen Familie, eine Tochter, ein Sohn. Der amerikanische Traum. Etwas, das ich nie haben würde.

Wahrscheinlich würde ich überhaupt nie Kinder haben.

Was hatte ich meinen hypothetischen Kindern schon zu bieten? Eine Welt aus dem Blut und den Tränen anderer. Wer wünschte sich das schon für seine Kinder? Ich nicht. Und ich wollte nicht, dass jemand von mir abhängig war oder weinte, wenn ich tot in irgendeiner Gasse landete.

Denn so endeten Männer wie ich: durch gewaltsamen Tod, der irgendwem das Herz brach. Nur ein weiterer Drecksack, den das Boston PD von der Liste der Meistgesuchten streichen konnte. Mehr würde ich nie sein. Aber wünschte sich ein winziger Teil von mir insgeheim, dass ich das alles haben könnte? Eine Frau? Kinder? Einen Hund? Das Haus auf Cape Cod mit einem weißen Gartenzaun? Oh ja, und wie.

Früher habe ich mir auch gewünscht, fliegen zu können wie Supermann.

Auch das wurde nicht wahr.

Chris seufzte und stellte seine Kaffeetasse wieder ab, ließ sie aber nicht los. Die Lippen zu einem festen Strich zusammengepresst, beugte er sich ein wenig vor zu mir. Ich folgte seinem Beispiel. »Erinnerst du dich an die Fernsehsendung, von der wir gestern sprachen? Die Polizeiserie?«

Ich zog eine Augenbraue in die Höhe. Da wir gestern auf den Docks gewesen waren und kein Fernsehen geschaut hatten, musste es wohl ein Code für unser Gespräch darüber sein, dass jemand es auf mich abgesehen hatte. »Die, die wir in der Bar am Kai geguckt haben?«

»Ja.« Chris räusperte sich. »Genau die.«

Das Gelächter eines kleinen Mädchens erklang durch den Diner und entlockte den anderen Gästen ein Lächeln, doch an unserem Tisch war die Atmosphäre zum Schneiden dick, sodass es nicht bis zu uns durchdrang.

»Ich erinnere mich, ja. Was ist damit?«

»Hast du gehört, was in der ersten Folge der neuen Staffel passiert?«

Ich schüttelte den Kopf. »Nee, Mann, aber du weißt ja, ich habe nichts gegen Spoiler.«

»Na ja …« Chris warf einen prüfenden Blick über die Schulter, bevor er sich wieder mir zuwandte. »Also, der *Bürgermeister* war ziemlich beeindruckt davon, wie *Leo* die Dinge in der letzten Staffel geregelt hat, und will ihn zum Commissioner über die ganze scheiß Stadt befördern. Es geht das Gerücht, dass Leo sogar sein Nachfolger werden soll, wenn es erledigt ist.«

Ich blinzelte. Wer mit Leo gemeint war, hatte ich sofort kapiert. Mit einer so großen Chance, mich zu profilieren, hatte ich nicht gerechnet. Ich war mir nicht einmal sicher, ob ich es überhaupt wollte. »Warum?«

»Weil Leo den Job ohne viel Aufsehen erledigt hat und vertrauenswürdig ist. In der letzten Staffel hat er bewiesen, dass er ein Geheimnis für sich behalten kann. Der Bürgermeister mag Typen, die sich aufs Geschäft konzentrieren und nicht rumlabern, um Mädels aufzureißen.«

»Ach du Scheiße«, murmelte ich.

Chris zuckte mit den Schultern. »Aber Leos jüngerer Bruder dachte, er wär der Nächste an der Reihe für den Job. Und er findet es gar nicht gut, dass er leer ausgeht, wegen seines älteren Bruders. Deswegen will er Leo Ärger machen. Stürzt sich quasi auf jede Gelegenheit.«

Ich versteifte mich. Das waren ziemlich überraschende Neuigkeiten. Und die Anschuldigung war sehr ernst. Scotty war immer schon ein kleiner Mistkerl gewesen, und ich liebte ihn trotzdem, aber *Mord*? Das traute ich ihm nicht zu. Nicht ohne konkreten Beweis. »Woher hast du das?«

»Die Leute reden drüber. Ich war … online, und jemand fragte mich, welcher Bruder meiner Meinung nach die Stadt übernehmen soll.« Chris hielt meinen Blick fest. Seine braunen Augen blickten ernst. »Es stimmt, Mann. In einer der nächsten Folgen wird Leo überfallen.«

Also ich. »Scheiße.«

»Ja. Ich weiß.«

Ich lehnte mich auf der Bank zurück und trommelte mit den Fingern auf den Tisch. Mein Herz hämmerte gegen meine Rippen. Wenn Chris die Wahrheit sagte, dann wollte mein Bruder mich ausschalten. Und wenn Scotty mich im Visier hatte, blieben mir nicht viele Optionen, die nicht einen schlechten Geschmack in meinem Mund hinterließen. »Du weißt, was du da sagst, oder?«

»Wenn nicht hätte ich es nicht gesagt.« Chris warf mir einen vielsagenden Blick zu. »Ich weiß aus sicherer Quelle, dass Leo sich bald unter Beschuss finden wird, in einer der nächsten Folgen.«

»Fuck«, sagte ich, weil ich nicht wusste, was ich sonst sagen sollte, und warf einen Blick aus dem Fenster. Eigentlich sollte ich jetzt etwas Lässiges raushauen, das zeigte, wie egal mir das alles war, aber ausnahmsweise fiel mir nichts ein. »Weißt du, wann genau?«

»Ich würde sagen, in spätestens einer Woche.« Er nahm einen großen Schluck Kaffee. »Aber da ist noch was.«

»Da bin ich aber neugierig. Du bist ja heute wirklich ein richtiger Sonnenschein, was?«, sagte ich trocken. »Ertränkt er Leos Hund, während der zusehen muss?«

»Er hat keinen Hund«, sagte Chris nüchtern.

Ich massierte mir die Schläfen. »Ja, ich weiß. Das war ein Scherz.«

»Lustig. Wie dem auch sei, man munkelt, dass der jüngere Bruder mit den Feds kooperiert und ihnen falsche Informationen über Leo zuspielt«, sagte Chris, ohne auf meine spöttische Bemerkung weiter einzugehen. »Das heißt, vielleicht arbeitet er nur darauf hin, dass Leo weggesperrt wird, und will ihn gar nicht umbringen.«

Das bewirkte, dass ich mich aufrecht hinsetzte. »Blödsinn. Wie sollte er …?« Ich erstarrte. »Oh, Scheiße. Die Lieferung. Das war eine Falle.«

»Ja.« Chris verzog das Gesicht. »Die Folge von gestern Abend. Die Gegend wurde observiert, und er wusste davon. Das heißt, Leo wäre fast in die Falle gegangen.«

Der Dreckskerl. Ich setzte ein Grinsen auf, obwohl mir viel eher danach war, jemanden umzubringen. »Wow, das klingt, als würde er Leo als große Bedrohung sehen. Wenn ich Leo wäre, würde ich mich geehrt fühlen, dass jemand so viel Anstrengungen unternimmt, um mich aus dem Weg zu räumen.«

»Das ist nicht komisch«, fuhr Chris mich an. »Hör auf, darüber Witze zu reißen.«

Ich hielt die Hände hoch. »Bleib locker, Mann. Das ist nur Show, ich tu nur so.«

»Ja, klar.« Chris zückte einen Zwanziger und warf ihn auf den Tisch. »Mehr ist das Leben nicht für dich. Nur ein großes Scheißspiel.«

Ich nahm den Zwanziger und schob ihn wieder Chris zu, um dann selbst einen Schein auf den Tisch zu werfen. Ich wusste nicht, ob ich ihm glauben konnte, aber er hatte für diese Information sein Leben riskiert, also wollte ich wenigstens seinen Kaffee bezahlen. Außerdem würde ich mich revanchieren, indem ich ihm immer den Rücken freihielt. Aber das verstand sich von selbst. »Weißt du, warum ich so bin?«

Chris warf einen Blick auf das Geld, zuckte die Achseln und stopfte seinen Schein zurück in die Hosentasche. »Warum?«

»Weil ich nicht gern verliere.« Ich öffnete die Tür und steckte die Hände in die Taschen meiner braunen Lederjacke. »Das lasse ich bestimmt nicht zur Gewohnheit werden.«

Chris ging neben mir. »Ja, ich weiß. Als wir acht waren, hast du eine Schlägerei mit mir angefangen, weil ich dein Schlachtschiff versenkt hatte.«

»Und ich würde es wieder tun«, sagte ich grinsend. »Ohne schlechtes Gewissen.«

»Das ist mir klar.«

Die Nachtluft war schneidend kalt. Es war zwar Frühlingsbeginn, aber es herrschten Temperaturen wie im Winter. Ich schlang die Arme um meinen Oberkörper. Und es würde noch kälter werden. Die Sonne war gerade erst untergegangen, und es wehte ein eisiger Wind, den jeder, der so dumm war, sich nach draußen zu wagen, sofort zu spüren bekam.

Chris warf mir einen ernsten Blick zu. »Echt jetzt. Was wirst du wegen Scotty unternehmen?«

»Keine kryptischen Codes mehr?«, fragte ich.

»Wir sind die Einzigen, die so blöd sind, heute Abend einen Spaziergang zu machen. Ist schon in Ordnung. Ich war nur vorsichtig.« Und er fügte hinzu: »Man weiß nie, wer zuhört.«

»Da bin ich ganz deiner Meinung.« Ich stieß die Luft aus. In der kalten Nacht bildete sich eine kleine Wolke vor meinem Mund. »Und wegen Scotty: Ich weiß es nicht. So wie ich es sehe, habe ich drei Optionen. Mich wehren, wieder in den Knast gehen oder abhauen. Dieses Drecksloch und alle darin hinter mir lassen.«

Chris lachte. »Wenn du das tust, nimm mich mit. Ich wollte immer schon irgendwo wohnen, wo es warm ist. Ich hasse den Winter.«

»Das haben wir gemeinsam«, sagte ich.

Bei seinem roten Porsche blieb er stehen. »Bist du mit dem Auto da?«

»Ich bin zu Fuß.«

Chris entriegelte die Türen. »Soll ich dich mitnehmen?«

»Nee, ich gehe zu Fuß nach Hause. Deswegen habe ich meinen Mustang ja stehen gelassen. Manchmal tue ich ganz gern mal so, als wäre ich einer von ihnen.« Ich zeigte in Richtung Freedom Trail. »Und die Kälte macht den Kopf frei.«

»Na gut.« Chris öffnete die Tür. »Aber, Lucas?«

Ich krümmte mich zusammen, um mich gegen die Kälte zu schützen. »Ja?«, fragte ich so gelassen, als hätte ich keine Sorgen. »Ja, Kumpel?«

»Pass auf dich auf.«

»Immer.«

Ich sah zu, wie Chris aus der Parklücke zurücksetzte und davonfuhr. Sobald er außer Sichtweite war, ließ ich die Maske fallen. Die sorgsam aufgesetzte unbesorgte Miene verschwand und wurde durch Wut ersetzt. Sehr viel Scheißwut. Mein kleiner Bruder war ein Idiot. Wenn er dachte, er könnte mich einfach so erledigen und Steel Row übernehmen, war er verrückt. Das würden die Sons nicht mit sich machen lassen. Und Tate auch nicht. Niemand respektierte einen Mann, der einen Blutsverwandten tötete, nur um weiter aufzusteigen.

Aber andererseits … bei dem Leben, das wir führten? Vielleicht doch.

Mistkerle.

Kopfschüttelnd fluchte ich leise und bog auf den Freedom Trail ein. Normalerweise mied ich diese Gegend, aber heute, fand ich, war ich hier genau richtig. Außerdem hatte er sich deutlich geleert, seitdem die Sonne untergegangen war. Die Touristen waren in einer Bar, um sich zu betrinken, oder in ihren Hotelzimmern bei ihren Kindern, sicher und wohlbehalten bis zum nächsten Morgen.

Ich ging um die Metallplaketten herum, die die Route markierten, weil ich sie nicht mit meinen Schuhen beschmutzen wollte. Die Touristen gingen diesen Weg ab, um die Geburt unserer Nation, des Landes der Mutigen und der Heimat der Freien, zu feiern. Paul Revere und der ganze Scheiß. Ich kam hierher, um den Ketten, die mich fesselten, zu entfliehen, um frei zu sein.

Welche Ironie lag darin. So ein Blödsinn.

Außerdem fotografierten sie gerne ihre Füße auf den Plaketten. Ich verstand nicht, warum, aber andererseits verstand ich das Wenigste von dem, was die Leute so taten. Selfies. Liebe. Twitter. Das kam mir alles so albern vor. Mein Leben bestand aus Knast, Erpressung, Mordanschlägen und Verrat. Harten

Entscheidungen und noch härteren Konsequenzen. Ich war nie der Typ gewesen, der Fotos von seinen Füßen machte und sie dann überall im Internet postete.

Und ich wusste auch nicht, was ich mit diesem letzten Verrat anfangen sollte, wenn es denn einer war.

Was sollte ich tun, falls die Information tatsächlich stimmte? Meinen eigenen Bruder töten, um mein Leben zu retten? Den kleinen Bruder, den ich praktisch aufgezogen hatte, der mir als kleiner Junge überallhin gefolgt war, bis in dieses Leben hinein? Natürlich war ich in der Lage zu töten. Ich hatte es schon getan und würde es wieder tun können. Aber wollte ich der Typ sein, der sein eigen Fleisch und Blut, ohne mit der Wimper zu zucken, umbrachte? Wie die verdammten Kain und Abel. Ich war kein »guter« Mensch, ganz sicher nicht, und ich würde es nie sein, aber selbst ich zog bei Brudermord die Grenze.

Doch wenn ich ihn nicht tötete, blieben mir nur noch zwei Optionen. Zurück in den Knast oder Flucht. Und keine dieser beiden Möglichkeiten gefiel mir. Trotz der gepackten Tasche, die zu Hause auf mich wartete, war ich keiner, der davonlief, wenn es Probleme gab, und in den Knast würde ich auch nicht freiwillig zurückgehen. Auf keinen Fall.

Scotty hatte mich in die Ecke gedrängt, es gab keinen Ausweg. Egal welche Wahl ich traf, Scotty gewann. Scheiß drauf. Und scheiß auf ihn. Ich würde es auf meine Art tun.

Wie immer die aussah.

Vor St. Stephen blieb ich stehen. Mein Herz schlug schneller. Das letzte Mal hatte ich vor meiner Verhaftung eine Messe besucht. Etwas sagte mir, dass Gott, wie barmherzig er auch sein mochte, für Männer wie mich keinen Platz hatte. Ich bereute mein Leben nicht oder das, was ich daraus gemacht hatte, aber ich war nicht blind meinen Fehlern gegenüber.

Und er auch nicht.

Vorsichtig streckte ich die Hand nach dem Türgriff aus und zog daran. Verschlossen. Natürlich. Die Himmelstore öffneten sich mir nicht. Ich hatte nichts anderes erwartet. Halb hatte ich sogar damit gerechnet, in Flammen aufzugehen, weil ich es gewagt hatte, heiligen Boden zu betreten. Ich schüttelte den Kopf. »Das ist doch dämlich. Ich hätte nicht herkommen sollen.«

Ich war gerade zwei Schritte weitergegangen, als eine Stimme hinter mir erklang. »Manchmal brauchen wir das Gebet gerade dann am dringendsten, wenn wir glauben, wir hätten nicht kommen sollen, um zu beten.«

Ich fuhr herum und griff nach meiner Waffe. Doch als ich sah, wer hinter mir stand, entspannte ich mich ein wenig. »Tut mir leid, Pater.«

Der alte Priester betrachtete mich mit einem wissenden Blick, der mir Unbehagen bereitete. Ich wollte mich gerade von ihm abwenden, als er sagte: »Sie müssen nicht gehen.« Er hatte weißes Haar, blaue Augen und ein faltiges Gesicht. »Wir haben schon geschlossen, aber Gott schickt keine Besucher fort und ich auch nicht.«

»Sie kennen mich nicht.« Ich erwiderte seinen Blick. »Sonst würden Sie das nicht sagen.«

»Das bezweifle ich«, sagte er. »Was suchen Sie, mein Sohn?«

Auf einmal musste ich an meine Mutter denken, ihre sanfte melodische Stimme, ihre kühle Hand auf meiner Stirn. Wie sie uns sagte, dass wir trotz unserer Armut und der miesen rattenverseuchten Wohnung in Steel Row alles werden könnten, was wir wollten. Und dass ich nichts daraus gemacht hatte. Ich räusperte mich. »Nichts. Ich wollte nur … ich wollte mich nur aufwärmen.«

»An diesem Ort wird nicht gerichtet.« Er öffnete die Kirchentür. »Wir sind immer für Sie da.«

Seine Worte waren wie ein Schlag in mein Gesicht. Außer auf Chris konnte ich auf niemanden zählen. Niemand half mir. Ich nahm mir, was ich brauchte. Wenn ich etwas wollte, machte ich es wahr. *Ich*. Nur ich allein. Und das würde sich auch nicht ändern.

Ich ließ niemanden an mich heran. Das war eine Herausforderung, der ich mich nicht stellen würde.

»Danke, Pater.« Ich zupfte an meinem Kragen. »Aber ich brauche niemanden.«

»Das hört sich an, als hätten Sie kein Vertrauen«, sagte der Priester.

Ich zuckte die Achseln. Mit einem Priester würde ich mich sicher nicht auf eine philosophische Auseinandersetzung über meine Psyche einlassen. »Gute Nacht, Pater.«

Ich entfernte mich mit langsamen, festen Schritten. Allein in der kalten Nacht, fühlte ich mich wohl. So sollte es sein. Nur wer Menschen an sich heranlässt, kann von ihnen verraten werden. Und am Ende verrieten sie einen immer. Menschen waren gierige Arschlöcher.

Scotty, den ich mein ganzes Leben beschützt hatte, seitdem meine Mutter nicht mehr dazu in der Lage gewesen war, wollte mich aus dem Weg schaffen, entweder indem er mich tötete oder indem er mich zurück in den Knast schickte. Auf keinen Fall würde ich in dieses eiserne elende Loch zurückgehen. Lieber würde ich sterben.

Auf dem gesamten Heimweg haderte ich mit mir. Töten oder getötet werden. Bleiben oder abhauen. Kämpfen oder fliehen. Immer den Umschlag mit Cash im Hinterkopf, der in meiner Wohnung versteckt war. Doch als ich zu Hause ankam, hatte ich immer noch keine Entscheidung getroffen. Vor der ramponierten roten Holztür des *Patriot* blieb ich stehen. Durch die beschlagenen Scheiben konnte ich nicht in die Bar hineinsehen, aber ich wusste, dass sie noch auf war. Und dass die sexy blonde Barfrau mit der großen Klappe vermutlich dort drinnen war.

Sie war immer da.

Ms Heidi Greene.

Sie hatte etwas an sich, das mich anzog. Auf eine Art erinnerte sie mich an Ma. Stur, stark, schön und unerschrocken. Sie war wie eine frische Frühlingsbrise, die über den Gestank meines Lebens hinwegstrich. Und als ich sie berührt hatte, hatte ich mich lebendig gefühlt.

Ich hatte vergessen, wie sich das anfühlte.

Sie war eine Herausforderung, und seitdem ich aus dem Gefängnis raus war, war mir alles viel zu leicht gefallen. Die Sperrstunde nahte, das hieß, die Bar würde sich bald leeren. Dann hätte sie keine anderen Gäste mehr als Entschuldigung, mich zu ignorieren. Sie hatte mich neugierig gemacht, mit ihrer frechen Art und den funkelnden Augen.

Doug, der Depp, hatte sich gestern Abend auf den Docks beinahe eingenässt, aber Heidi, die hatte Mumm.

Sie hatte keinen Schiss, sich mit mir anzulegen, und das gefiel mir.

Ich könnte da jetzt reingehen. Mich auf einen der hölzernen Barhocker setzen und mit ihr flirten. Versuchen, sie mit nach Hause zu nehmen und ihr einzuheizen. Meinen Bruder und meinen Job vergessen. Den Rest der Welt. Doch das tat ich nicht. Stattdessen ging ich nach Hause.

Ich schloss die Tür auf und betrat meine Wohnung über der Autowerkstatt. Ich führte den Laden, aber auf dem Papier gehörte er den Sons of Steel Row – namentlich Tate Daniels. Das Ganze war eine Tarnung für Geldwäsche. So wie alles andere in meinem Leben war es nicht so, wie es schien.

Das würde es nie sein.

Nachdem ich die Jacke abgelegt hatte, rollte ich die Ärmel hoch und goss mir einen Whiskey ein. Dann ergriff ich die gepackte Tasche und warf sie neben die Tür. Nach kurzem Zögern kniete ich mich hin und zog den Reißverschluss auf. Zwei blaue Shirts, zwei Hosen, meine Sig und ein weißer Umschlag blickten mir entgegen. Ich nahm das Kuvert mit Cash heraus – es war alles, was ich besaß – und betastete es. Mit einem Seufzen schloss ich die Tasche wieder und stand auf. Dann durchquerte ich die Wohnung, steckte das Geld zurück in die Küchenschublade und schloss sie mit einem Hüftstoß.

Heute Nacht würde ich nicht abhauen. Erst musste ich in Erfahrung bringen, was wirklich hinter der Sache steckte. Erst musste ich wissen, ob mein kleiner Bruder mich tatsächlich umbringen wollte.

Den Whiskey kippte ich in einem Zug hinunter und goss mir gleich neu ein. Ich trat die Tasche zur Seite und stellte mich ans Fenster, um zornig hinaus in die Dunkelheit zu starren. Von hier oben konnte ich die Gasse hinter Heidis Bar einsehen. Wie auf ein Stichwort hin öffnete sich die Tür, und sie trat mit einer vollen Mülltüte heraus. Mein Herz schlug schneller, während ich sie an meinem Drink nippend beobachtete. Sie warf die Tüte in den Müllcontainer und strich sich das blonde Haar aus den Augen.

So wunderschön.

Im Mondlicht wirkte ihr Haar fast weiß. Auch wenn ich ihre Augen nicht sah, ich wusste, dass sie ebenfalls strahlten. Sie war diese Art Frau. Leuchtend und hübsch.

Unerreichbar für mich.

Gerade als ich mich umdrehen und weggehen wollte, sah ich, wie sich Schatten näherten. Nein, keine Schatten. Männer. Drei Männer. Sie hatte sie auch gesehen und wich einen

Schritt zurück, bevor sie das Kinn hob und ihnen mit böser Miene entgegensah.

Mutig. Unklug, aber mutig.

Sie hätte wieder nach drinnen rennen und sich verbarrikadieren sollen. Ihre Brust hob und senkte sich mit jedem schnellen Atemzug, und ihre kleine Gestalt war wie erstarrt.

Ich packte das Glas fester. »Geh wieder rein. Leg dich nicht mit ihnen an.«

Die Männer kamen näher. Sie hatte die Arme gesenkt, die Hände zu Fäusten geballt. Offenbar hatte sie vor, ihnen die Stirn zu bieten. Dämlich, dämlich, dämlich. Was hatten die Männer vor? Ich erstarrte, als ich sie erkannte. Es waren dieselben, die sie gestern Abend beobachtet hatten.

Leute aus Bitter Hill, wie ich später herausfinden sollte.

Als einer der Kerle versuchte, Heidi zu packen, boxte sie ihn. Ich spannte mich an, weil der Bitter-Hill-Typ dem Schlag ohne Mühe auswich und sofort selbst einen austeilte. Sie allerdings zeigte sich kaum beeindruckt. Sie wirkte eher verärgert, als sie nun etwas zu ihnen sagte – vermutlich eine Beleidigung. Was mich unwillkürlich mit Stolz erfüllte.

Sie war eine Kämpferin. Genau wie ich.

Deshalb mochte ich sie sogar noch mehr.

Der Bitter-Hill-Wichser stieß sie mit dem Gesicht voran gegen die Wand. Er war wütend, das war ihm deutlich anzusehen. Ich hatte diesen Ausdruck schon viel zu oft gesehen, um nicht zu wissen, was er bedeutete. Ich stellte meinen Drink ab, machte einen Schritt zur Tür und blieb wieder stehen, den Blick fest auf die Szene in der Gasse gerichtet. Egal wie gern ich Heidi geholfen hätte …

… ich konnte nicht einfach dazwischengehen.

Die Bitter-Hill-Crew kaufte Waffen von uns. Waffen, von denen ich wusste, dass sie sie jetzt bei sich trugen, während sie Heidi umzingelten. Ich versuchte, mich zu entspannen. Vielleicht sollte es nur eine routinemäßige Warnung sein. Normalerweise dealten sie mit Drogen, aber vielleicht schuldete Heidi ihnen Schutzgeld. Wenn das der Fall war, würde ich mich – konnte ich mich – nicht einmischen. Wir machten Geschäfte mit dieser Gang, und ihren Cashflow zu stören konnte böse Konsequenzen haben. Trotzdem …

Zum ersten Mal in meinem Leben wollte ich jemandem helfen, ohne daran zu denken, was es mich kosten könnte.

Ich wollte *ihr* helfen.

4

Heidi

Mein Herz raste, und lähmende Furcht befiel mich. Gegen diese Männer konnte ich nichts ausrichten, und wenn ich mich noch so sehr wehrte. Irgendwann würden sie mich überwältigt haben. Und dann gab es keine Möglichkeit zur Flucht mehr. Dann war ich ihnen hilflos ausgeliefert, Punkt. Denn Hilfe würde nicht kommen.

Ich war auf mich allein gestellt.

Marco hatte ich schon rauf in seine Wohnung geschickt. Ich hatte noch die Böden schrubben wollen, bevor ich absperrte, und ihm gesagt, ich würde dann auf der Couch im Büro übernachten. Selbst von hier unten, in der Gasse, konnte ich seine Musik dröhnen hören. Ich konnte schreien. Um Hilfe rufen. Aber er würde mich nicht hören. Niemand würde mich hören. In diesem Teil der Stadt rief jede Nacht jemand um Hilfe. Gangs markierten ihre zukünftigen Ziele mit roten und schwarzen Graffiti, und niemanden juckte es. Allnächtlich wurden Schüsse abgefeuert, und nicht einmal da kamen die Cops. Wer hier wohnte, drehte den Fernseher lauter, um die Schreie zu übertönen, und machte einfach weiter, so als wäre es ein Film, der sich da vor seinem Fenster abspielte, und nicht das wahre Leben.

»Okay, okay.« Ich versuchte ruhig zu klingen, obwohl meine Wange von der unsanften Berührung mit der Mauer meines Hauses aufgeschrammt war. »Ich hab's kapiert. Du magst es nicht, wenn ich sage, dass dein Schwanz so klein ist wie dein Hirn.«

Er stieß meinen Kopf erneut gegen die Wand, sodass ich buchstäblich Sterne sah. »Du wirst gleich selbst herausfinden, wie falsch du damit liegst.«

Angst kroch mir den Rücken hoch und betäubte meinen ganzen Körper. Darum ging es also. Sie wollten mich vergewaltigen. Wenn das so war, würde ich mich, so gut ich konnte, verteidigen. Ich hätte es nicht so weit im Leben gebracht, wenn ich Angst gehabt hätte, mich zu wehren. »Was immer du sagst.«

»Das hört sich schon besser an.« Der Mann, der mich gegen die Wand gedrückt hatte, ließ mich schmunzelnd los. »Du lernst dazu.«

Sein Lachen ließ mich schaudern, denn ich wusste, dass dies alles nur ein Spiel für ihn war. Und ich war sein nächstes Spielzeug. Ich trat einen Schritt zurück, bis ich mit dem Rücken zur Wand stand, und blinzelte den Nebel weg, den mir der letzte Schlag gegen meinen Kopf beschert hatte.

Doch dann zwang ich mich, ruhig abzuwarten.

Wenn sie Ärger wollten, konnten sie den bekommen. Wenn ich jetzt einen Rückzieher machte, war ich für immer ein leichtes Opfer. Dies war nicht mein erster Zusammenstoß mit Arschlöchern wie diesen Typen. Ich wusste, wie ich damit umzugehen hatte, und Angst zu zeigen war nicht der richtige Weg. Dadurch bekamen sie nur harte Schwänze.

Ich löste meinen Blick von dem mit dem Sterntattoo und sah mir die anderen Angreifer an – alle drei Männer hatten mich umzingelt. Da entdeckte ich es. Das Graffiti neben dem Müllcontainer. Sie hatten meine Bar an diesem Abend markiert, aber ich hatte es nicht gesehen. Ich war blind in die Falle getappt. Ich grub die Nägel in meine Handfläche und versuchte, ruhig zu atmen.

Es war an der Zeit, so zu tun, als hätte ich die Situation unter Kontrolle … auch wenn das ganz und gar nicht der Fall war. »Jungs … ihr habt ganz offensichtlich einen Fehler gemacht, als ihr heute Abend hierhergekommen seid. Wir können so tun, als wäre das nie passiert. Geht nach Hause.«

»Geht nach Hause?« Der Mann zu meiner Linken lachte, und die anderen beiden stimmten ein. Fettiges blondes Haar fiel ihm über die Augen, und der Bostoner Akzent, der bei Lucas so sexy war, klang aus seinem Munde bedrohlich. »Habt ihr das gehört?«

Seine Kumpel bejahten.

Sie rückten näher.

Der zu meiner Rechten, der mit dem Sterntattoo am Hals, blockierte die Hintertür der Bar.

»Worum geht es hier wirklich? Wollt ihr einen Anteil an meinen Einnahmen?« Ich ballte die Hände an meinen Seiten, versuchte alle drei gleichzeitig anzusehen. Keine Ahnung, zu welcher Gang sie gehörten. Nicht zu den Sons. Aber eines wusste ich: Mit denen war ganz sicher nicht zu spaßen. »Ihr dürft es gern versuchen, aber der letzte Typ, der mein Geld gewollt hat, ist hier hinkend und mit einem schmerzenden Schwanz abgezogen.«

Der mit den dunklen Augen grinste und zog seine Pistole heraus. »Um meinen Schwanz mache ich mir keine Sorgen.«

Ich warf ihnen einen verächtlichen Blick zu und wischte mir das Blut vom Kinn. »Das sehe ich.«

»Und wir wollen auch dein Geld nicht.«

»Dann haut ab, bevor ich die Cops rufe.« Hastig blickte ich mich nach einer Fluchtmöglichkeit um, doch ohne Erfolg. Sie umstanden mich immer noch, und es war nur eine Frage der Zeit, wann ich wieder mit dem Gesicht an der Wand landete. »Jetzt sofort.«

»Wir sind noch nicht fertig«, sagte Blondie. »Falls du es vorhin nicht bemerkt haben solltest, wir sind wegen dir hier. Und wir gehen erst, wenn wir kriegen, was wir wollen.«

Das Blut hämmerte mir in den Ohren, aber ich wollte ihm nicht zeigen, wie groß meine Angst war. »Ich bin nicht interessiert. Geht nach Hause.«

»Ob du interessiert bist, ist uns egal.« Blondie trat dicht an mich heran, griff in mein Haar und riss daran, sodass ich beinahe das Gleichgewicht verlor. Ich schlug wieder nach ihm, doch er gab mir eine heftige Ohrfeige, bevor ich ihn treffen konnte. »Oh, sie hat Krallen. Ich mag es, wenn sie sich wehren.«

»Fahr zur Hölle«, knurrte ich. Meine Lippe war aufgeplatzt. »Und nimm die gleich mit.«

Und dann spuckte ich ihm einen Mundvoll Blut ins Gesicht.

Er wischte sich mit dem Unterarm darüber, wirbelte mich herum und stieß mich mit dem Gesicht voran an die Backsteinwand, noch härter als das letzte Mal, die Hand weiter fest in meine Haare gekrallt. »Schlampe, dafür wirst du bezahlen. Du stehst den ganzen Abend hinter der Bar, machst uns mit deinem knackigen kleinen Arsch an, aber anfassen dürfen wir dich nicht. Tja, das wird sich heute Nacht ändern.«

Sterne standen mir vor den Augen, und mein Schädel drohte zu platzen, aber ich unterdrückte den Schrei, der mir fast entschlüpft wäre. »Nur über meine Leiche.«

Der mit dem Sterntattoo erschien zu meiner Linken, während Blondie mir die Hände auf dem Rücken festhielt und mich immer fester gegen die Wand drückte. Der mit den dunklen Augen kam von rechts. »Das lässt sich machen.« Jeden Moment würden sie wie die Geier über mich herfallen. Ich schluckte das Erbrochene herunter, das nach oben drängte. Egal was passierte, ich würde mich nicht ohne Gegenwehr ergeben.

Fast hätte ich um Gnade gefleht. Die Worte wollten mir einfach über die Lippen fließen, doch ich verbiss sie mir. So etwas wie Gnade kannten diese Männer nicht. Ich würde mich wehren und eher sterben, als um mein Leben zu betteln. Ich drehte den Kopf und rang mir ein Lachen ab. Es klang wahnsinnig. Angestrengt. »Was ist los? Könnt ihr keine Mädels mehr abschleppen, müsst ihr sie jetzt vergewaltigen? Wie traurig für euch. Wie jämmerlich.«

»Wir zeigen dir, wer hier jämmerlich ist.« Der mit dem Sterntattoo packte meine Brust und drückte grausam zu. Ich riss den Kopf zurück und versuchte, mich durch einen Kopfstoß von dem Dreckskerl zu befreien, doch Blondie hatte mich fest im Griff. »Nett.«

Nett. Das sagte diese Schlange, während sie mich betatschte.

Mein Magen hob sich wieder heftig, war kurz davor, seinen Inhalt von sich zu geben. Ich schluckte ihn herunter. Sie sollten nicht sehen, dass sie einen Nerv getroffen hatten.

Ich biss die Zähne aufeinander und warf den Kopf erneut zurück, und dieses Mal traf ich Blondies Nase. Er schrie auf und ließ mich los, sodass ich mich schnell von ihm wegdrehen konnte und dabei zum Schlag ausholte. Ich traf den mit den dunklen Augen, aber bevor ich echten Schaden anrichten konnte, hatte der Tätowierte mich wieder zu fassen bekommen.

Ich trat nach hinten aus, verfehlte ihn aber.

»Verdammte Scheiße.« Er wechselte den Griff, sodass meine Arme an den Seiten klebten. »Du kleine Hexe.«

»Lass mich los«, knurrte ich, »oder du bist tot.«

Er lachte und biss mich fest in die Schulter. Es tat höllisch weh, doch ich gab keinen Laut von mir. Dann stieß er mich zu Boden und warf sich auf mich. Das Gewicht seines Körpers war so schwer, dass ich keine Luft mehr bekam. Zu allem Überfluss drückte er mir jetzt auch noch mit beiden Händen die Kehle zu und nahm mir damit jede Hoffnung auf Sauerstoff. Ich kämpfte, bog den Rücken durch und trat aus, doch er rührte sich nicht. Grinste nur auf mich herunter.

Schwärze drang von den Rändern in mein Sichtfeld, wurde immer mehr, und ich wehrte mich wie wild. Doch er saß wie festgeschweißt auf mir, und meine Bewegungen wurden langsamer, je mehr mir die Luft ausging. Als ich wieder nach ihm schlug, fühlte sich mein Arm an, als wöge er tausend Pfund, und meine Hand fiel einfach auf ihn und blieb dort. Ich hörte auf, mich zu wehren. Sonst hätte er mich erdrosselt, bevor er überhaupt dazu kam, mich zu vergewaltigen.

Vielleicht musste ich darüber sogar froh sein.

Kurz bevor die Schwärze mich ganz erfüllte, flog der mit den dunklen Augen rückwärts und landete mit einem hässlichen, knirschenden Geräusch gleich neben mir auf dem dreckigen Boden. Die Hände, die mir die Luftzufuhr abgeschnürt hatten, lockerten sich ein wenig. Als ich tief Luft holte, schmerzte das mehr als das Würgen vorher. Ich hustete so heftig, dass ich dachte, mir müsste die Lunge aus der Brust springen, drehte den Kopf auf die Seite, holte wieder so tief Luft, dass ich mich fast daran verschluckte.

Der Typ neben mir auf dem Boden rührte sich nicht.

Blut sprudelte aus seiner Nase, und seine Augen starrten blicklos in den Nachthimmel. Man konnte noch ihre Farbe erkennen, aber der Blick war leer. Er sah … tot aus. Ich hatte nicht sehen können, wer oder was das bewirkt hatte, ich konnte nur vermuten, dass es Marco gewesen war. Und wenn das stimmte, dann würde er dafür ins Gefängnis wandern. Nachdem er so hart dafür gearbeitet hatte, sich ein Leben aufzubauen. Ein echtes Leben. Eines, auf das er stolz sein konnte.

Auf einmal flossen Nadeln durch meine Adern statt Blut, und ich rang hustend und keuchend nach dem, was mich angeblich retten sollte. Luft.

Der mit dem Sterntattoo hielt mich immer noch fest, aber sein Gesicht war dem Mann zugewandt, der seine Kumpel angriff. Ich fuhr in die Höhe und biss zu, mit aller Kraft. Blondie landete neben uns und sackte in sich zusammen, während mein Peiniger vor Schmerz aufheulte. Doch bevor er sich rächen konnte, war er weg. Einfach weg.

Ein Mann drückte ihn gegen die Hauswand, so wie sie es eben mit mir getan hatten, und schlug seinen Kopf dagegen. Und es war definitiv nicht Marco, so viel konnte ich erkennen. Dieser Typ war größer. Kräftiger. Muskulöser. Und kam mir … bekannt vor.

Mein Angreifer wimmerte. »Hör zu, Mann, tu das nicht. Sie ist nur eine Nutte, die wir …«

Der Mann knurrte. »Ich weiß genau, was ihr vorhattet, Arschloch.«

Ich setzte mich auf und schlang mir die Arme um den Oberkörper. Mein Shirt war bei dem Kampf zerrissen. Ich wusste, ich musste aufstehen, damit ich mich wehren konnte, wenn nötig, aber ich … ich brauchte einen Moment.

Weicher Bostoner Akzent. Herrischer Ton. Ich kannte diese Stimme. Lucas. Er hatte mich gerettet. Aber warum? Wo war er auf einmal hergekommen? Mein Verstand bemühte sich, logische Schlüsse zu ziehen, trotz der Panik, die sich jetzt Bahn brach. Die beiden Männer beschimpften sich zwischen Ächzen und Faustschlägen weiter.

»Du warst ja eine Weile im Knast, aber das ist kein Grund zu vergessen, wie's läuft. Du kannst hier nicht einfach so reinplatzen, Donahue. Bei allem Respekt, das geht weder dich noch Tate was an.« Er warf Lucas einen Blick über die Schulter zu.

»Das hat absolut nichts mit Tate oder den Sons of Steel Row zu tun.«

Moment mal. Lucas *Donahue*? Jetzt machte es Klick. Er arbeitete für den gewalttätigsten Waffendealer der Gegend. Er war in einer Gang. Bei den Sons of Steel Row.

Ich hielt mich zwar Gangs und allem, was damit zu tun hatte, fern, kannte aber ein paar Leute, die das nicht taten. Die, die noch am Leben waren, hielten mich auf dem Laufenden. Schon als er das erste Mal in meine Bar gekommen war, hatte ich ihm angesehen, dass er Ärger bedeutete, aber dass es *so* viel Ärger war, hatte ich nicht geahnt. Seine Crew war berüchtigt für ihre Gewalttätigkeit und Brutalität. Sie herrschten über ganz Steel Row und so gut wie alle, die hier wohnten.

Warum nur hatte er mich dann gerettet?

»Es geht mich was an, weil sie zu mir gehört.« Lucas grub die Finger in die Haare des Tätowierten und donnerte seinen Kopf gegen die Wand. »Sie ist meine Freundin, du Vollidiot, und sie steht unter meinem Schutz.«

Äh, wie bitte? Ich war seine *was*?

Der Mann nickte, so gut er konnte. »T-tut mir leid. Wir wussten nicht, dass sie Eigentum der Sons of Steel ist.«

»Dann wisst ihr es jetzt. Wenn ihr noch mal in ihre Nähe kommt, töte ich euch und alle in Bitter Hill. Und dann töte ich noch mehr.« Er riss an den Haaren des Mannes. »Verstanden, Arschloch?«

Er nickte wieder. »Ja.«

»Schaff die Leichen weg, bevor sie noch Ärger für etwas kriegt, das sie nicht getan hat. Ich erwarte, dass hier in einer Stunde alles sauber ist.« Lucas schlug noch einmal sein Gesicht gegen die Wand und stieß ihn dann von sich fort. »Und jetzt hau ab, bevor ich es mir anders überlege und dich auch umbringe.«

Der Mann stürzte, rappelte sich aber wieder auf und rannte davon, als wäre der Teufel selbst hinter ihm her. Wahrscheinlich war es auch so. Lucas blickte ihm nach, die Hände immer noch zu Fäusten geballt, den Rücken mir zugewandt. So stand er noch einen Moment lang im Licht der Straßenlaternen, aufrecht und angespannt. Dann trat er gegen die Leiche von dem mit den dunklen Augen und knurrte: »Dreckskerl.«

Ich biss mir fest auf die Unterlippe und sagte nichts. Obwohl er eben gerade ein echter Held gewesen war, sah er nicht aus, als sei er besonders glücklich darüber. Als er sich neben mich kniete und mir die Hand hinhielt, zuckte ich zurück. Nicht seinetwegen, eher als eine verzögerte Reaktion auf das Geschehene. Alles war so schnell gegangen. Lucas' Auge wurde bereits blau, und auf seiner Stirn war eine Platzwunde. Er war verschwitzt und blutverschmiert. Und er hatte mir das Leben gerettet.

Indem er zwei Männer getötet hatte.

Sein Mund wurde zu einem geraden Strich. Trotz meiner reflexartigen Reaktion legte er mir die Hand an die Wange. »Alles in Ordnung? Haben sie … Hat er …?« Mit wütendem und gleichzeitig besorgtem Blick musterte er meine zerfetzte Kleidung. »Scheiße.«

»Mir geht's gut.« Ich hielt den Riss in meinem Shirt fest zusammen. Das Gefühl seiner Hand an meiner Wange war beruhigend. Nie hätte ich gedacht, dass ich ihn und diesen Gedanken einmal in einem Satz zusammenbringen würde. »Du bist gerade rechtzeitig gekommen.« Ich schluckte die Tränen der Erleichterung hinunter.

Große Mädchen weinten nicht.

»Nein.« Er strich mit dem Daumen über meinen Wangenknochen. »Nicht schnell genug.«

Ich legte meine Hand über seine und hielt sie fest. Dankbarkeit erfüllte mich, und ich wusste, ich würde nie wieder so tun können, als ließe er mich kalt. »Danke. Ehrlich.«

Etwas huschte über seine hellen grünen Augen. »Du musst mir nicht danken. Ich bin nicht dein Held. Ich bin niemandes Held.«

Er erhob sich und blieb neben mir stehen. Ich legte den Kopf in den Nacken. Er betrachtete mich mit einem düsteren Ausdruck in den grünen Augen, der sich tief in meine Seele brannte. Ein Blick auf seine gefährliche Kieferpartie genügte, und ich wusste, dass ich nie wieder vergessen würde, wer er war oder wie sein richtiger Name lautete. Ich ließ mir von ihm aufhelfen, weil meine Knie so zitterten, dass ich dachte, ich würde vornüberfallen. Was mich wütend machte. Ich hasste Schwäche. Sie ließ mich schlecht aussehen. Als ich die Leichen auf dem Boden sah, musste ich schlucken. »Sind die beiden tot?«

Er ließ mich nicht los, sondern zog mich in Richtung Werkstatt. »Die belästigen dich nicht mehr.«

»Sie sind tot.« Ich folgte ihm, mehr aus Instinkt als aus Überlegung. »Du hast sie umgebracht.«

»Sie wollten dir etwas antun.« Er blieb stehen. Unsere Hände waren immer noch miteinander verschränkt. »Also ja. Klar.«

Ich blinzelte überrascht. Er fand das offenbar nur logisch. Sie hatten mich schlecht behandelt, deswegen mussten sie sterben. Schwarz und weiß, so war es für ihn. »Warum?«

»Ich habe dir gesagt, warum.« Er kratzte sich am Hinterkopf und warf ungeduldig einen Blick zurück. »Sie haben dir wehgetan.«

»Aber was hat das mit dir zu tun? Irgendetwas sagt mir, dass du dich normalerweise nicht in etwas einmischst, das dich nichts angeht«, entgegnete ich.

»Woher willst du das wissen?«

»Ich habe gehört, wie er deinen Namen gesagt hat. Ich weiß, dass du zu den Sons of Steel Row gehörst.« Mehr brauchte ich nicht zu erklären. »Warum hast du mir geholfen?«

»Ich weiß nicht«, gab er zu. Meinem Blick ausweichend, ließ er den Arm sinken. »Ist das wichtig? Wäre es dir lieber gewesen, wenn ich weggeschaut und nicht eingegriffen hätte?«

»Natürlich nicht«, flüsterte ich.

»Dann gehen wir.« Er neigte den Kopf. »Da rauf. In meine Wohnung.«

Erstaunt sah ich zur Werkstatt. »Du wohnst da, wo du arbeitest?«

»Darüber.« Sein Daumen strich leicht über meine Fingerknöchel. »Du musst mit mir mitkommen. Er wird nicht allein zurückkehren, und ich will, dass du dann außer Sichtweite bist.«

»Ich werde …«

»Sofort, Heidi.«

Ohne weiter auf mich zu achten, zog er mich mit sich. Ich hätte protestieren können, aber ich wusste, es hätte keinen Zweck gehabt. Wenn er den edlen Ritter spielen wollte, würde ich ihn eben lassen. Für heute Nacht zumindest. Den ersten großen Schreck hatte ich zwar schon halbwegs überwunden, aber seine Sorge war irgendwie … süß. Wirklich sehr süß.

Und unerwartet bei einem mitleidlosen Killer.

Ich schnaubte innerlich. Der Typ hatte gerade vor meinen Augen zwei Menschen umgebracht, und ich fand, dass er süß war? In was für einen Wahnsinn war ich da hineingeraten?

Er schloss seine Haustür auf und hielt sie mir auf. Ich spähte in das unbeleuchtete Treppenhaus und schluckte gegen die Furcht an, die mir immer noch die Kehle zuschnürte. Nach dem, was eben passiert war, brauchte ich Licht, das die Schatten vertrieb. Sehr viel Licht.

Als hätte er meine Gedanken gehört, knipste er das Flurlicht an. »Geh rein.«

Ich ballte die Fäuste und stieg die Stufen hinauf. »Das ist echt nicht nötig. Mir geht's gut, ganz sicher. Ich habe schon Schlimmeres erlebt.«

»Das stimmt nicht. Das, was ich gesehen habe, sah schon ziemlich übel aus. So etwas sollte jemand wie du nie erleben müssen, ganz zu schweigen von Schlimmerem. Niemals.« Er folgte mir die Treppe hinauf. »Und du solltest lieber nicht noch mal versuchen, es mit drei Kerlen gleichzeitig aufzunehmen.«

»Danke für den Tipp.« Ich blieb vor der zweiten Tür am Ende der Treppe stehen. Sie war dunkelblau gestrichen, wie die Wände. »Das nächste Mal werde ich höflich darum bitten, dass sie mich brav einer nach dem anderen angreifen.«

Er blieb direkt hinter mir stehen, sodass ich seine harte Brust im Rücken spürte. Trotz allem, was ich durchgemacht hatte, war ich mir seiner Präsenz sehr bewusst. »Es wird kein nächstes Mal geben.«

Leiser Ärger stieg in mir auf. »Was hätte ich denn tun sollen? Mich in der Ecke zusammenkauern? Betteln, dass sie mich gehen lassen? Mich nicht vergewaltigen? Hätte ich um mein Leben flehen sollen?«

»Ich weiß nicht.« Sein Kiefermuskel zuckte. »Ich weiß nur: Eine Frau gegen drei Männer, das ist ein Kampf, den sie nicht gewinnen kann.«

»Aber ich kann es versuchen«, hielt ich dagegen. »Was hättest du denn in meiner Lage getan?«

Er öffnete die Tür, knipste das Licht an und forderte mich mit einer Geste auf einzutreten. »Das Gleiche wie jetzt auch.«

»Ganz genau.« Ich rieb mir über die Arme und blickte mich um. Sofa, Couchtisch, Fernseher und Esstisch. Das war's. Aber es war sauber. Sehr sauber. Ich hatte Unordnung erwartet. Doch alles schien genau an seinem Platz zu sein. »Warum erwartest du dann etwas anderes von mir?«

Er antwortete nicht. Stattdessen ging er in die Küche und wusch sich die Hände. Ich folgte ihm und sah zu, wie sich das Wasser von dem Blut rosa färbte. Als er fertig war, trocknete er sich ab und wandte sich zu mir um. Die Kraft seines Blickes ließ mein Herz schneller schlagen. Eine wortlose Kommunikation fand zwischen uns statt. Trotz seines berühmt-berüchtigten Namens und seiner Vergangenheit ertrug er es nicht, mich leiden zu sehen, und das hatte etwas zu bedeuten, egal was er sagte. Er hielt sich vielleicht selbst nicht für einen Helden, aber heute Abend hatte er wie einer gehandelt.

Er trat näher und strich mit den Händen meine Arme hinunter. Ich erschauerte. »Was machst du da?«

»Ich suche nach Verletzungen«, murmelte er. Seine tiefe Stimme stellte komische Dinge mit meinem Körper an. »Du könntest einen Schock haben und den Schmerz vielleicht nicht spüren.«

Ich unterdrückte ein Stöhnen. Er mochte nur helfen wollen, aber seine leichten Berührungen waren die reinste Folter für mich. Er gab mir das Gefühl, als sei ich ihm wichtig, doch Männer wie er machten sich keine Gedanken um andere. »Mir geht's gut.«

Und das stimmte, mir ging es gut. Vor allem hier, bei ihm.

»Davon überzeuge ich mich lieber selbst.« Er ergriff meine Hände. »Drück meine Finger.« Ich drückte. »Gut.« Er kniete sich vor meine Füße und ließ die Hände sanft über meine Beine gleiten, die inneren Oberschenkel auslassend. Dank der Shorts kamen seine Finger weiter oben nicht in Kontakt mit meiner Haut, aber ich konnte seine Hitze durch den Jeansstoff spüren. »Sieht alles gut aus.«

»Sag ich doch.« Ich räusperte mich. »Jetzt bist du an der Reihe.«

Er blickte mit hochgezogenen Augenbrauen zu mir hoch. »Womit?«

»Verarztet zu werden.« Ich zeigte auf das Sofa. »Setz dich.«

Seine Lippen zuckten. »Ja, Ma'am.« Er stand auf. Während er zum Sofa ging, warf er einen Blick zurück zu mir. »Aber mir ist nichts passiert.«

»Immerhin mehr als mir. Hast du einen Erste-Hilfe-Kasten?«

Er drehte ab und steuerte eine Tür an. »Ja. Im Badezimmer.«

»Nein, setz du dich hin. Ich hole ihn.«

Er gehorchte und folgte mir mit seinen Augen, als ich den Raum durchquerte. Ich knipste das Licht im Badezimmer an und sah mich suchend um. Es war so sauber wie der Rest der Wohnung. Blaue Wände, frisch gestrichen. Ich konnte noch den leichten Geruch der Farbe riechen. Immerhin kannte ich jetzt seine Lieblingsfarbe.

»Unter dem Waschbecken«, rief er.

Ich öffnete das Schränkchen. Ein paar Flaschen Wasserstoffperoxid und einige furchterregend aussehende Nadeln lagen gleich neben dem Erste-Hilfe-Kasten. Ich wollte lieber nicht wissen, wofür die Nadeln waren. Ich schluckte, schloss das Schränkchen, stand auf und warf einen Blick in den Spiegel. Bei meinem Anblick drehte sich mir der Magen um. Eine Frau, die aussah wie ein kleines Mädchen in einem blutbefleckten, zerrissenen T-Shirt. Es war das T-Shirt, das mir den Rest gab. Ich wollte es keine Sekunde länger am Körper haben. Wollte niemandes Blut an meinen Händen haben, selbst wenn dieser jemand versucht hatte, mich umzubringen. Ich stellte den Kasten hin und riss mir das Shirt vom Leib. Dann ging ich in die Küche und warf es in den Mülleimer.

Als ich zurückkam, saß er immer noch auf dem Sofa, aber

sein Blick war hitzig, und seine Finger umklammerten seine Knie. »Heidi, du musst dir ein T-Shirt anziehen«, stieß er mit rauer Stimme hervor.

Seine Augen waren dunkel, und er saß vornübergebeugt da, als wollte er sich jeden Augenblick auf mich stürzen. Die Art, wie er mich ansah, so als hätte er ein Anrecht auf mich, hätte mich eigentlich wütend machen sollen, vor allem nach dem, was erst gerade vor einigen Minuten geschehen war. Normalerweise hasste ich dominante Männer, die glaubten, sie könnten eine Frau kontrollieren, sobald sie »ihre« war.

Aber jetzt gerade, in diesem Moment, machte es mich nicht wütend.

Ganz und gar nicht.

5

Lucas

Ich umklammerte meine Knie fester und kämpfte gegen den Impuls an, ihr auch noch den Rest ihrer Klamotten auszuziehen. Ich wusste, warum sie ihr T-Shirt ausgezogen hatte. Ich hatte das Entsetzen auf ihrem Gesicht gesehen, als sie das Blut darauf entdeckt hatte. Aber verdammt, sie trug nur einen durchsichtigen schwarzen BH und knappe Shorts, die aussahen, als wären sie auf der Haut aufgemalt.

Es hätte gereicht, um einen Heiligen in Versuchung zu führen, und ich war ganz sicher kein Heiliger.

Mein Verstand wusste, warum sie halbnackt war, aber mein Körper hatte das Memo nicht bekommen. Als das ankam, war er nicht in demselben verdammten Büro gewesen wie mein Gehirn.

Obwohl ich wusste, dass sie immer noch erschüttert war durch das, was diese Wichser mit ihr vorgehabt hatten, konnte ich den Blick nicht von ihr abwenden. Ihr langes Haar ergoss sich über ihren Rücken und lockte sich an den Spitzen. In den blauen Augen, von denen ich so oft geträumt hatte, war nicht dasselbe Funkeln wie sonst, und das machte mich wütend.

Diese kleinen Arschlöcher hatten ihr Funkeln gestohlen.

Sie beobachtete mich, ohne ihre Grübchen zu zeigen. Die großen Brüste waren deutlich unter dem Stoff ihres BHs zu sehen, sie machte nicht einmal den Versuch, die rosigen Nippel vor mir zu verbergen. Ihre harten rosigen Nippel, die praktisch um meinen Mund bettelten.

Jesses, Maria und Josef, sie wollte mich umbringen.

Wespentaille, geschwungene Hüften. Hüften, die für die Hände eines Mannes bestimmt waren, während er sie seinen Namen schreien ließ.

Nein, nicht die Hände eines Mannes.

Dieses Mannes: meine Hände. Nur meine.

Die Jeansshorts klebten förmlich an ihrem runden Hintern. Nackte Beine. Blaue Converse-Sneaker. Und sie war in meiner Wohnung. Sah mich an.

»Heidi …«

Sie versuchte sich zu bedecken. »Okay, im Nachhinein war das vielleicht doch keine so gute Idee. Aber ich hätte das T-Shirt nicht eine Sekunde länger anhaben können. Verstehst du?«

Etwas in meiner Brust zog sich zusammen, als ich ihre erstickte Stimme hörte. Hätte ich es nicht besser gewusst, ich hätte geschworen, dass es mein Herz war. Aber ich wusste, dass ich keines mehr besaß. Etwas sagte mir, dass dieses Geständnis ihr nicht leichtgefallen war. Mir wäre es auch so gegangen.

Sie und ich, wir ähnelten uns sehr.

Ich stand auf, ging zu ihr, umfing mit beiden Händen ihre Wangen und strich mit dem Daumen über ihre aufgeplatzte Lippe. Die Geste war zärtlich und viel zu sanft, sie passte gar nicht zu mir, aber sie überkam mich einfach. Sie sah so verängstigt und unsicher aus. »Schon gut, Süße. Ich hole dir was zum Anziehen.«

»Danke«, sagte sie, ohne den Blick von mir abzuwenden.

Widerstrebend ließ ich sie los und ging ins Schlafzimmer. Ich schnappte mir mein Lieblingsshirt und streckte es ihr zusammengeknüllt entgegen. »Hier.«

Als sie es entgegennahm, erhellte ein zaghaftes Lächeln ihr blasses Gesicht. »Blau. Natürlich.«

»Ja.« Ich zog eine Augenbraue hoch. »Und?«

»Du magst Blau«, sagte sie.

Das stimmte, aber ich erinnerte mich nicht, es ihr gesagt zu haben. »Zieh es an.«

»Oh. Richtig.« Sie zog es sich über den Kopf. Nachdem sie die Arme durch die Armlöcher gestreckt hatte, kuschelte sie sich hinein und flüsterte: »Danke, Lucas.«

Es war das erste Mal, dass sie mich unaufgefordert mit meinem Namen ansprach. Mir gefiel, wie er aus ihrem Munde klang. Weich und süß und verführerisch. Doch die Art, wie sie mich anblickte, mit ihren strahlend blauen Augen, ließ meinen Magen zu einem Klumpen werden. »Sieh mich nicht so an.«

Sie riss die babyblauen Augen auf. »Wie denn?«

»So als wäre ich ein Held oder so.« Ich zerrte an meinen Haaren und sah weg. »Es ist ja nicht so, als hätte ich dich aus reiner Herzensgüte gerettet. Ich habe kein Herz. So bin ich nicht. Ich bin jemand, der andere Leute in Gassen überfällt – nicht umgekehrt.«

Sie schüttelte den Kopf, ohne den Blick von mir abzuwenden. »Dein Heiligenschein ist vielleicht ein wenig stumpf geworden, aber du hast mich gerettet.«

Wieder spürte ich etwas in meiner Brust. Sie wollte ein Weichei aus mir machen, doch das würde ich nicht zulassen. »Das hat nichts zu bedeuten.«

»Setz dich.« Sie zeigte ungeduldig auf das Sofa. »Ich muss die Wunde säubern.«

Ohne zu protestieren, setzte ich mich. Sie ließ sich auf dem niedrigen Tisch vor mir nieder, die Beine rechts und links von meinen. Ich musste mich sehr beherrschen, um nicht ihre

Oberschenkel zu packen und sie noch weiter zu spreizen. »Du gehörst jetzt zu mir.«

Sie zog die Wundbenzinkompressen heraus und riss eine auf. »Wie bitte?«

»Ich meine, nachdem ich denen gesagt habe, dass wir zusammen sind, musst du jetzt auch mitspielen. Bitter Hill wird garantiert checken, ob das auch stimmt.« Ich schloss die Augen und ließ sie machen. Es brannte höllisch, aber ich gab keinen Mucks von mir. Ich musste nicht verarztet werden, aber ich hatte das Gefühl, dass sie es brauchte, um ihre Nerven zu beruhigen. Also ließ ich sie machen. »Das heißt, du gehörst jetzt zu mir.«

»Wie romantisch«, murmelte sie.

»Ich will eigentlich nicht mit dir zusammen sein«, sagte ich mit harter Stimme. »Ich bin kein Typ für Beziehungen. So für Liebe und den ganzen Freund-Freundin-Scheiß.«

Sie lachte. »Ja. Das habe ich mir schon gedacht.«

»Ich mag Abwechslung im Leben.« Ich öffnete die Augen. Sie betrachtete mich mit einer Sanftheit, die sich sehr schnell verlieren würde, wenn sie länger mit mir zusammen war. So wie alle anderen. »Du machst es schon wieder.«

Sie hob abwehrend die Hände. »Du kannst mir nicht vorschreiben, wie ich dich ansehen soll, meine Güte.«

»Also, eigentlich kann ich …«

»Ich bin keine von deiner Crew, du kannst mich nicht herumkommandieren, Lucky.« Sie nahm das Neosporin, drückte ein wenig auf ihren Finger und rieb es in die Platzwunde auf meiner Stirn. Jetzt wäre ich doch beinahe zusammengezuckt. Aber nur beinahe. »Wie ist das so?«

»Wie ist was?«, murmelte ich.

»Wenn jeder in Steel Row Angst vor dir und den Sons hat?«

Ich konnte ihr mit Arroganz antworten. Ihr erklären, dass es genau das Richtige war. Aber es widerstrebte mir, sie mit der gleichen Antwort abzufertigen, die ich allen gab. »So ist mein Leben, seitdem ich vierzehn war. Ich kenne es nicht anders und werde auch nie etwas anderes kennenlernen.«

Unwillkürlich dachte ich an die Tasche, die ich gepackt hatte. Sie erinnerte mich daran, dass ich nicht gezwungen war zu bleiben. Aber die Sache war die: Jetzt war alles anders. Ich war dort runtergegangen. Hatte laut verkündet, dass sie zu mir gehörte. Sie brauchte meinen Schutz, sonst würden sie sie in Stücke reißen.

Ich konnte nicht weglaufen.

»Aber es gefällt dir nicht?«, fragte sie und zückte nun ein Pflaster.

Darauf würde ich nicht antworten. Wir waren keine Schulmädchen, die sich gegenseitig ihre Geheimnisse erzählten. Warum interessierte es sie, ob ich glücklich war oder nicht? Woher sollte ich überhaupt wissen, was es für ein Gefühl war, glücklich zu sein? »Ich brauche kein Pflaster. Wie alt bin ich, sechs?«

»Die Wunde wird sich infizieren.«

»Ich komme schon damit klar.« Ich stand auf und ging hinüber zum Fenster, ohne Pflaster. Eine Bewegung in der Gasse hinter der Bar fiel mir ins Auge. »Der Reinigungstrupp ist da.«

Sie stellte sich hinter mich. Ihr Atem wurde flach, als sie die Männer da unten sah. »Was tun die jetzt mit den …?«

»Leichen«, beendete ich den Satz für sie, leicht amüsiert über ihr Unbehagen. Für mich war es ein ganz normaler Arbeitstag gewesen. »Keine Ahnung und es ist mir auch egal.«

Sie rieb sich die Stirn, sah nicht weg. »Sie sind wirklich tot?«

»Ja. Sie sind wirklich tot.« Ich fühlte mich auf einmal unwohl. Sie strahlte etwas aus … zum ersten Mal … schämte ich mich beinahe. Normalerweise tötete ich für den Job. Nicht für eine verdammte Frau. Was zum Teufel hatte ich mir dabei gedacht? »Denkst du, ich hätte ihnen eine Tasse Tee machen und sie nett darum bitten sollen, dich in Ruhe zu lassen?«

Sie schlang sich die Arme um den Körper und schüttelte langsam den Kopf. »Nein.«

»Stimmt.«

Die Männer gingen zur Hintertür der Bar und rüttelten daran. Ich merkte, wie angespannt sie war. »Was tun die da?«

»Sie suchen nach dir. Suchen nach einer Ungereimtheit in unserer Geschichte.«

Sie rieb sich die Gänsehaut von den Armen. »Und wenn sie eine finden?«

»Dann wird's gefährlich für dich.« Ich zwang sie, mich anzusehen, indem ich ihr Kinn anhob. Ihre Haut war weich. So weich, dass es ein eigenartiges Gefühl war, sie mit meinen rauen Händen anzufassen. Als hätte ich sie beschmutzt. »Du musst bei mir bleiben. Wir müssen es echt aussehen lassen.«

Sie klopfte nervös mit dem Fuß auf den Boden, blickte überall hin, nur nicht mich an. Ich wusste warum. Wir standen nahe beieinander, ich berührte sie, und ich hätte alles darauf gewettet, dass sie dieselbe Elektrizität spürte wie ich. Diesen unleugbaren Drang, sich näherzukommen. Viel näher.

»Hast du ein Gästezimmer?«, fragte sie.

»Nein.« Ich wies mit dem Kopf nach links. »Ich schlafe auf dem Sofa, du kannst mein Bett haben.«

»Das kann ich nicht von dir verlangen. Ich nehme das Sofa.«

Ich rang mir ein süffisantes Lächeln ab. »Ahhh, komm schon, Schätzchen. Das wäre nicht sehr gentlemanlike.«

»Ich dachte, du bist kein Gentleman«, schoss sie zurück.

»Bin ich auch nicht.« Ich ließ sie los und machte einen Schritt zurück. Ich brauchte Abstand zwischen uns, um mich wieder unter Kontrolle zu bekommen. Ohne Erfolg. Ich wollte sie immer noch. »Aber deinetwegen werde ich heute Nacht einer sein. Schlaf gut. Morgen früh bin ich wieder ein Arschloch.«

Sie schüttelte den Kopf, und ihre pinkfarbenen Lippen verzogen sich zu einem leichten Lächeln. »Das kannst du nicht einfach so abstellen. Entweder bist du ein Arschloch oder du bist keins.«

»Oh, ich bin eins.« Ich schlenderte zum Sofa und setzte mich, um die Beine auf den Tisch zu legen und die Füße übereinanderzuschlagen. »Täusch dich da ja nicht. Du hast gesehen, was ich mit Leuten mache, die sich an meinem Eigentum vergreifen.«

Ihre Nasenflügel blähten sich, und sie kam mit schmalen Augen auf mich zu. »Ich gehöre dir nicht, Lucky. Schlag dir das aus dem Kopf.«

»Es ist süß, dass du das denkst. Wirklich.« Ich sah zu ihr hoch und setzte mein »Das geht mir am Arsch vorbei«-Lächeln auf, das ich bereits seit meinem zehnten Lebensjahr perfektioniert hatte. »Weil du nämlich völlig falsch liegst.«

Sie lachte und schüttelte den Kopf. »Du hast es wirklich gut drauf, was?«

»Was habe ich gut drauf?«

»Den harten Typen zu spielen.« Sie beugte sich vor, um mir unverwandt in die Augen zu sehen. »Du sagst etwas Nettes, merkst es, und sagst dann etwas lächerlich Abstoßendes, um es wieder auszugleichen. Sonst könnten die Leute ja anfangen, dich zu mögen.«

Ich schnaubte. Sie durfte nicht merken, dass sie der Wahrheit zu nahe kam. In einem Punkt zumindest irrte sie sich. Denn wieso sollte ich ein netter Mensch sein, der sich als Arschloch ausgab? Es war genau andersherum, heute Nacht war ich ein Arschloch, das sich als netter Typ ausgab, und das war sehr viel gefährlicher. »Mach, dass du ins Bett kommst, Schätzchen, bevor ich dir zeige, was für ein Arschloch ich sein kann.«

»Du machst mir keine Angst.« Sie stemmte die Hände in die Hüften und fixierte mich herausfordernd. »Und außerdem brauche ich deinen Schutz nicht. Ich kann auf mich selbst aufpassen, so wie ich es immer getan habe. Heute Nacht werde ich hier schlafen, aber morgen ist diese Sache zwischen uns …«, sie zeigte auf mich, dann auf sich und dann wieder auf mich, »… dann ist das vorbei.«

»Wenn du nicht gerade brutal in einer Gasse überfallen worden wärst, würde ich dir zeigen, was genau zwischen uns ist.« Ich stand langsam auf, sie fest ins Auge fassend. Sie errötete, schreckte aber nicht zurück. »Du hast damit angefangen, an dem Abend, als du in der Bar zu mir kamst und mich Lucky nanntest. Du wusstest genau, was du tatest, und du weißt auch jetzt genau, was du tust. Du spielst mit mir.«

Sie hob das Kinn. »Ja. Und warum lächelst du dann?«

»Weil ich ein Geheimnis habe.« Ich marschierte auf sie zu, doch sie wich keinen Zentimeter zur Seite. Und Mann, wie mir das gefiel. Sie gab niemals klein bei. Als ich vor ihr stand, strich ich mit den Fingern über ihre Arme, ganz leicht, und sah zu, wie sich die kleinen Härchen aufstellten. »Und ich weiß genau, was ich tue.«

Sie fuhr zurück. »Und was wäre das?«

Ich beugte mich vor und streifte mit den Lippen über ihren Wangenknochen. Nur eine federleichte Berührung, bloß um ihr zu zeigen, dass ich es ernst meinte. Um ihr ein bisschen Angst zu machen. Denn wenn sie keine Angst vor mir hatte, war ich wehrlos gegen sie. »Oh, lustig, dass du das fragst.« Ich grinste, den Mund an ihrer Schläfe. Dann umfing ich ihren Hinterkopf und fuhr mit den Fingern durch ihre seidigen Locken. »Und weißt du, was noch lustiger ist? Ich habe nicht die Absicht, dir darauf zu antworten. Du wirst wohl warten müssen, bis du es selbst herausfindest, wie ein braves Mädchen. Aber ich gebe dir einen Hinweis.«

Ihr Atem wurde schneller. »Ja?«

»Zwischen uns ist es nicht vorbei, und du lehnst meinen Schutz nicht ab. Ich habe nicht den Kopf für dich hingehalten, damit du morgen Abend wieder in irgendeiner Gasse überfallen wirst, ohne dass ich da bin, um deinen hübschen kleinen Hintern zu retten. Du gehörst jetzt mir, Süße, und das solltest du lieber akzeptieren.«

Sie riss sich los und funkelte mich böse an. »Gott, du bist so …«

»Umwerfend charmant?« Ich ließ von ihr ab, rieb mir über das Kinn und grinste, weil ihr der Ärger so deutlich anzusehen war. »Das hast du mir schon ein- oder zweimal gesagt.«

»Nervig, unerträglich. Fick …«

Ihre Wangen wurden rot, und sie brach ab.

»… dich ins Knie?« Ich brach in Gelächter aus. »Nee, das habe ich nicht nötig. Da kann ich mir was Schöneres vorstellen. Aber das wirst du nicht so bald erleben. Und nun, ab ins Bett, bevor ich es mir anders überlege.«

Sie warf mir einen vernichtenden Blick zu, drehte sich auf dem Absatz um und knallte die Schlafzimmertür hinter sich zu. Ich ließ das arrogante Grinsen fallen, setzte mich und atmete bebend aus. Was für eine beschissene Situation. Ich hatte nicht nur gegen meine eigene Regel verstoßen, mich aus den Angelegenheiten anderer Leute herauszuhalten, dies waren auch noch die Angelegenheiten einer anderen Gang.

Eines treuen und guten Kunden.

Ich hatte zwei ihrer Männer getötet und beinahe noch einen dritten.

Und den hätte ich auch noch kaltmachen sollen, dann hätte es niemanden gegeben, der quatschen konnte. Wenn das kein Super-GAU war, was dann? Damit hatte ich soeben Bitter Hill den Krieg erklärt, einer Gang, die unsere Verbündeten waren, und weswegen? Einem Mädchen zuliebe? Weil ich den Kick brauchte?

Die Tür öffnete sich wieder. Sie hatte mein Shirt ausgezogen und trug wieder nur diesen verdammten durchsichtigen BH. »Ich will nicht mehr da drin schlafen. Es fühlt sich noch schmutziger an als das blutige T-Shirt, weil es dir gehört. Anders als ich.«

Damit kam sie ein paar Schritte ins Zimmer stolziert und warf das T-Shirt nach mir. Es traf mich mitten auf der Brust. »Heidi, zieh das verfluchte Shirt wieder …«

»Nein.« Ihre blauen Augen schossen Feuerstrahlen auf mich ab. »Und wenn ich in deinem Bett schlafe, denke daran: Ich schlafe nackt … Aber du wirst mir nie nah genug kommen, um es mit eigenen Augen zu sehen. Weil es vorbei ist.«

Sie warf das Haar mit einer dramatischen Geste zurück, wie sie nur eine Frau wie Heidi hinbekam, wirbelte herum, verschwand im Schlafzimmer und schloss die Tür hinter sich. Während ich mit dem Shirt in der Hand dastand – das jetzt nach Pfirsich roch –, legte sie den Riegel vor.

Okay, ja, ich hatte wegen einer Frau einen Krieg angefangen.

Aber was für einer Frau …

Und sie gehörte ganz mir.

6

Heidi

Am nächsten Abend polierte ich dieselbe Stelle auf der Theke zum vielleicht millionsten Mal mit ruppigen Bewegungen. Wie gewöhnlich hatte Jimi den Eckhocker besetzt und gaffte mich an, aber das war es nicht, was mich so nervös machte. Mit ihm wurde ich mit geschlossenen Augen und auf dem Rücken gebundenen Händen fertig. Es waren die Typen an einem Tisch im hinteren Teil. Sie beobachteten mich. Warteten. Planten etwas. Den ganzen Abend schon. An ihrer Kleidung sah ich, dass sie in derselben Gang waren wie die Arschlöcher, die mich überfallen hatten – Bitter Hill.

Und der Mann, den Lucas hatte laufen lassen, war dabei. Und er verfolgte mich mit Blicken.

Vermutlich warteten sie auf Lucas. Um zu sehen, ob er mich wirklich als seinen »Besitz« markierte oder nicht. Wenn nicht, war ich Freiwild. Das hatte Lucas mir gestern Abend erklärt, aber ich hatte es nicht glauben wollen. Alles in mir wehrte sich dagegen, so zu tun, als sei ich sein »Eigentum«, um eine Gang abzuschrecken, die plötzlich der Meinung war, ich sei irgendwie von Interesse für sie. Keine Ahnung, womit ich plötzlich so viel Aufmerksamkeit verdient hatte. Aber darüber nachzugrübeln war ohnehin zwecklos.

In der Sekunde, in der Lucas mich für sich beansprucht hatte, hatten sich die Räder in Bewegung gesetzt.

Und die Tatsache, dass er zwei von ihren Leuten getötet hatte, um mich zu beschützen, nun, das war auch nicht gerade hilfreich gewesen. Ich hatte genug erlebt, um zu wissen, dass das eine Kampfansage gewesen war und ich mich nun zwischen den Fronten befand, ob es mir gefiel oder nicht. Eines stand fest: Ohne Lucas ging es nicht. Ohne seinen Schutz. Und auch dabei hatte ich kein Wörtchen mitzureden.

Der größte Typ am Tisch starrte mich weiter an, deshalb prostete ich ihm zu und trank das Wasser, das ich mir eben eingegossen hatte, in einem Zug aus. Sobald ich das leere Glas abstellte, grinste er und legte eine Hand an die Hüfte. Zweifellos auf seine Pistole.

Dann stand er auf und kam großspurig grinsend auf mich zu.

Mein Herz schlug schneller, und meine Muskeln versteiften sich, doch ich zwang mich, äußerlich ruhig zu bleiben. Er blieb genau vor mir stehen und lehnte sich lässig an die Bar, mit dem Rücken zur Wand und dem Gesicht zur Tür. Wahrscheinlich, um Ausschau nach Lucas zu halten. Ich wusste, wie Männer wie er tickten. Immer wachsam. Immer kampfbereit.

»Wo ist dein Freund?«

Ich erwiderte seinen Blick, gab nicht klein bei. Er war groß und muskulös, doch das war mir egal. Bei Typen wie ihm ging es nur um den äußeren Schein, und jetzt Schwäche zu zeigen oder Angst wäre der größte Fehler gewesen, den ich machen konnte. »Keine Ahnung. Arbeiten vielleicht? Aber er kommt sicher bald. Tut er immer. Deswegen sind wir überhaupt miteinander ausgegangen. Der Typ kommt immer wieder, man wird ihn einfach nicht los. Irgendwann habe ich nachgegeben. Romantisch, was?«

Schmunzelnd schüttelte er den Kopf. »Das will ich für dich hoffen. Ich muss mit ihm reden. Gestern Abend, da ist er zu weit gegangen. Das müssen wir klären. Ich verstehe, dass er sein Mädchen beschützen wollte. Aber die Sache ist die: Es wusste niemand, dass du ihm gehörst. Und wenn das nicht stimmt und er uns angelogen hat …« Er brach ab und starrte mich drohend an.

Er musste den Satz nicht zu Ende bringen. Ich wusste auch so, was er sagen wollte und in welcher Gefahr ich schwebte, falls die Lüge je ans Tageslicht kam. Verdammt, Lucas hatte recht gehabt. Ich brauchte seinen Schutz immer noch. Ich legte das Küchentuch aus der Hand und verschränkte die Arme. »Das ist ja alles gut und schön. Aber was kann ich dir zu trinken anbieten … während du auf ihn wartest? Ich sehe da nichts auf deinem Tisch stehen, und das hier ist kein Wohltätigkeitsverein, also …«

»Wenn das so ist.« Er senkte den Blick und tippte auf das Blatt mit den Tagesangeboten, das auf dem Tresen lag. »Na dann … nehme ich vier Sam Adams zu zwei Dollar, bitte.«

Mit gezwungenem Lächeln sagte ich: »Gerne.«

Im Weggehen spürte ich seinen Blick auf mir. Überall. Die Erinnerungen an den Überfall waren noch so frisch, dass ich einen verräterischen Schauder unterdrücken musste. Ich wusste nur zu genau, dass Männer wie er bekamen, was sie wollten. Aber Geschäft war Geschäft, und die Bar brauchte die Einnahmen. Ich kam kaum über die Runden. Die letzten Monate waren ganz besonders hart gewesen, aber ich war fest entschlossen, nichts unversucht zu lassen. Das schuldete ich Frankie. Wenn man ihm glauben konnte, gab es das *Patriot* schon so lange, wie es dieses Land gab. Er hatte mir erzählt, dass die Gründerväter selbst in dieser Bar gesessen und Pläne geschmiedet hatten. Ob das stimmte oder er es nur erfunden hatte, war unwichtig für mich.

Dies war mein Baby, und ich würde keine zahlenden Gäste wegschicken, solange ich Rechnungen zu bezahlen, Alkohol zu kaufen und Angestellte hatte, die von mir abhängig waren.

Doch ich würde sie im Auge behalten, während ich darauf wartete, dass Lucas endlich kam und sie verscheuchte. Aber trotzdem …

Dass ich mich darauf verließ, dass ein Typ kam und mich rettete, gefiel mir nicht.

Ich kümmerte mich selbst um mich und die meinen. Ich brauchte keinen Mann, der mir half. Der mich beschützte. Bis jetzt zumindest nicht. Was hatte ich mir da nur eingebrockt? Ich schob die Biergläser über den Tresen und erwiderte den Blick des Mannes. Oder versuchte es zumindest, denn er war zu sehr damit beschäftigt, auf meinen Busen zu starren, um es zu bemerken. Unwillkürlich wünschte ich, ich hätte die Kellnerin und den Koch doch nicht weggeschickt, als die Küche um neun Uhr geschlossen hatte. Aber da wir jetzt kein Essen mehr anboten, musste auch nichts serviert werden, und ich konnte sie nicht einfach fürs Herumsitzen und Nichtstun bezahlen. Deshalb war ich allein. Ich streckte die Hand aus und räusperte mich. »Das macht acht Dollar.«

»Ja.« Langsam hob sich sein Blick. »Darauf bin ich schon allein gekommen.«

Ich hob eine Augenbraue. »Ich war mir nicht sicher, ob du rechnen kannst. Ich meine, Mathe kann für Typen wie dich verwirrend sein. Genauso wie das Wort ›Nein‹.«

»Mit Mathe hatte ich nie ein Problem, aber du hast recht. Ich mag das Wort ›Nein‹ nicht. Das war schon immer so.« Er reichte mir einen Fünfer und vier Ein-Dollar-Scheine. »Stimmt so.«

Ein ganzer Dollar Trinkgeld. »Oh, Wahnsinn, vielen Dank.«

Er nickte mir zu, nahm die Gläser und ging. Oder besser gesagt: schlenderte betont lässig an seinen Tisch zurück. Erst als er dort war, atmete ich wieder freier und ging zur Kasse, um die Scheine und das Trinkgeld hineinzulegen.

Marco trat hinter mich. »Machen die Ärger?«

»Nee.« Ich seufzte. Ich wollte Marco nicht mit hineinziehen. Nicht wenn er so kurz davorstand, diesen ganzen Mist hinter sich zu lassen, ein für alle Mal. »Keine Sorge. Ich dachte, ich hätte dir gesagt, du sollst nach oben gehen? Ich komme gut alleine klar.«

»Bist du dir sicher?« Er lehnte sich an den Tresen und musterte die Bitter-Hill-Crew. Sie starrten zurück, forderten ihn wortlos heraus. Marco richtete sich auf. »Für mich sehen die nach Ärger aus.«

Den Blick auf die Kasse gerichtet, nahm ich mir einen Moment Zeit, um mich zu sammeln. Ich hatte ihm nichts von dem Überfall gestern Nacht erzählt und auch nicht die Absicht, es jetzt zu tun. Denn wenn er Bescheid wusste, würde er sich diese Typen vorknöpfen. Und wenn er das tat, würde jemand zu Schaden kommen. Höchstwahrscheinlich er. Er war ein guter Junge und ein fähiger Türsteher, aber mit Typen wie diesen, die, ohne mit der Wimper zu zucken, töteten, konnte er es nicht aufnehmen.

Typen wie Lucas.

Und obwohl Marco auf der Straße gelebt hatte, war er für dieses Leben nicht geschaffen. Er durfte nicht hier festsitzen, um sich mit Gangs und Mord und Vergewaltigung herumzuschlagen. In fünf Tagen würde er hier raus sein und etwas aus sich machen. Etwas Gutes mit seinem Leben anfangen. Ja, klar, auch er hatte sich mit kleineren Diebstählen durchgeschlagen, aber er hatte Träume und Ziele. Und ich war fest entschlossen, dafür zu sorgen, dass er sie umsetzte. Dass er es schaffte, dieser Welt voller Gewalt und Bosheit zu entkommen.

Er musste es einfach schaffen.

»Natürlich machen die Ärger. Das tun Männer wie die doch immer.« Ich zuckte die Achseln und wandte ihnen den Rücken zu. Ich war es leid, angestarrt zu werden, als wäre ich ihre nächste Mahlzeit. »Aber sie bleiben bestimmt unter sich. Und wenn nicht, regle ich das schon.«

Er wirkte nicht überzeugt. »Ich weiß nicht. Die lassen dich nicht aus den Augen.«

»Das ist doch nichts Neues«, sagte ich geringschätzig und winkte ab. »Lassen wir das. Hast du schon angefangen zu packen?«

Er zog den Kopf ein und schaute mich unter gesenkten Wimpern an. »Ja, aber seien wir doch realistisch, Heidi. Ich werde da nicht reinpassen. Die anderen Studenten sind alle … du weißt schon … normal. Reich. Verwöhnt.«

»Aber nicht besser als du.«

Er verdrehte die Augen. »Ich wette, das sehen sie anders.«

»Mich interessiert nicht, was sie sagen werden. Immerhin hat deine Vertrauenslehrerin gesagt, dein Aufsatz sei der beste, den sie je gelesen habe. Ich garantiere dir, die haben keinen bekommen, der auch nur halb so toll war wie deiner.« Ich legte ihm die Hand auf den Arm. »Und so darfst du nicht denken – dass sie besser sind als du. Das sind sie nicht. Du hast das gleiche Recht, auf dieses College zu gehen wie jeder andere auch, und das wirst du auch erkennen, wenn du erst einmal da bist.«

Er lächelte, doch ich sah ihm an, dass es ihm schwerfiel. »Vielleicht hast du recht. Aber bis dahin packe ich lieber noch ein bisschen, wenn du mich nicht mehr brauchst. Ich komme später noch mal runter, wenn du abschließt, um nach dir zu sehen.«

»Okay.« Die Tür hinter mir öffnete sich, und ich wusste, ohne hinzusehen, wer es war. Ich konnte ihn spüren. Lucas. »Pass auf dich auf.«

»Du auch. Und da wir gerade davon sprechen«, murmelte er mit einem Blick zur Tür. »Der rothaarige Typ ist zurück.«

Mein Herz legte einen Zahn zu. »Ja … also, was das angeht …« Ich strich mit den Händen über meine Jeansshorts. Draußen war es kalt, aber hier drinnen war es höllisch heiß, deswegen zog ich mich entsprechend an. Wenn die enge, kleine Bar voll war, stieg die Raumtemperatur schnell an. »Er ist mein Freund, für eine Zeit. Sozusagen.«

Marcos Augen wurden schmal. »Was soll das heißen, sozusagen?«

»Das ist eine lange Geschichte, die du nicht kennen musst, weil du ja bald hier raus bist.« Ich zeigte ihm ein Lächeln, doch ich ahnte, dass es genauso angestrengt aussah wie seines eben. »Ich will nur nicht, dass du dir Gedanken machst, wenn du siehst, dass er mich anfasst oder zu lange mit mir redet. Das ist alles.«

»Na gut …« Er trat zurück, Lucas weiter im Auge behaltend. »Aber er ist nicht dein Typ.«

Lachend drückte ich mich vom Tresen ab. »Habe ich überhaupt einen Typ? Ich gehe ja nicht gerade viel aus.«

»Das stimmt. Aber wenn doch …«, sagte er im Weggehen, »nicht mit Kerlen wie dem da. Sei vorsichtig.«

»Bin ich doch immer«, rief ich ihm nach. »Und jetzt mach, dass du wegkommst.«

Nachdem ich tief Luft geholt hatte, um meine Nerven zu beruhigen, drehte ich mich um und suchte in dem schummrigen Raum nach Lucas. Der Laden brauchte wirklich mal eine bessere Beleuchtung. Ohne auf den Bitter-Hill-Tisch zu achten, kam er mit langen, entschlossenen Schritten zu mir, wobei er mich nicht einen Moment aus den Augen ließ. Mein Magen machte einen Satz. Jede seiner Bewegungen brachte zum Ausdruck, dass alle hier Anwesenden nach seiner Pfeife zu tanzen hatten. Dass er und er alleine hier das Sagen hatte. Und dass jeder, der anderer Meinung war, sich zum Teufel scheren konnte.

»Alles in Ordnung?«, fragte er, und seine grünen Augen tasteten mich ab. Das Licht in der Bar ließ sein Haar noch roter aussehen, und seine Armmuskeln spannten sich an, als er vor mir stehen blieb.

Wärme flutete durch meine Adern, doch ich schüttelte das Gefühl ab, legte die Hände auf den Tresen und lehnte mich vor. »Ja, mir geht's bestens, Lucky. Aber wir haben Gesellschaft, und die ist …«

»Ich habe gesagt, du sollst mich nicht so nennen«, knurrte er.

Dann umfing er ohne Vorwarnung meinen Kopf und zog mich zu sich über den Tresen. Bevor ich auch nur blinzeln konnte, lagen seine Lippen auf meinen. Obwohl er so sexy war und ich mich vom ersten Tag an zu ihm hingezogen fühlte, war die Art, wie er mich küsste, so unpersönlich, dass … nichts passierte.

Absolut nichts.

Seine üppigen Lippen fühlten sich hart an, er machte keinerlei Anstalten, sie sanft über meine zu bewegen, sondern drückte einfach einmal kurz fest zu, das war's. Dann wich er ein Stück zurück, ließ mich aber nicht los. »Ich weiß, dass sie hier sind und uns beobachten. Deswegen habe ich dich geküsst. Sie sollten es sehen, bevor ich zu ihnen rübergehe.«

Ich blinzelte. »Ich will dich ja nicht beleidigen, aber das war kein Kuss. Ich weiß nicht, was es war, aber das würde ich ganz sicher nicht als Kuss bezeichnen.«

Statt gekränkt auszusehen oder verletzt, weil ich seine Verführungskünste kritisierte, wirkte er amüsiert. Seine grünen Augen tanzten, und das selbstzufriedene Grinsen, das ich mittlerweile so gut kannte, erschien. »Das sollte auch keiner sein. Jedenfalls kein richtiger. Fahr mir mit der Hand über den Rücken.«

Er strich mit dem Daumen über mein Kinn, wobei er mich immer noch festhielt. Aus der Distanz musste es zärtlich und liebevoll aussehen, aber ich wusste, was es wirklich war.

Eine Markierung, für diese Dreckskerle in der Ecke bestimmt.

Ich fuhr ihm mit der Hand über seinen muskulösen Rücken. Seinen Körper zu spüren hatte eine stärkere Wirkung auf mich als dieser komische Kuss. Da ich niemand war, der blind irgendwelchen Anweisungen folgte, fuhr ich mit der Hand über die Rundung seines Hinterns und packte fest zu. Die Nägel in seine Jeans gegraben, hielt ich seinem Blick stand. »Wie wäre es damit? Ist das genug Show für dich? Warum schreibst du nicht gleich ›belegt‹ auf meine Stirn, damit alle es sehen können? Oder besser noch: Du drückst mich auf den Tresen runter und nimmst mich von hinten. Dann sehen sie wirklich, dass ich dir gehöre.«

Er zischte durch die Zähne und packte mein Kinn, sodass ich mich nicht mehr bewegen konnte. »Vorsicht, Schätzchen. Hör auf, mich mit deinem frechen kleinen Mundwerk in Versuchung zu führen, sonst beiße ich zu. Fest. Ich glaube nicht, dass du dazu schon bereit bist.«

»Willst du's drauf ankommen lassen?« Ich lächelte ihn an. »Du musst es nur sagen.«

»Gut zu wissen.« Er beugte sich vor, sodass seine Lippen nur einen Hauch von meinen entfernt waren, und unwillkürlich zog sich mein Magen vor Erwartung zusammen. Instinktiv wusste ich, dass es dieses Mal nicht der Witz von einem Kuss von eben wäre. »Aber ich sagte es bereits, zwischen uns läuft erst was, wenn du zugibst, dass du mich willst, und das meinte ich auch so. Willst du jetzt zugeben, dass du mich willst?«

Und wie gern.

»Aber nein.« Ich lachte und tätschelte herablassend seinen

Po. »Nicht in einer Million Jahren. Ich möchte dich ja nicht enttäuschen, aber du bist wirklich nicht mein Typ, Lucky.«

Und Lügen haben kurze Beine.

Er zeichnete einen unsichtbaren Pfad meinen Hals hinunter und über mein Shirt. Sein Blick senkte sich zu meinem Ausschnitt und schoss dann wieder in die Höhe, als gäbe es dort nicht viel zu sehen. Mann, er war wirklich gut. Zu gut. »Doch, bin ich. Aber das ist okay. Leugne es, so viel du willst. Wir beide kennen die Wahrheit.«

Ich schüttelte spöttisch den Kopf. »Träum weiter, wenn es dich glücklich macht. Ich möchte dir nicht deine Illusionen rauben.«

»Das tust du auch nicht.« Sein Griff wurde fester. »Weil ich nämlich froh bin, dass du noch nicht bereit für mich bist. Es macht doch keinen Spaß, wenn es nichts zu erobern gibt. Ich habe vor, deinen Widerstand zu brechen, langsam und sanft, bis du mich anflehst, dich zu vögeln. Das macht den Sieg am Ende nur umso schöner.«

Lust wallte heftig und plötzlich in mir auf, doch ich hob nur gleichgültig die Schulter. »Wie du meinst.«

»Mach dir nichts vor. Am Ende landest du doch in meinem Bett.« Als er die Hand über die Rundungen meines Körpers gleiten ließ, berührte er nur ganz leicht meine Brust, doch es war, als hätte er mir das T-Shirt ausgezogen und wollte mich vor aller Augen vernaschen. In meinem Magen kribbelte es, und ich presste die Oberschenkel zusammen. Was aber leider nicht gegen das quälende Gefühl der Leere in mir half. »Und du wirst jede Sekunde genießen, Süße.«

Erst als er die Hand auf den Tresen sinken ließ, stieß ich den angehaltenen Atem aus. »Jage nur weiter nach dem Topf voll Gold am Ende des Regenbogens, Lucky. Du hast bessere Chancen, den zu finden, als mich rumzukriegen.«

»Wer sagt, dass ich so scharf auf dich bin, dass ich dir nachjage? So wie ich das sehe, bist du diejenige, die sich in meine Arme geflüchtet hat. Du brauchst mich, nicht andersherum«, sagte er mit arrogant gehobenen Augenbrauen. Er musterte mich von oben bis unten und zuckte dann mit der Schulter. »Diese Sache zwischen uns? Fürs Erste ist es ein simples Geschäft, nichts weiter.«

»Stimmt das?« Ich fuhr mit der Hand über seinen Hintern, seine Hüfte, um dann ganz sacht seinen Schwanz zu streifen. Und was für ein Schwanz das war. Er war riesig. Und hart. So wie er selbst. »Mir kommt es nicht so vor, als sei es nur ein Geschäft.«

Lucas trat zurück, außerhalb meiner Reichweite. »So ist das bei Männern, Süße. Wenn du einem Mann den Hintern tätschelst und schmutzig mit ihm redest, bekommst du eine Reaktion. Das nächste Mal solltest du es lieber ernst meinen, denn dann werde ich dich nicht einfach so davonkommen lassen.«

Er ging ohne ein weiteres Wort. Doch statt die Gangmitglieder aufzufordern zu gehen, schlenderte er an ihnen vorbei, nickte ihnen zu und setzte sich in eine Ecke am anderen Ende der Bar, mit dem Rücken zur Wand. Als er sah, dass ich ihn anstarrte, hob er eine Augenbraue. Und diese kleine Geste allein machte mir sehr viel mehr Angst als die bulligen, harten Schläger, die mir an den Fersen klebten.

Denn ich konnte den Blick nicht von ihm losreißen.

7

Lucas

Verflucht. Die Frau war mein sicherer Tod. Seit drei Stunden saß ich jetzt hier und sah zu, wie sie hinter dem Tresen hin und her tänzelte, hin und her. In diesen superknappen Shorts. Als wenn das nicht schon Folter genug wäre, flirtete sie auch noch demonstrativ mit jedem Kerl, der sich ihr näherte. Jedem. Einzelnen.

Ich wusste, welches Spiel sie spielte und was sie damit bezweckte, aber es machte mich sauer. Sie gehörte mir, auch wenn sie selbst es noch nicht wusste und wir noch keinen Sex gehabt hatten. Und ich teile nicht. Normalerweise war ich auch nie lange genug mit einer Frau zusammen, dass das überhaupt ein Thema wurde. Und trotzdem …

Ich würde jetzt nicht damit anfangen.

Als eines der Arschgesichter die Hand hob, um sie auf sich aufmerksam zu machen, stützte sie lächelnd die Ellbogen auf den Tresen, sodass er eine gute Aussicht auf ihr Dekolleté hatte. Und offenbar gefiel ihm, was er sah, so wie er auf dem Stuhl herumrutschte. Wenn ich es nicht besser gewusst hätte, hätte ich gedacht, dass sie es nicht mal merkte. Dass ihr gar nicht klar war, wie verführerisch alles war, was sie tat – ihr Lachen, ihr Gang, der sexy Schwung ihrer Hüften bei jedem Schritt.

Aber sie wusste es.

Niemand konnte so sexy sein, ohne sich dessen bewusst zu sein.

Sie sagte etwas, lachte und schüttelte den Kopf. Der Typ stand auf und ging zur Tür, wobei er erst im letzten Augenblick den Blick von ihr nahm. Die Uhr an der Wand sagte mir, warum er gegangen war. Es war Sperrstunde. Gut.

Ich hatte die Schnauze voll vom Warten.

Als ich mich wieder Heidi zuwandte, blickte sie schnell weg. Unwillkürlich musste ich lächeln. Dass sie so unabhängig tat, war … süß. Und ihre Versuche, mich von ihrem Desinteresse zu überzeugen, waren noch süßer, vor allem weil sie dachte, damit könnte sie mich tatsächlich abschrecken.

Und dabei merkte sie nicht, dass es genau den gegenteiligen Effekt hatte.

Je heftiger sie mich wegstieß, desto mehr wollte ich sie.

Das lag in meiner Natur. So war ich eben, und so würde ich immer sein. Wenn man mir sagte, ich könne etwas nicht haben, versuchte ich alles, um das Gegenteil zu beweisen und allen den dicken Mittelfinger zu zeigen – nachdem ich mir das, was ich angeblich niemals haben konnte, genommen hatte. Zweimal.

Heidi hatte sich gerade selbst noch unwiderstehlicher gemacht.

Die ganze letzte Nacht hatte ich auf dem Sofa gesessen und sowohl die Wohnungstür als auch die Schlafzimmertür im Auge behalten, hinter der das, was ich im Moment mehr als alles andere begehrte, in meinem Bett lag – höchstwahrscheinlich nackt. Und ich war der perfekte Gentleman gewesen. Hatte mich nicht vom Sofa gerührt.

Wäre sie gestern nicht nur knapp einer Vergewaltigung entgangen, hätte ich versucht, ihr das Geständnis abzuringen, dass auch sie scharf auf mich war, um sie dann in allen möglichen Positionen zu vögeln. So wie es jetzt aussah, würde ich noch zahlreiche Gelegenheiten dazu bekommen. Es war so, wie ich es vorhergesagt hatte: Die kleinen Scheißer von Bitter Hill blieben dran und warteten nur auf eine Gelegenheit, sie mir wegzunehmen.

Um sich auf sie zu stürzen wie die dreckigen Geier, die sie waren.

Drei der Männer hatte ich schon bei früheren Deals getroffen, und den letzten kannte ich ebenfalls, auch wenn mir nicht einfallen wollte, woher. Mit ihnen Geschäfte zu machen war ein notwendiges Übel. Sie dealten mit Drogen, wir mit Waffen, es gab also keine Konkurrenz zwischen uns. Bisher hatten wir friedlich Seite an Seite gearbeitet, ohne Probleme.

Zumindest bis ich gestern Abend zwei von ihren Leuten getötet hatte.

Sie waren mir den ganzen Tag gefolgt, und ich wusste, es war nur eine Frage der Zeit, bis sie ihren ersten Zug machen würden. Wie der aussehen konnte? Ich hatte keine Ahnung. Aber hier würde es jedenfalls nicht passieren. Heidi konnte gut darauf verzichten, dass wir ihre Bar verwüsteten oder die Polizei den Laden dichtmachte. Wenn sie eine Schlägerei wollten, bitte, die konnten sie bekommen.

Nichts lieber als das.

Nur nicht *hier*.

Ich zeigte Heidi mein leeres Glas, indem ich es hochhob, und sie verdrehte die Augen. Den ganzen Abend hatte ich an diesem einen Whiskey genippt, weil ich mich nicht zuschütten wollte, wenn der Feind so nah war. Die waren nicht hier, um zu trinken – das war offensichtlich, denn ihre vollen Biergläser standen immer noch unangetastet auf dem Tisch –, deshalb konnte ich mir eine solche Dummheit nicht leisten.

Nicht noch eine.

Nachdem Heidi leise ein paar Worte mit ihrem Türsteher gewechselt hatte, der vor einigen Minuten aufgetaucht war, warf der Junge einen Blick zu mir herüber, runzelte die Stirn und verschwand wieder nach oben. Ich konnte nur einen kurzen Blick auf die Treppe werfen, bevor die Tür sich hinter ihm schloss. Ich ahnte, dass sie ihn vor allem deswegen weggeschickt hatte, weil sie ihm Ärger ersparen wollte. Denn den besorgten Blicken nach zu schließen, die sie ihm zugeworfen hatte, seitdem er heruntergekommen war und entdeckt hatte, dass die Bitter-Hill-Crew immer noch hier herumhing, hatte sie eine Schwäche für den Jungen. Wenn das der Fall war, sollte sie es lieber nicht so deutlich zeigen.

So lautete Regel Nummer zwei in diesem Leben. Zeige keine Schwäche. Denn wenn doch, würde jemand sie ausnutzen … und dich auch. Ein Schloss klickte, und seine Schritte stiegen höher und höher, dann hörte ich sie über uns. Ebenso wie die vier Männer in der anderen Ecke. Heidi starrte die geschlossene Tür an, stieß einen Seufzer aus, strich sich mit den Händen über die Shorts und nickte mir kurz zu.

Jetzt waren nur noch wir in der Bar.

Sie brachte mir das Glas Whiskey. Im Vorbeigehen warf sie den Männern in der Ecke einen feindseligen Blick zu und fuhr sie an: »Wir schließen. Zeit, nach Hause zu gehen.«

Ihre Schritte stockten, als einer von den Arschlöchern die Hand hob, eine Pistole formte und den »Abzug« drückte. Der, den ich nicht einordnen konnte. Ich brauchte einen Moment, aber dann erkannte ich ihn endlich. Er war der, den ich laufengelassen hatte – der mit dem Sterntattoo am Hals. Ich hätte ihn umlegen sollen.

Knurrend sprang ich auf. »Raus. Sofort.«

»Lass.« Heidi schob das Glas über den Tisch und schüttelte mit fest zusammengepressten Lippen den Kopf. »Das ist es nicht wert.«

Sie legte mir die kleine Hand auf die Brust. Es war, als würde sie durch mein Shirt hindurchbrennen, und ein fremdes Gefühl stieg in mir auf, mit dem ich nichts anzufangen wusste. Ich schüttelte es ab. Mit meinen Gefühlen würde ich mich später beschäftigen, irgendwann, wenn ich dazu bereit war.

Also nie.

Hinter ihr versetzte der Anführer – Phil – dem Mann, der Heidi bedroht hatte, einen Tritt und flüsterte ihm etwas zu. Der andere Mann senkte den Kopf. Ich blickte auf Heidi hinunter, und sie erwiderte meinen Blick. Ihre blauen Augen waren kristallklar, doch es lag ein Schatten darin. Das Funkeln, das mich ursprünglich so gereizt hatte, fehlte immer noch.

Das machte mich wütender als das, was der Wichser gesagt hatte.

»Doch, ist es«, zischte ich. Die anderen vier Männer standen auf, die Hände an den Pistolen. Pistolen, die wir ihnen verkauft hatten. Zum zweiten Mal am heutigen Abend trat Heidi vor mich. »Geh mir aus dem Weg.«

Die Hände in mein Shirt gekrallt, hielt sie mich fest und rührte sich nicht vom Fleck. »Nein.«

»Ich nehme keine Befehle von dir entgegen, Süße.« Ich packte ihre Hände und löste sie gewaltsam von mir. »*Du* tust, was *ich* sage.«

»Ich bin nicht einer von deinen Männern«, widersprach sie. Ihre Hände verkrampften sich in meinen. »Das heißt, du kannst dir deine Befehle sonst wohin ....«

»Heidi.« In meinen Ärger über ihre Bockigkeit mischte sich Belustigung, aber nicht genug, um die Oberhand zu gewinnen. Verstand sie denn nicht, dass ich ihr helfen wollte? »Geh mir aus dem Weg.«

Als sie für meinen Geschmack nicht schnell genug reagierte, hob ich sie einfach hoch und stellte sie beiseite. Aber sie ließ mich nicht los. Stattdessen grub sie beide Hände in mein

Hemd und stieß mich gegen die Wand. Hätte jemand anderes das getan, läge er jetzt schon tot auf dem Boden.

Ich stolperte zurück. »Was zum …?«

Sie warf die Arme um mich und küsste mich. Anders als ich bei meinem kalten, berechnenden Kuss … war sie ganz bei der Sache. Ihre Lippen legten sich auf meine, und ihre Zunge glitt in meinen Mund, suchte meine Zunge. Ich hielt die Augen einen Spalt auf, weil ich die Dreckskerle im Blick behalten wollte. Da sie uns aufmerksam beobachteten, legte ich die Hände um ihren Po und zog sie an mich, wobei ich ein Stöhnen ausstieß, damit es realistisch wirkte.

Ganz sacht ließ ich die Finger über die Innenseiten ihrer Schenkel gleiten, strich leicht, kaum merklich, über ihren heißen Schoß. Mann, wie gerne wäre ich jetzt mit ihr allein gewesen, um es auch genießen zu können. Sie dagegen hatte offenbar keine Bedenken, sich ihren Gefühlen hinzugeben, denn sie schmolz praktisch in meinen Armen dahin. Ein Stöhnen entfuhr ihr und lenkte mich ab.

Fast hätte ich mich hinreißen lassen.

Wenn dies ein echter Kuss gewesen wäre, einer, der damit endete, dass sie nackt unter mir lag, würde ich sie jetzt herumdrehen, sie gegen die Wand drücken und ihren ganzen Körper mit den Händen abtasten. Jeden. Wundervollen. Zentimeter. Aber er war ja nicht echt.

Und es würde warten müssen.

Und wenn sie den Typen unsere Story verkaufen wollte, dann würde ich mitspielen. Soweit es Bitter Hill anging, waren wir zusammen und schliefen sowieso miteinander. Was auch immer. Aber auf keinen Fall würde ich bei ihr die Beherrschung verlieren, nicht in der Fantasie und nicht im wahren Leben. Ich wollte sie, ja. Aber mehr auch nicht.

Egal welche Gefühle sie in mir weckte oder wie sehr ich sie

mochte, daraus würde niemals etwas anderes werden. Unmöglich. Das musste sie wissen, bevor mehr passierte.

Ich brach den Kuss ab und schob sie hinter mich.

Wie durch ein Wunder wehrte sie sich dieses Mal nicht, sondern hielt sich leicht bebend an meinem Hemd fest. »Heilige Scheiße«, murmelte sie.

Beinahe hätte ich gelächelt. Beinahe.

»Ihr lasst mein Mädchen in Ruhe«, sagte ich mit leiser, harter Stimme. Dass ich nicht zu schreien brauchte, um mich verständlich zu machen, wussten wir alle sechs. »Sucht euch einen anderen Laden, um zu trinken und Ärger zu machen. Gestern Abend habe ich euch mit einer Warnung davonkommen lassen. Das passiert nicht noch mal.«

Der Lieutenant wies seine Leute mit einer Handbewegung an zurückzubleiben und kam um den Tisch herum. »Du findest, das gestern Abend war eine Warnung? Du hast zwei von meinen Leuten getötet.«

»Es hätten auch drei sein können, Phil.« Ich zuckte die Achseln und starrte den Mann an, der es gewagt hatte, auf mein Mädchen »zu schießen«. »Was nicht ist, kann ja noch werden. Heute Abend.«

Phil lachte und fuhr sich mit der linken Hand durch das braune Haar. »Wir haben vier Pistolen, und du hast eine. Das ist wohl kaum ein fairer Kampf.«

»Du hast recht.« Ich musterte sie abschätzend. Mit denen wurde ich fertig. Easy. »Ihr hättet noch mindestens zwei mehr mitbringen müssen. Wir wissen alle, dass George und Patrick nicht viel draufhaben, und der Blödmann da hat gestern schon abgelost.«

»Fick dich«, blaffte der Blödmann.

Als er einen Schritt näher kam, hob ich mein Shirt ein wenig an und legte die Hand auf meine Sig. Indem ich sie bei mir trug, verstieß ich gegen meine Bewährungsauflagen, aber das war mir egal. In meinem Metier kam es einem Todesurteil gleich, unbewaffnet Geschäfte zu machen. »Das ist nahe genug. Willst du dich schlagen? Kannst du haben, sehr gerne. Aber draußen vor der Bar meines Mädchens.«

Phil lachte, und die drei anderen stimmten ein. Doch ihr Lachen klang ein wenig gezwungen. »Du hast so eine große Klappe und lässt dich trotzdem von einer heißen Schlampe von einem Kampf abhalten?«

»Wie bitte?« Heidi, die immer noch hinter mir stand, erstarrte und ließ mein Hemd los. Ich wusste, ohne hinzusehen, dass sie es geschafft hatten, sie wütend zu machen. Und wenn sie erst mal wütend war, hielt sie nichts mehr auf. Das hatte ich in der Zeit, in der ich in diese Bar kam, erfahren. Mit ausgestrecktem Zeigefinger kam sie hinter mir vor. »Ihr könnt eure vollen Biergläser nehmen und mich mal am Arsch …«

»Schluss jetzt.« Ich packte sie und drehte sie mit einem sanften Schubs zwischen den Schulterblättern zur Theke. »Mach du nur weiter alles fertig, um zu schließen. Ich habe alles unter Kontrolle, Süße.«

Mit einem Schulterzucken befreite sie sich aus meinem Griff. »Blödsinn. Ich lasse mich nicht herumschubsen wie ein …«

»Heidi.« Ich sah ihr in die Augen und bedachte sie mit einem Blick, von dem Chris immer sagte, dass er eine Nonne so einschüchtern konnte, dass sie sich freiwillig auszog. »Geh.«

Einen kurzen Moment dachte ich, sie würde sich mir widersetzen. In ihren Augen blitzte Ärger auf, und sie drohte mir mit dem Finger. »Darüber reden wir später.« Mit diesen Worten fuhr sie auf dem Absatz herum und marschierte hinter die Theke, um mit lautem Geklapper aufzuräumen.

Ich seufzte. Na super. Das konnte ein langer Abend werden.

Phil lachte wieder. Noch nie hätte ich jemandem, nur weil er lachte, so gern den Hals umgedreht. »Scheiße. Ich hatte meine Zweifel, aber jetzt bin ich mir sicher, dass ihr zusammen seid«, sagte er, und seine Belustigung war nicht zu überhören.

»Ach ja?« Ich drehte mich um und zog die Augenbrauen hoch. »Und warum?«

»Weil sie dich angezickt hat und du sie nicht erschossen hast.« Er grinste. »Außerdem kann jeder Idiot sehen, dass du unter ihrem Pantoffel stehst.«

Niemals.

Aber das würde ich dem Wichser nicht sagen. Seine Fehleinschätzung war nur gut für mich. »Ihr solltet lieber gehen und nicht mehr wiederkommen. Der Laden ist für euch No-go-Area. Ihr habt Glück, dass dieses Mal nur zwei von euch dran glauben mussten.« Ich nickte dem Arschloch, das ich am Leben gelassen hatte, knapp zu und sah mit Befriedigung, dass er erbleichte. »Oder fändest du es in Ordnung, wenn ich einen von meinen Männern zu dir nach Hause schickte und dein Mädchen vergewaltigen lasse?«

Phil nahm eine Haltung ein, die mich wohl einschüchtern sollte, und seine Stimme hätte Stahl schneiden können. »Ist das eine Drohung, Donahue?«

»Da du fragen musst, ist die Antwort offensichtlich nein. Wenn ich jemandem drohe, gibt es keinen Zweifel, dass es eine Drohung ist.« Ich grinste ihn an und lehnte mich lässig an die Wand, um die Beine zu kreuzen. »Außerdem haben die Sons keinen Mangel an willigen Mädels. Wir müssen sie uns nicht mit Gewalt nehmen.«

Das Arschloch von gestern Abend wurde rot im Gesicht und trat einen Schritt vor.

»Bleib, wo du bist, Tom«, sagte Phil. Der kleine Wichser gehorchte sofort. »Da wir von den Sons sprechen: Weiß Tate Daniels, dass du gestern zwei von meinen Männern umgebracht hast?«

»Ich hab's ihm gesagt, ja.« Ich zuckte mit den Schultern, tat so, als wäre das weiter nichts. »Ist ja wohl klar, dass er es verstanden hat. Was uns gehört, bleibt unser. So war das immer in Steel Row. Jeder, der anders denkt, muss es eben lernen. So wie du es gestern Abend gelernt hast.«

Es stimmte. Ich war als Erstes heute Morgen zu ihm ins Büro gegangen und hatte ihm von dem Vorfall berichtet. Ausgelassen hatte ich allerdings die Tatsache, dass meine Beziehung zu Heidi noch mehr Fantasie als Realität war. Doch das war nur eine Frage der Zeit. Das wussten wir beide. Ich sah zu ihr hinüber. Sie saß jetzt auf einem Barhocker, mit verschränkten Armen und nicht gerade glücklichem Gesicht.

Sie neigte den Kopf und schüttelte ihn, als könnte sie meine Gedanken lesen.

Vielleicht konnte sie es. Ich traute es ihr zu.

»Also. Wie ich bereits sagte …« Ich wandte mich wieder den Bitter-Hill-Leuten zu und starrte den Lieutenant herausfordernd an. Von Alphatier zu Alphatier. Und ich würde sicher nicht nachgeben. »Verschwindet und haltet euch von meiner Frau und ihrem Laden fern. Und wascht das scheiß Tag draußen von der Wand.«

Nach einer tapferen Anstrengung blickte er widerstrebend weg. Ich konnte praktisch zusehen, wie er den Schwanz einzog. »Scheiße, ist ja schon gut. Alles cool, Mann.«

Ich nickte knapp. »Ihr findet selbst raus. Jetzt sofort.«

»Klar.« Er drückte sich an mir vorbei und winkte seinen Jungs, ihm zu folgen. Im Gehen sagte er: »Aber wir behalten dich im Auge.« Am Tresen blieb er stehen und strich mit den

Fingern über Heidis Arm. Sie riss ihn so schnell weg, dass sie fast vom Hocker gefallen wäre, und funkelte ihn böse an. »Und sie behalten wir noch genauer im Auge. Die Toten gestern Abend lasse ich durchgehen. Kollateralschaden in einem Revierstreit. Aber wenn du uns noch einmal in die Quere kommst, dann kommen wir zahlreicher zurück und … und nehmen uns, was dir gehört.«

Mit einem langen Blick auf Heidi, der keinen Zweifel daran ließ, was er meinte, verschwand er durch die Tür in den Schnee. Die drei anderen Arschlöcher musterten Heidi anzüglich, offensichtlich in der Hoffnung, ich würde noch einen Fehler machen, bevor sie ihm nach draußen folgten. Jede Faser meines Körpers pulsierte vor Wut und dem Verlangen zu töten. Ich hatte gelernt, Köder wie diese zu ignorieren. Auch in hitzigen Situationen Ruhe zu bewahren, egal was passierte. Aber sie hatten Heidi bedroht, und das machte mich rasend.

Sie würden sterben.

Sie alle.

Vor meinem geistigen Auge blitzten Bilder dessen auf, was sie Heidi antun konnten … und das hatte seine Wirkung auf mich. Es machte eine mordlustige Bestie aus mir, die Blut brauchte. Und ich würde es bekommen.

Ich setzte mich in Bewegung und zog noch im Gehen die Pistole aus dem Holster.

Die Tür fiel hinter ihnen zu. Ich streckte die Hand nach dem Knauf aus. Doch bevor ich sie darum schließen konnte, zerrte mich jemand zurück. Knurrend hob ich die Waffe und zielte auf das Objekt, das mich davon abhielt zu bekommen, was ich wollte. Ihr Blut über den Bürgersteig strömen zu sehen, weil sie mich herausgefordert und das, was mir gehörte, in Gefahr gebracht hatten. »Weg. Aus dem Weg.«

Aufgerissene hellblaue Augen. Blasse Porzellanhaut. Sie

war so verdammt schön. Schöner als Worte sie je beschreiben konnten. Schöner als ein Kerl wie ich es verdiente oder je verdienen würde, in seinem ganzen Leben.

Und ich hatte meine Waffe auf ihren Kopf gerichtet.

8

Heidi

In der Sekunde, als der kalte Lauf seiner Pistole auf meine Stirn zielte … erstarrte ich. Ich konnte nicht atmen. Wagte nicht mal zu blinzeln, um ihn nicht noch weiter zu reizen. Ich glaubte nicht, dass er mir etwas antun würde – wirklich nicht. Nicht nachdem ich seine Reaktion gesehen hatte, als ich von diesen Typen eben bedroht wurde. Aber trotzdem, hier hielt mir ein zum Töten bereiter Mann eine Waffe an den Kopf, blanke Wut in den Augen und mit vor Ärger bebendem Bizeps …

Na ja, es wäre schön dumm gewesen, keine Angst zu haben.

Und ich war nicht dumm.

Die Hände seitlich ausgestreckt, leckte ich mir über die trockenen Lippen. »Lucas …«

»Fuck.« Er senkte die Waffe und steckte sie zurück ins Holster, um sich dann mit der Hand durchs Haar zu fahren. Wenn ich mich nicht irrte, zitterte sie dabei ganz leicht. »Stell dich mir nie wieder in den Weg, wenn ich die Waffe gezogen habe. Niemals.«

Ich nickte schnell, die Arme immer noch gesenkt. Natürlich sagte er mir nichts Neues. Man legte sich nicht mit einem Mann an, wenn er fest entschlossen war, jemanden umzubringen, vor allem wenn der Mann so gefährlich war wie Lucas Donahue. Aber wenn er sich so beschützerisch und – wenngleich widerwillig – heldenhaft verhielt, vergaß man schnell, wer er war. Und was er tat. Wie dämlich von mir. Sehr dämlich.

Wieder fluchte er leise und streckte die Hand nach mir aus. Bevor ich zurückzucken oder überhaupt irgendwie reagieren konnte, zog er mich in seine Arme und drückte mich an sich, meinen Kopf sanft umfassend. Besitzergreifend, aber irgendwie auch tröstlich. »Es tut mir leid. Nach gestern Abend … das Letzte, was du jetzt brauchst, ist ein weiteres Arschloch, das dir Angst macht.«

Ich schloss die Augen und genoss das beruhigende Gefühl einen Moment, aber dann drückte ich mit der Hand gegen seine Brust und wich zurück. Er ließ es zu. »Mir geht's prima. Alles prima. Ich bin stärker, als du denkst.«

»Daran habe ich nie gezweifelt«, sagte er in ruhigem Ton. »Trotzdem tut es mir leid. Ich würde dir nie absichtlich wehtun. Nicht so.«

Ich nickte einmal und schluckte heftig. *Nicht so*. Was genau sollte das denn heißen? Das hätte ich ihn gern gefragt, doch ich tat es nicht. »Ich weiß.«

»Okay. Gut.« Er ließ den Blick über die leeren Tische wandern und rieb sich den Kiefer, der, das war deutlich zu erkennen, schärfer hervortrat als gewöhnlich.

»Ich helfe dir beim Aufräumen, und dann gehen wir zurück in meine Wohnung.«

Kopfschüttelnd durchquerte ich den Raum und nahm die vollen Biergläser, die die Gangmitglieder zurückgelassen hatten. »Das schaffe ich schon allein. Du musst mir nicht helfen.«

»Doch.« Nachdem er einen Stuhl geradegerückt hatte, ging er zu seinem Whiskeyglas, leerte es und stieß einen langen Atemzug aus. »Muss ich.«

Als er sich mir erneut zuwandte, war das lässige Grinsen wieder da – wie eine Maske, die er aufsetzte, wenn er seine Gefühle nicht zeigen wollte. Wenn es so war, würde ich sie noch oft zu sehen bekommen. Denn er war ein Mann, und wann zeigten Männer schon einmal ihre wahren Gefühle? Ich nickte. »Okay. Danke.«

Er zuckte mit den Schultern, als wäre es ihm schnurz, ob ich ihm dankte oder nicht. Und ich ahnte, dass es nicht nur Show war. Es war ihm wirklich scheißegal. »Musst du wischen?«

Ich nickte wieder. »Ja.«

»Das mache ich.« Er nahm mir die Biergläser aus den Händen und ging zum Tresen. »Wo ist der Mopp?«

»Küche, in der linken Ecke.« Ich stellte einen Stuhl – den, den er eben gerade zurechtgerückt hatte – auf den Tisch und griff nach einem zweiten. »Dein Glas kannst du hinten ins Spülbecken stellen. Ich räume es morgen in die Spülmaschine. Die Biergläser auch.«

Ohne ein weiteres Wort verschwand er in der Küche. In kameradschaftlichem Schweigen machten wir alles zum Schließen fertig. Ein zusätzliches Paar Hände war eine große Hilfe, sodass alles doppelt so schnell erledigt war, bis die Bar so hergerichtet war, dass sie wieder öffnen konnte. Das würde erst Mittwoch sein, denn jetzt, am Sonntagabend, begann mein »Wochenende«.

Nachdem ich mich noch einmal vergewissert hatte, dass ich nichts übersehen hatte, knipste ich das Licht aus. Lucas hielt mir die Tür auf. Ich ging an ihm vorbei, die Hände in den Taschen vergraben, und erschauerte, noch bevor ich im Freien war. Es war bitterkalt, und ich trug nur Shorts. Klamotten zum Wechseln hatte ich tagsüber – selbstverständlich in Lucas' Begleitung – aus meiner Wohnung zu ihm geschafft. Wo ich aktuell wohnte.

Apropos …

»Wie lange sind wir denn schon … na ja … zusammen?«, fragte ich und zog die Schultern zum Schutze gegen die Kälte zusammen.

Er zog die Tür ins Schloss, überprüfte es und wandte sich mir zu. »Sind wir in unserer nicht existierenden Beziehung schon an einem Punkt angelangt, an dem wir über unsere nicht existierende Zukunft reden müssen?«

»Nun, sie existiert ja wohl, wenn ich in deiner Wohnung wohne und wir öffentlich rummachen, um ein paar Dreckskerlen, die mir am Arsch vorbeigehen, etwas zu beweisen.« Ich schauderte wieder, und meine Zähne klapperten. »Also, ja, wir sind an dem Punkt.«

»Du wohnst so lange bei mir, bis eine Trennung glaubwürdig ist. Oder bis ich die Gefahr beseitigt habe.« Er schlüpfte aus seiner braunen Lederjacke und legte sie mir um. Als er sie enger um mich zog, sagte er: »Vielleicht Tage, vielleicht Wochen. Das kann man jetzt noch nicht wissen.«

Die Gefahr beseitigen? Das sollte wohl heißen … sie alle töten. »Aber …«

»Vorsicht. Du könntest meine Gefühle verletzen.« Er packte mich noch fester ein, doch sein schiefes Lächeln sagte etwas anderes als seine Körpersprache. »Ist es so schlimm, mit mir zusammenzuwohnen?«

Er wirkte so charmant, wie er da im Mondlicht stand, mir seine Jacke wie ein Gentleman umlegte und mich ansah, als würde ich ihm tatsächlich etwas bedeuten. Aber wir beide wussten, dass es nicht so war. Ich tat ihm leid, er hatte mich gerettet, und jetzt wurde er mich nicht mehr los.

Worüber er bestimmt alles andere als begeistert war.

»Nein. Natürlich nicht. Dein Bett ist sehr bequem.« Ich leckte mir über die Lippen, als plötzlich Bilder von uns beiden, nackt in diesem Bett, auf mich einstürmten. »Dass du mir geholfen hast, war nett von dir. Dafür bin dir auch dankbar, aber …«

Er runzelte die Stirn. Sein Körper wärmte meinen, schützte

mich vor dem Winterwind. »Ich bin nicht ›nett‹, das habe ich dir schon gesagt. Nenn mich nicht so.«

Fast hätte ich die Augen über seine schlechte Meinung von sich selbst verdreht, doch ich konnte mich zurückhalten. Gerade so. »Oh, glaub mir, das weiß ich. Ich weiß auch, dass du mir geholfen hast, und ich will nicht ewig dein Bett in Beschlag nehmen und dein Leben verkomplizieren. Vielleicht könnte ich ja doch bei mir zu Hause schlafen. Dann wären wir zusammen, ohne zusammen zu sein. Verstehst du?«

Er legte mir den Arm um die Schultern und führte mich in Richtung Werkstatt. Schnee und Eis von mehreren Tagen knirschten unter meinen Schuhen, aber ich hatte keine Angst auszurutschen. »Kommt gar nicht infrage. Erstens kann ich nicht für deine Sicherheit garantieren, wenn du nicht bei mir bist. Zweitens ist es dazu viel zu spät. Sie haben schon mal gesehen, wie du mit zu mir nach Hause gekommen bist, es wäre verdächtig, wenn das nicht immer so wäre. Mein Boss hat zwar Verständnis für meinen kleinen Alleingang gestern gezeigt, aber er hat sehr deutlich gemacht, dass er keinen Krieg will. Wenn wir den Bitter-Hill-Leuten eine Gelegenheit bieten und sie sie nutzen, sind mir die Hände gebunden. Ich kann es nicht riskieren, Tate oder sie noch mehr zu verärgern. Sonst ist mein Leben nicht mehr viel wert. Und was sie dann mit dir machen, will ich mir gar nicht erst vorstellen.«

»Aber …«

»Nein.«

Wahrscheinlich hätte ich versucht, mich loszureißen, wenn es nicht so verdammt kalt gewesen wäre. Gott sei Dank wohnte er gleich auf der anderen Straßenseite. Sollte er ruhig weiter die Wärmflasche für mich spielen, aber meine Meinung würde ich ihm trotzdem sagen. »Du kannst mich nicht einfach so herumkommandieren, Lucky. Ich habe dir schon gesagt: Ich befolge nicht blind irgendwelche Befehle, nicht einmal von dir.«

In der Gasse hinter uns krachte es. Er öffnete die Tür und schob mich sanft ins Haus. »Doch. In meiner Welt gehorchst du, wenn dein Mann dir etwas befiehlt.« Er hob die Hand, als ich den Mund öffnete. »Ja, ich weiß, dass ich in Wirklichkeit nicht dein Mann bin. Und ich weiß, es ist altmodisch und nicht in Ordnung. Aber so ist es nun mal, das ist mein Leben, im Guten wie im Schlechten. Wenn du meine Frau bist, egal ob wirklich oder nur zum Schein, muss es so laufen. Punkt.«

»So ein Quatsch. Ich …«

»Schluss jetzt.« Er knallte die Tür hinter uns zu und schlug mit der Faust an die Wand. Dann beugte er sich zu mir herunter, bis sein Gesicht auf gleicher Höhe mit meinem war. »Zwischen diesen vier Wänden kannst du rumzicken, so viel du willst, mir egal. Aber da draußen geht es um deine Sicherheit, dein Leben. Da gelten andere Regeln. Sobald wir diese Wohnung verlassen, gehorchst du mir aufs Wort. Und das steht nicht zur Debatte.«

Ich weigerte mich, den Kopf zu senken, als würde ich kleinbeigeben. Was er sagte, klang logisch, aber das hieß nicht, dass es mir gefallen musste. »Du bist ein Arschloch. Wir sind unter uns, also darf ich das sagen.«

»Ja, darfst du.« Seine Lippen zuckten ganz leicht. »Und ich stimme dir zu. Ich bin ein Arschloch.«

»Und ein Idiot.«

Das Zucken hörte auf. »Das sehe ich anders, außer in einer Hinsicht, aber du hast natürlich das Recht auf eine eigene Meinung.«

»In welcher Hinsicht?«

»Sag ich nicht.« Grinsend presste er seinen Körper – oh

Gott, dieser Körper – an meinen. »Es wäre nicht sehr clever, jedem seine Schwächen zu verraten.«

»Würdest du ja auch nicht«, sagte ich atemlos. Ich fühlte etwas Hartes, das sich an mich drückte, und mir wurde heiß zwischen den Beinen. »Ich bin deine Scheinfreundin.«

»Sag ich doch.«

Immer noch grinsend drückte er sich von der Wand ab und stieg die Treppe hinauf. Ich folgte ihm … na ja, die Aussicht war hübsch. Lucas Donahue hatte einen Knackarsch. Außerdem wusste ich nicht, wo ich sonst hinsollte. Dass Lucas wie ein moderner Galahad zu meiner Rettung herbeigeeilt war – und natürlich wusste ich, dass er ein sehr böser Mann war, ja, ja –, änderte alles. Wegen der Bitter-Hill-Leute war ich dort draußen, allein auf mich gestellt, nirgendwo mehr sicher. Also musste ich hierbleiben, bis die Gefahr vorüber war.

Und dann würde er verschwinden und ich ihn nie wiedersehen.

Etwas sagte mir, dass es für Lucas Donahue aus den Augen, aus dem Sinn hieß, wenn er mit einem fertig war.

Er öffnete die Tür zu seiner Wohnung und winkte mich hinein. Ich ging an ihm vorbei, den Blick fest geradeaus gerichtet, und legte den Lichtschalter um. Alles sah genauso aus wie heute Nachmittag, als wir gegangen waren. Die Decke, unter der er gestern Nacht geschlafen hatte, hatte er zusammengefaltet und aufs Sofa gelegt und das Durcheinander aufgeräumt, das ich angerichtet hatte, als ich ihn zusammengeflickt hatte. Meine Taschen standen unangetastet neben der Schlafzimmertür, gleich neben seiner Tasche, die schon gestern Abend dort gewesen war. Ich starrte sie an, und mein albernes Herz schlug schneller, als ich daran dachte, dass ich die nächsten Tage hier verbringen würde. Von morgens bis abends. Allein mit ihm. Ich hielt die Jacke vorne zusammen, als ich mich zu ihm umdrehte.

Es war zwar geheizt, aber ich war noch nicht bereit, sie auszuziehen.

Sie war warm und weich und roch nach ihm. Oh Gott …

Ich mochte seinen Geruch. Das war nicht gut. Gar nicht gut. Ja, er war heiß. Ja, er hatte mich geküsst. Aber keiner der Küsse war ernst gemeint gewesen. Er hatte so viel Interesse daran gezeigt, mich nackt zu sehen, als wäre ich eine Rübe. Vielleicht sogar noch weniger. Ich schlüpfte aus seiner Jacke und hielt sie ihm hin. »Hier. Danke.«

»Gerne doch.« Er nahm sie mir ab und warf sie achtlos über einen Stuhl. Dabei war sein Blick immer auf mein Gesicht geheftet. »Weißt du, hier in Boston haben wir etwas, das nennt sich Winter. Im Winter und meist auch noch im Frühling ist es draußen verdammt kalt. Und es schneit. Deshalb tragen die Leute normalerweise im Frühling und im Winter etwas, das man als Hose bezeichnet. Im Prinzip so etwas Ähnliches wie das, was du da anhast, nur dass es die Beine bis unten bedeckt – so wie bei mir. In den Shorts siehst du zwar heiß aus, aber eine lange Hose hält dich warm.«

Ich stemmte die Hände in die Hüften und legte den Kopf schief, das Lächeln unterdrückend, das mir seine Ironie entlockte. Schlagfertigkeit gefiel mir immer an einem Mann, und er war schlagfertig, das stand fest. Es war nicht fair. »Ach … dazu sind die also da?«

»So ist es«, sagte er trocken. »Ich schlage vor, du versuchst es mal.«

»Hab ich schon. Und da bekam ich halb so viel Trinkgeld wie in Shorts.« Ich setzte mich aufs Sofa, verschränkte die Beine und legte den Kopf in den Nacken, um ihn anzusehen. Für einen Sekundenbruchteil ruhte sein Blick auf meinen Beinen, bevor er mir wieder in die Augen sah. »Männer sind Schweine. Wenn sie meine Beine sehen, zahlen sie mehr.«

Er ging um das Sofa herum. »Und wenn sie mehr zahlen würden, weil sie deinen Arsch sehen, würdest du dann nackt zur Arbeit kommen?«

»Nein. Das ist ein ganz anderes Etablissement.«

Er ließ sich neben mir nieder, strich mit dem Finger über meinen nackten Oberschenkel und lächelte, als sich dort eine Gänsehaut bildete. »Ja, das stimmt.«

»Eines, in dem du vermutlich schon oft gewesen bist.«

Er zuckte die Achseln. »Klar, aus Arbeitsgründen. Aber normalerweise verbringe ich dort nicht meine Freizeit. Einen Lapdance bekomme ich lieber gratis. Und wenn er vorbei ist, kann ich es gleich hier auf dem Sofa zu Ende bringen. Oder gegen die Wand.«

Mein Puls beschleunigte sich. Falls das eine Einladung gewesen war, lautete meine spontane Antwort »Ja, bitte«. Ein sehr lautes »Ja, bitte«. »Willst du mir damit etwas Bestimmtes sagen?«

»Wie ich schon dem Arschloch in der Bar sagte: Wenn du erst fragen musst …« Seine grünen Augen funkelten, und er ließ mein Bein los. Sofort vermisste ich die Berührung. »Willst du einen Drink?«

»Gott, ja.« Ich stand auf. »Ich meine … Ich bediene mich selbst, wenn du mir sagst, wo der Alkohol ist.«

»Nee, ausnahmsweise hole ich ihn dir.« Auch er erhob sich und streifte mit den Fingerknöcheln meine Wange. Ich biss mir auf die Zunge. »Wein oder Whiskey?«

»Wein.« Meine Kehle fühlte sich geschwollen an und brannte. Und nicht nur sie, auch andere Teile meines Körpers … Doch ich versuchte, es zu ignorieren, weil ich noch etwas loswerden wollte. »Hör mal, ich werde ja eine Weile hierbleiben … und das Sofa ist auf Dauer nichts. Du solltest in deinem Bett schlafen.«

Er holte ein Weinglas und einen Tumbler heraus. »Ich bin vielleicht kein Kavalier, aber ich lasse dich ganz sicher nicht auf dem Sofa schlafen, während ich das Bett nehme. Dann würde sogar meine Mutter aus dem Grab steigen, um mir den Hals umzudrehen. Ehrlich.«

»Du musst nicht auf dem Sofa schlafen.« Ich strich mir das Haar hinters Ohr. »Das ist ein großes Doppelbett, und wir sind erwachsen. Wir können doch beide drin schlafen.«

Er erstarrte, das Glas fest umklammert, und machte einen Schritt rückwärts. Tatsächlich, er schreckte vor mir zurück, als hätte ich eine Morddrohung ausgestoßen. »Du willst mit mir in meinem Bett schlafen?«

Sein halb schockierter, halb entsetzter Ton irritierte mich. »Nicht so. Ich habe dir schon gesagt, dass du nicht mein Typ bist.« Ich lehnte mich an den Küchentresen und trommelte mit den Fingern darauf. »Aber es ist doch nur logisch, dass wir beide es benutzen, wenn wir es noch eine Weile miteinander aushalten müssen.«

Er nahm die Whiskeyflasche und goss sich eine ordentliche Portion ein, die er dann in einem Zug hinunterstürzte, um das Glas sofort wieder aufzufüllen. Dann nahm er die Weinflasche in die Hand und musterte mich mit zusammengekniffenen Augen und gerunzelter Stirn, als hätte ich ihn aufgefordert, er solle sich selbst in die Eier treten, und hätte nicht eine praktische Lösung für die Aufteilung der Schlafgelegenheiten vorgeschlagen. »Ich glaube nicht, dass das eine gute Idee ist.«

»Warum nicht? Schnarchst du?«

Mit todernstem Gesicht goss er den Wein ein. Seine Haut nahm einen leicht grünlichen Ton an, als würde allein der Gedanke daran ihm Übelkeit verursachen. »Keine Ahnung.«

»Also warum …?« Ich neigte den Kopf vor, um seine Augen besser sehen zu können. »Warte. Hast du noch nie mit jemandem in einem Raum geschlafen?«

Er sah mich nicht an. Sein Schweigen sagte mir, dass er nicht die Absicht hatte, mir zu antworten. Stattdessen reichte er mir das volle Glas und nahm seinen eigenen Drink. Dann starrte er mich – wie so oft – herausfordernd an und lehnte sich zurück, wobei er die bernsteinfarbene Flüssigkeit in seinem Glas kreisen ließ. »Zählt ein Zellengenosse auch?«

Ich verschluckte mich an meinem Wein. Als ich wieder Luft bekam, keuchte ich: »D-du warst im Gefängnis?«

»Warum bist du überrascht?«, fragte er trocken und hörte auf, das Glas zu schwenken. »Guck dir doch mein Leben an. Natürlich war ich im Gefängnis. Bin gerade erst raus. Willst du mich immer noch bei dir im Bett haben?«

Zum ersten Mal in meinem Leben war ich sprachlos.

Ich meine, ich wusste, womit er seinen Lebensunterhalt verdiente, dass er nicht auf der richtigen Seite des Gesetzes stand. Aber trotzdem … Gefängnis? Ich versuchte, ihn mir in einem von diesen Gefängnisoveralls vorzustellen statt in Jeans und blauem Shirt, doch es gelang mir nicht. »Wie ich schon sagte, alles rein platonisch. Ich verspreche, dass ich dich nicht mitten in der Nacht trete. Oder dir die Kehle durchschneide.«

Sein Griff um das Glas wurde kaum merklich fester, und er schüttelte den Kopf. »Es ist nicht gut, in Gesellschaft zu sein, wenn man verletzlich ist. Das Risiko gehe ich nicht ein. In meiner Welt ist man dann schon so gut wie tot, Schätzchen.«

»Tja, in meiner nicht.« Ich legte die Hand auf seinen harten Bizeps. »Es wird schon klappen. Ich bleibe auf meiner Seite des Bettes und du auf deiner. Wir können ja Kissen zwischen uns legen, wenn du willst.«

»Ich will nicht, dass etwas zwischen uns ist«, sagte er, und der

Hauch eines süffisanten Lächelns deutete sich an. »Aber dafür bist du noch nicht bereit.«

Oh, da war ich ganz anderer Meinung. Mein Körper war nur allzu bereit. Ich würde ihm nur nicht geben, was er wollte. Das wäre zu riskant. Verrückt. Wahnsinnig.

Und sehr, sehr dumm.

»Daran bin ich absolut nicht interessiert, und das wird sich auch nicht ändern.« Ich beugte mich näher zu ihm vor und strich mit den Fingern über die Kante seines Kiefers, ganz ähnlich wie er mir eben über die Wange gestrichen hatte. Seine Augen wurden schmal, und auf einmal kam er mir vor wie ein Tiger, der sich bei der leisesten Provokation meinerseits auf mich stürzen würde. »Ich hab's schon tausendmal gesagt: Nicht. Mein. Typ.«

Er fing mein Handgelenk mit festem, aber sanftem Griff ein. »Gib mir eine Minute Zeit, dann zeige ich dir, wie sehr ich nicht dein Typ bin.«

Als er das mit seinem Bostoner Akzent sagte, setzte mein Herz einen Schlag oder auch drei aus. Ich trank mein Weinglas leer, bevor ich zu ihm hochlächelte und mit den Wimpern klimperte. »Oh Süßer, es gehört sehr viel mehr dazu, mich zu beeindrucken.«

»Oh Süße, das bezweifle ich sehr. Bitte mich darum.« Er trat näher, stellte sein Glas ab und nahm mir meines ebenfalls aus der Hand. »Du wirst es nicht bereuen.«

»Nein.« Ich erschauerte und presste die Beine zusammen, um das Ziehen dazwischen zu lindern. Ohne Erfolg. »Das wird nicht passieren.«

»Diese sexy kleinen Schenkel zusammenzupressen wird dir auch nicht helfen, Schätzchen. Das kann nur ich. Nur ich kann dafür sorgen, dass du dich besser fühlst. Du musst nur darum bitten.« Er senkte den Kopf, sodass seine Lippen mein Ohr berührten. »Sag es, Süße. Trau dich. Oder kneifst du?«

Verdammt, nahm er mich jetzt beim Wort? Doch ich war bereit dazu. Immer noch. Natürlich nur um ihm zu zeigen, dass ich nicht kniff. Nicht weil ich … ach, zur Hölle. Wem machte ich etwas vor? Ich wollte ihn. Und das war der Grund, warum mir die Sache so viel Angst machte. Ich wusste, er bedeutete Ärger, und trotzdem wollte ich ihn mit jedem Atemzug mehr. Ich drückte mit der Hand gegen seine Brust. »Ich … oh mein Gott.«

Während er an meinem Ohr knabberte, wanderte seine Hand zwischen meine Beine, um ganz kurz meinen Schoß zu streifen, bevor er sie wieder zurückzog. »Es gibt erst mehr, wenn du es sagst, Heidi. Sag das Wort, das ich hören will. Sag Ja.«

Es lag mir auf der Zunge, Nein zu sagen. Das letzte bisschen an Stärke zu benutzen, das ich noch besaß, um ihn auf Armeslänge fernzuhalten. Um ihn zurückzuhalten. Aber nach diesem halbherzigen Kuss, den er mir in der Bar gegeben hatte, gefolgt von dem Kuss, der ihm vorhin anscheinend fast unerträglich gewesen war, und jetzt dem sanften Streicheln zwischen meinen Schenkeln …

Ein Teil von mir wollte einen echten Kuss von ihm erleben. Und ich wollte wissen, wie es war, von einem Mann wie Lucas begehrt zu werden, und wenn auch nur für eine Minute. Selbst wenn es nur eine Mutprobe war.

Er legte die Hände an meine Hüften und näherte sich mir noch mehr. »Na los. Du willst es doch. Ich verspreche dir, es wird dir gefallen.«

»Ich will dich nicht.«

»Ich weiß«, sagte er, und sein Mund näherte sich meinem anderen Ohrläppchen. Dann biss er zu, während seine Hand über meinen Hintern kroch. »Das sagtest du schon … mehrfach.«

»Ich werde nicht …« Doch als seine Finger über meine Mitte strichen, brach ich ab. Alles in meinem Inneren spannte sich an, schrie vor Verlangen. Verlangen nach ihm. »Ach, egal. Du hast eine Minute, nicht mehr. Danach sind wir …« Bevor ich meinen Satz zu Ende gebracht hatte, lag sein Mund auf meinem.

9

Lucas

Sobald sie mir grünes Licht gegeben hatte, legte ich los, entschlossen, nicht eine einzige Sekunde der Minute zu vergeuden, die ich hatte, um sie umzuhauen. Zwar hatte ich nicht die Absicht, sie heute Abend zu nehmen, aber sie sollte sich nicht weiter vormachen dürfen, dass sie das hier nicht wollte. Mich nicht wollte.

Ich würde ihr gar keine Wahl lassen.

Als ich meine Zunge in ihren Mund schob, packte sie stöhnend meine Schultern, als hätte sie Angst, das Gleichgewicht zu verlieren. Dabei musste sie doch wissen, dass ich sie festhielt. Sie schmeckte nach Zuckerwatte und Wein, eine berauschende Kombination. Ein anderer Mann hätte leicht von ihrem Geschmack abhängig werden können.

Aber ich war ich, zum Glück für uns beide.

Ich drückte sie rückwärts gegen die Wand und ließ die Hände über ihren Körper wandern, überallhin, so wie ich es schon vorhin in der Bar hatte tun wollen, als sie mich geküsst hatte. Da hatte ich mich nur mit Mühe zurückgehalten. Aber jetzt musste ich mich nicht mehr beherrschen. Jetzt …

… gehörte sie mir.

Mit einem tiefen Knurren strich ich über ihren flachen Bauch, tiefer und tiefer, bis meine Hand auf ihrer feuchten Hitze lag. Sie stöhnte in meinen Mund, ein verzweifelter, gieriger Laut. Und total heiß. So wie sie. Ihre Hüften wiegten sich drängend gegen meine Hand, suchten die Erlösung, von der sie instinktiv wusste, dass ich sie ihr ganz leicht geben konnte. Doch ich zog mich zurück.

Sie begann, den Kopf zu drehen, als wollte sie sich beschweren, weil ich aufgehört hatte, aber als ich den Knopf ihrer Shorts öffnete und die Hand hineinschob, hielt sie inne.

Und riss mich näher zu sich heran.

Das und wie sie mir dabei die Nägel in die Schultern grub, als wollte sie mich nicht loslassen, hatte eine seltsame Wirkung auf mich. So wie wenn man nach einem langen Tag im Schnee nach drinnen kommt und vor dem Kamin steht. Dann hält man die Hände ans Feuer und irgendwann … taut man auf.

Langsam weichen Schmerz, Taubheit und Kälte der Wärme, die sich von den Fingerspitzen aus im ganzen Körper ausbreitet. Dieses Gefühl weckte sie in mir.

Was auch immer das heißen mochte. Keine Ahnung.

Ich wusste, mir lief die Zeit davon, also stieß ich die Hand in ihren Slip und keuchte auf, als ich ihre Hitze fühlte. Und ihre weiche Haut. Sie war bis auf einen schmalen Streifen rasiert, und der Gedanke, dass ich heute Abend meinen Schwanz nicht in sie versenken würde, war beinahe unerträglich.

Aber eine Herausforderung, die man mit Leichtigkeit bewältigt, ist keine richtige Herausforderung.

Ich küsste sie, hart und mit Nachdruck, zog den Finger wieder heraus und stieß stattdessen zwei in sie hinein. Ihr ganzer Körper drängte sich an mich, und dann schrie sie auf, die Lippen an meinen. Ich bewegte meine Finger in ihr und drückte noch fester mit dem Daumen zu. »Genau so, Süße.«

Ihre Nägel kratzten über meine Brust, bohrten sich durch den dünnen Baumwollstoff meines T-Shirts, und dann krampften sich ihre Muskeln zusammen. »Oh mein Gott. Oh mein Gott, oh mein Gott, oh mein Gott.« Ihr Innerstes zog sich um meine Finger zusammen, und dann sank sie heftig und schnell atmend gegen die Wand.

Ich ließ die Stirn an ihre sinken. Auch mein Atem ging nicht gerade ruhig und gleichmäßig. Ich hatte mit dieser ganzen Sache angefangen, um etwas zu beweisen. Und ich hatte wissen wollen, wie es sich anfühlte, sie in den Armen zu halten, wenn sie die Kontrolle verlor. Und wie sich herausstellte, war es einfach fantastisch.

Ich wollte nicht aufhören, aber die Zeit war um. Ich hatte eine Minute verlangt, und die hatte sie mir gegeben. Die Herausforderung hatte ich bestanden. Ich zwang mich, sie loszulassen, trat einen Schritt zurück und knipste ein Grinsen an. Sie sollte nicht merken, dass mich diese eine Minute im Himmel genauso aufgewühlt hatte wie sie – wenn nicht sogar mehr.

Mehr als ich mir selbst eingestehen wollte. Oder vielleicht jemals eingestehen würde.

»Das war heiß, Schätzchen.«

Ihre Wangen liefen feuerrot an. »Du … wie …?«

»Du willst wissen, wie?« Ich zog eine Braue in die Höhe. »Okay, ich erklär's dir Schritt für Schritt, wenn dich das anmacht.«

Ihre Wangen wurden noch röter. Süß. Niemand sollte mit offenen Shorts und vom Küssen geschwollenen Lippen so süß aussehen wie sie jetzt. »Lucas.«

»Also, zuerst habe ich dich geküsst. Dann habe ich deine Shorts geöffnet, meine Finger in deine heiße, kleine …«

Sie machte einen Satz nach vorn und schlug mir hastig die Hand auf den Mund. »Oh mein Gott, hör auf damit.«

»Womit? Ich habe doch bloß …« Als ich merkte, dass ich mich eher anhörte wie »Fomipp? Ich hab poch ploß …«, ließ ich die Zunge über ihre Handinnenfläche schnellen. Sie riss die Hand zurück, als hätte ich sie gebissen. Was ich auch fast getan hätte. Das stand als Nächstes auf meiner Liste. »Ich wollte nur antworten. Du hast mich gefragt, wie ich das …«

Sie wischte sich die Hand an ihrem T-Shirt ab und sah dann erschrocken an sich hinunter. Hektisch knöpfte sie sich die Hose zu, bevor sie mir einen bösen Blick zuwarf. »Du musst mir nicht meinen Orgasmus erklären, herzlichen Dank auch.«

Ich nahm die Whiskeyflasche und goss mir nach. Bevor ich sie fragen konnte, ob sie noch Wein wolle, nahm sie mein Glas und kippte den Inhalt hinunter. Ich war beeindruckt. Das Zeug war so stark, es konnte einem Mann Haare auf der Brust wachsen lassen.

»Bitte. Bedien dich«, murmelte ich trocken.

Sie fuhr sich mit dem Handrücken über den Mund und musterte mich. Ihre hellblauen Augen sprühten vor Lust und Ärger und … Leben. »Es macht dir doch nichts aus.«

Ich lachte. »Offensichtlich.«

»Also … äh.« Ihr Blick wanderte tiefer, zu meinem Schwanz – und auf einmal war mir, als würde sie mich dort tatsächlich berühren. »Was jetzt?«

Ich schenkte mir noch ein Glas ein. Das ich gut vertragen konnte, der harten, großen Erektion nach zu urteilen, die sie mir beschert hatte. Und auch noch mehr. Vielleicht gleich eine ganze Flasche. Ich goss Whiskey in ihr Weinglas und reichte es ihr. Sie nahm es, trank aber nicht. »Was meinst du?«

»Ich bin … du weißt schon. Gekommen.« Sie leckte sich über die Lippen, und ihr Blick flog wieder nach unten. Ich folgte ihrem schlechten Beispiel und kippte meinen Whiskey mit einem Schluck hinunter. Das Herz hämmerte mir in den Ohren. »Was ist mit dir?«

»Was soll mit mir sein?«

»Musst du denn nicht …?« Sie biss sich auf die geschwollene

Unterlippe. Es war unglaublich sexy. Verdammt. »… musst du nicht auch kommen?«

»Ist das ein Angebot?«, fragte ich und drehte mich ganz zu ihr um. Ich lehnte mich an die Arbeitsplatte und umklammerte die Granitkante so fest, dass es wehtat. »Denn ich hatte dich nur um eine Minute gebeten, und die ist um.«

»Nein.« Sie richtete sich auf, und plötzlich war ihre natürliche Selbstsicherheit zurück. Ich hatte sie kurz aus dem Konzept gebracht, doch jetzt sah ich wieder dieses Funkeln in ihren Augen, und es war, als wäre nichts geschehen. Das gefiel mir an ihr. Sie ließ sich nicht leicht unterkriegen und kam schnell wieder auf die Beine. »Aber ich kann dich ein paar Minuten allein lassen, wenn du dich darum kümmern willst.«

Mir blieb ein Stöhnen im Hals stecken. Als ich es endlich hinuntergeschluckt hatte, lachte ich leise. Es klang ein bisschen krächzend. »Wow. Danke.«

»Gern geschehen.« Ihr Mund verzog sich zu einem winzigen Lächeln. »Da wir gerade davon sprechen. Viel Privatsphäre wirst du in den nächsten zwei Tagen nicht haben. Ich habe nämlich frei. Das heißt, ich bin die ganze Zeit hier. Ist das in Ordnung?«

Nein. Ich brauchte Abstand von ihr. Schon nach der kurzen Zeit, in der ich sie vor Lust hatte schreien lassen, war mir eines klar geworden: Ich durfte sie nicht zu nah an mich ranlassen.

»Klar. Hier bist du sicher.« Ich trank den letzten Rest meines Drinks und schob das Glas über den Tresen. »Sag mir, wenn du was brauchst.«

Egal was.

Sie nickte. »Okay.«

Eine betretene Stille setzte ein. Ich wusste warum. Ich hatte sie abgewiesen. Sie wusste nicht, was sie davon halten sollte. Erst konnte ich die Finger nicht von ihr lassen, brachte sie zum

Orgasmus, und kurz danach tat ich, als sei sie eine Fremde. So war ich eben.

Und das würde sich auch nicht ändern.

»Hör mal, ich …«, begann sie.

Gleichzeitig nahm ich einen Werkstattlappen von der Arbeitsplatte. »Ich muss noch …«

Wir verstummten beide.

»Du zuerst.« Sie lächelte mich an. Es wirkte gezwungen.

»Ich wollte nur sagen, dass ich noch in der Werkstatt zu tun habe.« Ich rieb mir den Nacken und warf einen Blick auf die Uhr. Es war kurz nach drei Uhr morgens, und ich war hundemüde, aber ich wusste, dass ich keinen Schlaf finden würde, bis sie nicht wohlbehalten hinter der Tür meines Schlafzimmers war. »Ich habe einen Mustang in Reparatur, der muss um neun Uhr fertig sein.«

»Oh.« Sie schlang die Arme um sich, den noch unangetasteten Whiskey lässig in der Hand. »Ich wusste nicht, dass du tatsächlich Autos reparierst. Wegen … du weißt schon … deines echten Jobs.«

»Muss ich auch nicht. Aber es gefällt mir. Und es weiß auch niemand.« Ich ließ den Arm sinken. Es stimmte, niemand wusste davon. Nur einer der Männer, der für mich arbeitete, und der hielt die Klappe. Anders als ich. Warum hatte ich ihr das erzählt? Es interessierte sie doch null, was ich in meiner Freizeit trieb. Niemanden interessierte es. »Jedenfalls … geh ins Bett. Ich bin unten und mache meine Arbeit fertig.«

Sie musterte mich. Diese blauen Augen sahen viel zu viel. Das blonde Haar hing ihr ins Gesicht, sie warf es mit einer ruckartigen Kopfbewegung zurück. Als sich eine Strähne an den Lippen verfing, war ich versucht, sie wegzustreichen. Aber ich beherrschte mich und verharrte mit halb ausgestreckter Hand.

»Was ist jetzt, teilen wir uns das Bett?«

Panik überkam mich und würgte die Worte ab, die ich herausbringen wollte. Ich konnte es mir nicht leisten, mich so angreifbar zu machen. Nicht einmal durch sie. »Das kannst du dir abschminken«, sagte ich, jetzt mit härterer Stimme. Sie wollte, dass ich sie näher an mich heranließ, als ich das jemals zuvor jemandem gestattet hatte. Dass ich mir eine Blöße gab und sie dann, wenn ich am verletzlichsten war, an meiner Seite war. Das würde nicht passieren. Ich grinste sie an und merkte sofort, dass ich ihr damit zeigte, wie wichtig es mir war, sie auf Distanz zu halten. »Schlaf du einfach in meinem Bett und hör auf, dir Gedanken um mich zu machen. Das Sofa reicht mir. Das ist viel bequemer als die Pritschen im Knast.«

»Aber …«

Schnell ging ich zur Tür, um ihren Protest im Keim zu ersticken. »Bereite dich schon mal darauf vor, dass wir morgen ausgehen. Damit diese Beziehung auch glaubhaft wirkt.«

»Was? Wo gehen wir denn hin?«

Ich durchforstete mein Gehirn nach einer geeigneten Location für ein Date. Keine Ahnung, was gerade angesagt war. Immerhin war ich ein paar Jahre weggesperrt gewesen. »Mal schauen.« Ich zwinkerte ihr zu. »Mach dich hübsch für mich.«

Ihre Wangen wurden rot. »Ich zeig dir was Hübsches, aber dann kannst du es dir in den …«

»Ich muss los. Die Karre repariert sich nicht von allein.« Pfeifend öffnete ich die Tür, um dann noch hinzuzufügen: »Ich schließe hinter mir ab. Du verlässt nicht die Wohnung, verstanden?«

Sie presste die Lippen zusammen. »Ja, Sir.«

»Das klingt schon besser«, sagte ich spöttisch lächelnd. »Träum was Schönes, Schätzchen.«

Ich schloss die Tür und errichtete damit eine echte Barriere zwischen uns. Immer noch fröhlich pfeifend ging ich die Treppe hinunter. Doch sobald ich in der Werkstatt war und vor dem Fahrzeug stand, das eine neue Heizung brauchte, gab ich die Rolle auf. Dies war der einzige Ort, an dem ich ich selbst sein konnte. Der einzige Ort, an dem ich dem Rest der Welt nichts vormachen musste.

Immer wenn ich den Kopf frei bekommen musste, kam ich hierher und reparierte Autos.

Für Heidi den Beschützer zu spielen war eine nette Ablenkung, die ich aber jetzt gerade gar nicht gebrauchen konnte. Ich hatte ganz andere Probleme. Mein kleiner Bruder versuchte, mich umzubringen, und ich musste herausfinden, ob Chris' Informationen stimmten. Dann, und erst dann, brauchte ich einen Plan. Denn jetzt konnte ich nicht mehr einfach so verschwinden. Genug Bargeld hatte ich, das ja, aber es reichte nur für einen. Nicht für zwei.

Und ich würde Heidi nicht in diesem Schlamassel zurücklassen, in den ich sie hineingezogen hatte.

Seufzend rollte ich mich unter den Mustang. Ob es mir gefiel oder nicht, ich musste davon ausgehen, dass Chris recht hatte. Die Sache mit der Beförderung hatte sich jedenfalls schon mal bestätigt. Als ich heute Morgen bei Tate gewesen war, hatte er angedeutet, dass er vorhatte, mir die Position, von der Chris gesprochen hatte, zu übertragen. Anschließend hatte er mich als Ehrengast zu einer wichtigen Veranstaltung Ende der Woche eingeladen. Das bedeutete, ich hatte eine Woche – höchstens –, bevor Scotty etwas unternahm, um mich aus dem Weg zu räumen.

Jetzt stand mehr auf dem Spiel denn je. Ich musste am Leben bleiben, Heidi beschützen und versuchen, nicht meinen Bruder zu töten, und das alles, während ich meine Geschäfte führte, als wenn nichts wäre. Vierundzwanzig Stunden war es her, seit ich von Scottys Plänen erfahren hatte, und ich war einer Lösung keinen Schritt näher gekommen. Ich wollte ihn nicht umbringen. Ich würde nicht zulassen, dass er mich umbrachte. Und ich konnte ihn nicht zur Vernunft bringen, ohne das Ganze eskalieren zu lassen. Doch ich wusste nicht, ob ich dazu im Moment schon bereit war. Scotty war jähzornig, genau wie ich. Aber anders als ich konnte er sich nicht beherrschen.

Wenn er einmal ausflippte, gab es kein Zurück mehr. Dann konnte ihn nichts mehr aufhalten …

Und mich auch nicht.

Als ich mich wieder unter dem Wagen hervorrollte, brannten mir die Augen vor Erschöpfung. Ich zog den Lappen vom Kühler zu mir herunter, um mir die Hände abzuwischen. Noch im Liegen spähte ich hoch zur Werkstattuhr. Die leuchtend roten Zahlen schienen mich zu verspotten. Es war gut nach fünf Uhr, mir blieben noch vier Stunden, bis ich in der Lagerhalle sein musste. Heute ging eine große Lieferung von AK47s raus, und ich hatte die Aufsicht.

Auch damit hatte mich Tate heute Morgen überrascht. Wohl als eine Art Test.

Ich stemmte mich hoch und ging zur Tür. Nach einem letzten prüfenden Blick durch die Werkstatt knipste ich das Licht aus und stieg müde die Stufen hinauf, jeder Schritt schwerer als der letzte. Als ich die Wohnung betrat, erstarrte ich. Der Fernseher lief noch, und ich sah ein Stückchen von Heidis blondem Kopf, der auf meinem Kopfkissen lag.

Warum zum Teufel war sie noch wach?

»Solltest du nicht …?« Ich brach ab, als ich neben ihr stand. »Schlafen«, beendete ich den Satz flüsternd.

Denn das tat sie.

Die Hände lagen gefaltet unter ihrer Wange, die blauen Augen waren unter den Lidern verborgen. Ihre Wangen waren rosig, und sie hatte sich meine Decke über die Schultern gezogen.

Sie sah aus wie ein Engel, der vom Himmel herabgestiegen war.

Sanft strich ich ihr das Haar aus dem Gesicht und lächelte, als sie daraufhin die Nase kräuselte. Am liebsten wäre ich einfach dort sitzen geblieben und hätte ihr beim Schlafen zugesehen. Doch dann merkte ich, wie unheimlich das gewesen wäre, und öffnete stattdessen die Schlafzimmertür, zog die Tagesdecke herunter und ging zurück ins Wohnzimmer, um sie hochzuheben. Sie murmelte etwas, wachte jedoch nicht auf. Meine Güte, sie wog kaum mehr als eine Kiste mit Waffenteilen. Vorsichtig legte ich sie in die Mitte des Bettes, breitete das Haar hinter ihr aus und zog die Decke zurecht. Einen Moment stand ich da und betrachtete ihre vollkommene Schönheit. Sie wirkte beinahe überirdisch in ihrem unschuldigen Schlaf …

Ohne das freche Funkeln in den Augen.

Ich strich ihr mit der Hand über die weiche Wange und wandte mich ab, auch wenn es mir schwerfiel. Nachdem ich die Tür hinter mir geschlossen hatte, strebte ich geradewegs zur Dusche. Als das heiße Wasser an mir herabströmte, schloss ich die Augen. Ich sah Heidi vor mir, wie sie vorhin in meinen Armen dahingeschmolzen war, und stellte mir vor, es wäre ihre Hand und nicht meine. Langsam strich ich über meine schmerzende Erektion, sah ihre Brüste, ihr Lächeln. Wie sie aufgeschrien und den Mund leicht geöffnet hatte, als sie gekommen war …

Ich brauchte nicht lange, um zum Höhepunkt zu kommen, ihren Namen stöhnend. Keuchend, an die gekachelte Wand gelehnt, beruhigte ich mich wieder. Immerhin, ein wenig Erleichterung hatte ich mir verschaffen können, aber genug war es nicht. Meine Hand war ein schlechter Ersatz für Heidi Greene, und mein Körper wusste das. Er verlangte nach ihrer Berührung. Ihrem Kuss. Nach ihr.

Aber ich musste vorsichtig sein, durfte sie nicht zu sehr begehren. Denn ich war so gut wie tot, und es war nur eine Frage der Zeit, bis ich nur noch eine weitere verstaubte Polizeiakte war, ein weiterer vergessener Name. Niemand würde sich an mich erinnern.

Sie war sicher auch nicht anders als die anderen.

Wenn ich nicht mehr da war, würde sie einfach ihr Leben weiterleben. Wieder in ihrer Bar willensschwachen Männern Trinkgeld aus der Tasche ziehen, sich an die Spitze der Nahrungskette vorkämpfen. Und ich hatte keinen Zweifel daran, dass es ihr gelingen würde. Sie war stark, clever und mutig. Sie würde sich der Welt nicht ohne Gegenwehr ergeben, und die Welt hatte keine Chance gegen sie. Genauso wenig wie ich, das stand fest. Ja, ich war fest entschlossen, sie nicht zu nah an mich heranzulassen, ihr nicht zu vertrauen …

Aber ich wollte es. Sehr sogar.

10

Heidi

Am nächsten Nachmittag spazierten wir Hand in Hand den Yawkey Way hinunter, zum Eingang A von Fenway Park. Rote und blaue Flaggen, auf denen die Meisterschaftsjahre der Red Sox standen, säumten die Gebäude, und die Leute tranken in aller Öffentlichkeit, während sie laut den kommenden Sieg besangen. Jedes Mal, wenn jemand gegen uns stieß, hatte ich Angst, dass er uns Böses wollte, aber Lucas hatte nicht auf mich gehört, als ich ihm erklärt hatte, warum dieses angebliche Date eine schlechte Idee war. Diese Männer wollten unseren Tod, und wir gingen zu einem blöden Baseballspiel?

Ja wirklich, eine tolle Idee.

Ich hasste Baseball. Und Menschenmengen. Und Dates.

Bisher hatte Lucas mich noch kein einziges Mal losgelassen, vielleicht weil er spürte, dass ich nichts lieber wollte, als wegzulaufen, weg von ihm. Seitdem ich gestern Abend schwach geworden war, war ich irgendwie komisch drauf. Und mit »komisch« meine ich, dass ich nicht aufhören konnte, an ihn zu denken. Und mit »an ihn denken« meine ich, dass ich mir vorstellte, wie seine Lippen auf meinen lagen und seine Finger magische Dinge mit mir anstellten.

Dieselben Finger, die jetzt meine fest umklammerten.

Er seufzte tief und lang. »Was ist los? Du schmollst schon wieder.«

Ich warf ihm einen Blick zu. In der dunkelbraunen Lederjacke, den dunkelblauen Jeans und den Converse-Sneakern sah er gefährlich gut aus. Er trug eine Red-Sox-Kappe und hatte einen unwiderstehlichen Bartschatten. Er sah bescheiden und … normal aus.

Gerade das machte mich unruhig.

Ich sah an meiner schwarzen Daunenjacke und den Jeans hinunter. Da es ungewöhnlich kühl für Mitte April war, hatte ich mich für eine Wollmütze und gegen eine Red-Sox-Kappe entschieden. »Ist es wichtig, warum?«, brummte ich.

Immerhin hatte ich ihm bereits zu Hause ausreichend klargemacht, was ich von diesem kleinen Ausflug hielt.

»Heidi«, knurrte er, wieder einmal in diesem warnenden Ton, den er mir gegenüber so gern anschlug. »Lass mich nicht …«

»Ist ja schon gut. Ich finde es halt dämlich. Erwachsenen Männern in engen Hosen dabei zuzusehen, wie sie mit kleinen Bällen spielen, ändert doch nichts an unserer Situation. Damit werden wir diese Typen sicher nicht überzeugen.«

»Weil …« Sein Handy klingelte. Er zog es aus der Hosentasche, ohne mich loszulassen. »Mist. Moment. Ja?« Schweigen, dann: »Ja, die Luftfilter wurden alle heute Morgen ausgeliefert. Wir haben einen besseren Profit als erwartet erzielt.«

Luftfilter? Offenbar benutzte er ein Codewort, weil wir von Menschen umgeben waren. Eine Frau stieß mir den Ellbogen in den Rücken, sah mich böse an, als wäre es mein Fehler gewesen, und drängte sich dann an einem breitschultrigen Kerl vor mir vorbei. Schluss mit dem Touristenquatsch. Ich verdrehte die Augen und zog Lucas am Boston Beer Works in eine Seitenstraße.

Er folgte mir, während er über Autoteile und Verkaufsberichte sprach, blieb aber wie angewurzelt stehen und runzelte die Stirn, als ich in eine Gasse einbiegen wollte, die ich wie meine Westentasche kannte. »Warte mal, Mann.« Dann, zu mir: »Was soll das, wo willst du hin?«

»Hier entlang.« Ich zerrte wieder an seiner Hand, fester dieses Mal. »Das ist eine Abkürzung.«

Er hielt sich das Handy vor die Brust. »Das eignet sich viel zu gut für einen Hinterhalt. Auf keinen Fall.«

Er dachte vielleicht, er würde die Stadt besser kennen als ich, aber da irrte er sich gewaltig. Dies war meine Stadt, Punkt. Ich wusste, welche Straßen man meiden sollte und welche sicher waren. Nur die anderen hatten Angst vor dunklen Gassen, die sie nicht kannten. »Ich habe hier früher immer geschlafen, weil das Stadion nicht weit war. Manchmal haben die Verkäufer nach dem Spiel gratis Essen verteilt, deshalb kommen viele Obdachlose her. Sogar die Cops meiden Gassen wie diese, also vertrau mir. Das geht schon in Ordnung.«

Sein Griff um das Handy wurde fester. Ich konnte hören, wie eine Männerstimme am anderen Ende seinen Namen rief. »Du hast da geschlafen?«

Meine Wangen wurden heiß. Offenbar hatte ich ihm noch nichts davon erzählt. »Später. Telefonier weiter«, sagte ich kopfschüttelnd. »Und folge mir.«

»Heidi …« Der Muskel an seinem Kiefer zuckte. »Darüber reden wir noch.«

Nein. Würden wir nicht. »Ja, klar. Von mir aus.«

Er bedachte mich mit einem düsteren Blick, während er das Handy wieder ans Ohr hob. »Alter, nimm 'ne scheiß Xanax. Ich habe dir gesagt, du sollst kurz warten.«

Ich hörte nicht weiter hin. Der vertraute Geruch von Würstchen und Zwiebeln war zu stark. Wann immer ich nach Fenway kam, stürmten Erinnerungen und Gefühle auf mich ein. Ich war von meiner Pflegefamilie abgehauen, als mein Pflegevater meinte, mit meiner Aufnahme habe er auch ein Anrecht auf meinen Körper. Ein Anrecht, das keine Dreizehnjährige einem schwitzenden, übergewichtigen Vierzigjährigem mit schütterem Haar gewähren sollte.

Hätte ich nicht die Flucht ergriffen, hätte er mich irgendwann vergewaltigt. Das erkannte ich eines Abends, als er mich betatschte. Heute noch quält mich die Erinnerung an seine klammen Hände auf meiner Haut. Er hatte mich am Oberschenkel berührt – viel zu weit oben, als dass es noch angemessen gewesen wäre – und dann gegrunzt, bevor er flüsterte: »Ich komme heute Nacht zu dir. Wenn du es jemandem sagst oder mich nicht reinlässt, bringe ich dich um wie die, die vor dir hier war. Ihre Leiche hat man nie gefunden, und deine wird man auch nicht finden.«

In weniger als fünf Minuten war ich mit all meinen spärlichen Habseligkeiten auf dem Rücken durchs Fenster verschwunden. Ich hatte nie zurückgeblickt. Bis heute wünschte ich, ich hätte ihn vorher noch kastriert. Lucas legte auf und warf mir einen schiefen Blick zu. Offensichtlich gab ihm meine Bemerkung von vorhin zu denken. Eigentlich hatte ich ihm gar nicht von meiner Vergangenheit erzählen wollen, denn sie spielte keine Rolle. Jeder hat eine Vergangenheit, und in den meisten Fällen lohnte es sich nicht, darüber zu reden. Ende der Geschichte.

»Lass das.«

Er hob eine Augenbraue. »Was soll ich lassen?«

»Mich so anzusehen.«

Seine strahlend grünen Augen hielten mich fest. »Wie sehe ich dich denn an, Schätzchen?«

»Als müsse man Mitleid mit mir haben. Du magst es nicht, wenn ich dich ansehe, als wärst du ein Held, und ich mag es nicht, wenn du mich so ansiehst.« Ich wandte mich von ihm ab und richtete den Blick fest auf die Stelle, wo ich früher immer geschlafen hatte, zwischen zwei großen schwarzen Müllcontainern. »Verstanden?«

»Ich habe verstanden«, erwiderte er, und sein Griff um meine Hand wurde fester.

Irgendwie hatte ich das Gefühl, als wollte er mir etwas damit sagen.

Wir schwiegen, während ich ihn zum Ende der Gasse führte. Als ich ein Graffiti an der Wand sah, schlug mein Herz schneller. Es war nicht dasselbe wie das an meiner Bar, trotzdem schickte der Anblick mir einen Schauer über den Rücken. Lucas folgte meinem Blick. »Das ist nicht von Bitter Hill.«

»Ich weiß.«

»Aber trotzdem … ich habe kein gutes Gefühl hier.« Er zog mich näher an sich und behielt die Schatten im Blick, während wir weitergingen. Ein Mann grunzte und rollte sich herum, dann zog er seine Zudecke aus Zeitungspapier höher. »Wir hätten auf den großen Straßen bleiben sollen, und das tun wir auch, sobald wir hier raus sind.«

Ich spähte über die Schulter zurück. Zum ersten Mal musste ich zugeben, dass er recht hatte. Angesichts der Umstände war es besser, sich irgendwo aufzuhalten, wo man einen größeren Überblick hatte. »Es ist nur … die vielen Menschen … da fühle ich mich nicht wohl.«

Er zuckte die Achseln. »Tja, Pech gehabt, Herzchen. Gerade jetzt sind sie uns aber nützlich.«

»Ja, ja.« Ich rollte die Schultern und schüttelte das ungute Gefühl ab, das dafür verantwortlich war, dass sich meine Nackenhaare aufstellten. »Luftfilter also, hm?«

Er ließ den Blick erneut durch die Gasse schweifen. »Ja. Was ist damit?«

»Nichts. Ich hätte nur nie gedacht, dass ich mal mit einem

Verkäufer von Autoteilen ausgehe, das ist alles. Hmpf, was für ein langweiliger Tarnberuf.« Ich zwang mich zu einem Lachen. »Warum nicht Astronaut? Oder Nuklearwissenschaftler?«

Er lachte leise. Es klang rau und viel zu sexy. »Süße, genau deswegen haben wir es ausgesucht. Ich will unverdächtig wirken, nicht interessant und sexy.«

»Ja, das ist dir gelungen. Ich finde dich ganz und gar nicht sexy.«

Plötzlich fand ich mich mit dem Rücken an einer Mauer wieder, und die Luft wich schlagartig aus meiner Lunge. Er drückte meine Hände gegen den rauen Putz und blickte mir direkt in die Augen. »Wie bitte?«

»Hast du ein Problem?« Mein Herz hämmerte so schnell und heftig, dass es wehtat. »Habe ich dein Ego verletzt?«

Langsam verzog sich sein Gesicht zu dem spöttischen Grinsen, das ich nun schon kannte. »Ich habe kein Problem, Süße. Aber du vielleicht, weil du deine Chance verringerst, dass ich dir noch mal einen Orgasmus verschaffe.« Lucas schob seinen Oberschenkel zwischen meine und presste ihn ganz leicht gegen mich. »Sag mir, musst du nicht immer wieder an diese eine Minute denken? Ich schon, ich bin ehrlich.«

Mein Geschlecht schmerzte vor Verlangen bei der bloßen Erwähnung an das, was er gestern Abend mit mir gemacht hatte, aber ich wollte es ihn nicht merken lassen. »Tut mir leid, aber für mich war das alles andere als unvergesslich.«

»Stimmt das auch?«, fragte er, und sein Bostoner Akzent stellte merkwürdige Dinge mit meinem Inneren an. »Und wenn ich dir jetzt sage, wie gern ich deine feuchte Pussy wieder an meinen Fingern spüren möchte, dich meinen Namen schreien hören möchte, gleich hier?« Er strich mit der Hand unten über meine Jeans und verstärkte dort ein wenig den Druck. »Wärst du dann nicht interessiert?«

Ja. Gott, ja.

»Nö. Überhaupt nicht.«

Er kam mir so nahe, dass ich mich nur ganz leicht auf die Zehen erheben musste, damit sich unsere Lippen berührten. »Lügnerin«, hauchte er. »Du willst mich. Du willst mich so sehr, dass du an nichts anderes mehr denken kannst. Aber eines hast du noch nicht begriffen, Schätzchen: Ich kenne dich. Ich weiß alles über dich.«

Ich schüttelte den Kopf. »Du kennst mich nicht. Du hast keine Ahnung, wie mein Verstand funktioniert.«

»Es gefällt dir nicht, dass du dich zu mir hingezogen fühlst. Du würdest am liebsten so tun, als wäre da nichts zwischen uns, weil ich kein guter Kerl bin.« Lucas glitt sacht mit den Lippen über meine. »Du willst nicht einen Typ wie mich wollen, denn was würde das über deinen Charakter aussagen? Aber du tust es trotzdem. Und du schämst dich deswegen.«

In einem hatte er recht: Ich fühlte mich zu ihm hingezogen, gegen meinen Willen. Mit dem Rest lag er falsch. Ich schämte mich nicht. Ich wusste nur, dass es eine sehr schlechte Idee war. Ich biss mir auf die Unterlippe. »Ich schäme mich nicht dafür, dass ich Gefühle für dich habe.«

So etwas Ähnliches wie ein Schock mit einem Hauch von Hoffnung flog über sein Gesicht, dann war seine Miene wieder verschlossen. »Blödsinn.« Er drückte sich von der Wand ab und gab mich frei, löste seine magischen Finger von mir. Er fuhr sich damit durchs Haar und warf wieder einen prüfenden Blick die Gasse hinunter. »Das tut ihr doch immer.«

»Ihr?« Ich presste die Hand auf den Bauch, wo immer noch die Schmetterlinge wild flatterten. »Was soll das heißen?«

Er ergriff meine Hand und zog mich hinaus ins Sonnenlicht, die andere Hand lag an seiner Waffe, er wurde mit jedem Schritt entschlossener. Er war zwar aufgewühlt, das war offensichtlich, aber warum? »Das nächste Mal schleppst du mich nicht in dunkle Gassen, wenn ich telefoniere. So etwas ist einfach dämlich.«

»Tut mir leid. Ich wusste nicht, dass du Angst im Dunkeln hast«, schoss ich zurück, stocksauer über seine herablassende Art. »Das nächste Mal nehme ich eine Taschenlampe mit, wenn du dich dann besser fühlst.«

»Hör auf mit dem Scheiß, Heidi. Du weißt, warum ich diesen Weg nicht nehmen wollte, aber dann hast du von deiner Vergangenheit angefangen, das hat mich abgelenkt, und ich habe dir erlaubt ...«

Ich hielt die Hände in die Höhe. »Moment mal. Du hast es mir erlaubt? Du hast mir nicht zu sagen, was ich zu tun habe oder wo ich ...«

»Du machst mich fertig.« Er bedeckte sein Gesicht mit den Händen. »Mir reicht's. Ich kann mich nicht mit dir wegen jeder scheiß Kleinigkeit streiten, ich versuche, dafür zu sorgen, dass du am Leben bleibst.«

»Ich kann mich um mich selbst kümmern«, gab ich zurück, die Hände in die Hüften gestemmt. »Das tue ich schon mein ganzes Leben lang, und ich werde nicht jetzt damit aufhören. Und außerdem will ich ...«

Knurrend legte er mir die Hand auf den Rücken und riss mich an seine Brust. Mir blieb kaum Zeit zu registrieren, dass er mich in seine Arme gezogen hatte, bevor seine Lippen auf meinen waren und über meinen Mund glitten, als hätte er sich jahrelang danach gesehnt, mich zu küssen. Und ich fühlte es auch. Das Begehren. Das Verlangen. Ich krallte die Finger in seine Lederjacke, um ihn genau dort zu halten, wo er war.

Denn ich hatte das Gefühl, sterben zu müssen, wenn er aufhörte, mich zu küssen.

Lucas presste seinen Mund auf meinen und schob seine Zunge zwischen meine Lippen, bis er fand, was er suchte. In der Sekunde, in der seine Zunge meine berührte, war es, als würde um uns herum ein Feuerwerk aus Funken losgehen oder etwas, das ähnlich kitschig klingt. Als er einen gequälten Laut von sich gab und an meiner Unterlippe knabberte, hätte er mich sofort und gleich dort auf dem Yawkey Way nehmen können, vor all den Touristen, die um uns herumschwärmten.

Doch dann hörte er auf.

Wir beide taten einen bebenden Atemzug, schnappten nach Luft. Er legte die Stirn an meine und strich mir mit nicht sehr fester Hand das Haar aus dem Gesicht. »Mein Gott, Süße, was machst du nur mit mir?«

»Ich weiß es nicht«, gab ich ehrlich zu. »Aber du machst dasselbe auch mit mir.«

Er spannte sich an. »Ich … wir … Scheiße.« Leicht den Kopf schüttelnd, wich er zurück. Als ich sein Gesicht sehen konnte, war jeder Ansatz von Verletzlichkeit mir gegenüber – oder was immer es gewesen war – verschwunden. Er wirkte so ungerührt wie immer. »Tut mir leid, dass ich dich ohne Vorwarnung geküsst habe. Ich dachte, ich hätte einen von den Bitter-Hill-Leuten gesehen.«

Ich erstarrte. Was für eine lahme Entschuldigung. Aber wenn er so tun wollte, als sei nichts zwischen uns passiert, meinetwegen. Sollte er doch. Das konnte ich auch. »Ach ja?«

»Ja. Falscher Alarm.« Er stieß die Luft aus und fuhr sich mit der Hand durchs Haar. Dann warf er einen Blick zum Stadion, zog die Schultern hoch und schob die Hände in die Taschen seiner Jeans. »Können wir weiter?«

Ich schluckte und nickte leicht. »Ja.«

Er bot mir seinen Arm, ohne die Hände aus den Taschen zu nehmen, und trat näher. »Halt dich fest, falls uns jemand beobachtet. Wenn wir drinnen sind, hole ich uns ein paar Sam Adams, Frankfurter und Popcorn.«

Ich stöhnte. »Du ziehst wirklich das volle Programm durch, was?«

»Jepp.«

Ich schob die Hand in seine Armbeuge und trottete neben ihm her. Irgendwie wurde ich den unguten Verdacht nicht los, dass mir die längsten drei Stunden meines Lebens bevorstanden. Vor allem weil er mich schon wieder geküsst hatte und anschließend so tat, als sei ihm alles scheißegal … insbesondere ich.

Wir gingen zu dem korpulenten Wachmann in Blau. Lucas wechselte ein paar Worte mit ihm und steckte ihm dann ein Bündel Geldscheine zu, damit er ihn mit Pistole hineinließ. Lucas hatte sich geweigert, ohne sie in die Öffentlichkeit zu gehen, und ich konnte es ihm nicht verübeln. Wir wussten nicht, wann oder wie sie erneut zuschlagen würden. Unbewaffnet vor die Tür zu gehen wäre schlicht dumm gewesen.

Der Mann nickte und trat zurück, ohne uns mit dem Scannerstab zu untersuchen. Für einen Sekundenbruchteil blickten der Wachmann und ich uns in die Augen, und was ich dort sah, hinterließ einen schlechten Geschmack in meinem Mund. Es war … als würde er sich schämen, dafür dass er mit den Sons of Steel Row gemeinsame Sache machte. So wie Lucas es mir vorhin vorgeworfen hatte.

War es das, was er in meinen Augen sah, wenn ich ihn anblickte? Nachdem ich ihn geküsst oder ihm gestanden hatte, dass ich ihn wollte, so wie neulich abends? Natürlich nicht. Denn er konnte nicht etwas sehen, das es nicht gab …

Oder?

11

Lucas

Heidi lehnte sich auf dem Sitz zurück und zog ihre Strickmütze zurecht. Ihre Miene war ruhig und ausdruckslos … aber ihre Augen … ja, ihre Augen sprachen eine andere Sprache. Die ganze Zeit hatte sie gejammert, geschmollt, mir sogar mit Kastration gedroht, weil ich sie zu diesem Date zwang, und mir erklärt, dass sie Baseball hasse und keine zehn Minuten in diesem »dämlichen Stadion voller Idioten« bleiben würde.

Tja, nun war das Spiel fast vorbei, und sie hatte es überlebt.

Wer hätte das gedacht.

Wir waren beim neunten Inning, es stand unentschieden, alle Bases waren besetzt, und Ortiz war an die Home Plate getreten. Jetzt dehnte er sich und ließ den Schläger kreisen. Phillys Cliff Lee stellte sich auf und nahm Ortiz über das Feld hinweg ins Visier.

Selbst von hier aus konnte ich die Spannung zwischen den beiden Männern spüren. »Mist.«

Heidi biss sich auf die Lippen und beugte sich vor. »Der ist gut, oder?«

»Lee oder Ortiz?«

»Ortiz.« Sie wedelte mit der Hand. »Dass Lee gut ist, weiß ich. Den schaue ich mir ja schon den ganzen Abend an.«

Ich musste über ihre patzige Antwort grinsen. »Ja, manche sagen das.«

»Und du?« Sie warf mir einen kurzen Blick zu, bevor sie sich wieder dem Spiel zuwandte. »Sagst du das auch?«

»Ja.«

Ortiz schwang und traf nicht, woraufhin Heidi einen Strom von Flüchen ausstieß. Als sie sich für den zweiten Pitch aufstellten, presste sie die Lippen gegen den Rand ihres Bierbechers und murmelte leise etwas. Ich glaubte, die Worte »bitte« und »triff ihn« zu hören, war mir aber nicht sicher.

Ich trank mein Bier aus. »Für jemanden, der Baseball nicht mag, bist du aber …«

Ortiz traf den Ball, der am dritten Baseman vorbeisegelte. Als die Menge durchdrehte, sprang Heidi ebenfalls auf, um laut zu jubeln, ohne mir weiter Beachtung zu schenken. Es war ein Double, das hieß, zwei Männer erreichten die Home Plate, womit die Red Sox offiziell in Führung gingen.

Mit einem strahlenden Lächeln drehte sie sich zu mir um. »Das heißt, wir haben gewonnen, richtig?«

»Jepp.« Ich zeigte auf ihr Bier. »Trink das aus, dann können wir gehen, wenn du willst. Ich erlöse dich von deinem Elend.«

Sie blickte zu dem Pitcher auf dem Feld. »Aber es ist doch noch gar nicht zu Ende. Er steht da noch.«

»Ja, aber ich weiß, dass du Baseball nicht magst, und ich möchte dich nicht unnötig foltern«, zog ich sie grinsend auf. »Es sei denn, du möchtest noch bleiben.«

»Du weißt doch, dass ich das möchte«, sagte sie barsch. Sie kippte den letzten Rest ihres Biers hinunter und hielt mir den leeren Becher hin. »Dasselbe noch mal, bitte.«

Ich betrachtete sie mit hochgezogenen Augenbrauen, dann hob ich die Hand, ein Mann in unserer Nähe nickte und wandte sich um, um uns noch ein Bier zu holen. »Mensch, Süße, du trinkst mich heute Abend unter den Tisch.«

»Aber nur weil du bloß trinkst, um nicht aufzufallen, und

nüchtern bleibst, um mich beschützen zu können.« Sie warf mir ein Lächeln zu. »Ich trinke, um mich ein bisschen zu amüsieren, weil ich weiß, dass du mich beschützt. Ich bin nicht gewohnt, dass sich jemand um mich kümmert. Das ist meine Gelegenheit, mich mal gehen zu lassen und alles für ein Weilchen zu vergessen.«

Ich umklammerte die Armlehnen des Sitzes. »Was willst du vergessen?«

Sie erstarrte und wandte sich dann langsam zu mir um. Als sie den Kopf schüttelte, wehte ihr blondes Haar leicht in der Brise. Auf ihrem im Gegenlicht des Sonnenuntergangs verschatteten Gesicht konnte ich trotzdem die Aufrichtigkeit in ihren Zügen erkennen. Und wie hübsch ihre Augen in der Dämmerung aussahen. »Dass ich immer allein bin.«

Meine Brust zog sich zusammen. Dieses Gefühl kannte ich nur allzu gut. Auch ich hatte nicht allzu viele Menschen um mich, die im Zweifel für mich da waren. Scotty und Chris – früher. Jetzt, wie es schien, nur noch Chris. Und meine Kindheit war nicht annähernd mit Heidis vergleichbar.

Doch während sie aus dem Nichts etwas aus sich gemacht hatte, hatte ich all die Liebe und Fürsorge, mit der meine Mutter mich erzogen hatte, verschwendet. Sie hatte so hart gearbeitet, um uns eine stabile und sichere Umgebung schenken zu können, und ich hatte dieses Geschenk mit Füßen getreten und daraus etwas Schmutziges und Hässliches gemacht.

Aber so war ich eben.

Ich ruinierte alles.

»Du bist nicht mehr allein«, sagte ich und blickte ihr in die Augen. »Du hast mich.«

Sie wurde rot. »Vorerst.«

»Ja.« Ich verlagerte mein Gewicht auf dem Sitz und holte Bargeld aus meiner Jeanstasche, um es, ohne hinzusehen, dem

Typ zu geben, der das Bier brachte. Als ich ihr den Becher reichte, hielt sie ihn mit beiden Händen fest. »Vorerst.«

Sie starrte hinaus aufs Spielfeld und nahm einen großen Schluck Bier. Ich konnte den Blick nicht von ihr lösen. Sie war obdachlos gewesen – hatte buchstäblich auf der scheiß Straße gelebt –, und doch war etwas so Anständiges aus ihr geworden. Sie besaß eine Bar und war anscheinend glücklich.

Aber wie hatte sie das nur geschafft?

»Du starrst mich an.« Endlich blickte sie mich wieder an, aber dieses Mal mit einem Stirnrunzeln. »Hör auf damit.«

Ich hielt beide Hände in die Höhe. »Tja, tut mir leid.«

»Ich will das nicht«, fuhr sie mich an.

»Ich darf nicht deine Schönheit im Sonnenuntergang bewundern?« Ich zog meine Kappe tiefer. »Tut mir leid, Schätzchen, ich wusste nicht, dass das verboten ist.«

Sie presste die Lippen aufeinander. »Du guckst dir nicht den Sonnenuntergang an oder schwärmst davon, wie hübsch meine Augen im abnehmenden Licht sind.«

Ich zog eine Augenbraue hoch und sagte gedehnt: »Eigentlich …«

»Du denkst darüber nach, was ich vorhin gesagt habe. Dass ich allein auf der Straße gelebt habe.« Sie schüttelte den Kopf. »Ich will nicht darüber reden – darüber warum es passiert ist oder wie. Ich hätte es dir gar nicht erzählen sollen.«

»Schon gut.« Ich legte ein Bein über das andere. »Aber komisch, ich erinnere mich gar nicht, dich deswegen gefragt zu haben.«

»Musst du auch nicht. Das sehe ich dir am Gesicht an.«

Dann musste ich wohl vorsichtiger sein. Normalerweise zeigte ich niemandem, was ich dachte, und sie durfte keine Ausnahme sein. Selbst wenn es so aussah, als sei sie eine. »Sorry. Ich enttäusche dich nur ungern, aber daran habe ich nicht gedacht. Ich musste nur daran denken, wie du leise gestöhnt hast, als ich dich in der Gasse geküsst habe, und wie du dich dabei an meinen Oberarmen festgehalten hast. Und wie gern ich dich wieder küssen würde.«

Wenn das überhaupt möglich war, wurden ihre Wangen noch roter. »Stimmt das?«

»Das stimmt definitiv«, sagte ich grinsend.

Sie ließ sich in ihren Sitz zurücksinken. Lauter Jubel brandete auf, und die Menschen erhoben sich. Das Spiel war vorbei. »Tja, dann habe ich mich wohl getäuscht, tut mir leid.«

»Vielleicht ja.« Ich zupfte sie am Haar. »Vielleicht nein.«

Heidi versteifte sich erneut. »Was denn nun?«

»Das darfst du alleine rausfinden.« Als sie aufstehen wollte, legte ich ihr die Hand auf den Oberschenkel und drückte sie herunter. »Bleib sitzen, Schätzchen. Warten wir, bis es ein bisschen leerer ist.«

Sie starrte hinunter auf meine Hand. Die Muskeln auf ihrem Oberschenkel spannten sich unter meinen Fingern an. »Okay.«

»Wie alt bist du?«, fragte ich. Bisher war mir der Gedanke noch gar nicht gekommen, dass ich das nicht wusste.

»Vierundzwanzig.« Sie musterte mich von der Seite. »Und du?«

»Siebenundzwanzig.«

Sie nickte. »Hab ich auch ungefähr geschätzt.«

Die lärmende Menge drängte sich rempelnd aus dem Stadion. So viele Männer in meinem Rücken zu wissen behagte mir ganz und gar nicht. Deshalb wartete ich lieber ab, ohne sie loszulassen, auch dann als ich den ersten Regentropfen auf der Haut spürte. »Sag mir die Wahrheit. Warst du wirklich keinmal in diesen vierundzwanzig Jahren bei einem Baseballspiel?«

Sie nippte an ihrem Bier, den Blick auf das leere Spielfeld

gerichtet. Die Menschenmenge. Den Himmel. Nur nicht auf mich. »Es regnet.«

»Dann werden wir nass«, sagte ich leichthin. »Ich bin noch nie vor ein bisschen Regen an einem kühlen Frühlingstag davongelaufen und werde auch nicht ausgerechnet jetzt damit anfangen. Beantworte meine Frage.«

»Lucas …«

»Heidi«, schnitt ich ihr das Wort ab.

Sie seufzte verärgert. »Na gut. Meinetwegen. Ich hab nur mal hin und wieder was auf dem Fernseher hinter der Bar aufgeschnappt. Es hat mich nicht interessiert.«

Ich fasste sie am Kinn und drehte ihr schönes Gesicht zu mir. Ich würde mich wohl nie an ihrer kleinen, wohlgeformten Nase sattsehen oder den sanften Linien ihrer Wangen. Ein Regentropfen landete auf ihrer Wange. Ich wischte ihn mit dem Daumen weg. »Und jetzt?«

»Und jetzt …« Ihre Zunge schoss hervor, um einen Tropfen von ihren feuchten roten Lippen zu lecken. Der Anblick ließ meinen Schwanz hart werden, und – was noch wichtiger war – irgendetwas in meinem Inneren wurde warm. Etwas, von dem ich nicht wissen wollte, was es war. »In der Bar wird es mich wohl auch weiterhin nicht interessieren, aber heute Abend hat's Spaß gemacht. Hier. Mit dir.«

Diese komische Wärme breitete sich weiter in meinem Körper aus. Ich beugte mich vor, bis ich ihr so nahe war, dass ich ihren weichen Pfirsichduft riechen konnte, und sie hielt den Atem an. »Ich fand den Abend auch schön. Mit dir.«

Ihre Lider schlossen sich langsam.

Das war die Einladung, die ich brauchte.

Ich überwand die Distanz zwischen uns und drückte meinen Mund auf ihren, genoss den Moment. Sie lehnte sich an mich, weich und warm, und ich nahm, was sie mir gab.

Und ausnahmsweise nahm ich mir nicht mehr.

Ich strich mit der Zunge über den Rand ihrer Lippen, ganz sanft. Sie öffnete sie mit einem Seufzer, gab mir die Erlaubnis, und erst dann glitt ich mit der Zunge in ihren warmen, wunderbaren Mund. Sie schmiegte sich noch enger an mich, mit der einen Hand das Bier haltend, sich mit der anderen an meine Lederjacke klammernd. Alles an diesem Moment, dieser Frau, war einzigartig.

Neu.

Erschreckend real.

Ich erschrak, schluckte hart und starrte auf sie hinunter. Ihre Augen waren immer noch geschlossen und ihre rosigen Wangen bezaubernd unschuldig. So unschuldig wie keiner von uns beiden war.

Ihre Wimpern hoben sich, und als sie mich dabei ertappte, wie ich sie anstarrte, biss sie sich auf die Unterlippe. »Was denkst du gerade?«

Dass sie einfach atemberaubend schön war. »Ich … Scheiße.«

Ausgerechnet in diesem Moment beschloss der Himmel, alle Schleusen zu öffnen und eimerweise Wasser auf uns herabzuschütten. Leise fluchend riss ich mir die Jacke vom Leib, um sie ihr über den Kopf zu halten wie einen Schirm. Sie lachte und stellte ihren Bierbecher auf den Boden, um meine Jacke festzuhalten. In nur wenigen Sekunden war mein Hemd völlig durchweicht. »Ich dachte, du hättest nichts gegen ein bisschen Regen.«

Ich stand auf und musste ebenfalls lachen, weil … einfach weil es in Strömen goss. »Ist das ›ein bisschen Frühlingsregen‹ für dich?«

Immer noch lachend erhob auch sie sich, leicht schwankend. »Ich finde schon.«

Ich schüttelte den Kopf wie ein Hund und besprühte sie mit einem Tropfenschauer. »Dann hier bitte, da hast du noch mehr.«

»He, das ist …« Ich tat es noch einmal. Kreischend sprang sie zurück, wobei sie den Bierbecher umstieß. »Oh, Mist.«

Als sie sich bückte, um ihn aufzurichten, nahm ich sie am Ellbogen und zog sie hoch. »Der Regen wäscht es weg.« Immer noch wie ein Idiot grinsend, streckte ich ihr die Hand hin. »Komm. Immer mir nach.«

Sie zögerte und betrachtete meine Hand, als hielte ich eine Schusswaffe oder etwas anderes, noch Tödlicheres darin. Dann verflocht sie langsam ihre Finger mit meinen. Und irgendwie war mir, als wäre dieser eine Moment bedeutungsvoller, als er aussah, so als hätte sie mir, indem sie meine Hand ergriff, noch mehr mitgeteilt.

Etwas, das ich nicht ganz verstand. Ich hielt sie fest und ließ nicht los. Wollte auch nicht loslassen. Schweigend verließen wir das Stadion und waren bald zurück auf dem Yawkey Way. Ich war so beschäftigt mit ihr, so in dem Moment verloren, dass ich es fast übersehen hätte.

Obwohl es doch eigentlich nicht zu übersehen war.

Erst als ich schon fast an dem großen Erkerfenster vorbei war, drang es mir ins Bewusstsein. Den Regen wegblinzelnd, warf ich einen kurzen Blick durch das Fenster der schäbigen Bar. Mein Herz hämmerte so laut, dass es die Menschenmenge um uns herum übertönte. Mein Magen zog sich fest zusammen, und für einen Moment dachte ich, ich müsste kotzen.

Denn in einer Nische saß mein Bruder Scotty. Er war es, unverkennbar. Und um ihn herum saßen Leute von Bitter Hill. Aber wenn er mit den Männern, die Heidi angegriffen hatten, unter einer Decke steckte, dann …

Nein. Das konnte nicht sein.

»Lucas?« Heidi stand neben mir. »Alles in Ordnung?«

Ich spürte, dass sie mich ansah, trotzdem wendete ich den Blick nicht von Scotty ab. Ich konnte es nicht. Warum war er hier, bei ihnen? Scotty lachte, und Geld wechselte die Besitzer. Nachdem der Bitter-Hill-Lieutenant sich die Scheine in die Tasche gesteckt hatte, schüttelte er Scotty die Hand, woraufhin er einen Wodka-Shot kippte. Verdammte Scheiße, Chris hatte recht.

Scotty war nicht zu trauen.

Als ich nicht antwortete, kam Heidi näher und spähte ebenfalls in die Bar. »Was ist los? Ist da jemand drin, den du kennst?«

Ich trat zwischen sie und das Fenster, um ihr die Sicht zu versperren. »Nein. Alles in Ordnung.« Ich rollte mit den Schultern, wandte mich ab und ergriff wieder ihre Hand. Das Letzte, was ich jetzt brauchte, war, dass Heidi Scotty sah und Fragen stellte. Es war nicht zu übersehen, dass wir Brüder waren. Wenn Scotty gefährlich war, durfte ich ihn auf keinen Fall in Heidis Nähe lassen. Ich sah ihr fest in die Augen und sagte: »Ich dachte, ich hätte einen alten Bekannten gesehen.«

Sie leckte sich über die Lippen und warf einen Blick zurück, während ich sie zum Bordstein weiterzog. »Okay …«

Ich winkte ein Taxi herbei und warf vor dem Einsteigen einen prüfenden Blick auf den Fahrer, der ziemlich harmlos aussah.

Als wir anfuhren, schauderte es sie, und sie schlang die Arme um sich. »Gott, war das kalt da draußen.«

Ihr zuliebe zwang ich mich zu einem Lächeln, obwohl es mir schwerfiel. »Mir hat Kälte noch nie was ausgemacht. Ich hasse Hitze. Der kann man nicht entkommen.«

»Und mir gefällt sie. Sie ist meine beste Freundin.«

Ich fuhr mir mit der Hand durch das nasse Haar. »Sagt die Frau, die Shorts im Winter trägt …«

Ihr Lachen klang, als würde es aus ihr heraussprudeln. »Treffer.«

Das Haar klebte ihr in wilden, nassen Strähnen im Gesicht, und das Augen-Make-up lief in schwarzen Schlieren über ihre Wangen. Eben erst hatte ich konkrete Beweise dafür gefunden, dass ich meinem Bruder tatsächlich nicht trauen konnte, und es tat weh. Aber da war sie, meine Jacke über dem Kopf, und sah aus, als wäre sie gerade durch einen Tornado spaziert. Ich dachte zurück an diesen einen kurzen Moment der Nähe, eben im Stadion, und mein Herz klopfte aufgeregt. Trotz allem was war …

Noch nie in meinem ganzen Leben hatte ich etwas Schöneres gehört oder gesehen als die lachende Heidi, und das würde gewiss auch in Zukunft nicht der Fall sein. Aber was sollte ich damit anfangen? Ich wusste es nicht.

Deswegen tat ich nichts und sagte nichts.

Nicht mal als wir nach Hause kamen.

12

Heidi

Am nächsten Abend hatte ich eine Auflaufform mit Lasagne in der einen und mein Handy in der anderen Hand. Das Freizeichen ertönte schon seit gut zehn Sekunden, aber Lucas war noch nicht drangegangen. Es war fast fünf, und ich hatte keine Ahnung, wann er nach Hause kommen würde. Aber ich fürchtete, dass wir etwas brauchten, an dem wir uns festhalten konnten, wenn wir diesen gemeinsamen Abend überstehen wollten. Denn nach unserem Pseudodate war er, kaum hatten wir das Gebäude betreten, nach unten in seine Werkstatt gegangen.

Deshalb hatte ich beschlossen, ein Abendessen für uns beide zuzubereiten.

Außerdem war ich nicht gut im Nichtstun. Und das hatte ich schon den ganzen Tag gemacht.

Überraschenderweise fand ich alle Zutaten, die ich brauchte, in den Schränken und im Kühlschrank. Ob er wohl selber kochte? Und wenn ja, wo hatte er es gelernt? Oder wie? Vielleicht hatte seine Mutter es ihm beigebracht, bevor sie gestorben war. Oder er sich selbst aus reiner Notwendigkeit, um zu überleben, denn er wohnte hier ganz offensichtlich alleine.

Oder hatte er einfach Freude am Kochen?

Ich hatte so viele Fragen an ihn, dass ich damit ein Buch hätte füllen können. Fragen, auf die ich höchstwahrscheinlich nie eine Antwort bekommen würde. Gestern, nachdem wir von dem Spiel nach Hause gekommen waren, hatten wir kaum eine Minute miteinander geredet, aber ich hatte kurz erwähnt, dass ich gerne Tee trank, wenn ich gestresst war. Daraufhin war er, während ich trockene Klamotten anzog, losgezogen und war zwanzig Minuten später mit drei verschiedenen Sorten wiedergekommen. Als ich ihm gedankt hatte, hatte er mich nur barsch daran erinnert, dass er kein »scheiß Dankeschön« hören wolle.

Anschließend war er nach unten verschwunden, um an den Autos herumzuwerkeln.

Mehr war nicht passiert.

Das Freizeichen verstummte, und es raschelte, als hantiere jemand mit dem Handy am anderen Ende, bevor es gegen etwas Hartes schlug. Dann hörte ich einen Aufschrei und einen Fluch im Bostoner Akzent. Und es klang, als hätte dieser jemand Schmerzen.

Sehr große Schmerzen.

»Scheißkerl, halt die Klappe, Ian«, knurrte Lucas.

Ich runzelte die Brauen. »Äh, hallo?«

»Ja, ich bin da.« Immer noch Rascheln, und das Handy wurde aufgenommen. »Wer ist da, und warum zum Teufel rufen Sie mich an?«

»Ich bin es«, sagte ich, dann fiel bei mir der Groschen. Wie dumm von mir, ich hatte ihm gar nicht meine Nummer gegeben, deshalb konnte er auch nicht wissen, wer ich war. Seine Telefonnummer hatte er mir, bevor er gestern Morgen verschwunden war, auf einen Zettel gekritzelt, zusammen mit der Drohung, er werde mich an den Haaren zurück in die Wohnung zerren, falls ich auf die Idee käme, sie zu verlassen. »Ähm … Heidi.«

»Oh.« Seine Stimme wurde ein bisschen weicher. »Was ist los, Süße? Stimmt was nicht?«

»Nein. Ich wollte nur …« Im Hintergrund schrie wieder jemand, und ich nahm das Telefon fester in die Hand. »Was war das? Ist alles in Ordnung?«

»Alles bestens«, sagte er ungeduldig. Etwas klickte hinter ihm, und das Schreien verstummte. »Ich arbeite. Was willst du?«

»Folterst du jemanden?«

»Ich verkaufe Autoteile.« Er machte eine Pause. »Warum zum Teufel sollte ich jemanden foltern, Süße?«

Ich schloss die Augen. »Lucas …«

»Willst du es wirklich wissen?«

Ich dachte nach. »Nein.«

»Das habe ich mir gedacht.« Er seufzte. »Warum rufst du an?«

Eigentlich hätte ich noch Tausende von Fragen an ihn gehabt, doch ich antwortete: »Ich wollte wissen, ob du heute Abend nach Hause kommst. Ich koche uns was und will nicht, dass es zu früh fertig ist … Natürlich nur falls du vorhast, zu einer vernünftigen Uhrzeit nach Hause zu kommen. Und falls du, na ja, mit mir zusammen essen willst.«

»Abendessen?« In seiner Stimme schwang Belustigung mit. »Spielst du jetzt die Hausfrau?«

»Ja. Vielleicht.« Ich runzelte die Stirn. »Und wenn, ist das schlimm?«

Er lachte leise. »Nein. Im Gegenteil. Ich bin gegen sechs zu Hause, wenn du also bis dahin mit dem Essen warten willst, gerne.«

Dann wollte er mir also nicht wieder aus dem Weg gehen. »Okay.« Ich ging im Wohnzimmer auf und ab. »Kannst du ein paar Sachen mitbringen, wenn ich dir eine Liste simse?«

Er seufzte und murmelte leise etwas. »So ist es dann wohl, wenn man verheiratet ist, oder? Kein Sex, nur Befehle.«

Oh, wir mochten nicht miteinander schlafen, aber da war dieser eine unglaubliche Moment in der Küche neulich Abend gewesen und dann die Küsse gestern im Stadion. An die ich ständig denken musste, so sehr ich mich auch dagegen wehrte. »Woher soll ich das wissen, ich war noch nie verheiratet.«

Er lachte. »Na ja, irgendwann hast du doch mal Eltern gehabt, oder?«

»Nein. Ich meine, ich war in Pflegefamilien und später … auf der Straße, wie ich dir gestern schon sagte.« Ich biss mir auf die Unterlippe und wünschte, ich könnte es ungesagt machen.

Warum hatte ich es ihm nur erzählt? Meine Lebensgeschichte ging ihn nichts an. Wir hatten keine echte Beziehung. Gott sei Dank.

Seine Stimme wurde noch weicher. »Heidi …«

»Lass das.« Ich ging zu meinem Computer und starrte auf meine Einkaufsliste. Wenn er mir jetzt wieder mit der Mitleidsnummer kam, würde ich eine ganze Schachtel Salz in sein Essen kippen. »Übernimmst du das, oder soll ich lieber selber losgehen und …?«

»Das lässt du schön bleiben.« Uuund da war sie wieder verschwunden, die Weichheit. Gut. Ich wollte und brauchte sie nicht. Dadurch wurde er zu … zugänglich. »Du bleibst, wo du bist.« Ich hörte, wie sich eine Tür öffnete, dann eine gedämpfte Stimme. Er atmete tief durch. »Ja, ich komme gleich.« Dann sagte er, an mich gewandt: »Schick mir die Liste. Ich schau mal, was sich machen lässt.«

»Danke.« Ich musterte das Foto, das am Kühlschrank hing. Von einem Mann mit rötlich braunem Haar und grünen Augen, der Lucas verblüffend ähnlich sah. Er war ungefähr in meinem Alter, vielleicht fünfundzwanzig. Es war das einzige Foto in der ganzen Wohnung. »Bis später.«

»Okay.«

Er legte auf, ohne sich zu verabschieden, was mich nicht im Geringsten überraschte. Ich lehnte mich an den Küchentresen und betrachtete das Foto eingehender. War das sein Bruder? Der, der fand, dass Lucas halb Mensch, halb Esel war? Gut möglich, aber wenn dann … war er so anders als Lucas. Lucas mochte vorsichtig und verschlossen sein, aber er hatte so viel Leben in sich. Doch dieser Typ hatte tote Augen, wirkte kalt. So als wäre ihm nichts und niemand wichtig.

So als würde er nur an sich selbst denken und an seinen Vorteil.

Ich setzte mich aufs Sofa und zog die Cocktailrezepte heran, die ich später ausprobieren wollte. In meine Bar kamen fast nur Männer, es war an der Zeit, auch für die Ladys attraktiv zu werden. Deshalb hatte ich die Rezepte für ein paar fruchtige Mixgetränke zusammengesucht. Nachdem ich meine Einkaufsliste an Lucas abgeschickt hatte, schob ich die Lasagne in den Ofen, klopfte mir die Hände ab und lächelte. Auch wenn es keine echte Beziehung war, ich … freute mich auf heute Abend.

Ich ließ den Blick durch die Wohnung wandern. Geputzt hatte ich heute auch schon. Ich war keine, die gerne herumsaß und Däumchen drehte. Und da man mir ja den Ausgang verboten hatte, musste ich mich irgendwie beschäftigen. Den halben Morgen war ich auf und ab gegangen und hatte mich zu Tode gelangweilt, sodass ich schon kurz davor war, nach unten in die Werkstatt zu gehen und um Büroarbeit zu betteln. Doch dann beschloss ich, lieber hier oben produktiv zu sein. Und das war gar nicht so …

Ich zuckte zusammen, als es klopfte.

Ich starrte die Tür an, ohne mich zu rühren. Nicht nur dass ich nicht raus durfte, ich sollte auch niemandem öffnen, egal wer es war. Ich hatte die strikte Anweisung, jeden Kontakt mit der Außenwelt zu vermeiden, es sei denn, Lucas stand mir zur Seite. Zwar fand ich seine Vorsicht übertrieben, hatte aber beschlossen, seine Wünsche zu respektieren.

Ich hielt den Atem an und wagte nicht, mich zu rühren.

Es klopfte wieder. »Mach auf, Lucas. Ich weiß, dass du da drinnen bist. Ich kann den Knoblauch von hier draußen riechen; und ich habe einen Bärenhunger. Es ist Jahre her, seit du das letzte Mal für mich gekocht hast.« Der Türknauf ruckelte. »Hör auf mit dem Scheiß und lass mich rein. Wir müssen miteinander reden. Jetzt sofort.«

Auf Zehenspitzen ging ich in die Küche, ergriff das größte Schlachtermesser, das ich finden konnte, und drückte mich rücklings in eine Ecke. Alles, ohne einen Ton von mir zu geben, lautlos, in der Hoffnung, dass wer immer da draußen war unverrichteter Dinge wieder abziehen würde. Aufgeben und …

Metall schabte gegen Metall, dann ließ mich ein Herumstochern im Schloss erstarren. Mist. Er hatte einen Schlüssel. Ich rannte zum Schlafzimmer, um mich dort zu verstecken, doch noch bevor ich es erreichen konnte, öffnete sich die Tür. Hinter mir fluchte eine Männerstimme unterdrückt, und ich lief schneller. Aber nicht schnell genug. Starke Arme schlossen sich von hinten um mich, und ich stach wild mit dem Messer nach ihm, allerdings so ungeschickt, dass ich es tatsächlich schaffte, ihn zu verfehlen.

Okay, jetzt war es wohl besser, ein bisschen Lärm zu machen. »Lassen Sie mich los! HILFE!«

»Verflucht …« Ächzend schlug er mir die flache Hand auf den Mund, während er mit der anderen mein Handgelenk heftig zur Seite riss. Der scharfe Schmerz bewirkte beinahe, dass ich das Messer losließ. So fest wie ich konnte, biss ich in die Hand meines Angreifers. Doch bevor ich ihn wirklich verletzen konnte, riss er sich los und schüttelte seine Hand, um anschließend damit meine Kehle zu packen und mir die Luft abzuschneiden. »Verdammte Scheiße.«

Ich schnappte nach Luft. Was nicht einfach war, weil er mich mit seinem Gewicht beinahe erdrückte. »Gehen Sie von mir runter oder ich …«

»Oder was?«, knurrte er an meinem Ohr, verdrehte mir noch weiter das Gelenk und zog den Arm fester um meine Kehle. »Wer bist du, und warum bist du in Lucas' Wohnung? Spuck's aus, so schnell wie möglich, oder ich bringe dich um.«

»Du kannst mich mal«, brachte ich zwischen zwei mühsamen Atemzügen hervor. Es schmerzte mehr, als ich zugeben wollte oder auch zugeben würde.

»Wie du willst«, zischte er und riss mit aller Kraft an meinem Handgelenk.

Ich konnte das Messer nicht mehr halten. Mit einem Klappern fiel es zu Boden, wo ich ebenfalls landete. Er hielt meine Hände auf dem Rücken so fest wie ein Schraubstock. Mein Puls schnellte in die Höhe, ich war sicher, dass dies mein Ende war. Die Bitter-Hill-Gang war gekommen, um es zu Ende zu bringen.

Und dieses Mal würde Lucas sie nicht aufhalten können.

Er beugte sich zu mir herunter, drückte seinen Ellbogen zwischen meine Schulterblätter und sagte: »Ich wiederhole, wer bist du, und wo ist Lucas? Was hast du mit ihm gemacht?«

»N-nichts«, stammelte ich. »Geh runter von mir, verdammt.«

Er zog meine Handgelenke weiter nach hinten. Doch als ich durch die Zähne zischte, gab er ein wenig nach. »Antworte mir.«

Ich drehte den Kopf zur Seite, um ihn aus den Augenwinkeln anzusehen. Ein attraktiver Mann mit dunkelbraunen Haaren und dunkelbraunen Augen hielt mich am Boden fest. Er hatte einen leichten Bartschatten, und soweit ich sie unter seiner braunen Lederjacke erkennen konnte, zeichneten sich seine Muskeln hart und klar ab.

Es war die gleiche Steel-Row-Jacke, die auch Lucas trug.

Dann waren sie Freunde?

Gut möglich, immerhin hatte er einen Schlüssel. Aber ich sollte niemandem trauen, das hatte Lucas mir eingeschärft. Ich schüttelte den Kopf, so gut es ging, mit dem Mann auf meinem Rücken und dem Gesicht am Fußboden. »Wer bist du?«

»Mach dir mal keine Gedanken darum, wer ich bin«, knurrte er. »Du solltest mir lieber einen guten Grund nennen, dich nicht umzubringen, jetzt auf der Stelle, weil ich dich hier allein in der Wohnung meines Freundes finde.«

»Ist ja schon gut. Er hat mich eingeladen.« Ich ließ meine Stimme so ruhig wie möglich klingen. »Ich wohne hier für einige Zeit. Wir sind …«

»Erzähl keinen Scheiß.« Er schnaubte, und sein Griff um meine Handgelenke wurde wieder fester. »Lucas würde nie eine Frau bei sich einziehen lassen. Niemals.«

Ich biss mir auf die Zunge, um nicht vor Schmerz aufzuschreien. »Doch, hat er. Ich schwöre es.«

»Warum sollte er das tun?« Er zerrte wieder ein bisschen an meinen Händen.

Vor Schmerz verschwamm mir der Blick, und obwohl ich mich tapfer bemühte, es nicht zu tun, schrie ich auf. »Wenn du noch fester an meinem Arm ziehst, bricht er.«

Er ließ mir wieder ein bisschen mehr Spiel. »Antworte. Mir.«

»Ich bin … seine Freundin.«

Er lachte. Ja, er lachte tatsächlich. »Klar. Und ich bin der Papst.«

»Aber …« Schritte erklangen auf der Treppe, und ich lächelte. »Du wirst schon sehen. Jetzt kommt er nach Hause, und er mag es gar nicht, wenn andere Männer mich bedrohen.«

Vielleicht bildete ich es mir nur ein, aber der Mann, der rittlings auf mir saß, versteifte sich.

Die Tür flog auf, und Lucas kam mit gezogener Pistole hereingestürmt. Sobald er mich am Boden sah und meinen Angreifer, der auf mir saß, blieb er wie angewurzelt stehen. »Chris. Scheiße, was machst du da?«

Der Mann warf mir einen Blick zu, und zum ersten Mal, seitdem er über mich hergefallen war, schien er ein wenig an Selbstsicherheit einzubüßen. »Ich habe was mit dir zu bereden und den Schlüssel benutzt, den du mir gegeben hast. Als ich reinkam, sah ich sie durch deine Wohnung rennen, mit einem Riesenmesser, deshalb …« Er beendete den Satz nicht, sondern zuckte nur leicht mit den Schultern.

Lucas rieb sich das Kinn und starrte Chris eisig schweigend an. »Da hast du sie zu Boden geworfen und dich auf sie gesetzt? Geh sofort von ihr runter, Mann.«

Chris lockerte seinen Griff. »Aber wer ist sie, und warum ist sie allein in deiner Wohnung? Sie behauptet, sie sei deine Freundin, was, wie wir beide wissen, nicht stimmen kann.«

»Scheiße.« Lucas trat die Tür zu, senkte aber nicht seine Waffe. »Geh von ihr runter, oder ich bringe dich um. Sofort.«

Chris erstarrte. »Aber …«

Mit gebleckten Zähnen kam Lucas durchs Zimmer marschiert. Jeder Schritt, den er machte, drückte Wut und Ärger aus. »Ich sagte, geh. Von. Ihr. Runter.«

»Schon gut, Mann. Bleib locker.« Chris sprang leichtfüßig auf die Füße. Ich rollte mich auf den Rücken, um ihn im Auge behalten zu können, und hielt mir das Handgelenk mit der unverletzten Hand. Als er einen Blick auf mich warf, erstarrte er. »Mensch, wenn ich sie mir richtig hätte ansehen können, hätte ich mich wohl nicht gefragt, warum du sie bei dir wohnen lässt.«

Gerade wollte ich ihn darauf hinweisen, dass sie anwesend war und er aufhören sollte, über mich zu reden, als sei ich nicht da, doch Lucas gab ihm einen heftigen Stoß gegen die Brust. Sein Gesicht war rot angelaufen und seine Bewegungen ruckartiger als gewöhnlich. Noch nie hatte ich ihn so sauer gesehen. »Denk nicht mal so an sie. Sie gehört mir. Verstanden?«

»Alter, ich hab's nicht auf sie abgesehen oder so. Ich wollte nur sagen, dass sie …«

»Mir gehört«, wiederholte Lucas und schubste ihn gegen die hellblaue Wand. »Und wenn du sie noch mal anfasst, nehme ich dich aus wie einen Fisch.«

Chris hielt die Hände hoch, und auf seinem Gesicht erschien ein skeptischer Ausdruck. »Im Ernst, Mann?«

»Im Ernst.« Er ließ seinen Freund los und trat zurück, hielt den Griff der Pistole aber weiter fest umklammert. »Verstanden, Mann?«

Die beiden sahen sich in die Augen. Ich hielt den Atem an. Endlich stieß Chris die Luft aus und nickte. »Okay. Alles klar. Sie gehört dir.«

Ein Muskel zuckte an Lucas' Kiefer. Er streckte mir die Hand entgegen, und als er mir einen Blick zuwarf, konnte ich immer noch die Wut in den Tiefen seiner grünen Augen lodern sehen. Dann, langsam, nahmen sie wieder den grünen Farbton an, den ich mittlerweile so gut kannte. »Alles in Ordnung, Süße?«

»Ja.« Ich ergriff seine Hand und musterte Chris argwöhnisch. Lucas vertraute diesem Mann – offensichtlich, sonst hätte er ihm nicht den Rücken zugedreht –, aber noch vor einigen Augenblicken hatte er mich zu Boden gedrückt. Geistesabwesend rieb ich mir das verletzte Handgelenk, das ich an die Brust gepresst hielt. »Mir geht's gut.«

»Nein, tut es nicht.« Sacht fuhr er mit den Fingern über mein Handgelenk. Sein Kiefer spannte sich an.

»Mist, das gibt einen blauen Fleck.«

Chris räusperte sich. »Äh, tut mir leid.«

»Schon gut«, sagte ich. Als Lucas Chris mit bösen Blicken durchbohrte, wackelte ich mit den Fingern, die in seiner Hand lagen. »He, ich habe gesagt, mir geht's gut. Er hat nur versucht, dich zu beschützen.«

Lucas antwortete mir nicht, sondern machte weiter ein stocksaures Gesicht. Er presste die Lippen zusammen, und ich sah ihm an, dass er gerade Chris' Mord plante.

Und es würde hässlich werden.

Chris grinste zögernd. »Hör zu, Mann, es tut mir leid, okay? Ich dachte, sie wäre eingebrochen – oder schlimmer noch, dass sie für Scotty arbeitet.«

»Tut sie nicht«, sagte Lucas schnell, fuhr sich mit der Hand durch das wellige Haar und warf mir einen kurzen Blick zu. »Sie hat damit nichts zu tun, also halt die Klappe.«

»Tja …« Chris wies mit dem Kinn auf mich. »Jetzt hat sie irgendwie schon damit zu tun.«

Wieder zuckte der Muskel an Lucas' Kiefer.

»Wer ist dieser Scotty denn überhaupt?« Ich sah sie beide fragend an.

Keiner von beiden antwortete mir.

Ich verschränkte die Arme vor der Brust und klopfte mit dem Fuß auf den Boden. »Lucas.«

»Heidi«, antwortete er in dem gleichen drohenden Tonfall wie ich. Das mir vertraute Grinsen erschien auf seinem Gesicht. Wenigstens sah er jetzt nicht mehr mordlustig aus. »Er ist jemand, um den du dir keine Sorgen machen musst, Schätzchen.«

Chris trat von einem Fuß auf den anderen. »Wir müssen miteinander reden.« Er machte eine Pause. »Allein.«

»Natürlich.« Lucas hob mit zwei Fingern mein Kinn an. Eine zärtliche Geste. »He, das Abendessen riecht köstlich, aber ich habe die Sachen, um die du gebeten hast, nicht bekommen, deswegen gehe ich sie schnell mit Chris einkaufen. Ich bin in fünf Minuten wieder zu Hause.«

Chris gab ein Geräusch von sich, als würde er ersticken.

Lucas bedachte ihn mit einem vernichtenden Blick.

»Okay«, sagte ich schließlich.

Er ließ mich los und winkte Chris, ihm zu folgen. Dann war ich allein. Ich schlang die Arme um meinen Oberkörper und fragte mich, was zum Teufel hier vorging, wer dieser Scotty war …

Und warum Lucas allein die Erwähnung seines Namens in Alarmbereitschaft versetzte.

13

Lucas

Ich schloss die Tür hinter mir, trat auf die Straße und lehnte mich an die Backsteinmauer des Hauses. Sofort sickerte die eiskalte Abendluft durch meine Adern. Schnaubend stieß ich den Atem aus. Hinter mir waren Schlagbohrer zu hören, und etwas fiel klirrend auf den Betonboden der Werkstatt. Auf der anderen Straßenseite konnte ich die Lichter des Stadions erkennen, und wenn ich mich konzentrierte, roch ich den Gestank der Docks. Schnee fiel vom Himmel, in dicken, weißen, majestätischen Flocken.

Sie sahen so rein und frisch aus, bis sie auf der Erde auftrafen …

Und dann mischte sich alles zu Dreck. So wie das Leben. Alles sah gut aus, bis irgendetwas passierte, das alles kaputtmachte. Immer, unweigerlich.

»Okay, lass mal hören.« Chris steckte die Hände in die Hosentaschen und seufzte. »Was hast du dir dabei gedacht, Mann? Warum ziehst du ein Mädchen in den Scheiß mit rein?«

»Sie ist zäher, als sie aussieht.« Ich blickte weiter in die Flocken, die aus dem schwarzen Himmel fielen. »Unterschätz sie nicht.«

»Oh, das werde ich nicht«, murmelte Chris. »Aber trotzdem … warum?«

»Ich weiß es nicht«, gab ich zu und war ein Mal in meinem beschissenen Leben ehrlich. »Ich habe gar nichts gedacht. Sie brauchte mich, und ich bin ihr zu Hilfe gekommen, wie ein Idiot.«

»Warte.« Chris kratzte sich am Kopf. »Du bist ihr zu Hilfe gekommen?«

»Ja, ich weiß.« Ich zuckte die Achseln. »Aber ein paar von den Bitter-Hill-Leuten wollten sie vergewaltigen. Ich konnte nicht einfach zusehen und nichts tun. Ich bin vielleicht ein Arschloch, aber selbst ich ziehe irgendwo eine Grenze.«

Chris ließ den Arm sinken. »Verdammt. Du hast natürlich recht, aber jetzt wird das, was ich dir zu sagen habe, noch drängender.«

Ich blinzelte. »Wieso?«

»Das kann warten. Viel wichtiger ist …« Er pfiff durch die Zähne und warf einen Blick zurück über die Schulter. »Was hast du mit ihnen gemacht?«

»Zwei sind tot, den anderen habe ich mit einer Nachricht nach Hause geschickt.«

»Du hättest sie alle …«

»Umbringen sollen.« Ich starrte hoch in den Himmel. »Ja, das weiß ich jetzt auch.«

Chris schüttelte den Kopf. Ich sah ihm an, dass er verärgert war. »Weiß Tate über alles Bescheid?«

»Ja. Und es macht ihm nichts aus. Aber jetzt ist sie meine Freundin. Sozusagen.« Mit der Schulter zuckend fügte ich hinzu: »Ob es uns gefällt oder nicht.«

»Sorge lieber dafür, dass sie nicht glaubt, es sei für immer.« Er kratzte sich am Kinn und warf einen Blick zu meinem Wohnzimmerfenster hoch. Die Vorhänge waren zugezogen. »Sie scheint sich in deiner Wohnung ziemlich wohlzufühlen.«

»Glaub mir, sie ist genauso unglücklich mit dieser Situation wie ich. Sie versucht nur, das Beste aus einer Scheißsituation zu machen, weil sie eben so ein Mensch ist.« Ich verließ den

Bürgersteig und betrat die Straße, und Chris schloss zu mir auf. »Keiner von uns beiden hat gewollt, dass es so kommt.«

Was ja auch stimmte. Aber wenn ich ehrlich war – und das war ich nicht –, machte es mich nicht gerade unglücklich, dass sie bei mir in meiner Wohnung war.

»Als du also eben da oben so getan hast, als wollte ich dir deinen wertvollsten Besitz wegnehmen, und du mir mit dem Tod gedroht hast, wenn ich sie noch einmal anfasse …« Er warf mir einen Blick aus den Augenwinkeln zu. »War das alles nur Show? Bedeutet sie dir denn überhaupt nichts?«

Ich antwortete nicht und würde es auch nicht tun, weil es ihn verdammt noch mal nichts anging.

Ja, ich hatte die Beherrschung verloren. In diesen vier Wänden hätte sie eigentlich sicher sein müssen. Dort hätte niemand sie bedrohen und zu Boden werfen dürfen. Und Chris zu sehen, wie er sie so festhielt …

Da war ich ausgeflippt.

Zuerst hatte ich Angst gehabt, sie sei tot. Chris war der Typ, der erst schießt und dann Fragen stellt. Und als ich sah, dass sie noch atmete, hatte ich Erleichterung verspürt, schnell gefolgt von Eifersucht. Ich war noch nie in meinem Leben eifersüchtig gewesen. Auf niemanden und keiner Sache wegen.

Und ich wollte jetzt nicht damit anfangen, bei ihr.

»Hm …« Chris bedachte mich mit einem argwöhnischen Seitenblick.

»Halt die Klappe«, grollte ich. »Niemand hat dich gefragt. Und ich weiß noch sehr gut, dass du so blöd warst zu glauben, du würdest Suzy Maxwell heiraten, nachdem du dich in einem miesen Stripclub in sie verknallt hattest. Wo sie gearbeitet hat. Zehn Jahre lang.«

Er lachte. »Du hast ja recht. Aber ich war achtzehn, und sie hatte einen scharfen Lapdance drauf.«

»Ja, ich weiß.« Ich grinste und stopfte die Hände tief in meine Hosentaschen. »Das wissen wir alle.«

Chris boxte mich gegen den Arm. »Fick dich.«

»Das hat sie auch gern getan.« Ich lachte, als Chris knurrte, und zuckte die Achseln. »Aber im Ernst jetzt, ich dachte immer, du magst Molly Lachlan. Jedesmal wenn ich bei dir war und sie nach draußen kam, hast du gestrahlt wie ein Weihnachtsbaum.«

Chris versteifte sich. »So ein Quatsch.«

»Tja, wie du meinst, Mann.«

»Ehrlich nicht«, widersprach Chris heftig, so als wäre ich hinter irgendein Riesengeheimnis gekommen und nicht hinter eine blöde, kindische Schwärmerei. »Ich mochte sie nie und werde sie nie mögen. Echt jetzt, sie ist eine Kindergärtnerin.«

»Ja.« Ich schnaubte. »Vielleicht hast du recht. Das würde nie mit euch klappen. Suzy, die Stripperin, ist da mehr dein Fall.«

Er rempelte mich leicht von der Seite an und lachte, aber es klang angespannt. »Tja, mit der habe ich nichts mehr zu tun. Beziehungen sind nichts für mich.« Er runzelte die Stirn und warf mir einen vielsagenden Blick zu. »Und für dich doch auch nicht. Bei dem Leben, das wir führen, ist Heiraten keine gute Idee.«

»Ja, ich weiß.« Ich hob eine Schulter. »Glaub mir, wir werden nicht heiraten. Weder richtig, noch zur Show. Sie ist nur eine vorübergehende Ablenkung, das ist alles.«

Er nickte. »Pass bloß auf, dass sie dich nicht zu sehr ablenkt. Gerade jetzt musst du jederzeit voll da sein.«

»Danke für den Rat«, sagte ich trocken. Wir waren vor dem Laden angekommen. Ich öffnete die Tür, ließ Chris den Vortritt und steuerte dann mit einem Einkaufskorb geradewegs die

Spirituosen an. »Warum bist du überhaupt vorbeigekommen? Gibt's was Bestimmtes?«

Chris rieb sich den Nacken. »Ich habe ihn heute gesehen. Er war bei *Charlie's*, mit ein paar Leuten – vielleicht vier. Dreimal darfst du raten, wer das war.«

Ich verkrampfte innerlich, zwang mich aber zu einem lässigen Schulterzucken, obwohl mir schwante, dass ich sehr genau wusste, wen er meinte. Immerhin hatte ich mich gestern mit eigenen Augen davon überzeugen können. »Ich habe keine Ahnung.«

»Bitter Hill.«

Ich hatte gerade nach einer Flasche greifen wollen, als die Furcht mich wie ein Hammerschlag in die Magengrube traf. All der Argwohn, all die Zweifel … jetzt hatte ich Gewissheit. »Scheiße.«

»Ja, ich weiß«, sagte Chris so leise, dass ich ihn beinah nicht gehört hätte. Er blickte sich in dem fast leeren Laden um, bevor er fortfuhr: »Sie saßen in einer Ecke und flüsterten und tranken. Und Geld war auch im Spiel. Sieht aus, als würde er dich beobachten und hätte beschlossen, den Feind seine Probleme regeln zu lassen. Wenn Bitter Hill dich ausschaltet, wird niemand ihn verdächtigen. Vor allem nach dem, was du mit ihnen gemacht hast. Eigentlich ziemlich genial. Findest du nicht?«

»Dreckskerl«, murmelte ich und nahm eine Flasche Wodka aus dem Regal.

Mein Telefon summte, ich holte es aus der Tasche. Es war eine SMS von Heidi. »Vergiss die Grenadine nicht.«

Ich tippte schnell eine Antwort. »Okay. Fast fertig.«

Es war ein merkwürdiges Gefühl, jemandem zu schreiben, der darauf wartete, dass ich nach Hause kam. Merkwürdig … aber nicht schlecht. Sie hatte ein Abendessen für mich zubereitet. Seit der Krankheit meiner Mutter hatte nie wieder jemand für mich gekocht. Nach ihrem Tod hatte ich das übernommen. Jemand hatte schließlich dafür sorgen müssen, dass Scotty regelmäßig aß. Im Prinzip habe ich mir so nach und nach das Kochen selbst beigebracht. Und mittlerweile war ich sogar ein ziemlich guter Koch.

Aber heute hatte Heidi für mich gekocht.

Ich steckte das Handy weg. Als ich aufblickte, musterte Chris mich mit gerunzelter Stirn. »Was ist?«, blaffte ich ihn an und schnappte mir noch eine Flasche Rum.

»Du hast gerade wegen einer SMS gelächelt wie ein kleines Mädchen, kurz nachdem ich dir etwas gesagt habe, das dir wirklich Sorgen bereiten sollte.« Er trat von einem Fuß auf den anderen, und seine Augen waren leicht umwölkt. »Was ist denn los mit dir, Mann?«

Hatte ich wirklich gelächelt? Ich hatte es nicht einmal gemerkt. Schnell nahm ich eine Flasche Apfelschnaps aus dem Regal. »Ich habe nicht wegen der Nachricht gelächelt. Sondern weil ich mir vorgestellt habe, wie ich dir mit bloßen Händen die Kehle herausreiße.«

»Und dabei einen Appletini trinkst?« Chris verdrehte die Augen. »Ja. Da krieg ich wirklich Angst, Mann.«

»Woher weißt du, dass dieser Pucker-Scheiß in einen Appletini kommt?«

Er zuckte die Achseln. »Die schmecken gut, wenn man Lust auf was Süßes hat. Das ist mir nicht peinlich.«

Wir lachten beide.

Er wurde als Erster wieder ernst.

»Hör mal, Lucas, jetzt wird's ernst. Du solltest dir was überlegen. Um dich abzusichern. Geh zu Tate und erzähl ihm …«

Ich versteifte mich. »Nein.«

»Aber …«

»Nein.« Ich knallte eine Flasche Grenadine in den Korb. »Ich verpfeife meinen kleinen Bruder nicht. Ende der Geschichte.«

»Selbst wenn er dich umbringt?«

»Wenn er mich umbringt, werde ich überhaupt nichts mehr entscheiden müssen.« Ich nahm die letzte Flasche der Bestellung aus dem Regal und machte mich auf den Weg zur Kasse. »Problem gelöst.«

Chris gab einen verärgerten Laut von sich. »Das ist nicht komisch.«

»Hab ich auch nicht gesagt«, fuhr ich ihn an. »Aber ich verrate ihn nicht.«

»Na gut.« Er beharrte nicht weiter darauf. »Dann erklär mir wenigstens deinen Plan. Na los. Ich höre. Ich bin sicher, er ist brillant, oder?«

Ich schwieg, denn ich hatte keinen Plan. Noch nicht.

Ich hatte ja gerade erst akzeptiert, dass er wirklich versuchte, mich kaltzumachen.

»Ja. Das hab ich mir gedacht«, sagte er in hartem Ton. »Willst du einfach der pflichtbewusste große Bruder sein, der du immer gewesen bist, oder was? Dir die Zielscheibe vor die Brust halten, damit er auch weiß, wo er hinschießen muss, und ihn noch loben, weil er so gut getroffen hat, wenn du zu Boden gehst?«

»Besser so, als langsam zu sterben. Ein sauberer Schuss ist nicht zu verachten.«

Chris schlug mit der Faust auf die Ladentheke. »Luc.«

Ich wusste, warum er frustriert war. Und ich verstand ihn. Aber wenn er wirklich glaubte, ich hätte mir nicht schon die letzten anderthalb Tage ununterbrochen den Kopf nach einem Ausweg aus diesem Scheißschlamassel zermartert, dann kannte er mich schlecht. Ich hatte an nichts anderes gedacht.

Doch ich hatte keinen blassen Schimmer, was ich tun sollte.

»Ich regle das, verdammt«, knurrte ich.

»Da ist nichts zu regeln. Er ist ein Arschloch, davon kannst du ihn nicht heilen.«

Ich grinste. »Ich weiß nicht. Die Wissenschaft macht solche Fortschritte, es gibt vielleicht mittlerweile eine Tablette dagegen. Vielleicht höre ich mich mal um.«

»Wie du meinst. Mach ruhig. Lass dich von ihm umlegen. Ich werde nicht zu deiner Beerdigung kommen.« Chris stieß sich von der Theke ab und ging mit langen Schritten zur Tür. »Vollidiot.«

Nachdem er gegangen war, kam der Kassierer, und ich bezahlte. Noch im Gehen wählte ich und hob das Handy ans Ohr. Es klingelte dreimal, bevor er dranging.

»Hallo?«

»Hey, Scotty.« Ich räusperte mich. »Ich bin's, Lucas.«

Er lachte. Es klang unecht. »Ja, ich weiß. Ich sehe deine Nummer auf dem Display. Was gibt's, Bro?«

Jemand lachte, Geschirr klapperte, und laute Musik dröhnte im Hintergrund. Höchstwahrscheinlich befand er sich immer noch in der Bar. »Ich wollte mich nur mal melden. Seitdem ich raus bin, haben wir nicht sehr viel miteinander gesprochen. Wie läuft's bei dir?«

»Gut.«

Das war's. Nur ein Wort als Antwort. Ich packte das Handy fester und blieb vor der Werkstatt stehen. »Wo bist du?«

»Ach, du weißt schon.« Er nahm sich Zeit, um zu antworten. »Zu Hause, mit ein paar Leuten von der Crew. Wir hängen ab.«

»Ah ja?«

»Ja.« Er machte eine Pause. »Das tun wir.«

Zähneknirschend schloss ich die Augen. Ich kannte diesen

weichen Ton, den Scotty jetzt anschlug. Das war seine Lügenstimme. Als er klein war, hatte ich ihn immer damit aufgezogen. Wenn er log, stieg seine Stimme eine halbe Oktave höher.

Das erste Mal war es mir aufgefallen, als er den letzten Schokoladenhasen aus meinem Osternest gemopst hatte. Obwohl die Schokolade noch über seine beiden pummeligen Bäckchen verschmiert war, als ich ihn fragte, was damit passiert sei, hatte er mir geradewegs in die Augen gesehen und gesagt, er wisse es nicht – mit diesem Kiekser in der Stimme. Von da an wusste ich, dass seine Stimme sich immer veränderte, wenn er mich oder Ma anlog. So wie jetzt.

Und es tat höllisch weh.

Ich blickte hinunter auf den Schnee. Er war bereits grau und schmutzig. Das reine Weiß hatte nicht lang angehalten. Das tat es nie. »Sollen wir uns auf ein paar Drinks treffen? Ein bisschen quatschen? Ich hab dich eigentlich noch gar nicht richtig gesehen, seitdem ich raus bin.«

»Ich kann nicht. Vielleicht ein andermal.«

Ich nickte ins Handy. »Na gut. Hey, hast du ein paar von den Bitter-Hill-Jungs in der Gegend gesehen? Es heißt, sie hätten vorhin Ärger gemacht, und Tate wollte, dass ich das überprüfe, bevor ich für heute Schluss mache.«

Es folgte eine lange Pause, dann: »Nee, Mann. Von denen habe ich niemanden gesehen. Aber die beiden letzten Tage war ich zu Hause mit dieser Braut, die ich neulich abgeschleppt habe, deshalb bin ich nicht die verlässlichste Quelle für diese Art Information.«

Ich warf einen Blick hinauf zum Fenster. Noch eine Lüge. Aber dieses Mal brauchte ich meinen Trick nicht anzuwenden. Schließlich hatte ich ihn mit eigenen Augen gesehen. Als ich ein paar Schritte weitergegangen war, erregte etwas Rot-Schwarzes meine Aufmerksamkeit. Ich sah genauer hin, während mir das Herz in den Ohren dröhnte wie eine schauerliche Uhr, die laut zum Tag null hinunterzählte.

Meine Werkstatt war von Bitter Hill getaggt worden.

Verdammte Scheiße. Scotty, derselbe Junge, dem ich früher, wenn er wieder mal Albträume hatte, Märchen bis morgens um drei erzählte, hatte einen Preis auf meinen Kopf ausgesetzt. Wütend hob ich den Blick zum Himmel und versuchte, meinem Ton einen möglichst neutralen Anstrich zu geben. Scheißkerl. Laut sagte ich: »Okay, gut. Sag Bescheid, wenn du irgendwas Verdächtiges mitbekommst.«

»Klar.«

Scotty legte auf. Ich hielt das Handy so fest umklammert, dass ich überrascht war, dass es nicht zerbrach. Wenn ich noch irgendwelche Zweifel gehabt hätte, wem seine Loyalität galt …

Jetzt hatte ich Klarheit.

Was zum Teufel war passiert, während ich meine Zeit abgesessen hatte? Was konnte meinen kleinen Bruder so sehr verändert haben, dass er mich töten wollte? Scotty war schon immer ein wenig selbstsüchtig und kurzsichtig gewesen, aber Brudermord? Wann war er zu jemandem geworden, der dazu fähig war?

Ein kleiner – okay, großer – Teil von mir gab mir selbst die Schuld.

Immerhin hatte ich das kleine Arschloch praktisch großgezogen. Vielleicht war es etwas, das ich getan oder gesagt hatte. Vielleicht war ich nicht genug Vaterfigur für ihn gewesen, nachdem Ma gestorben war. Nach ihrem Tod war ich alles gewesen, was er noch hatte. Ich hatte mein Bestes versucht, aber ich war ja selbst noch ein Kind gewesen.

Nachdem ich mich, als Ma krank geworden war, den Sons of Steel Row angeschlossen hatte, hatten wir endlich genug Geld, um die Rechnungen zu bezahlen und Essen auf den Tisch zu bringen, aber sie wusste, woher das Geld kam, und weigerte sich, es anzunehmen, sodass von da an ich einkaufen ging und hinter ihrem Rücken die Hypothek abzahlte … ob es ihr gefiel oder nicht.

Ich tat, was getan werden musste.

Aber sie starb, und ich war der Einzige, zu dem Scotty nun noch aufsehen konnte.

Kein Wunder, dass er so verkorkst war. Ich war kein Vorbild und würde es nie sein. Ich hatte dieses Leben gewählt, weil wir das Geld gebraucht hatten. Deshalb hatte ich die Herausforderung angenommen. Ich hatte mir den Arsch aufgerissen, um mir ihr Vertrauen zu verdienen. Als Scotty in meine Fußstapfen trat und sich uns ebenfalls anschloss, hatte ich ihn mit offenen Armen begrüßt. Und was war dabei rausgekommen? Das hier.

Ich hatte keinen blassen Schimmer, was ich jetzt mit ihm machen sollte, aber ihn an Tate zu verraten kam nicht infrage. Möglich dass sein Tod unvermeidbar war, doch er sollte nicht von den Sons in Stücke gerissen werden. Es musste eine Möglichkeit geben, ihm ins Gewissen zu reden. Ihm zu zeigen, dass das, was er tat, falsch war, und ihn auf den rechten Weg zurückzuführen … wo immer der auch war. Er war mein kleiner Bruder. Ich hatte ihn aufgezogen. Ich brachte es nicht übers Herz, ihn aufzugeben.

Es konnte noch nicht zu spät sein, verdammt.

Ich riss den Blick von dem Tag los, das alles änderte, machte noch einen kurzen Abstecher in den Baumarkt auf der anderen Straßenseite und stieg dann langsam die Treppe zur Wohnung hinauf. Musik spielte, und der einladende Duft von Lasagne stieg mir schon auf halbem Wege in die Nase. Ich blieb einen Moment stehen, hielt inne.

Draußen war das Leben die Hölle. Dunkel. Aber hier drinnen …

Es war wie eine andere Welt. Eine Welt, die mir gefiel.

Sie sang zu dem Song, der gerade lief. Ihre weiche, melodiöse Stimme war wie eine Droge. Was sie tat, wie sie sich gab … sie war so anders als alle, die ich bisher gekannt hatte, abgesehen von Ma. Vielleicht hatte ich sie deswegen vor den Bitter-Hill-Leuten gerettet. Sie hatte eine Frische an sich, die eine schmutzige Seele wie mich anzog. Sie gehörte nicht zu derselben kranken Welt, aus der ich kam.

Bis ich sie in meine mit hineingezogen hatte.

Aber was hätte ich sonst tun sollen? Zulassen dass sie vergewaltigt und getötet wurde und schließlich bei Ratten und Kakerlaken landete? Oder noch Schlimmeres? Die Typen von Bitter Hill hatten ihre Finger auch im Menschenhandel. Wer weiß, was sie mit ihr gemacht hätten, wenn sie mit ihr fertig gewesen wären.

Mir war keine andere Wahl geblieben, als sie zu retten.

Und jetzt musste ich sie auch vor mir selbst retten.

Mir war eine Flucht jetzt nicht mehr möglich, aber ihr schon. Ich konnte ihr alles geben, was sie dazu brauchte, und sie wegschicken. Mich von meiner Chance auf ein neues Leben verabschieden.

Die hatte mir Scotty genommen.

Aber Heidi musste so schnell wie möglich raus aus Boston, und ich würde alles in meiner Macht Stehende tun, bevor Scotty zuschlagen konnte. Sie durfte auf keinen Fall ins Kreuzfeuer des Geschehens geraten.

Egal was ich entschied, egal was ich tat, ich musste verhindern, dass Scotty Heidi etwas antat.

Mit den Tüten im Arm drückte ich die Tür mit einem gezwungenen Lächeln auf. »Schatz, ich bin zu Hause.«

»Ach, wer spielt denn jetzt den Ehemann?«

»Ja, ja«, brummte ich und trat die Tür hinter mir zu. »Du hast damit angefangen …«

Lachend winkte sie mich zu sich in die Küche. Einmal mehr war ich überrascht, wie schnell sie wieder obenauf war. Der Überfall war erst kurze Zeit her, und jetzt sang, tanzte und kochte sie, als wäre nichts passiert. Sie war so stark und lebensfroh, und so sollte es auch bleiben. Wenn es hart auf hart kam, würde ich tun, was ich tun musste, um sie zu schützen, ob sie es wollte oder nicht.

Ich würde tun, was getan werden musste. So wie immer.

Und sie würde verdammt noch mal meinen Fluchtplan nutzen und verschwinden.

»Hast du alles bekommen?« Sie zog die Lasagne aus dem Ofen und stellte sie auf dem Topflappen ab, den sie auf der Arbeitsplatte bereitgelegt hatte. »Ich weiß, die Liste war ziemlich lang.«

»Ja. Ich habe fast den ganzen Laden leergekauft.« Spielerisch gab ich ihr einen Stoß mit dem Ellbogen. Ihr Kopf reichte gerade bis zu meinen Schultern, das gefiel mir. »Geben wir eine Party, von der ich nichts weiß? Oder treibt dich deine gespielte Beziehung bereits dem Alkohol in die Arme?«

Nachdem sie die Herdklappe mit einem Hüftschwung geschlossen hatte, zog sie die Handschuhe aus und blies sich eine Strähne aus dem Gesicht. Sie trug ein schwarzes Tanktop und eine Yogahose. Das blonde Haar fiel ihr in sanften Wellen über die Schultern, und sie trug fast kein Make-up. Wenn ich mich nicht irrte, hatte sie unter dem Shirt keinen BH an. Sie wirkte entspannt, so als würde sie sich hier zu Hause fühlen. Nie war sie schöner gewesen.

Und ich hätte nur allzu gerne herausgefunden, ob sie tatsächlich auf den BH verzichtet hatte.

»Weder noch. Ich will mehr Frauen in die Bar holen. Deshalb probiere ich ein paar Drinks für Mädelstreffen aus, um sie an bestimmten Abenden in der Woche als Specials anzubieten.« Mit dem Unterarm wischte sie sich die letzten widerspenstigen Haare aus dem Gesicht. »Heute Abend wollte ich mal einige ausprobieren und sehen, welche gut sind.«

»Dann bist du vor neun betrunken.« Ich verschränkte die Arme und musterte sie von oben bis unten. Auf dem Küchentresen stand ein dampfender Becher mit Tee, der schon zur Hälfte geleert war. Ich war in drei verschiedenen Läden gewesen, bevor ich etwas gefunden hatte, das auch für meine Maschine geeignet war, weil sie gesagt hatte, dass sie gerne welchen trank, wenn sie gestresst war. Wenn sie wieder weg war, würde ich wohl alles im Müll entsorgen müssen, denn ich hasste das Zeug. »Klingt wie ein ausgezeichneter Plan.«

Sie verdrehte die Augen und nahm ihr Portemonnaie in die Hand. »Wie viel schulde ich dir für den Alkohol und den Tee?«

»Nichts.«

»Lucas …«

»Nichts, sagte ich.« Ich drückte mich von der Arbeitsplatte ab und nahm zwei Teller aus dem Schrank. »Ich werde heute Abend auch was trinken, dann ist es nur fair, dass ich bezahle. Schließlich bereitest du sie für uns zu.«

Sie blinzelte mich überrascht an. »Du willst Cocktails trinken? Nenn mich verrückt, aber ich hätte nicht gedacht, dass das was für dich ist. Du bist mehr der Whiskeytyp.«

»Ja, aber du kannst ein Experiment nicht erfolgreich ohne Versuchsperson durchführen.« Ich zeigte mit dem Finger auf mich. »Und ich bin eine sehr bereitwillige Versuchsperson.«

Einen Moment sagte sie gar nichts und starrte mich nur mit rosigen Wangen und aus blauen Augen an. Ich war kurz davor, es zurückzunehmen. Die Idee war blöd, und das Motiv dahinter war sogar noch blöder.

Was zum Teufel hatte ich mir dabei gedacht …?

»Danke«, sagte sie leise. In ihren Saphiraugen schimmerte das gewisse Etwas, das mir sagte, dass sie mich nett fand. »Ich weiß es zu schätzen.«

Ich runzelte die Stirn und sagte mit scharfer Stimme: »Hör auf damit. Du tust es schon wieder.«

»Sorry, sorry«, grummelte sie. War es gut oder schlecht, dass sie gar nicht mehr fragen musste, weswegen ich sie anfuhr? »Willst du mir eine Ohrfeige verpassen, um mich daran zu erinnern, wie schrecklich du eigentlich bist?«

Ich fasste sie am Kinn und drehte sanft ihr Gesicht zu mir. Sie hatte es als Scherz gemeint, aber für mich war es keiner. »Ich mag ja ein Arschloch sein und ein Killer und ein Krimineller … Aber ich würde nie, nie Hand an dich legen. Nicht in einer Million Jahren.«

Sie nickte. »Ja, ich weiß.«

»Nein, ich glaube, das weißt du nicht.« Ich strich mit den Fingern über ihre weiche Haut. »Ich würde eher sterben, als zuzulassen, dass dir jemand etwas antut – weder ich noch jemand anders.«

Sie sah mich nur an. In ihren Augen lag immer noch dieser verdammte Ausdruck. Aber ausnahmsweise machte es mir nichts aus. »Lucas …« Zögernd erhob sie sich auf die Zehenspitzen, legte mir die Hände auf die Schultern und drückte ihre Lippen auf meine Wange. Ich umfing ihre Hüften und hielt sie fest, aber ohne sie näher an mich zu ziehen. Ohne zu versuchen, etwas daraus zu machen, das es nicht war. Als sie sich von mir löste, drückte sie mir die Hand auf das Herz und lächelte zu mir hoch. »Mag sein, dass du kein netter Kerl bist oder jemand, den ich nicht mögen sollte. Pech gehabt, ich mag dich trotzdem. Ich mag dich sehr, und nichts, was du sagst oder tust, wird das ändern.«

Ich schluckte hart. Meine Kehle war so trocken wie die Sahara. »Das ist nicht gut.«

»Tja, zu spät.«

Sie küsste mich wieder, dieses Mal auf den Mund. Unsere Lippen berührten sich nur ganz leicht, zwei Sekunden, wenn überhaupt. Eine hauchzarte Berührung, kaum ein richtiger Kuss und unschuldig wie der frisch gefallene Schnee, den ich vorhin betrachtet hatte. Es war eine Geste der Dankbarkeit und Freundschaft, und ich wusste es. Trotzdem …

… berührte er mich mehr als jeder andere Kuss zuvor.

Und da stieg in mir auf einmal eine Heidenangst auf.

14

Heidi

Zwei Stunden später mixte ich den nächsten Drink auf meiner Liste. Dabei tippte ich mit dem Fuß zum Rhythmus der Musik auf dem Boden, die Lucas, als er nach Hause gekommen war, während des Abendessens und auch unserer Unterhaltung danach überraschenderweise angelassen hatte. Und wir hatten uns tatsächlich unterhalten, sehr lange sogar. Vielleicht hatte er gespürt, dass Musik mich ablenkte, wenn ich nervös war. Sie beruhigte mich. Und nach meinem Erlebnis mit Chris brauchte ich dringend etwas, das meine Nerven beruhigte.

Tee reichte nicht mehr aus.

Ich warf Lucas, der zurückgelehnt mit ausgestreckten Beinen am Esstisch saß, einen verstohlenen Blick zu. Er hatte sich umgezogen und trug jetzt Jeans und ein enges T-Shirt – blau natürlich. Das rotbraune Haar stand ihm zu Berge, weil er immer wieder mit den Händen hindurchfuhr. Wie auch sonst so häufig.

Wahrscheinlich beruhigte es ihn, so wie mich Tee und Musik.

Er hatte meine Lasagne gegessen, Cocktails getrunken und mit mir geplaudert, immer charmant und lustig. Dies war jetzt sein dritter Drink, ein Appletini. Er war der perfekte Gentleman – abgesehen von dem leichten Hauch von Gefährlichkeit, die er nie ganz vor der Welt verbergen konnte. Der Typ Mann, dem ich nicht widerstehen konnte. Auch wenn Lucas nach den allgemeinen Vorstellungen der Gesellschaft kein »guter Mensch« war, zu mir war er immer gut gewesen.

Wenn ihn das nicht zu einem »guten« Menschen machte, dann wusste ich es auch nicht. Vielleicht lag es am Alkohol oder daran, dass ich nicht aufhören konnte, daran zu denken, wie wunderbar diese eine Minute gewesen war, die ich ihm neulich Nacht zugestanden hatte. Und der Kuss vor dem Stadion. Vielleicht war es etwas, das ich nicht benennen konnte. Alles, was ich wusste, war …

Er hatte recht. Ich wollte ihn.

Sehr sogar.

Während ich die Drinks eingoss, musterte ich ihn heimlich unter den Wimpern hervor. Die Pistole steckte an seiner Hüfte. Ich konnte sie schwach unter dem Stoff seines Shirts erkennen. Er sah so gefährlich attraktiv aus, wie er dasaß und mich mit diesen irischen grünen Augen betrachtete. Als er sich streckte, konnte ich den Blick nicht von seinen beeindruckenden Bizepsen lösen. Seine Haut war blass, aber, soweit ich wusste, ohne Sommersprossen. Es sei denn, unter seiner Kleidung.

Irgendwie hoffte ich, dass es so war. Das wäre dann unser kleines Geheimnis, wenn ich …

Meine Güte, Schluss damit. Ich würde ihn niemals ausziehen, egal wie, wo und wann. Auf keinen Fall. Es war eine schlechte, sehr schlechte Idee. Gefährlich.

Dumm. Und ich war nicht dumm, oder?

Während ich mit den Getränken zu ihm ging, hob er eine Augenbraue und richtete sich auf. Mein Herz flatterte, als sich seine Armmuskeln dabei anspannten. So stark und sexy. Genau wie er. »Siehst du etwas, das dir gefällt?«

Ich schnaubte. Es sollte spöttisch klingen, doch selbst in meinen Ohren klang es nicht überzeugend. »Ich habe nur die Größe deines Egos bewundert.«

»Aha.« Er nahm das grüne Gebräu und schnupperte daran. Seine Nase kräuselte sich. »Der riecht süßer als die anderen.«

»Ist er, glaube ich, auch.« Ich hob mein Glas. »Sollen wir es herausfinden?«

Er hob sein Glas. »Slainte.«

Ich hatte keine Ahnung, was das Wort bedeutete, aber es klang wie Gälisch. Wir nippten beide an unserem Glas, um es dann gleichzeitig wieder abzusetzen. Ich leckte mir über die Lippen. »Hmm.«

»Ja, ich verstehe, was Chris meinte.« Er nahm einen weiteren Schluck. »Das schmeckt wirklich ziemlich gut.«

Ich blinzelte. »Chris trinkt Appletinis? Derselbe Typ, der mich umbringen wollte, nur weil ich in deiner Wohnung war?«

»Ja, manchmal.« Er stand auf und wies mit dem Kinn zum Sofa hin. »Sollen wir es uns ein bisschen gemütlicher machen?«

Ich zupfte an meiner Yogahose. »Gemütlicher geht's wohl kaum. Ich bin hier im Gammellook, während du …« Ich zeigte auf ihn, »wieder mal umwerfend aussiehst.«

Er setzte sich auf das Sofa und ließ den Blick über mich wandern. Das mir nur allzu vertraute Grinsen, das mich kribbelig und unruhig machte, erschien auf seinem Gesicht. Mir wurde heiß. Ich musste meine ganze Selbstbeherrschung aufbieten, um mir nicht Luft zuzufächeln. »Für mich siehst du wunderschön aus, Süße.«

Ich setzte mich neben ihn, zog den Fuß unter den Po und lächelte. »Du bist lieb.«

»Nein, bin ich nicht«, knurrte er.

»Ja, ja, ich weiß.« Ich wedelte wegwerfend mit der Hand und nahm einen großen Schluck. »Schlechter Mensch, Killer, blablabla.«

Für einen Sekundenbruchteil glaubte ich, er würde wütend werden. Doch als er dann lachte, konnte ich nicht aufhören, ihn anzustarren. Gott, war er schön, wenn er so lachte. Ich weiß, das klingt seltsam in Zusammenhang mit einem Mann wie Lucas, einem Kriminellen, aber es stimmte. Egal was er sagte oder tat, es war etwas an ihm, das auf nicht zu erklärende Weise schön war.

Und ich war es satt, es zu leugnen.

»Blablabla«, echote er. Dann schüttelte er den Kopf und leerte seinen Drink. Er stellte das leere Glas auf den Couchtisch und leckte sich langsam die Lippen, als würde er jeden Tropfen genießen. Falls er mich damit provozieren wollte, war es ihm gelungen. »Der schmeckt mir am besten.«

»Offensichtlich«, sagte ich gedehnt. Er musterte mich. Schnell sah ich in mein Glas und biss mir auf die Zunge, denn aus der Nähe waren diese wunderschönen grünen Augen so gefährlich wie ein langer Blick in die Sonne. »Also, wer ist dieser Chris? Ein Freund? Ein Verwandter?«

Er schwieg so lange, dass ich schon dachte, er wollte mir nicht antworten, was auch keine große Überraschung gewesen wäre. Er war nicht gerade ein offenes Buch für mich. Er seufzte. »Ein Bruder, in jeder Hinsicht, außer der Blutsverwandtschaft.«

Ich überwand meinen Schreck darüber, dass er mir tatsächlich etwas Persönliches von sich erzählt hatte, nahm noch einen Schluck von meinem Cocktail und nickte. Denn das war etwas, was ich sehr gut nachvollziehen konnte. Marco war mir mehr Familie, als es je jemand gewesen war. Er war mein kleiner Bruder, egal was unsere DNA sagte. »Wie lange kennst du ihn schon?«

Er legte den Kopf an die Rückenlehne und stieß einen Seufzer aus. Er wirkte entspannt, und zum ersten Mal schien es, als sei er … nicht auf der Hut. Sein ganzer Körper war gelöst, und er hielt die Augen leicht geschlossen. Sein Profil zeichnete sich gegen das gedämpfte Licht ab, das er vor dem Abendessen eingeschaltet hatte. Er rieb sich das Kinn und wandte sich mir aufmerksam zu. Seine Augen hielten mich fest. Mir fiel auf, dass sie fast die gleiche Farbe hatten wie der Appletini, den ich in der Hand hielt. »Von klein auf. Aus der Nachbarschaft. Er ist der einzige Mensch, dem ich vollkommen vertraue«, sagte er mit leiser Stimme.

Ich leerte mein Glas und stellte es neben seines. Dann wandte ich mich ihm wieder zu und zog auch den anderen Fuß unter mich. Seine bösen Erinnerungen umgaben ihn wie ein Gespenst. Nun sah er nicht mehr entspannt aus. »Wie kommt das?«

»Mein Bruder ist … Ich weiß nicht mehr, wer Scotty ist.« Er ließ die Hand in seinen Schoß sinken. Unwillkürlich folgte ich der Bewegung mit den Augen. Seine Finger ballten sich zur Faust, und ich hob hastig den Blick wieder. »Wenn er an die Tür klopft, dann schnappst du dir kein Messer und stellst dich ihm entgegen. Dann nimmst du die Beine in die Hand.«

Ich schluckte. »Oh.«

»Ich meine es ernst. Wenn eure Wege sich je kreuzen sollten, dann rennst du weg und blickst nicht zurück.«

»Okay, ich habe verstanden.« Ich legte die Hand auf sein Knie und drückte es beruhigend. »Was ist zwischen euch beiden vorgefallen?«

»Ich war im Knast.« Er starrte auf meine Hand. Sein Adamsapfel bewegte sich, als er schlucken musste. »Er hat sich geändert. Und jetzt haben wir die Scheiße.«

»Was macht er denn?«

»Egal.« Er schüttelte den Kopf. »Genug von mir.«

Es war nicht annähernd genug. Doch ich rückte von ihm ab und ließ mich tiefer in die Kissen sinken. »Na gut. Was ist in der Tüte neben der Tür?«

Er warf einen achtlosen Blick darauf. »Ein neues Schloss. Der heutige Abend hat mir gezeigt, dass zu viele Leute den Schlüssel zu meiner Wohnung haben.«

»Oh.« Ich runzelte die Stirn. »Für mich musst du das nicht tun. Ich meine, ich bin ja nicht mehr lange hier. Richtig?«

Er schnaubte. »Ich wechsle es, weil ich es will – nicht deinetwegen.«

»Warum willst du es dann wechseln?«

Er sah mich nur wortlos an.

Ich brauchte nicht lange, um zu kapieren, dass er nicht vorhatte zu antworten.

»Okay …«, sagte ich langsam. »Du willst also nicht über dich reden. Dann sag mir doch, worüber willst du reden?«

»Über dich.« Als er den Arm auf die Rückenlehne des Sofas legte, streiften seine Fingerspitzen meine Schulter. »Kommst du ursprünglich aus Boston?«

»Da gibt es nicht viel zu erzählen. Ich war ein Fürsorgekind.« Ich spielte mit der Kordel meiner Hose. »Und bin hier geboren.«

»Und keine Eltern?«

Ich verneinte mit einem Kopfschütteln. »Sie sind gestorben. Schon als ich ein Baby war.«

»Deswegen warst du dein ganzes Leben in Pflegefamilien?«

»Ja.« Ich rutschte noch weiter von ihm weg. »Bis ich alt genug war wegzulaufen. Dann habe ich mein Glück auf der Straße versucht, und da habe ich mich ziemlich gut geschlagen. Ich bin in Bewegung geblieben, immer von einem Ort zum anderen gezogen, um Ärger zu vermeiden. Der einzige Ort, an den ich wieder zurückgekommen bin, war diese Gasse, in die ich dich mitgenommen habe.«

Er legte mir die Hand an die Wange. »Hast du jemals … du weißt schon.«

Die Tatsache, dass er die Frage nicht über die Lippen brachte, traf mich härter, als sie es hätte tun sollen. Aber ich wusste auch so, was er meinte. »Nein.«

Er sank in sich zusammen. »Gott sei Dank.«

»Ich hätte es tun können. Und wahrscheinlich wäre es besser gewesen.« Ich zuckte mit den Schultern. »Aber ich wollte nicht. Mein Stolz war mir wohl ein wenig wichtiger als den meisten anderen. Ich habe mich geweigert, meinen Körper zu verkaufen. Stattdessen … bin ich einfach immer weitergezogen.«

Mit den Fingern auf seinem Oberschenkel trommelnd, nickte er. »Und du bist nie irgendwo sesshaft geworden?«

»Doch. Als ich den Mann traf, der mir das *Patriot* vermacht hat. Frankie. Er fand mich unter einer zerschlissenen Decke hinter seiner Bar, weckte mich und befahl mir, sofort nach drinnen ins Warme zu kommen.« Ich lächelte, als ich an ihn zurückdachte. Er war so offen und freundlich gewesen. Und er hatte immer nach Karamellbonbons gerochen, war geradezu süchtig danach gewesen. Ein zu guter Mensch für eine Gegend wie diese, aber er hätte seine Bar niemals aufgegeben. »Als er mich bei sich aufnahm, hatte ich endlich ein Zuhause.«

»Wo ist er jetzt?« Er ließ die Hand sinken. »Ist er in den Süden gezogen, nach Florida, so wie offenbar alle Leute, sobald sie achtzig sind?«

»Nein. Er ist gestorben.« Ich fröstelte, deshalb zog ich die Beine an, legte das Kinn auf die Knie und schlang die Arme darum. »Vor etwas über einem Jahr.«

»Oh.« Lucas senkte die Augen, und seine Gesichtszüge wurden ein wenig weicher. »Tut mir leid.«

Ich zuckte die Achseln mit einer Gleichgültigkeit, die ich nicht empfand. »Schon okay. Man lebt, man stirbt, das ist das Leben. Was ist mit dir? Hast du noch Eltern irgendwo?«

»Nee.« Er rieb mir in großen Kreisen über den Rücken. Langsam. Beruhigend. »Meinen Pa habe ich nie gekannt, deswegen hat er, was mich angeht, auch nie gelebt. Und wie ich neulich Abend schon sagte, meine Mutter starb, als ich ein Teenager war. Danach trug ich die Verantwortung dafür, Scotty zu einem anständigen Menschen zu erziehen.« Er machte eine Pause. »Was mir nicht gelungen ist.«

»Das kannst du nicht so sagen. Du hast nicht versagt. Menschen treffen ihre eigenen Entscheidungen, und die fallen nur auf sie zurück, auf niemanden sonst.«

Seine Hand hielt über meinem unteren Rücken inne. »Tja, ich weiß nicht, ob ich das glauben soll. Ich denke, meine Ma wäre ziemlich sauer auf mich, dass ich es so weit habe kommen lassen. Dass ich ihn nicht von allem Ärger ferngehalten habe.«

Ich zögerte. »Vermisst du sie?«

»Ständig«, antwortete er mit brüchiger, ehrlicher Stimme. »Und du Frankie?«

Ohne zu antworten nickte ich.

Ich vermisste ihn. Sehr.

Nun war ich ganz allein. Noch hatte ich Marco, aber nicht mehr lange. In wenigen Tagen würde er auf die Uni gehen und etwas Besseres mit seinem Leben anfangen, als sich in den Slums von Boston durchzuschlagen. Er würde Steel Row für immer verlassen. Diese Aussicht machte mich traurig, aber auch sehr froh. Er tat das Einzige, was ich nie tun würde. Hier weggehen.

Ich konnte nicht weg aus diesem Drecksloch. Ich hatte meine Bar.

»Hast du irgendwann mal daran gedacht, wieder weiterzuziehen?«, fragte er mit angespannter Stimme.

Ich legte den Kopf schief und biss mir auf die Zunge. Wie

unheimlich, er hatte fast dasselbe gedacht wie ich. »Warum sollte ich? Ich habe dir doch gesagt, dass das *Patriot* jetzt mein Zuhause ist.«

»Aber wenn du einfach so Boston verlassen könntest!« Er ergriff meine Hand. »Was wenn du genug Geld hättest, um diese Scheißgegend hinter dir zu lassen? Damit Bitter Hill dich nicht findet? Und du einfach … wegkönntest?«

Ich schüttelte den Kopf. Mein Herz setzte einen Schlag aus. »Das würde ich nicht tun. Ich könnte es nicht. Ich will ehrlich sein, manchmal habe ich davon geträumt, ein neues Leben anzufangen. Aber ich kann nicht.«

Ich konnte die Bar nicht einfach zurücklassen. Damit waren meine einzigen glücklichen Erinnerungen verbunden.

»Selbst wenn du das Geld hättest, um neu anzufangen? Um ein Haus zu kaufen, dir einen Job zu suchen und in einem hübschen kleinen Vorort der sichersten Stadt zu wohnen, die du finden kannst? Wenn du an einen Blanko-Pass kämst und an die Nummer eines Typen, der dir dein Foto reinmachte? Dann könntest du gehen, wohin immer du willst.«

Ich lachte kurz auf. Das waren nichts als Hirngespinste. »Und wo soll das sein?«

»Ich habe keine Scheißahnung.«

Kopfschüttelnd warf ich ihm ein halbherziges Lächeln zu. »Tja, ich auch nicht. Und weißt du warum?«

»Nein.« Er fuhr sich mit gespreizten Fingern durchs Haar und stand auf, um die leeren Gläser in die Küche zu bringen. »Warum?«

Ich folgte ihm. »Weil du und ich nicht für das perfekte Leben in der perfekten Vorstadt gemacht sind. Wir sind Kämpfer. Überlebenskünstler. Keine Gärtner.«

»Aber du könntest es sein.« Er packte die Kanten des Küchentresens so fest, dass ich sehen konnte, wie seine Muskeln hart wurden und seine Knöchel weiß hervortraten. »Du könntest ganz normal leben.«

Ich nahm die Flasche Wodka. »Aber du nicht?«

»Nee. Ich kann mich glücklich schätzen, wenn ich die Woche überlebe.« Er versuchte ungerührt zu klingen, aber mich täuschte er nicht.

»Moment mal, was?« Ich stellte die Flasche wieder ab. »Was meinst du damit?«

»Fuck. Vergiss, dass ich das gesagt habe.« Er zog eine Schublade auf und holte einen dicken Umschlag heraus, den er mir reichte. Reflexartig nahm ich ihn entgegen. »Mach, dass du hier wegkommst, Süße. Nimm das und geh.«

Ich schloss die Augen und biss mir hart auf die Zunge. Etwas in meiner Brust zog sich zusammen, und das tat mir mehr weh als jeder Schlag, den man mir jemals versetzt hatte. »Sag mir, dass du mir nicht gerade einen Umschlag voll mit Geld gegeben hast.«

Seine Kiefermuskeln traten hervor. »Und wenn doch?«

Wie oft hatte ich davon geträumt! Davon einen Haufen Geld zu finden und irgendwo anders neu zu beginnen. Ich wusste es nicht mehr. Aber ich wollte es nicht von ihm. Nicht so. Ich streckte ihm den Umschlag so heftig entgegen, dass ich ihn damit mitten auf die Brust schlug. »Nimm es zurück. Ich will es nicht. Und ich laufe nicht weg.«

Er rührte sich nicht. Stattdessen beugte er sich so weit zu mir herunter, dass unsere Nasen sich beinahe berührten, und flüsterte: »Traust du dich etwa nicht, Heidi? Kneifst du?«

»Nein.« Ich knallte den Umschlag auf die Arbeitsfläche. »Ich gebe meine Bar nicht auf. Warum verlangst du das von mir? Was ist denn hier los?«

Er trat zurück und bedeckte das Gesicht mit den Händen.

Dann gab er einen verärgerten Laut von sich. »Du musst weg hier, okay? Sofort. Nimm das Geld und hau ab.«

Auf einmal ergab alles einen Sinn. Er versuchte mich loszuwerden, ohne sich schuldig fühlen zu müssen. Deshalb gab er mir Geld, als wäre ich eine Nutte an der Straßenecke. »Oh, darum geht es also? Du schickst mich weg?«

Er nickte knapp. »Ja, du musst verschwinden.«

»Okay.« Ich strich mir eine Haarsträhne hinters Ohr und kämpfte gegen ein Gefühl der Kränkung an. Er hatte mich unzählige Male darauf hingewiesen, dass er ein Arschloch sei, aber ich hatte ihm das ganze Gerede darüber, dass er mich nur schützen wolle, nicht wirklich abgenommen. Tja, ich hatte mich wohl geirrt. »Aber du musst mich nicht bezahlen, damit ich gehe. Ich kann für mich selbst sorgen. Keine Angst, ich werde dich nicht mal bitten, mir zu helfen, meine Taschen zurück in meine Wohnung zu tragen.«

Ich wollte an ihm vorbeimarschieren, doch er hielt mich am Arm zurück. Seine Berührung brannte durch meine Haut hindurch und versengte einen Teil tief in meinem Inneren, der sich nie wieder davon erholen würde. »So habe ich das nicht gemeint, verdammt. Du sollst nicht nach Hause gehen, du sollst abhauen.«

»Okay, mein Gott, ist ja gut.« Ich riss mich los. »Ich gehe ja schon.«

»Nein.« Er packte mich an den Schultern und schüttelte mich leicht. »Du hörst mir nicht zu.«

Ich stieß ihn gegen die Brust, was ihn so überraschte, dass er zurückstolperte. »Nein, du hörst mir nicht zu. Ich gehe. Sofort. Und wohin ich gehe und was ich tue, geht dich nichts mehr an. Du hast mich gerettet, ich danke dir dafür. Aber von jetzt an kümmere ich mich um mich selbst, so wie ich es immer getan habe. Zufälligerweise bin ich ziemlich gut darin.«

»Einen Scheiß bist du.« Drohend versperrte er mir den Weg. An seinem Kinn zuckte ein Muskel, und die Halsschlagader pulsierte heftig. »Durch diese Tür gehst du nur, um Boston zu verlassen.«

»Ich gebe meine Bar nicht auf«, presste ich zwischen den Zähnen hervor. »Also leck mich, Lucky.«

Wieder zuckte dieser Muskel. »Dann gehst du nirgendwohin.«

»Oh. Mein. Gott.« Ich warf die Hände in die Luft. Sie zitterten vor Wut und noch aus einem anderen Grund, den ich nicht benennen wollte. »Was passiert denn hier gerade? Das ist doch alles völlig absurd.«

Abermals hielt er meine Arme fest, sodass seine Finger auf meinem Rücken lagen. So umgeben von seinen großen Händen kam ich mir winzig vor. Und auch verletzlich. Das gefiel mir nicht. »Du musst die Stadt verlassen, weil du hier nicht mehr sicher bist. Mit mir zusammen.«

Ich legte den Kopf in den Nacken, blickte in diese lodernden Augen, die ich so sehr liebte. Mein Magen zog sich angstvoll zusammen, doch ich kümmerte mich nicht darum. »Warum denn? Was hat sich denn auf einmal geändert?«

»Ich dachte, ich könnte noch ein Weilchen länger selbstsüchtig sein und dich hier bei mir behalten, aber ich spiele russisches Roulette mit deinem Leben. Mein Bruder versucht, mich umzubringen, und du könntest der Kollateralschaden in einem Krieg sein, der nichts mit dir zu tun hat«, brach es aus ihm heraus. Und mit entschlossen vorgeschobenem Kinn fügte er hinzu: »Deshalb musst du aus der Stadt raus.«

Ich schluckte heftig. »Moment. Er versucht, dich umzubringen?«

»Ja.« Er wies zur Tür. »Hörst du jetzt endlich auf, so stur zu sein, und wirst vernünftig?«

»Ich …« Und ihn allein lassen, mit nur einem einzigen Mann, der auf seiner Seite stand? Auf keinen Fall. Er war für mich da gewesen, und jetzt würde ich ihn nicht im Stich lassen. Auch mein Kampf war nicht seiner gewesen. Er hätte mich in dieser Gasse zurücklassen können und sich nicht einmischen müssen. Doch er hatte sich eingemischt, und ich würde es auch tun. »Scotty?«

Er verzog das Gesicht und presste die Lippen zu einer schmalen Linie zusammen. »Ja. Scotty.«

»Aber …« Bis ich Frankie getroffen hatte, war ich mein ganzes Leben lang allein gewesen, eine schlimme Zeit. Doch so hatte es auch niemanden gegeben, der mich verletzen konnte. Kaum vorstellbar, was Lucas gerade durchmachte. »Aber er ist dein Bruder.«

Der Griff, mit dem er mich festhielt, veränderte sich, doch Lucas ließ mich nicht los. »Ja, ich weiß. Als ich es herausfand, hatte ich mir schon einen Notfallplan zurechtgelegt, um abzuhauen, nur für den Fall, aber dann sah ich …« Er brach ab. »Und dann war plötzlich alles anders. Deshalb will ich, dass du jetzt den Fluchtplan nutzt. Nimm das Geld und den Pass und verschwinde.«

»Warum kommst du nicht mit?«, fragte ich und hielt den Atem an.

Er wich zurück. »Ich kann nicht. Es gibt nur einen Pass.«

»Dann verlassen wir eben nicht das Land.« Es war verrückt und dumm, aber wenn er mit mir kam … würde ich gehen. Wenn ich ihm damit ersparte, diese schrecklichen Entscheidungen zu fällen, die auf ihn warteten … würde ich gehen. »Wir finden dieses ruhige Haus in einem Vorort, von dem wir gesprochen haben, mit dem Garten und dem Zaun und blicken nicht zurück.«

Sein Blick wurde dunkel. »Ich kann nicht. Es gibt in diesem

Land keinen Ort, wo sie mich nicht finden würden. So leicht ist es nicht für mich.«

»Wieso glaubst du, es sei für mich leichter?«

»Weil es das ist«, fuhr er mich an. »Du hast hier keine echten Verpflichtungen, deswegen wird niemand nach dir suchen. Du hast keine Gang am Hals oder einen Bruder, der deinen Tod will, oder einen Bewährungshelfer, der dich nervt. Ich kann nicht einfach verschwinden, Heidi.«

»Natürlich kannst du das.« Ich riss mich erneut los. Seine Worte fuhren wie ein Messer durch mich hindurch. »Du setzt einen Fuß vor den anderen, bis du bei deinem Auto bist. Dann steigst du ein und biegst die erste Straße links ab. Und dann fährst du einfach weiter.«

»Dann mach du das doch.« Er warf mir den Umschlag zu. Doch ich fing ihn nicht auf, und er fiel vor meinen Füßen auf den Boden. »Wenn es so verdammt einfach ist, dann biege du doch die erste Straße links ab und komm nicht zurück.«

»Nein.« Ich hob das Kinn und funkelte ihn böse an. »Durch diese Tür gehe ich nur, um Boston mit dir zusammen zu verlassen.«

Gut dass er mir versprochen hatte, niemals Gewalt gegen Frauen anzuwenden, denn gerade jetzt sah er sehr mordlüstern aus. »Ich habe dir gesagt, dass es nur für einen reicht.«

»Dann geh doch du«, schoss ich zurück. »Was hält dich davon ab?«

Er erstarrte. Seine Nasenflügel blähten sich. Da begriff ich, was ihn davon abhielt: ich. Ich war der Grund, warum er noch hier war, und ich war der Grund, warum er vielleicht getötet wurde. Ein unerträglicher Gedanke. »Oh mein Gott.«

Er ignorierte meine Reaktion. »Warum bist du nur so schrecklich stur? Du bist schon einmal von völlig Fremden überfallen worden, und jetzt bist du eine noch viel größere Zielscheibe, weil man denkt, dass du mir etwas bedeutest.«

»Mach dich nicht lächerlich. Ich gehe nicht. Dazu gibt es überhaupt keinen Grund. Chris hat mir nicht geglaubt, als ich ihm sagte, dass wir zusammen sind. Und ich bin sicher, auch dein Bruder wird mich nur für irgendeine Tussi halten, die du diese Woche aufgerissen hast.« Ich verschränkte die Arme vor der Brust. »Du bist derjenige, dem Gefahr droht, nicht ich. Wenn ich mein altes Leben hinter mir lasse, ändert das gar nichts, und ganz sicher wird es dich nicht retten. Du musst das Geld nehmen und verschwinden. Ich komme schon klar. Dein Problem hat nichts mit mir zu tun.«

Auf einmal wurde er ganz ruhig. »Blödsinn.« Lucas trat den Umschlag mit dem Fuß zur Seite und machte einen Schritt auf mich zu. »Und ich habe dich nicht gebeten, mich zu retten.«

»Du musstest mich nicht darum bitten.« Ich wich zurück. Ich konnte nicht klar denken, wenn er so nah war, dass ich ihn hätte anfassen können. »Und ich dich auch nicht.«

Er wurde rot. »Scotty hat die Bitter-Hill-Leute gekauft. Sie sollen mich für ihn töten, und anschließend werden sie dich holen. Mein Haus wurde getaggt, Heidi. Hier ist es nicht mehr sicher.« Als er weiter auf mich zukam, zwang ich mich, stehen zu bleiben. »Sie werden beenden, was sie neulich Nacht angefangen haben, und dann, wenn du Glück hast, werden sie dich töten.«

Mein Herz raste, doch ich achtete nicht darauf. Seine Absicht war, meinen Fluchtinstinkt zu wecken, das verstand ich, doch er unterschätzte mich. Ich war nicht mehr die Frau, die davonlief – ich würde nicht nachgeben. »Und wenn ich kein Glück habe?«

»Dann behalten sie dich. Oder sie verkaufen dich.« Wieder

wurde sein Mund zu einem dünnen, harten Strich. »Und dann würdest du dir wünschen, tot zu sein.«

Ich zuckte mit den Schultern, obwohl es mich Überwindung kostete. »Auf der Straße … hat man schon öfter versucht, mich einzufangen. Ich habe keine Angst vor ihnen.«

»Ich schon«, gestand er. Er drängte sich an mich. Legte sanft die Hand an meine Wange. Doch in seinen Worten schwang Wut mit und Enttäuschung und so viel mehr. »Nicht um mich, sondern um dich. Ich will nicht, dass du in ein Kreuzfeuer gerätst. Und das wirst du, es ist nur eine Frage der Zeit, und dann werde ich dich vielleicht nicht mehr schützen können. Du könntest verletzt werden. Das könnte ich nicht ertragen. Deswegen will ich, dass du meinen Fluchtplan nutzt, Heidi. Ich will, dass du verschwindest.«

Erst in diesem Moment verstand ich das ungeheure Ausmaß dessen, was er da tat. Und ich begriff, dass die Tatsache, dass er bereit war, mir zur Flucht zu verhelfen, statt selbst zu fliehen – dass er selbstlos sein Leben für mich riskierte, stets zuerst an mein Wohl dachte, immer und immer wieder –, nicht einfach nur Dankbarkeit oder ähnliche Gefühle in mir weckte. Sondern …

Liebe.

Ja. Ich liebte ihn, auch wenn es dumm war. So dumm, wie ich nie wieder hatte sein wollen. Obwohl mir klar war, dass er nie dasselbe für mich empfinden würde, liebte ich ihn. Aufrichtig und von ganzem Herzen. Dass er mir am Ende das Herz brechen würde, wenn ich ihn ließe. Und, Gott, ich würde ihn lassen.

Ich war bereit, ihm mein Herz auf einem Silbertablett zu servieren.

Als ich ihm die Hände auf die Brust legte, fühlte ich, dass es genau einer dieser Momente war, die unsere Existenz bestimmen, der Moment, an dem man an einer Wegkreuzung steht. Der eine Weg ist der, den man wählt, der andere führt in eine Zukunft, die man nie kennenlernen wird. Zu Menschen, die man nie treffen, Ereignissen, die man nie erleben, Gefühlen, die man nie haben wird.

Aber ich war sicher, die richtige Entscheidung getroffen zu haben.

Mich an seinem T-Shirt festhaltend schüttelte ich den Kopf. »Ich verlasse dich nicht, Lucas. Ich gehe erst, wenn wir zusammen gehen können. Und wenn du nicht mitkommen willst … dann kämpfen wir. Gemeinsam.«

Er gab einen erstickten Laut von sich und legte mit geschlossenen Augen die Stirn an meine. »Verdammt, Süße. Du musst dich in Sicherheit bringen.«

»Ich. Gehe. Nicht.« Ich umfing seinen Nacken. Langsam hob er den Kopf und starrte auf mich herunter. In seinem gequälten Blick schimmerte etwas, das ich nicht deuten konnte. »Ich bleibe bei dir. Ich entscheide mich für dich.«

Seine Hände wanderten zu meinen Hüften hinab und blieben dort liegen. Er zog mich nicht näher an sich, schob mich aber auch nicht weg. Doch sein hungriger, leidenschaftlicher Blick schickte eine heiße Welle durch meine Adern. Seit dem ersten Moment, als wir uns begegneten, war da diese Spannung zwischen uns gewesen. Von Anfang an hatte ich mich zu ihm hingezogen gefühlt. Wir kannten uns eigentlich kaum, aber ich war es müde, mich gegen meine Gefühle zu wehren. Ich wollte nicht mehr kämpfen. Ich würde Lucas so nehmen, wie er war, mit seiner blutbefleckten Vergangenheit und allem anderen. Er mochte sich nicht für einen »guten Menschen« halten, aber ich wusste es besser. Jetzt war er mein Mann.

Und ich liebte ihn.

Obwohl ich wusste, dass er mich nicht liebte.

»Heidi …«, murmelte er, und in seinem Ton lag Verlangen und purer Sex.

Es war eine Dummheit, die ich vermutlich bereuen würde, aber ich wollte ihn. Schon bald würde alles vorbei sein. Falls wir es schafften, dieses Grauen zu überleben, wäre ich wieder allein in meiner Bar, und Lucas machte da weiter, wo er aufgehört hatte, als ich in sein Leben geplatzt war. Deshalb entschied ich mich dieses eine Mal in meinem Leben … ausnahmsweise … wissentlich dafür, etwas Dummes zu tun. Mir das zu nehmen, was ich wollte, allen Überlegungen zum Trotz, und im Augenblick zu leben.

Keine Angst. Keine Zweifel.

Nur wir beide.

Als würde auch er den Sog spüren, wurde der Abstand zwischen uns noch geringer, als seine Arme sich fester um mich legten. Er war so nah, dass sein Atem sich mit meinem mischte. Mein Herz hämmerte, ich hob das Kinn an. Und ich sagte die Worte, die er mir aufgetragen hatte zu sagen, vor so langer Zeit. Obwohl … so lange war es in Wahrheit noch gar nicht her. Auch wenn es mir wie eine Ewigkeit vorkam, es waren nur ein paar Tage. »Ich werde es jetzt sagen. Diese drei kleinen Worte, die du so gerne hören möchtest …«

Sein Körper wurde steif, doch er zog sich nicht zurück. »Tu es nicht. Danach gibt es kein Zurück mehr. Du weißt es, und ich weiß es. Es ist immer noch Zeit, zu …«

Jeder halbwegs rational denkende Mensch hätte gesagt, es sei zu früh, doch auf Nummer sicher zu gehen, war noch nie meine Sache gewesen. »Ich will auch nicht, dass es ein Zurück gibt.«

»Mein Gott.« Sein Blick senkte sich auf meinen Mund. »Heidi …«

Mir wurde heiß, als ich mich für den Sprung wappnete, zu

Gott hoffend, dass er mich auffing. Ich befeuchtete meine vor Aufregung trockenen Lippen mit der Zunge, bevor ich sagte: »Du hattest recht.«

»Verdammt noch mal«, murmelte er.

Ich stellte mich auf die Zehenspitzen, konnte aber seinen Mund trotzdem noch nicht erreichen. »Ich will dich, Lucas. Ich will dich so sehr.«

Bevor ich auch nur blinzeln konnte, waren seine Lippen auf meinen. Und dieses Mal fühlte es sich anders an als die anderen Male. Dieses Mal riss etwas in mir, als er ein tiefes Grollen ausstieß, und es fühlte sich … real an. Wir gerieten ins Stolpern, als unsere Münder miteinander verschmolzen und unsere Körper sich aneinanderdrängten. Nun öffnete sich vor mir der Weg, den ich gewählt hatte, und mir gefiel, was ich sah.

Mein Rücken traf auf die Wand, und seine Hände waren überall.

15

Lucas

Ich hatte nie damit gerechnet, dass es passieren würde, ganz ehrlich. Ich war ein Ex-Knacki, ein Waffenschmuggler, auf den ein Kopfgeld ausgesetzt war. Heidi hätte das Geld nehmen und abhauen sollen. In diesem Umschlag, der jetzt irgendwo auf dem Küchenboden lag, waren beinahe vierzigtausend Dollar. Aber was tat diese Idiotin?

Sie entschied sich für mich.

Wäre ich ein guter Mensch, würde ich sie jetzt nicht küssen. Ich würde alles sagen, was nötig war, um sie dazu zu bringen, mich zu verlassen. Kurzzeitig hatte ich sogar in Betracht gezogen, dass Chris sie »wegbrachte«, aber ich wusste, Heidi war stur genug, um gleich wieder umzukehren und zurückzukommen, mitten hinein in die Katastrophe. Und da mir keine andere Option blieb, beschloss ich, es geschehen zu lassen.

Während sich ihr weicher Körper an all den richtigen Stellen an mich presste.

Ich unterbrach den Kuss, holte tief Luft. »Du bist verrückt«, sagte ich keuchend. Meine Stimme klang verräterisch rau. »Vergiss mich lieber. Du wirst meinetwegen noch ums Leben kommen, Süße.«

Sie sah mich finster an, sagte aber nichts. Was gab es schließlich auch noch zu sagen. Stattdessen ergriff sie den Saum ihres Tanktops und riss es sich über den Kopf. Mein Blick wanderte tiefer. Ich hätte tot sein müssen, um nicht hinzusehen.

Und selbst dann hätte ich wohl nicht widerstehen können.

Ich hatte recht gehabt, sie trug wirklich keinen BH. Und, heilige Scheiße, sie war wunderschön, wie sie so dastand, oben ohne. Ihre Brüste waren so groß – doch das wusste ich bereits –, dass sie kaum in meine Hände passen würden. Die Nippel hellrosa und hart. Und sie sehnten sich nach meiner Berührung. Während ich sie anstarrte, zog sie sich die Hose herunter und schleuderte sie mit dem Fuß weg.

Nun trug sie nur noch einen winzigen roten Tanga.

Und ihr langes blondes Haar.

Ich schluckte und musste beinahe husten, weil meine Kehle so verdammt trocken war. »Mein Gott, Heidi. Du bist … du bist … einfach perfekt.«

Sie lächelte verschmitzt. »Ja. Und ich bin gleich nackt.«

»Wenn du das bist, gehörst du mir. Keine Spielchen mehr.« Ich öffnete und schloss die Hände. »Du gehörst mir.«

Sie warf das Haar über die Schulter zurück. »Dann komm und hol mich.«

Mit einem Satz war ich bei ihr. Ich wollte ja das Richtige tun, zum ersten Mal in meinem beschissenen Leben nicht selbstsüchtig sein, aber sie ließ mich nicht. Sie wollte, dass ich sie mir nahm? Dann würde ich es tun. Gott allein wusste, was die Zukunft bringen würde, aber eines konnte ich mit Sicherheit sagen.

Wir würden gemeinsam untergehen.

Ich streckte die Hand aus und strich sanft mit dem Daumennagel über ihre nackte Brustwarze. Erschauernd biss sie sich auf die Unterlippe. Ihre Wangen waren genauso rosig wie die Spitzen ihrer Brüste, und es bedurfte meiner ganzen Selbstbeherrschung, sie nicht schnell und hart zu nehmen. Denn mir war, als würde ich schon seit einer Ewigkeit nach ihr hungern.

Aber sie verdiente etwas Besseres als einen Quickie an der Wand. Sie verdiente meine ganze Aufmerksamkeit …

Und so viel mehr.

»So wunderschön«, sagte ich. Meine Stimme klang beinahe andächtig. Aber, verdammt noch mal, das war sie. Sie war wunderschön. Und ich dagegen so verkommen. »Und ganz mein.«

Sie schloss die Hände zu winzigen Fäusten und öffnete sie langsam wieder, bis sie locker an ihren Seiten hingen. »Zieh dein T-Shirt aus, Lucas.«

»Entschuldigung?« Ich zog die Augenbraue in die Höhe. »War das ein Befehl?«

Sie legte den Kopf auf die Seite und sah mich herausfordernd an. »Ja, das war es. Zwischen diesen vier Wänden kann ich sagen, was ich will – deine Worte, nicht meine –, und ich will sehen, wie dein Oberkörper aussieht. Also … zieh das T-Shirt aus.«

Ich legte ihr die Hand in den Nacken, den Daumen auf ihren geschwollenen Lippen. »Ich zieh es aus, wenn ich so weit bin. Aber erst mal …«, ich ging auf die Knie und drückte einen Kuss kurz über den Bund ihres roten Spitzentangas, »… muss ich prüfen, ob du genauso gut schmeckst, wie du riechst.«

Ein Wimmern entschlüpfte ihr. »Lucas …«

»Schsch … Ich weiß, Süße. Ich weiß.«

Ich ließ die Zunge über ihre Klitoris schnellen, über den dünnen Stoff, der mich von dem, was ich am meisten wollte, trennte – sie. Sie schmeckte anders als alles, was ich je geschmeckt hatte, aber ich war noch nicht bereit, ihr den Tanga auszuziehen. Noch nicht bereit, mir das zu gönnen, wonach ich mich sehnte.

Das wäre zu einfach gewesen.

Sie krallte sich in meine Haare und zog mich näher. »Oh Gott. Mehr.«

Lächelnd legte ich die Hände um ihren Po und zeichnete große Kreise mit meiner Zunge. Neckte sie, aber ohne ihr ausreichend Reibung oder Druck zu verschaffen. So einfach wollte ich es ihr nicht machen. In jeder Hinsicht.

»Oh mein Gott«, hauchte sie und ließ den Kopf gegen die Wand sinken. Ihr Atem kam stoßweise. Ich drückte ein letztes Mal die Zunge gegen sie, bevor ich mich erhob. Sobald sie merkte, dass ich aufgehört hatte, riss sie den Kopf wieder hoch und funkelte mich böse an. »Nein. Lucas, ich …«

Ich zog sie an mich und küsste sie. Meine Zunge schlang sich wie selbstverständlich um ihre. Sie schmeckte nach ihr selbst und nach Appletini – ihr Pfirsichduft stieg mir in die Nase. Es war eine Mischung, die ich nie vergessen würde.

Auch dann nicht, wenn sie nicht mehr da sein würde.

Ein Stöhnen entfuhr ihr. Sie tastete sich über meine Brust und meine Bauchmuskeln bis zu meinem Gürtel vor, wo ihre Hände einen kurzen Moment haltmachten, bevor sie tiefer wanderten und meinen harten Schwanz berührten. Mit einem tiefen Knurren drängte ich mich an sie. Als sie langsam und mit Druck die Handfläche an mir rieb, drängte ich sie erneut gegen die Wand.

Sie griff nach meiner Gürtelschnalle und öffnete sie mit zitternden Händen. Immer wieder versuchte sie, die Führung zu übernehmen, doch ich ließ es nicht zu. Jetzt war ich an der Reihe. Ich hatte lange genug darauf gewartet, dass sie den ersten Schritt machte, und sie hatte es getan.

Ich entzog mich ihr und drohte ihr lächelnd mit dem Finger. Als sie nach mir griff, wich ich ihr aus, doch sie hätte mich fast gehabt. »Hm, hm. Noch nicht.«

»Lucas.« Sie presste die Hände gegen die Wand und biss sich auf die geschwollene Unterlippe. »Du hast gesagt, keine Spielchen mehr. Hör auf zu spielen und nimm mich.«

»Oder was?« Ich legte den Kopf schief. »Versohlst du mir dann den Hintern?«

»Vielleicht.«

»Vielleicht würde mir das gefallen.« Ich fasste mein T-Shirt und hob es leicht an. Ihr Blick flog sofort tiefer, und ihre Brust hob und senkte sich schnell. »Vielleicht mag ich es ja hart.«

Sie leckte sich die Lippen. Ihre Nasenflügel flatterten. »Zieh es aus. Mir zuliebe.« Nach einem schnellen Blick in mein Gesicht, fügte sie hastig hinzu: »Bitte.«

»Wenn du so lieb fragst …« Ich zog es mir über den Kopf und warf es über die Schulter nach hinten. »Natürlich, gern, Schätzchen.«

Sie sah mich an und machte große Augen. »Heilige …« Sie beendete den Ausruf nicht. Stattdessen tat sie erst einen Schritt auf mich zu, dann zwei. Langsam streckte sie die Hand aus und strich über eine meiner Tätowierungen, die sich von der Schulter bis unter den Gürtel zogen und alle zu einem einzigen großen Gemälde verschmolzen. »Ich wusste nicht, dass du so viele Tattoos hast.«

Ich zuckte die Achseln. »Ich hab noch mehr. Die kannst du aber jetzt nicht sehen.«

»Zeig sie mir.« Sie ließ die Hand auf dem Stern auf meiner Schulter ruhen. »Ich würde gern erfahren, was sie alle bedeuten.«

Als sie mit federleichten Fingern meine Haut berührte, hielt ich ganz still. Ich brachte ein unverbindliches Lachen heraus. »Ein anderes Mal.«

»Ja.« Sie ließ die Finger weiter über mein Brustwarzenpiercing wandern. »Ein anderes Mal.«

Ich erschauerte und drückte ihre Hand fester auf meine Haut. »Du hast zehn Sekunden, dann liegst du nackt auf meinem Bett und wartest auf mich.«

Sie blinzelte ungläubig. »Bitte?«

»Zehn.« Ich zog die Augenbraue hoch, als sie sich nicht rührte. »Neun. Acht.«

»Ernsthaft?« Ihre Finger zuckten unter meinen. »Du zählst einfach, als wäre ich ein …«

Ich strich mir über das Kinn. »Sieben. Sechs.«

»Ist ja schon gut, ich gehe.«

»Fünf. Vier …«

Mit einem letzten Blick über die Schulter rannte sie ins Schlafzimmer. Ich bewunderte kurz die Aussicht, bevor ich weiterzählte. »Drei. Zwei. Eins.«

Als ich fertig war, hörte ich, wie sie auf die Matratze plumpste. »Am Ende ging es sehr viel schneller. Betrüger.«

Ich tat mein Bestes, um mir meine Belustigung über ihren unwirschen Ton nicht anmerken zu lassen. »Ich habe keine Ahnung, wovon du sprichst.«

Noch im Gehen öffnete ich meinen Gürtel. Als ich das Zimmer betrat, knipste ich das Licht an. Sie hatte meine Anweisungen befolgt und lag mitten auf dem Bett, komplett nackt, auf die Ellbogen gestützt. Der rote Tanga befand sich auf dem Boden. Das blonde Haar fiel über ihre Schultern auf die Kissen und lockte sich wie das eines Engels.

Es war zweifelsohne die verführerischste Pose, die ich je gesehen hatte.

»Und wer macht jetzt große Augen?«, fragte sie verschmitzt.

»Welcher Mann würde das nicht, bei diesem Anblick?«

Ich riss meinen Gürtel aus den Schlaufen und ließ ihn fallen. Dann ging ich zum Nachttisch, zog die Schublade auf und nahm ein Kondom heraus. Nachdem ich es auf das Bett geworfen hatte, öffnete ich meine Hose, ließ sie aber noch nicht fallen.

Ihr Blick verließ mich keinen Moment. Sie rieb die Schenkel

gegeneinander. »Wenn du dich nicht beeilst, dann ist es vorbei, bevor du mich auch nur berührt hast.«

Meine Hose fiel zu Boden. »Wage es ja nicht.«

»Oh mein ...« Sie krabbelte über das Bett – ein Anblick, der höllisch sexy war. Als sie an der Kante angelangt war, setzte sie sich auf die Fersen und strich mit den Fingern über meinen Bauch. »Ich wusste, dass du muskulös bist, aber Lucas – das ist ja der Wahnsinn.«

Ich senkte den Blick und beobachtete wie berauscht ihre Gesichtszüge, während sie ungläubig meinen Bauch betrachtete. Normalerweise war ihre Miene stets sorgsam kontrolliert, deshalb war es nun wie ein Geschenk, dass sie sich hier, bei mir, vergaß. Ich sah, was sie fühlte, sobald sie es fühlte.

Das bedeutete mir mehr, als es hätte sollen.

Sie kniete sich hin, warf mir einen Blick durch ihre dichten Wimpern zu und ließ die Zunge über meinen Brustwarzenring schnellen. Ich stieß ein ersticktes Stöhnen aus und vergrub die Hände in ihrem Haar. Ihre Lippen fühlten sich so gut an. Gewöhnlich überließ ich Frauen nicht die Initiative. Ich behielt beim Sex immer die Zügel in der Hand. Ich kannte es nicht anders.

Aber bei ihr ...

... vergaß ich all meine Regeln.

Sie blickte wieder zu mir hoch. Ihre Saphiraugen funkelten schelmisch. »Ich will dich anfassen. Dich schmecken. Überall.«

Ich nickte nur, unfähig, Worte zu finden. Als sie durch die Boxershorts hindurch meinen Schwanz umfasste, erstarrte ich. Alles in mir spannte sich an, verlangte nach mehr. Sofort. Aber ich kämpfte den Drang nieder. Erneut machte sich dieser irritierende Instinkt bemerkbar, ihr alles zu geben, was sie wollte, und ich kam nicht dagegen an. Wenn sie sich mit meinem

Körper vergnügen wollte, bitte schön, sehr gerne, ich würde sie nicht aufhalten.

Ihr Wunsch war mir Befehl.

Als sie mit den Zähnen über meinen Brustwarzenring kratzte und sanft daran saugte, schloss ich langsam die Augen und stellte meinen Verstand ab. Während ihr Mund mit meinem Piercing beschäftigt war, streiften ihre Hände meinen Bauch und meinen Hintern. Mein Magen zog sich fest zusammen, und mein Schwanz flehte darum, sich sofort in sie versenken zu dürfen. Als könnte sie meine Gedanken lesen, stöhnte sie auf und schob die Hand in meine Boxershorts, um die Finger um meine harte Länge zu schließen. Viel zu schnell ließ sie wieder los, aber nur um mir das letzte Kleidungsstück abzustreifen. Kaum lagen meine Boxershorts auf dem Boden, fuhr sie sich mit der Zunge langsam über die Lippen und senkte den Kopf.

Erst drückte sie einen leichten Kuss auf meine Hüfte, dann fuhr sie mit der Zunge über meine Schwanzspitze. Ich zog leicht an ihrem Haar. »Heidi, fuck … Lass mich nicht zappeln. Tu es.«

»Wenn du so lieb bittest …«, sagte sie.

Dann schloss sie die Lippen um mich und saugte leicht, und ich verlor den Verstand. Stöhnend drängte ich mich an sie, wollte – nein, ich brauchte es –, dass sie mich tiefer in ihren heißen, nassen Mund ließ. Und das tat sie auch. Mann, und wie. Ihre Zunge leckte, neckte, quälte mich, und trotzdem fühlte ich mich besser als je zuvor.

Und das wollte etwas bedeuten.

Keine Ahnung, was es zu bedeuten hatte, aber es machte mir auch Angst. Ihre Nägel gruben sich in meinen nackten Hintern, und nach jedem qualvollen Strich mit der Zunge saugte sie fester. Ich zwang mich, stillzuhalten. Ihr zu geben, was sie wollte – mich. Aber irgendwann kam der Punkt, da musste ich mich bewegen, sonst wäre ich gekommen.

Und dafür war es noch nicht an der Zeit.

»Genug«, stieß ich zwischen zusammengebissenen Zähnen hervor und drückte gegen ihre Schultern. Widerstrebend ließ sie mich los. »Auf den Rücken, Süße. Öffne dich mir ganz.«

Mit gespreizten Beinen und heftig atmend sank sie auf die Ellbogen. Ihre roten Lippen waren nass und geschwollen, und ich wollte nichts lieber, als sie schmecken. Also legte ich ihr die Hand in den Nacken, drückte meinen Mund fest auf ihren und küsste sie hungrig. Genau in dieser Sekunde begriff ich, dass ich noch nie etwas, jemanden, so sehr gebraucht hatte. Zum ersten Mal in meinem ganzen Leben …

… würde ich etwas empfinden, wenn eine Frau mich verließ.

16

Heidi

Als sich sein Gewicht auf mich senkte, wusste ich, dass ich verloren war. Das Gefühl seiner nackten Haut auf meiner reichte fast, um mich abheben zu lassen. Auf diesen Moment hatte ich gewartet, seitdem ich ihn das erste Mal gesehen hatte, wie sehr ich auch versucht hatte, es zu leugnen. Was sich bisher nur in heißen Fantasien abgespielt hatte, wurde nun Realität. Und er hatte recht. Es gab kein Zurück mehr.

Zum Glück für mich wollte ich auch gar nicht zurück. Da wo ich jetzt war, gefiel es mir sehr gut.

Ein Teil von mir wusste, dass ich eine Dummheit beging. Er hatte mir ein kleines Vermögen und einen Neuanfang angeboten, und ich war nicht darauf eingegangen. Wie oft hatte ich als Kind davon geträumt! So oft dass ich es gar nicht mehr zählen konnte. Und trotzdem hatte ich mich jetzt geweigert.

Mein Teenager-Ich fand, dass mein Erwachsenen-Ich dabei war, einen Riesenfehler zu machen.

Er hob mein Bein an, und ich schlang es ihm um die Hüfte. Mein Inneres schmolz, als er seine Erektion gegen meine Mitte presste, und auf einmal waren alle Selbstvorwürfe verflogen. Denn mein Teenager-Ich hatte Lucas Donahue noch nicht gekannt. Früher hatte ich immer ein bisschen gebraucht, bis ich bereit war, aber bei Lucas reichte ein Grinsen und eine ironische Antwort, und ich war hin und weg. Für uns konnte es kein Happy End geben.

Doch ich würde es trotzdem tun.

Fast hasste ich mich dafür.

Seine Hand schloss sich um meine Brust und umfasste sie mit genau dem richtigen Maß an Druck. Ich bog den Rücken durch, um ihm näher zu sein. Als sein Mund über meinen strich, war ich zu keinem vernünftigen Gedanken mehr fähig. Ich fuhr mit den Händen über seinen harten Rücken. Dass er tätowiert und gepierct war, hatte ich nicht gewusst, aber es war heiß. So heiß, dass ich überwältigt war.

»Nein.« Er packte meine Handgelenke und hielt sie über meinem Kopf fest. Mit der anderen Hand umfing er meine Mitte und drückte mit dem Handballen gegen meine Klitoris. »Jetzt bin ich dran.«

Mein Herz setzte kurz aus. »Ja«, hauchte ich. »Gott, ja.«

Er bedeckte meinen Hals mit Küssen, küsste sich hinunter zu meiner Schulter und weiter, bis er mit den Zähnen leicht über meinen Nippel schabte. Ich schrie auf und zerrte an meinen Händen, wollte ihn näher an mich ziehen, aber er rührte sich nicht. Kein Stück weit. Er saugte fester, bis alles in mir nach mehr schrie. Als er mich endlich losließ, verging ich vor Verlangen und Enttäuschung.

»So köstlich«, flüsterte er, beinahe staunend. »Ich könnte die ganze Nacht damit zubringen, dich zu necken, dich zu quälen, dich zu schmecken.

Nein, damit war ich nicht einverstanden. Vor allem weil ich mit Sicherheit wusste, dass er mich in unter sechzig Sekunden zum Kommen bringen konnte. »Mein Gott, Lucas, ich drehe dir den …«

Er knabberte an der Haut gleich über meiner Hüfte. »Hm, hm. Keine Widerrede.«

Wieder biss er sanft zu. Ich zog die Luft zwischen den zusammengebissenen Zähnen ein. »Kein Aber, Schätzchen.«

»Lucas.«

»Brave Mädchen bekommen eine Belohnung.« Er drückte einen Kuss auf die Stelle, wo er mich gebissen hatte, und massierte meinen Po. »Willst du denn keine Belohnung bekommen, Süße?«

Doch, wollte ich. Sehr sogar. Also hielt ich den Mund und nickte.

Als ich schwieg, grinste er. »Hab ich's mir doch gedacht.«

Er küsste mich auf den Oberschenkel, bevor er weiter aufwärtswanderte. Ich hielt den Atem an, während jeder Zentimeter von mir sich danach sehnte, dass er es tat. Dass er mich seine Zunge spüren ließ, wie vorhin. Stattdessen stemmte er sich hoch und schnappte sich das Kondom. Ich sah zu, wie er es sich mit verführerischen Bewegungen über seinen langen Schaft rollte, wobei mich seine zu Schlitzen verengten Augen nicht losließen. Ich biss mir auf die Zunge, um die Flüche zurückzuhalten. »B-bitte«, flüsterte ich. »Ich brauche dich, Lucas.«

Seine Kiefermuskeln mahlten. Er beugte sich zu mir herunter und küsste mich. »Schsch.« Dann fuhr er mit einer Hand meinen Oberschenkel hoch und glitt über meine Spalte, nur ganz kurz, dann zog er sie wieder zurück, gab mir nicht, was ich dringend brauchte. Es war kaum zum Aushalten. »Ich bin hier, Süße.«

Erneut küsste er mich, seine Hand war wieder zwischen meinen Beinen und streichelte mich behutsam. Ich drängte mich an ihn, schlang die Arme um seinen Hals. Die Zeit, die ich damit verbracht hatte, Lucas' Körper zu erkunden, hatte meinen Appetit kaum gelindert, und jetzt quälte er mich mit diesen hauchzarten Liebkosungen. Seine Zunge umkreiste kurz meine Zunge, da zog er sich schon wieder zurück und beendete den Kuss, um mir die Hand an die Wange zu legen und mir ein leichtes Lächeln zu schenken.

Und als er dann meine Nasenspitze küsste, durchströmte Wärme meinen ganzen Körper.

Das war es.

Das war der Grund, warum ich mich in ihn verliebt hatte. So hart, so zynisch er in seinem Innersten auch war, bei mir … nun, da war er anders. Und nur bei mir, also hatte das etwas zu sagen. Er ließ mich glauben, dass ich der einzige Mensch auf Erden war, der ihm etwas bedeutete. Der einzige, dem er diese weiche, freundliche, liebenswerte Seite zeigte. Dadurch wurde das, was wir hatten, auch wenn es nur vorübergehend war, zu etwas Besonderem.

»Dies ist ein Fehler, aber, Süße, ich werde dafür sorgen, dass es der beste Fehler wird, den du je begangen hast«, sagte er lächelnd. »Das kann ich dir versprechen.«

Bevor ich etwas erwidern konnte, küsste er mich noch einmal und schob sich über mich, meinen Körper dabei mit Küssen bedeckend, unerträglich langsam, bis er endlich dort angelangt war, wo ich mich am meisten nach ihm sehnte, und ich alles dafür getan hätte, um dort seinen Mund zu spüren. Allem zugestimmt, dem Teufel selbst meine Seele verkauft hätte. Diesmal ließ Lucas mich nicht zappeln. Ließ nicht wieder von mir ab. Nein, dieses Mal schloss er sofort die Lippen um mich, und oh mein Gott …

Ich krallte die Hände in sein Haar und bewegte meine Hüften, schloss den Rest der Welt aus und ließ mich davontreiben. Als er mich damals in der Küche innerhalb von Sekunden mit ein paar Drehungen des Handgelenks zum Orgasmus gebracht hatte, dachte ich, ich sei im Himmel. Weit gefehlt. Sein Mund, dort unten, das war der Himmel. Die Spannung in mir stieg, und ich bewegte die Hüften schneller. Und als seine Zunge fester wurde, mich an Ränder trieb, von deren Existenz ich nichts geahnt hatte, schrie ich laut: »Lucas.«

Er packte meine Hüfte mit einer Hand und stieß einen Finger in mich, noch während er die Zunge vorschnellen ließ. Ich krallte mich heftiger in sein Haar, riss daran, und er knurrte. Ich hob die Hüften einmal, zweimal und dann …

Alles explodierte, und mir war, als würde ich davonfliegen.

Noch bevor ich wieder zur Erde zurückkam, bog er meine Hüften hoch. Er rieb seine Erektion an meiner schon empfindlichen Klitoris, und ich versteifte mich ungläubig. Sterne zerbarsten vor meinen Augen, und ich kam noch einmal, sogar heftiger als zuvor. »Oh mein Gott.«

»So verdammt scharf«, keuchte er. Sein Körper war gespannt wie eine Bogensehne. Er drückte den Mund auf meinen, dann drang er mit einem Stoß in mich ein. Ich legte die Beine um ihn, hielt mich an ihm fest, denn er trug mich davon auf einer Welle der Lust, und ich hatte Angst, dass ich nie wieder zu Atem kommen würde. Und ich wollte es auch nicht.

Er ließ meinem Körper keine Zeit, sich seinem anzupassen, aber ich war froh darum. Es war lange her, und er war groß, doch ich war zu erregt, als dass mir der leichte Schmerz etwas ausgemacht hätte. Er musste sich bewegen, mich nehmen, mich als die seine markieren. Ich wollte ihn fühlen, sehen, wie er kam, genauso explosionsartig, wie er mich hatte kommen lassen. Als seine Zunge in meinen Mund glitt, während sich seine Hüften in einem schnellen, gleichmäßigen Rhythmus bewegten, schmeckte ich mich selbst. Dann wurde er schneller, ich hielt mich an ihm fest, stieg erneut höher und höher. Er unterbrach den Kuss und biss mir in die Schulter, so fest, dass es mich fast aus meiner lustvollen Benommenheit gerissen hätte.

Doch stattdessen nahm sie nur noch zu.

Nach Luft schnappend, vergrub ich das Gesicht an seinem Hals und machte dasselbe mit ihm, biss zu, um die Schreie zu unterdrücken, die in mir aufstiegen, schmeckte das Salz auf seiner Haut. »Lucas … ich … ich … brauche …«

»Ich weiß, was du brauchst.« Er bog meine Hüften noch höher, und als er wieder in mich stieß, traf er genau den Punkt, von dem ich bisher nur in Liebesromanen gelesen hatte. »Du brauchst mich.«

Das Schluchzen blieb mir im Halse stecken. Ich boxte ihn gegen die Schulter. »M-mehr. Härter.«

Ausnahmsweise widersprach er mir nicht. Sondern gab mir einfach, wonach ich verlangte. Fast mehr, als ich ertrug. Mein ganzer Körper kribbelte und wurde taub, ich schlug die Nägel in seinen Rücken und zog sie tiefer hinunter, bis ich seinen Hintern packen konnte. Und zog ihn noch näher an mich, denn wie nah wir uns auch waren, es konnte für mich nicht nah genug sein. Mein Herz hämmerte, ich schluchzte. Er griff zwischen uns, seine Finger streiften meine Klitoris, und er schob sich ganz in mich hinein. Dann endlich, Gott sei Dank, löste sich all der Druck, der sich in mir aufgebaut hatte. Noch nie zuvor hatte ich mich so unglaublich frei gefühlt.

Er stöhnte, stieß einmal in mich, zweimal und ein drittes Mal. Sein ganzer Körper erstarrte, dann warf er den Kopf zurück, und seine Muskeln spannten sich, während er in mir kam. Der Ausdruck völliger Entrücktheit auf seinem Gesicht war seltsam berührend. Ich stöhnte.

Er senkte sich auf mich, und seine muskulösen Arme – die ich von Anfang an bewundert hatte – schlossen sich zärtlich um mich. »Mein Gott, Heidi. Ich … Scheiße.«

Ich nickte, die Lippen an seinen Hals gepresst. »Ich weiß. Ich auch.«

Dann schwiegen wir beide, worüber ich froh war. Denn ich hatte Angst, wenn ich jetzt etwas sagte, dann nur irgendetwas sehr Dummes. Dass dies der wunderbarste Abend meines Lebens sei, zum Beispiel. Oder dass er mich Dinge hatte fühlen lassen, die ich nie zuvor gefühlt hatte. Dass ich mich bei ihm besonders fühlte, obwohl ich genau wusste, dass ich ihm nichts bedeutete. Dass ich ihn liebte und dass es okay war, dass er mich niemals zurücklieben würde. Oder schlimmer noch, dass ich wünschte, wir könnten die Zeit anhalten, gerade jetzt, in diesem Moment.

So bleiben zu können, nackt und eng umschlungen, für immer.

Doch dann gewann die Wirklichkeit wieder die Oberhand. Sein Bruder plante Lucas' Tod. Das Leben auf der Straße hatte mich hart gemacht, doch meine Erfahrung mit den Bitter-Hill-Leuten hatte bewiesen, dass Lucas' Welt eine Nummer zu heftig für mich war. Ganz ehrlich: Ich hatte Angst vor seiner Welt.

Und ich wollte nicht, dass er starb.

Lucas gab mir einen Kuss auf die Schläfe und löste sich ein Stück von mir. Als sein Blick meinen einfing, zwang ich mich zu einem Lächeln. Er brauchte nicht zu wissen, dass ich mir Sorgen machte oder dass ich mir wünschte, ich könnte ihn vor der Entscheidung bewahren, die er in naher Zukunft treffen musste. Denn ich wusste, welche Regeln in seiner Welt galten.

Wenn sein Bruder ihn nicht tötete …

… musste er seinen Bruder töten. Und das sollte niemand tun müssen.

»Bereust du es schon?«, fragte er leise.

»Nein, überhaupt nicht.« Ich strich ihm das Haar aus der schweißfeuchten Stirn. »Was gibt es da zu bereuen? Fantastische Orgasmen?«

Er lachte. »Tja, wenn du es so ausdrückst …« Er zog sich aus mir zurück, stieg aus dem Bett und durchquerte das Zimmer. »Dagegen ist wohl nichts einzuwenden.«

Ich blickte ihm nach. Ich konnte nicht anders, meine Willenskraft war nicht so stark. Er zog das Kondom ab und warf es in den Mülleimer. Als er sich wieder zu mir umwandte, die Arme im Nacken gekreuzt, war das amüsierte Lachen aus seinen Augen verschwunden. Ich erstarrte. »Fang nicht schon wieder an. Ich gehe nicht.«

»Der Sex hat nichts geändert.« Wenn man bedachte, was wir gerade getan hatten, sah er viel zu ernst aus. »Das ist noch nicht geklärt.«

Ich rollte mich im Bett herum und sprang auf die Füße, um ihn böse anzufunkeln. Plötzlich war seine Nacktheit keine Ablenkung mehr. »Klar war das geklärt. An meiner Entscheidung ist nicht zu rütteln, egal was du sagst oder tust.«

»Wir drehen uns im Kreis.« Mit langen, immer wütender werdenden Schritten kam er zu mir. »Ich versuche, dir den Arsch zu retten. Was ist denn noch nötig, um dich zur Vernunft zu bringen?«

Ich verschränkte die Arme. »Da es ja um meinen Arsch geht, entscheide ich, was damit passiert. Nicht du.«

»Das ist jetzt auch mein Arsch.« Wieder begann dieser Muskel an seinem Kiefer, der mir nun schon allzu vertraut war, zu zucken. »Ich habe dir gesagt, du sollst die Worte nur sagen, wenn du es ernst meinst, und du hast sie gesagt.«

Ich hob das Kinn an und schnaubte. »So ein Quatsch. Ich gehe hin, wohin ich will, wann ich will, und mein Arsch gehört dir nicht – oder irgendein anderer Körperteil. Kapiert, Lucky?«

Er fasste mich am Kinn. Seine Berührung war fest und doch irgendwie sanft. »Du bist dir sicher? Ist das deine endgültige Entscheidung?«

»Ja.« Ich entzog mich seinem Griff. Er ließ es zu. »Was unternimmst du wegen Scotty?«

Seine Augenbrauen zogen sich mit einem Ruck zusammen. »Das ist nicht deine Sache.«

»Aber ich finde, es ist eine vernünftige Frage. Ich gehöre vielleicht nicht zu Steel Row, aber ich weiß, wie es da zugeht. Du musst schnell handeln, und es wird hässlich, egal wie du dich entscheidest.« Ich biss mir auf die Innenseite meiner Wange. Es war wichtig, dass ich jetzt meine Worte sorgfältig wählte. »Und ich weiß auch, dass unser beider Leben von dem abhängt, was du nun tust.«

»Aber das muss nicht so sein.« Er packte mich an den Schultern. »Du könntest verschwinden, jetzt sofort, und neu anfangen. Hier gibt es nichts, was dich hält. Keine Familie. Keine Kinder. Keine Liebhaber.«

Ich ignorierte den leichten schmerzhaften Stich, der mich bei seinen Worten durchfuhr. Das beantwortete wohl die Frage, was unsere Beziehung für Lucas bedeutete: für beide Seiten zufriedenstellender Sex und nicht mehr. Nicht dass das eine riesige Überraschung gewesen wäre. Ja, ich hatte mir selbst eingestanden, dass ich ihn liebte, aber ich hatte nicht in der Hoffnung mit ihm geschlafen, dass er mich auch liebte. Nein, ich hatte mit ihm geschlafen, weil ich es wollte. Nicht mehr und nicht weniger.

Trotzdem fühlte ich mich jetzt nackt, verletzlich.

Ich verschränkte die Arme vor meiner unbedeckten Brust. »Kann sein, dass ich keinen Mann habe, dessentwegen ich hierbleiben würde, aber das heißt nicht, dass hier nichts ist, das mich hält. Ich habe die Bar, die Frankie mir hinterlassen hat, das einzige Zuhause, das ich je gekannt habe. Und ich habe Angestellte, die sich darauf verlassen, dass ich zur Arbeit erscheine.«

Er biss die Zähne so heftig aufeinander, dass ich hörte, wie sie knirschten. »Das reicht.«

Ohne ein weiteres Wort lag sein Mund auf meinem, und er küsste mich, bis ich mich atemlos an ihn klammerte. Als der Kuss vorbei war, hatte ich fast vergessen, worüber wir uns eigentlich gestritten hatten. Er hob mich hoch, legte mich aufs Bett und zog die Decke über mich. »Schlaf. Wir reden morgen früh weiter.«

»Ja, Sir«, murmelte ich. Der Befehl weckte erneut Widerspruch in mir, aber um die Wahrheit zu sagen, war ich erschöpft. Es war, als würde ich mit einer Wand streiten. So kam ich nicht weiter. »Legst du dich auch hin?«

»Ja.« Er zog eine graue Jogginghose an und ging zur Tür. Dort angekommen, starrte er zu mir herüber, das Haar zerzaust, Kratzer auf der Brust. Kratzer, die ich ihm zugefügt hatte. »Schlaf gut.«

Ich gähnte und kuschelte mich unter die Decke. Erst dann verstand ich, dass er gehen wollte. »Warte. Wo willst du hin?«

»Heidi …« Mit der Hand auf dem Lichtschalter warf er mir einen verärgerten Blick zu. Dann machte er einen Schritt auf mich zu, blieb aber wieder stehen und seufzte. »Das weißt du doch.«

»In die Werkstatt?«

Er schüttelte den Kopf. »Nein. Ich werde das Schloss auswechseln und dann schlafen gehen.«

»Oh.« Ich warf die Decke zurück. »Ich kann dir helfen und dann gehen wir zusammen ins Bett. Ich möchte gerne …«

Mit ein paar schnellen Schritten war er bei mir und zog mir die Decke wieder über den Oberkörper. »Nein.«

»Aber …« Ich blinzelte ihn überrascht an. »Warum?«

»Weil ich nicht zurückkomme, Heidi. Meine Einstellung hat sich nicht geändert, ich schlafe nicht neben jemand anderem.«

»Ernsthaft?« Ich stemmte mich auf einen Ellbogen auf. »Du

willst immer noch nicht bei mir schlafen, nach alldem? Was denkst du denn, was ich mit dir mache?«

Er antwortete nicht. Stattdessen knipste er das Licht aus und schloss leise die Tür hinter sich. Ich starrte darauf und fragte mich, was zur Hölle er dagegen hatte, das Bett mit jemandem zu teilen. Und warum ich mich so sehr danach sehnte, dass er zurückkam …

Obwohl er mich in den Wahnsinn trieb wie noch kein Mann zuvor.

17

Lucas

Das Geräusch von brutzelndem Speck holte mich langsam aus dem Schlaf, und der dazugehörige köstliche Duft weckte mich vollends auf. Einen Moment lang war ich verwirrt. Wer zum Teufel machte mir an einem Mittwochmorgen Frühstück? Dann kam die Erinnerung mit einem Schlag zurück, und ich richtete mich mit einem Ruck auf. Das Sofa war letzte Nacht noch ungemütlicher als sonst gewesen, und ich hatte furchtbar schlecht geschlafen. So schlecht dass ich fast Zuflucht bei Heidi im Bett gesucht hätte.

Dann war mir wieder eingefallen, dass ich nicht mit Frauen kuschelte, und ich war auf dem Scheißsofa geblieben. Ich rollte die Schultern, verzog das Gesicht und warf einen Blick in die Küche, wo Heidi mit dem Fuß auf dem Boden wippte, Ohrstöpsel in den Ohren, und leise zu der Musik mitsang, die nur sie hören konnte.

In der kurzen Zeit, in der ich Heidi nun kannte, hatte ich festgestellt, dass sie keine Minute still sein konnte. Stille und Heidi, das passte nicht zusammen. Was komisch war, denn Stille und ich, das passte wunderbar.

Ich sprang auf und streckte mich stöhnend und gähnend gleichzeitig. Heidi werkelte weiter vor sich hin. Sie war in ihrer eigenen kleinen Welt und merkte nicht, dass ich wach war. Oder es war ihr egal. So oder so sie sah nicht, wie ich mit dem Telefon in der Hand ins Schlafzimmer schlüpfte.

Bevor ich gestern Nacht erschöpft eingeschlafen war, hatte ich wieder und wieder über mein Problem mit Scotty nachgedacht und schließlich beschlossen, es direkt anzugehen und mich mit Scotty zu treffen, um ihm zu sagen, dass ich Bescheid wusste. Ihm eine Chance zu geben, die Sache abzublasen. Sonst würde ich tun, was ich tun musste.

Auch wenn sich alles in mir dagegen sträubte.

Ich setzte mich auf die Bettkante und schickte die SMS ab, bevor ich es mir noch einmal anders überlegen konnte.

»Hey, können wir uns zum Mittagessen bei *Charlie's* treffen? Ich hab was mit dir zu bereden.«

Chris würde sagen, dass es dämlich sei, seine Deckung so aufzugeben. Aber Scotty war nicht nur ein Feind – er war Familie, mein kleiner Bruder. Ich musste daran denken, wie ich auf dem Weg zur Schule seine Hand gehalten hatte, an den schiefen Kuchen, den ich ihm zu seinem zehnten Geburtstag gebacken hatte, an sein Lächeln, als er zu Weihnachten die Spielekonsole von mir bekam. Dafür hatte ich ein ganzes Jahr lang gespart. Und jetzt musste ich es schaffen, ihn irgendwie zu erreichen, so oder so.

Mein Handy summte, Scotty hatte geantwortet.

»Klar. Wie viel Uhr?«

Ich warf einen Blick auf den Wecker. Es war kurz nach halb zehn. Ich hatte lange geschlafen. »Elf. Komm allein.«

Er antwortete nicht, weder um zu-, noch um abzusagen. Kopfschüttelnd simste ich Brian, Tates rechter Hand. »Ich treffe mich mit Scotty bei *Charlie's* um elf. Brauchst du was?«

Auch *Charlie's* diente zur Geldwäsche, in seinem Safe lagerte eine große Menge Bargeld von uns. Ein riskanter Schachzug. Immerhin gab es die geringe Chance – okay, es stand fünfzig zu fünfzig –, dass ich es nicht lebend dort hinaus schaffte. In dem Fall musste jemand wissen, wo ich gewesen war und mit wem.

»Nein. Aber komm später vorbei. Tate will mit ihr reden.«

Ich stand auf und rieb mir das Kinn, während ich mich im Spiegel betrachtete. Die unruhige Nacht war mir anzusehen, und mein Gesichtsausdruck ließ leichte Verzweiflung erkennen. Kein Wunder, ich war vor unmögliche Entscheidungen gestellt.

Die Tür öffnete sich, und Heidi steckte den Kopf herein. Sie wich meinem Blick aus, ihre Wangen waren gerötet. Sie wirkte nervös. Warum war sie nervös, verdammt? Vielleicht hatte es etwas mit gestern Nacht zu tun. Sie hatte zwar gesagt, sie würde es nicht bereuen, aber sie könnte gelogen haben. »Du bist wach?«

»Glaubst du?«, fragte ich trocken.

Sie winkte ab. Ihr blondes Haar war feucht, und sie roch selbst aus der Ferne nach Pfirsichen. »Schon gut. Ich mache Frühstück. In zehn Minuten ist es fertig.«

Ich kratzte mir den Bauch und sah mit Befriedigung, dass ihr Blick kurz zu meinen Bauchmuskeln huschte. »Okay. Ich komme gleich.«

Ohne zu antworten, schloss sie die Tür. Ich beeilte mich mit dem Zähneputzen und Duschen und ging dann barfuß in die Küche. Heidi hatte wieder Ohrstöpsel in den Ohren, sodass sie mich nicht kommen hörte. Sie schwenkte die Hüften zur Musik, warf den Kopf hin und her.

Das alles wirkte so häuslich und so … normal.

Es war, als gehörte Heidi in meine Küche. Mir kam der Gedanke, dass sie sich womöglich irrte. Dass wir vielleicht tolle Gärtner abgeben würden. Meine Tulpen könnten den ersten Preis in der Gartenschau unserer Fantasie gewinnen. Vielleicht wären wir richtig gut darin, normal zu sein.

Aber wie standen schon die Chancen, dass zwei verkorkste Menschen wie wir das hinbekamen? Ich habe noch nie gut Regeln befolgen können. Ich legte die Arme um sie und schob die Hand unter ihr Shirt bis knapp unter ihre Brüste. Das Gesicht an ihrem Hals vergraben, atmete ich tief ihren Duft ein. »Hm. Das riecht köstlich, Schatz.«

»Danke.« Heidi entwand sich meinen Armen und warf mir einen nervösen Blick zu, während sie sich die Ohrstöpsel herauszog. Okay, na dann. Sie wollte nicht angefasst werden. Die Botschaft war angekommen. »Das Geheimnis ist Butter. Dann schmecken die Eier kräftiger.«

Ich hatte zwar nicht das Essen gemeint, wies sie aber nicht darauf hin. Sie ging auf Abstand zu mir, das war unmissverständlich. Ich versuchte es noch einmal, indem ich die Stimme senkte: »Ich kann es kaum abwarten, sie zu probieren.«

Sie nahm die Teller. »Tja, zum Glück musst du das nicht. Sie sind fertig.«

»Danke.« Ich nahm ihr die Teller aus der Hand und trug sie zum Tisch. Sie folgte mir mit zwei dampfenden Kaffeebechern. »Du weißt aber, dass du nicht für mich kochen musst, oder? Ich erwarte nichts von dir, weil du hier wohnst. So jemand bin ich nicht.«

»Ich weiß. Aber ich brauchte etwas zu tun.« Sie stellte die Becher ab und zuckte mit der Schulter. »Ich sitze nicht gern einfach nur so rum. Ich muss mich beschäftigen, sonst komme ich ins Grübeln. Und wenn ich ins Grübeln komme, werde ich noch nervöser. So wie heute Morgen. Deshalb habe ich uns etwas zu essen gerichtet.«

Das verstand ich. Mir ging es genauso, nur waren es eben die Autos unten in der Werkstatt. Ich legte die Gabel hin und musterte sie aufmerksam, auf der Suche nach einem Hinweis, warum sie sich so komisch verhielt. Für mich konnte es nur einen Grund dafür geben, und der war Reue. »Ich muss heute arbeiten. Willst du, dass ich dir etwas besorge? Bücher? Filme? Wieder irgendwelche Alkoholika?«

»Ich muss erst heute Abend arbeiten.« Sie rutschte unruhig herum. »Also nein, nicht nötig. Ich bin bestimmt nicht mehr lange hier.«

Ich nahm mir vor, zurück zu sein, bevor sie in die Bar ging, um sie zu begleiten und ein Auge auf sie zu haben. Wenn es nach mir gegangen wäre, hätte sie meine Wohnung überhaupt nicht verlassen.

»Warum sagst du das?«, fragte ich, halb hoffend, dass sie ihre Meinung geändert hätte und das Geld nehmen und verschwinden würde, halb hoffend, es wäre nicht so. Selbstsüchtiger Mistkerl. »Wo willst du hin?«

»Im Moment nirgendwohin. Aber die Sache mit deinem Bruder kann nicht mehr lange so weitergehen.« Sie nahm den Löffel, legte ihn wieder hin und nahm ihn wieder in die Hand. »Sobald du sie geregelt hast, kann ich wieder nach Hause, und du kannst … tun, was du so tust.«

Mit anderen Worten, sie konnte es gar nicht erwarten, von mir wegzukommen. Von mir aus, kein Problem. Wenn sie sich aus dem Staub machen wollte, sobald die Luft rein war, ich würde sie nicht aufhalten. Dann hätte ich endlich wieder meine ruhige Wohnung zurück, mein ruhiges Leben, ohne Komplikationen. Und wenn ich jetzt bei dem Gedanken, wieder zur Normalität zurückzukehren, eine Leere in der Magengrube verspürte …

Würde ich sie ignorieren.

Ich war gut darin, alles zu ignorieren, was ich nicht wahrhaben wollte.

»Autos reparieren, illegal Waffen verkaufen und Arschlöcher umbringen«, sagte ich, ohne sie aus den Augen zu lassen. Sie zuckte nicht einmal mit der Wimper. »Natürlich nur, wenn ich nicht gerade in Bars sitze und umwerfend charmant bin. Den Teil meines Lebens darf ich nicht vergessen.«

Wieder legte sie den Löffel aus der Hand, ohne ihr Essen anzurühren. Mein Versuch, die Situation mit Humor aufzulockern, brachte nicht mal ihre Lippen zum Zucken. »Ja. Das dürfen wir nicht vergessen.«

Ich wusste nicht, was ich mit dieser Version von Heidi anfangen sollte. Ich hätte sie gerne aufgeheitert, aber ich wusste ehrlich gesagt nicht, wie. Wenn sie sich ärgerte, weil sie mich letzte Nacht gevögelt hatte, was sollte ich dagegen tun? Ich konnte ja schlecht die Zeit zurückdrehen und sie nicht vögeln, selbst wenn ich es gewollt hätte. Was ich nicht tat. »Ich werde den ganzen Tag unterwegs sein, du hast die Wohnung also für dich allein. Ich muss ein paar Sachen erledigen.«

Sie stocherte auf ihrem Teller herum. »Okay.«

Wir verfielen in Schweigen, und ich aß schnell. Als ich fertig war, hatte sie gerade einmal ein Stück Speck angeknabbert und kaum einen Bissen von ihren Eiern genommen. Irgendwann gab sie erst dann auf, den Anschein erwecken zu wollen, sie habe tatsächlich etwas gegessen, und lehnte sich stattdessen auf ihrem Stuhl zurück, den Kaffeebecher in der Hand. Ihr Blick war auf die Schlafzimmertür gerichtet.

»Ist alles in Ordnung?«, fragte ich.

»Hm?« Heidis Blick flog wieder zurück zu mir. »Ja, natürlich.«

»Na dann …« Ich stand auf, nahm die Schlüssel, schlüpfte in meine Lederjacke und die Stiefel und steckte mir das Handy in die Hosentasche. Meine Waffe war wie immer bereits in ihrem Holster. »Komm her.«

Sie erhob sich und kam zu mir. Über ihren blauen Augen lag ein Schatten. »Ja?«

»Was ist denn los, Süße?«

Sie schüttelte den Kopf. »Nichts. Alles ist gut.«

Ich schnaubte. »Also, ich merke ziemlich schnell, wenn man mich anlügt. Los, raus mit der Sprache. Was hast du?«

»Nein.« Heidi wendete ihr Gesicht von mir ab. »Es ist nichts. Wirklich.«

»Du bereust, was gestern Abend passiert ist, oder?«

»Was? Nein.« Sie schüttelte den Kopf. »Da gibt es nichts zu bereuen. Es war Sex. Nicht mehr.«

Das sagte sie immer wieder. Vielleicht glaubte sie wirklich, dass sie es nicht bereute, aber normalerweise vögelte sie nicht mit Killern wie mir. Wenn Heidi keine Reue empfand, würde sie jetzt nicht so tun, als hätte ich die Pest. »Wenn du es sagst.«

Sie presste die Lippen zu einem schmalen Strich zusammen. Wie immer, wenn sie sich über mich ärgerte, also beinahe ständig. Ich versuchte, meinen eigenen Ärger hinunterzuschlucken. »Ja, tue ich. Es ist nur … ich habe Angst.«

Ah. Damit hatte ich nicht gerechnet. Aber bisher hatte sie wenig Furcht gezeigt, deswegen war es wohl nur eine Frage der Zeit gewesen, bis sie sie überkommen, bis sie sich irgendwann bemerkbar gemacht hatte. Ich strich ihr mit den Knöcheln über die Wange. »Dir passiert nichts, solange du hier bist oder bei mir.«

»Ich bin nicht um meine Sicherheit besorgt.« Sie schürzte die Lippen. »Sondern um deine.«

Ich blinzelte überrascht. Normalerweise machte sich niemand Sorgen um mich. »Was? Warum?«

»Weil dein Bruder versucht, dich umzubringen. Ich weiß, dass du ein knallharter Krimineller bist, dem ein Menschenleben nichts wert ist. Aber er ist dein Bruder. Ich glaube nicht, dass du ihn töten kannst, als wäre es keine große Sache.« Sie hielt meinen Blick fest. »Und das macht mir Angst, denn soweit ich gehört habe … ist dein Bruder durchaus dazu in der Lage.«

Heidi glaubte nicht, dass ich ihn töten konnte? Sie täuschte sich. Gewaltig. Dies war nicht das erste Mal, dass sie mich falsch einschätzte, und es würde wohl auch nicht das letzte Mal sein. »Ich bin es auch. Wenn es um Leben oder Tod geht, entscheide ich mich immer für das Leben.«

»Ich habe nicht gesagt, dass du es nicht tun würdest, wenn es absolut notwendig wäre.« Sie hob trotzig das Kinn. »Ich meinte nur, dass du alles in deiner Macht Stehende tun wirst, um es zu vermeiden. Aber er nicht, und das wird dir möglicherweise zum Verhängnis.«

Herrgott noch mal. Ich hatte schon getötet, und es hatte mir keine schlaflosen Nächte bereitet. Aber Chris und Heidi schienen es für einen Charakterfehler zu halten, dass ich nicht, ohne zu zögern, meinen kleinen Bruder abknallte. Ich wollte meinen Bruder nicht umbringen. Warum war das eine schlechte Sache?

Was wollten sie von mir, verdammt noch mal?

Ich ließ sie los und trat einen Schritt zurück. Zorn raste durch meine Adern. »Wenn du willst, dass ich der Typ Mann bin, der seine Familie umbringt, ohne erst nach anderen Lösungsmöglichkeiten zu suchen, tja, dann ist es wohl ganz gut, dass das letzte Nacht nur Sex war.«

»Nein.« Sie erblasste. »Nein, das habe ich nicht gemeint.«

Ich legte die Hand an die Pistole. »Wenn Scotty mir keine andere Wahl lässt, tue ich es. Aber ich bin nicht gerade scharf darauf, dem Jungen, dem ich früher abends Gutenachtgeschichten erzählt habe, der Captain seines Little-League-Teams war, eine Kugel in den Kopf zu jagen. Und dann einfach froh bin, wieder einen Feind mehr eliminiert zu haben. Aber du findest, ich sollte ihn lieber gleich abschreiben? Ja? Soll ich das tun?«

Sie schüttelte den Kopf. »N-nein, natürlich nicht. Ich wollte nie, dass du jemanden tötest. Das ist das Problem. Ich will nicht, dass du ihn tötest. Ich kann nicht … du kannst nicht …«

Und da verstand ich, worum es hier ging.

Sie wusste, wie es höchstwahrscheinlich enden würde – selbst wenn ich noch nicht bereit war, es zu akzeptieren –, und sie hatte eine Heidenangst davor, mit einem Mann gevögelt zu haben, der seinen eigenen Bruder tötete, um zu überleben. Sie schämte sich.

Meinetwegen. Unseretwegen.

Ich hatte genug Frauen wie sie in meinem Leben kennengelernt. Frauen, die das Abenteuer suchten und danach mir dafür die Schuld gaben. Dann saßen sie da und wunderten sich, wie ich sie dazu gebracht hatte, ihre Prinzipien über Bord zu werfen. Warum sie nicht gesehen hatten, dass ich eigentlich ein Monster war.

Aber ich hätte nicht gedacht, dass sie auch so war.

Ich hatte ihr reichlich Gelegenheit gegeben, den Rückzug anzutreten, aber es war ihre Entscheidung gewesen, gestern Abend zu bleiben. Sie hatte mir gesagt, dass sie mich wollte. Gestern Abend, als sie so leidenschaftlich auf mich reagiert hatte, als da auf einmal diese starke Anziehungskraft zwischen uns gewesen war, hatte ich gedacht, ich wüsste endlich, wo ich hingehöre.

Was war ich nur für ein Idiot.

Ich lachte laut und hart und warf meine Schlüssel auf den Tisch. »Nein, natürlich nicht. Weil ich dann ein Mörder wäre. Und brave Mädchen wie du vögeln nicht mit Mördern, oder?«

Ihre Wangen wurden rot. »Was? Was gestern Abend war, hat nichts mit dem hier zu tun!«

Ich lachte wieder. Der Ärger machte mich bitter. Nicht dass ich es nicht schon tausendmal erlebt hätte. Es war mein Fehler, als ich mich dazu hatte hinreißen lassen zu glauben, Heidi sei anders. »Ja. Klar, Süße. Red dir das nur weiter ein, wenn du dich dadurch besser fühlst.«

Die Hände zu Fäusten geballt, machte sie einen Schritt auf mich zu. Ihre Nasenflügel blähten sich. »Sei nicht so ein Arschloch.«

»Ich habe Neuigkeiten für dich, Süße«, sagte ich gedehnt. »Ich bin ein Arschloch. Schon immer gewesen.«

Sie schüttelte den Kopf. »Nicht mir gegenüber, nein.«

»Ja, du hast recht. Ich habe versucht, nett zu dir zu sein, und schau dir an, was es mir eingebracht hat. Du bist kurz davor zu heulen, weil du mich gestern Abend gevögelt hast.« Ich ließ die Arme hängen. »Wir wissen doch alle, wie praktisch es ist, einen Typen wie mich zu haben, der einen beschützt, aber wenn es dann um das geht, womit ich mein Geld verdiene, kommst du nicht damit klar. Und jetzt wünschst du dir, du hättest dich nie mit mir eingelassen. Gib's zu.«

Sie boxte mich gegen die Schulter. »Leg mir keine Worte in den Mund. Du hast keine Ahnung, was ich denke oder was ich für dich empfinde.«

»Doch, hab ich. Du bist genau wie die anderen.« Ich packte sie an den Handgelenken und zog sie an meine Brust. Sie wand sich, konnte sich aber nicht befreien. »Du redest dir ein, ich wäre ein weicher, fürsorglicher und total missverstandener Typ. Deswegen hast du dich von mir vögeln lassen. Du hast das ›Gute‹ in mir gesehen, als es dir gelegen kam. Und jetzt, bei Tageslicht, ist es viel schwerer zu sehen, so ist es doch?«

Heidi schüttelte den Kopf. Ich wartete darauf, dass sie mir sagte, dass ich recht hatte. Dass sie es bereute, mit mir geschlafen zu haben. Doch stattdessen brachte sie mich völlig aus dem Gleichgewicht, als sie leise sagte: »Nein. So ist es nicht. Ich sehe es immer noch.«

Und, verdammt noch mal, ich war kurz davor, ihr zu glauben. Ich wollte es.

Aber das durfte nicht sein. Dieses Risiko war ich schon einmal eingegangen, deshalb hatte ich eine Ahnung, wie ich mich fühlen würde, wenn sie mir anschließend in den Rücken fiel.

Es rief mir in Erinnerung, warum ich niemanden an mich heranlassen durfte. Niemanden. »Wie du meinst, Schätzchen.« Ich grinste auf sie hinab, während ich meine inneren Schutzschilde wieder hochzog. Die ich überhaupt gar nicht erst hätte herunterlassen dürfen. »Ich schätze aber, du wolltest dir die Chance auf einen Fick nicht entgehen lassen, stimmt's?«

Sie riss sich los und stolperte zurück, das Gesicht knallrot vor Zorn. Ihre hellblauen Augen spuckten Feuer, und ich glaubte zu spüren, wie sich die Flammen durch meine Haut brannten. »Verpiss dich, Lucky.«

Beim Klang des nervigen Spitznamens knirschte ich mit den Zähnen. »Sehr gerne.« Ich riss die Tür auf. »Oh, übrigens, ich treffe mich mit meinem Bruder. Du solltest beten, dass ich ihn nicht erschießen muss, sonst hast du mit dem König der Sünder geschlafen. Ich schicke dir eine SMS, um dir zu sagen, ob du dich ein zweites Mal duschen musst, weil ich dich mit meinen Händen beschmutzt habe.«

Sie stieß einen wilden, frustrierten Laut aus. »Du … du … nervst, und wie.«

Und warf ein Kissen nach mir. Wirklich, ein Kissen. Ich fing es mit Leichtigkeit auf. »Das sollte ich zu dem Treffen mitnehmen. Ein Kissen. Das würde alles lösen. Vielleicht braucht er nur ein schönes, langes Nickerchen. Als Kind war er auch immer knatschig, wenn er seinen Mittagsschlaf nicht gemacht hatte.«

Mit mordlüsternem Blick kam sie auf mich zugestürmt, aber

ich knallte die Tür hinter mir zu, bevor sie mich erreicht hatte. Dann ließ ich das Kissen auf die Stufen fallen und nahm immer zwei auf einmal, weil ich so schnell wie möglich weg von ihr wollte. Sie hatte einen Nerv getroffen, und ich wusste noch nicht, wie ich damit umgehen sollte.

Während ich die Tür öffnete und ins Freie trat, holte ich tief Luft. Das Brennen der eisigen Luft in der Lunge tat mir gut. Vor allem weil da dieses komische Gefühl war, das durch meine Brust schnitt. Jemand Schwächeres hätte es vielleicht Schmerz genannt.

Doch ich fühlte keinen Schmerz mehr.

Schon seit Jahren nicht mehr. Seitdem Ma gestorben war.

Ich fuhr mir mit der Hand über das Gesicht und blickte den Bürgersteig hinunter. Gerade wollte ich losgehen, als in letzter Sekunde die glitzernde Reflexion der Sonne auf Metall meine Aufmerksamkeit erregte. Es kam aus dem Fenster im zweiten Stock des Waschsalons neben Heidis Bar. Und ich wusste nur zu gut, was diese Spiegelung bedeutete.

Hinter mir öffnete sich die Tür.

Ich begriff zu meinem Entsetzen, dass Heidi mir nach draußen gefolgt war. Verdammt. »Scheiße.«

Sie kam auf mich zu, etwas in der Hand haltend, und sah immer noch stinkwütend aus. »Du … uff.«

Ohne zu zögern, warf ich mich auf sie, um sie vor dem, was jetzt kam, zu schützen. In der Sekunde, als mein Körper ihren bedeckte, erklang der Schuss. Ich hatte keine Ahnung, ob ich schnell genug gewesen oder ob sie getroffen worden war. So oder so, diese Wichser würden dafür bezahlen. Ob sie getroffen war oder nicht …

Ich würde sie alle töten.

Zweimal.

18

Heidi

Ich traf mit einem dumpfen Schlag auf die Wand. Die scharfen Kanten der Backsteine rissen mein dünnes Shirt auf und kratzten über meine Haut. Lucas hatte sich buchstäblich über mich geworfen, und ich hatte keine Ahnung, warum er mich wie ein Wahnsinniger herumschubste. Dabei hatte ich ihm doch nur …

Ein Gewehrschuss donnerte durch die eben noch stille Straße. Ich schrie auf. Lucas zog mich in seine Arme und barg mich schützend an seiner Brust. Die Kugel prallte zischend neben unseren Köpfen ab, an einem Backstein vielleicht, und ich wartete auf den Einschlag. Doch der kam nicht. Noch während er herumwirbelte, zog Lucas seine Waffe und gab drei schnell aufeinanderfolgende Schüsse ab. Ich schrie abermals auf und schlug mir die Hände auf die Ohren, die erst taub geworden waren und dann von dem Knall schmerzhaft zu dröhnen begannen. Noch bevor der letzte Schuss verhallt war, hatte Lucas mich ins Haus gestoßen und die Tür hinter uns zugeknallt. Heftig atmend tastete er mich hektisch ab. Die Panik stand ihm ins Gesicht geschrieben.

Er sagte etwas, doch ich konnte ihn nicht hören. Ich konnte gar nichts hören.

Ich schüttelte den Kopf, so als wollte ich einen Pfropfen aus dem Ohr herausschütteln. »Was?« Meine Stimme klang so fern, als würde ich am anderen Ende eines langen Tunnels stehen und schreien. Alles, was ich vernahm, war ein schwacher Summton. »Ich kann dich nicht verstehen.«

Er umfing mein Gesicht mit beiden Händen und artikulierte deutlich: »Wurdest. Du. Getroffen?«

»N-nein.« Ich musterte ihn. »Du?«

Seine Hände glitten von mir ab. »Nein. Geh nach oben und schließ die Tür ab.«

Ich blinzelte, weil ich versuchte, die Worte von seinen Lippen abzulesen, was nicht einfach war. »Was?«

Er schob mich sanft vorwärts. »Nach. Oben. Tür. Abschließen.«

Ich schaffte es in Rekordzeit die Treppe hinauf. In der offenen Wohnungstür drehte ich mich um und rechnete damit, dass er an mir vorbeistürmte, aber er war fort. Also rannte ich wieder die Treppe hinunter und wollte ins Freie, doch die Tür ging nicht auf. Wie sehr ich auch zog und zerrte. Hatte er mich etwa eingeschlossen? »Oh nein!«

Ich warf mich mit der Schulter dagegen, mit meinem ganzen Gewicht, doch sie gab nicht den Bruchteil eines Zentimeters nach. Wieder knallte ein Gewehrschuss durch die Luft, schnell gefolgt von zwei weiteren Schüssen. Schwer atmend ließ ich mich gegen die Tür sinken. Tränen verschleierten meinen Blick. Er war dort draußen, unter Beschuss, und hatte niemanden, der ihm half. Weil er mich eingeschlossen hatte. Wenn er starb …

Ich zwang mich, nicht daran zu denken.

Okay, ja, ich war unbewaffnet. Und selbst wenn ich eine Schusswaffe gehabt hätte, ich war keine gute Schützin. Aber er hätte mich hier nicht einschließen dürfen. Ich wusste, die Cops anzurufen war keine gute Idee, denn Lucas verstieß gegen seine Bewährungsauflagen. Kurz schoss mir durch den Kopf, dass er im Gefängnis möglicherweise sicherer wäre, doch ich gab die Idee sofort wieder auf. Ich wusste es besser. Organisationen wie Steel Row oder Bitter Hill hatten einen langen Arm, der sogar hinter Gitter reichte.

Im Gefängnis war er genauso in Gefahr wie hier draußen.

Sirenen heulten auf. Ich fluchte. Hatte tatsächlich jemand die Cops gerufen, oder war es nur ein Zufall? Ich lief wieder die Stufen hinauf, zog leise die Tür hinter mir zu und schloss sie ab, so wie Lucas es mir eigentlich aufgetragen hatte. Langsam zurückweichend, zwang ich mich zu atmen. Lucas war clever. Er würde untertauchen, bevor die Cops anfingen, herumzuschnüffeln. Und es gab keinen Grund, warum sie nach mir suchen sollten. Ich war kaum zwei Sekunden auf der Straße gewesen.

Schritte erklangen auf der Treppe, und ein Schlüssel glitt ins Schloss. Ich schnappte mir ein Messer – nur für den Fall – und starrte die Tür an, während sie aufschwang. Als ich Lucas hereinkommen sah, stieß ich einen Seufzer der Erleichterung aus und redete los, noch bevor er einen zweiten Schritt machen konnte: »Alles in Ordnung? Haben die Cops dich gesehen? Kommen sie hier rauf? Was sollen wir tun? Was soll ich tun? Ich darf nicht …?«

»Die Bullen haben mich nicht gesehen. Die waren noch einen Block entfernt, da war ich schon dabei, meine Spuren zu verwischen.« Lucas hob den Arm und rieb sich mit dem Handgelenk über die Schläfe. Er sah erschöpft aus. Und blass. Und … und … »Sie kommen nicht rauf. Entspann dich.«

»Du hast da Blut. Blutest du?« Ich begann, auf ihn zuzugehen, blieb stehen und machte noch einen unsicheren Schritt vorwärts. Blut sickerte durch seinen linken Ärmel, und die Hand hing schlaff an seiner Seite herab. »Lucas … warum blutest du?«

»Hm?« Er blickte an seinem Arm hinunter, und seine Stirn

legte sich in Falten. »Oh. Na, so was. Ich wurde angeschossen.«

»Na, so was …?« Ich schloss die Augen und zählte bis drei. Er sagte das so wie ein normaler Mensch »Ich war im Kino« gesagt hätte, oder »Ich bin erkältet« oder irgendetwas ähnlich Alltägliches. So als würde es nicht mal wehtun. »Wir müssen dich ins Krankenhaus bringen.«

»Auf keinen Fall.«

Ich stampfte mit dem Fuß auf. »Doch. Du wurdest angeschossen, Lucas. Angeschossen, verdammt.«

»Ja. Ich weiß.« Er lehnte sich gegen die Tür und schob seine Pistole ins Holster. »Die im Krankenhaus müssen das melden.«

»Aber … verdammter Mist.« Er hatte recht. Schusswunden bedeuteten immer auch Cops. »Was sollen wir tun? Kennst du jemanden? Gibt es von deinen Leuten jemanden, der dich versorgen kann?«

»Ja, aber da kann ich nicht hin. Dem kann ich nicht mehr trauen. Möglicherweise kriegt der jetzt von Scotty sein Geld.«

Mir gingen tausend Gedanken durch den Kopf, bevor ich sagte: »Setz dich. Du siehst blass aus.« Als ich ihn zum Sofa führte, protestierte er ausnahmsweise nicht. »Gott, was sollen wir denn jetzt bloß tun?«

Kaum saß er, hatte er schon sein Handy gezückt. Er sah mich prüfend an. »Kannst du gut mit einer Nadel umgehen?«

»Oh mein …« Ich presste mir die Hand auf den Bauch. »Nein. Vergiss das ganz schnell wieder. Ich würde dich nur vollkotzen.«

Er verzog das Gesicht. »Das würde mir nicht sehr helfen.«

»Ja. Ich weiß.« Ein zaghaftes Lachen entschlüpfte mir, trotz der Anspannung. »Aber ich kann nicht anders. Es stimmt. Die Vorstellung, dir eine Nadel durch die Haut zu stechen …« Ich schlug mir die Hand vor den Mund und schluckte die Galle hinunter, die aus meinem Magen aufstieg.

Blinzelnd sah er mich an. »Okay, okay. Denk schnell an was anderes, Süße.«

Ich nickte, sehr heftig, und versuchte es, um mich nicht zu übergeben.

Er hob das Handy mit seinem gesunden Arm ans Ohr und wartete. Nach einem Moment sagte er: »Du musst mich zusammenflicken. Ein paar von den Bitter-Hill-Leuten haben mich am Arm erwischt.« Er blickte auf den rasch größer werdenden Fleck hinunter. »Ja, nichts Schlimmes. Nur eine Fleischwunde, aber am Arm, deswegen kann ich es nicht selber machen.« Er schmunzelte. Tatsächlich, er schmunzelte. »Nein. Anscheinend hat sie es nicht so mit Nadeln.« Wieder eine Pause. »Danke. Sei vorsichtig. Vielleicht machen die Bullen ja mal ihren Job und wollen rausfinden, was es mit den Schüssen auf sich hat. Ich habe Sirenen gehört.«

Er legte auf und warf das Telefon zur Seite. Als er mich anblickte, sah er so ruhig aus wie immer, und das bekannte Lächeln war wieder zurück. »Chris kommt.«

Ich nickte. »Ich helfe dir, das Hemd auszuziehen.«

Er sah an sich hinunter. »Mist. Das war mein Lieblingshemd.«

»Ich kaufe dir ein neues«, fuhr ich ihn an. Unglaublich, wie ungerührt er war. »Aber einen neuen Arm kriegst du nirgends.«

»Ach nee, Sherlock«, sagte er gedehnt.

Ich trat zu ihm und öffnete den ersten Knopf. Mein Blick fiel auf den roten Blutfleck, der sich beunruhigend schnell ausbreitete. »Hast du sie gefunden? Haben sie sich gezeigt?«

Er spannte die Kiefermuskeln an. »Zwei habe ich erwischt, aber der Schütze ist entkommen.«

Ich öffnete einen weiteren Knopf. »Oh.«

»Ja. Ich wünschte, ich hätte sie alle erledigt, verdammt.« Er verlagerte sein Gewicht auf dem Sofa und zuckte zusammen. »Aber irgendwann kriege ich sie. Jemand, der auf dich schießt, bezahlt das mit seinem Leben.«

»Ich glaube nicht, dass die auf mich geschossen haben«, sagte ich mit brechender Stimme.

»Ja, tja, das ist mir scheißegal.« Er umklammerte die Armlehne des Sofas. »Sie hätten dich trotzdem verletzen können.«

Mein Herz machte einen Satz. Auf ihn war geschossen worden, er wäre dabei fast draufgegangen, doch er dachte nur daran, dass ich beinahe ein Kollateralschaden geworden wäre. Was sollte das denn bedeuten? »Wir müssen die Blutung stoppen.«

»Deshalb ja die Nadel«, sagte er trocken. »Chris wird bald hier sein. Das wird schon wieder. Ein glatter Durchschuss, und eigentlich hat die Kugel meinen Arm auch nur gestreift. Wahrscheinlich würde es auch ohne gehen, aber ich will keine Infektion riskieren.«

Ich schluckte gegen den bitterem Geschmack in meiner Kehle an und fuhr fort, sein Hemd aufzuknöpfen. Was länger dauerte als gedacht, weil meine Hände nicht aufhören wollten zu zittern. »Woher weißt du das alles?«

»Weil ich nicht zum ersten Mal angeschossen wurde, Schätzchen.« Er ließ den Kopf auf die Rückenlehne sinken und schloss die Augen. »Und es wird auch nicht das letzte Mal sein.«

»Na …« … *toll.* Ich biss mir auf die Zunge und öffnete den letzten Knopf. »Setz dich ein bisschen auf. Ich helfe dir.«

Er hob den Oberkörper ein wenig an. Langsam zog ich das Hemd erst über seinen unverletzten Arm, dann vorsichtig über den verletzten. Er zischte durch die Zähne, als der Stoff an seiner Haut hängen blieb. »Scheiße, verdammte.«

»Sorry, sorry, sorry«, murmelte ich, doch schließlich hatte ich es geschafft. Viel frisches Blut konnte ich nicht entdecken, offenbar begann es zu gerinnen. »Wurdest du getroffen, als du mich gegen die Wand geworfen hast?«

»Nein. Ich denke, das war danach.« Er warf mir einen dunklen Blick zu. »Als ich sie entdeckt hatte.«

Ich knüllte das Hemd zusammen. »Und du denkst, dass Scotty dir diese Leute auf den Hals gehetzt hat?«

»Jepp. Ohne Zweifel.« Er grinste böse. »Das war's dann wohl mit meiner Verabredung zum Mittagessen. Gut, dass ich so viele Eier gegessen habe.«

»Lucas.«

»Was ist denn?«, fragte er blinzelnd. »Ich habe gerade deine Kochkünste gelobt.«

Ich warf das Hemd zur Seite. Wut packte mich, aber das war es nicht allein. Denn in die Wut mischte sich Furcht. Große Furcht. Zu wissen dass ich ihn fast verloren hätte … Ja, das machte mir mehr Angst als alles andere. Er hätte sterben können, und nun riss er Witze und tat, als zählte es nicht. Doch es zählte.

Er zählte, verflucht.

»Tu nicht so, als würde dir das nichts ausmachen. Dein Bruder hat gerade versucht, dich umbringen zu lassen.« Ich kniete mich neben ihm auf das Sofa und nahm sein Gesicht in beide Hände. Ich musste mich beherrschen, um meiner Wut nicht freien Lauf zu lassen. Er sah mich nicht an. »Ich weiß, dass es wehtut. Ich weiß, dass du traurig bist. Und es ist okay.«

Er knurrte leise. »Und was bringt es, traurig zu sein? Wie hält uns das am Leben?«

»Gar nicht.« Ich kletterte rittlings auf seinen Schoß. Er rührte sich nicht, nur der Muskel an seinem Kiefer spannte sich an. »Und das ist auch okay.«

Er lachte rau auf. »Wenn es nach dir geht, ist alles okay.«

»Weil es das ist.« Ich strich mit dem Daumen über seine Unterlippe. »Weil es so sein kann.«

Endlich blickte er mich an, und was ich in seinen Augen sah … würde ich niemals vergessen. Nicht in einer Million Jahren. Darin lag die kalte, harte Realität dessen, was geschehen war und was er bald würde tun müssen. »Heidi.«

»Schsch. Ich weiß.«

Ich beugte mich vor und presste meine Lippen auf seine. Es war ein sanfter Kuss, nicht mehr. Er sollte ihn trösten – denn ich wusste nicht, wie ich ihm sonst ohne Worte zeigen sollte, dass er mir wichtig war. Er sollte wissen, dass ich nichts bereute – weder gestern Nacht noch das, was zwischen uns war. Keine Ahnung, wie er darauf gekommen war, aber es hatte ihn getroffen, das war offensichtlich.

Falls er je an etwas gezweifelt hatte, dann sollten es nicht meine Gefühle für ihn sein. Ich liebte ihn, und nichts, was er sagte oder tat, würde daran etwas ändern. Weil er sich selbstlos um die kümmerte, die unter seinem Schutz standen. Weil er weiterhin unermüdlich hoffte, dass sein Bruder ein guter Mensch war, obwohl ich fürchtete, dass eben diese Hoffnung sein Tod sein würde. Ich liebte ihn nicht trotz seiner Fehler – ich liebte ihn mit all seinen Fehlern. So wie er war. So wie ich war. Wir passten einfach zusammen.

Und wenigstens das sollte er wissen.

Ich löste die Lippen von seinen, fuhr ihm liebevoll über die Wangen und lächelte ihn an, obwohl das Lächeln wehtat, weil er so verloren aussah. »Es ist okay. Alles wird gut.«

»Nein, das wird es nicht.« Etwas in seinem Inneren schien zu zerbrechen. Ich sah es. Fühlte es. »Wirklich nicht.«

Aber es war möglich. Langsam begann ich, daran zu glauben. Doch er wollte, dass ich flüchtete, mich in Sicherheit brachte. Und ich wollte, dass er flüchtete, wie es ursprünglich geplant war. In jedem Fall gab es nur einen Pass, und er musste so schnell wie möglich das Land verlassen. Wenn er aufhörte, sich Sorgen um mich zu machen, konnte er flüchten. Er konnte leben. »Ich will, dass du …«

Die Tür ging auf. »Okay, wo ist er …?« Chris blieb mitten im Satz stehen und sah uns einigermaßen überrascht an. Er erfasste unsere Lage, ich auf Lucas, sein Gesicht streichelnd, und sah dabei nicht allzu glücklich aus. »Störe ich?«

»Nein«, sagte Lucas, und das Gefühl, das ich vorhin in seinen Augen gesehen hatte, war sofort verschwunden. »Heidi war ein Schatz und hat sich um mich gekümmert.«

»Das sehe ich«, erwiderte Chris trocken. »Aber erwarte nicht, dass ich mich auch rittlings auf dich setze. Du bist nicht mein Typ.«

»Sag das nicht«, sagte Lucas dreckig grinsend.

Ich verdrehte die Augen und stieg von ihm herunter. »Ich hole den Whiskey.«

»Danke, das ist wirklich nett, Schatz«, sagte Chris.

»Nicht für dich«, fauchte ich. »Für ihn.«

Er schlug sich mit der Hand an die Brust. »Autsch. Das hat fast wehgetan.«

»Und ich bin nicht dein Schatz.«

»Ich glaube, du fängst an, mich zu mögen«, sagte Chris feixend. »Das spüre ich.«

Ich ignorierte ihn.

Lucas lachte. »Scheiße, Mann. Sie kann dich nicht leiden.«

»Das wird schon«, versicherte Chris, während er Lucas' Arm untersuchte. »Das ist doch quasi nichts. Dafür hast du mich hergerufen?«

»Ja, ich brauche eben viel Aufmerksamkeit«, sagte Lucas mit einem breiten Grinsen.

»Ach nee.« Chris ging an ihm vorbei ins Badezimmer.

Mit einem Tumbler in der Hand ging ich zu ihm. »Trink das.«

»Das musst du mir nicht zweimal sagen.« Lucas hob das Glas an die Lippen und leerte es in einem Zug. Ich verzog das Gesicht, denn es war billiges Zeug, das furchtbar schmeckte. Das Gefängnisessen hatte wohl seine Geschmacksnerven ruiniert. Er reichte mir das leere Glas. »Vielleicht willst du lieber aus dem Zimmer gehen.«

Kopfschüttelnd stellte ich das Glas auf den Couchtisch und setzte mich neben ihn, um seine Hand zu halten. »Ich bleibe hier.«

»Heidi, du hast dich fast übergeben müssen bei dem Gedanken, meine Wunde nähen zu müssen. Und jetzt willst du zugucken? Lieber nicht, Süße.« Er sah mir in die Augen. »Geh ins Schlafzimmer und hör Musik oder so. Die, zu der du vorhin getanzt hast.«

Taylor Swift. Dazu sollte ich jetzt abrocken, während er hier genäht wurde und das ganze Sofa vollblutete. Was für eine Idee. »Aber …«

»Guck's dir an.« Er wandte sich ganz zu mir um, und ich zwang mich hinzusehen. Allein der Anblick des Blutes und des aufgerissenen Fleisches – oh mein Gott. »Ja, das habe ich mir gedacht. Du siehst aus, als müsstest du gleich kotzen, und das hilft Chris nicht dabei, sich auf die Nähte zu konzentrieren. Geh in mein Schlafzimmer.«

Er hatte recht. Ich schluckte gegen die Übelkeit an und nickte. »Wenn du das möchtest.«

»Ja.« Er legte den Kopf zurück an die Sofalehne. »Geh jetzt.«

Ich stand auf und gab ihm einen Kuss auf die von einem feinen Schweißfilm bedeckte Stirn. »Okay.«

Doch zunächst legte er mir kurz sanft die Hand um den Hinterkopf, bevor er mit den Fingern durch mein Haar strich, dann nickte auch er. »Danke. Und … Heidi?«

Ich blieb auf halbem Wege zum Schlafzimmer stehen. »Ja.«

»Dreh die Lautstärke richtig auf und tanze für mich. Ich mag es, wenn du tanzt.«

Selbst wenn mir jemand eine Pistole an den Kopf hielte und mir sagte, dass mein Leben davon abhinge, wäre ich jetzt nicht imstande zu tanzen. »Nein. Daraus wird nichts.«

Vor der Badezimmertür machte ich halt. Ich warf einen Blick zurück auf Lucas, doch er sah mir nicht nach. Chris richtete sich auf, Verbandsmaterial in den Händen. Als er mich in der Tür stehen sah, erstarrte er. »Versteckst du dich im Schlafzimmer?«

»Wir haben uns darauf geeinigt, dass es das Beste ist.«

»Ich hab's gehört.« Chris musterte mich. Seine dunklen Augen sahen viel zu viel. Obwohl ich eine spontane Abneigung gegen ihn empfand, sah er eigentlich sehr gut aus, wenn man braunes Haar und braune Augen mochte. Wie sich herausgestellt hatte, stand ich mehr auf rotbraunes Haar und grüne Augen. »Ich sag dir Bescheid, wenn es vorbei ist.«

Als mein Blick über das Verbandsmaterial wanderte, bemerkte ich, dass etwas fehlte. »Aber du gibst ihm doch was gegen die Schmerzen, oder?«

Chris trat von einem Fuß auf den anderen, die Aufmerksamkeit auf etwas hinter mir gerichtet. Lucas höchstwahrscheinlich. »Bisher nicht, aber vielleicht sollte ich das beim dritten Mal tun.«

Lucas war bereits zweimal angeschossen worden? Diese Narben musste ich wohl gestern übersehen haben, dabei hatte ich seinen Körper doch wirklich genauestens begutachtet. Das kam auf meine To-do-Liste. Als Chris Anstalten machte zu gehen, verstellte ich ihm den Weg und warf noch einmal einen schnellen Blick auf Lucas. Er hob den Kopf und sah mich an.

Ich wendete mich wieder Chris zu und holte tief Luft, während Lucas' Blick sich in meinen Rücken bohrte. »Hör zu, ich kann kein Blut und offene Wunden und so was sehen, aber wenn etwas passiert … wenn du ein zusätzliches Paar Hände brauchst, dann ruf mich. Ich komme schon klar.«

Um ehrlich zu sein, hatte ich halb erwartet, dass Chris mich auslachte. Eigentlich sollte man doch annehmen, dass einer Straßenratte wie mir so ein bisschen Blut nichts ausmachte, aber neeeiiiin. Doch stattdessen musterte er mich mit Respekt und nickte. »Okay. Aber ich kümmere mich gut um ihn. Versprochen.«

Ich schluckte gegen den Kloß in meinem Hals an. Bisher hatte ich es geschafft, nicht zu heulen, und das sollte auch so bleiben. »Gut. Und jetzt flick ihn zusammen. Tu es für mich.«

Chris ging an mir vorbei. Sein Blick ließ meinen erst los, als er das Badezimmer verlassen hatte. Ich sah ihm nach, wie er den Raum durchquerte, das Verbandszeug abstellte und sich über Lucas beugte. Statt ins Schlafzimmer zu gehen, zog ich mich ins Bad zurück und schloss die Tür bis auf einen kleinen Spalt, um hindurchzuspähen.

Sie begannen, leise miteinander zu reden, doch obwohl ich die Ohren spitzte, konnte ich nichts verstehen. Nachdem Chris den Faden in die Nadel gefädelt hatte und alles Nötige zurechtgelegt hatte, reinigte er die Wunde mit einem in Alkohol getränkten Wattebausch. Während sich mir schon beim Anblick der dunkelrot gefärbten Watte der Magen umdrehte, sagte er völlig ungerührt etwas, das Lucas zum Lachen brachte.

Ich presste die Hand vor den Mund. »Oh mein Gott«, flüsterte ich.

»Heidi? Mach die verdammte Tür zu«, knurrte Lucas.

Ich fuhr zusammen und knallte reflexartig die Tür zu, woraufhin Chris gedämpft etwas sagte und Lucas lachte. Offenbar war ich die Einzige, die es irgendwie bemerkenswert fand, dass Chris eine Notfall-OP in einem Wohnzimmer durchführte. Als ich beim Zurückweichen gegen die Toilette stieß, klappte ich den Deckel zu, setzte mich darauf und verschränkte die Finger fest miteinander. Nach einem lauten »Fuck, Mann, haben dir deine Pfadfinderinnen keine sanftere Nähtechnik beigebracht?« von Lucas, schmeckte ich erneut Galle. Mehrmals war er schon angeschossen worden. Ich dachte, ich wüsste, was für ein Leben er führte, aber während ich lauschte, wie die Jungs um den schmutzigsten Fluch konkurrierten, begriff ich, dass ich keinen blassen Schimmer hatte.

Langsam wurde es draußen ruhiger, doch ich wagte keinen Blick hinaus. Bei meinem Glück fiel Lucas gerade dann vor Schmerzen in Ohnmacht, und ich würde nicht anders können, als zu ihm zu eilen. Stattdessen stand ich auf und öffnete das kleine Fenster. Die eiskalte Luft war erfrischend und brachte mich wieder zu mir. Vielleicht wusste ich nicht alles über Lucas' Leben, vielleicht kannten wir uns kaum, doch dies war der Mann, mit dem ich zusammen sein wollte, auch wenn es nur für kurze Zeit war. Er war der Mann, den ich liebte.

Selbst inmitten eines Kugelhagels.

19

Lucas

Ungefähr eine Stunde später war ich verarztet. Während Heidi Chris, leise auf ihn einredend, zur Tür brachte, setzte ich mich auf mein Bett, lehnte mich zurück, rieb mir die Stirn und stieß einen langen Seufzer aus. Selbstverständlich hatte er wissen wollen, was ich jetzt zu tun gedachte. Es Tate erzählen? Oder mir die Bitter-Hill-Typen vorknöpfen, auf eigene Faust und ohne dass es offiziell abgesegnet war? Was wollte ich wegen Scotty unternehmen? Und auf alle diese Fragen hatte ich keine Antwort.

Die Wahrheit war, dass ich keine Ahnung hatte, wie es jetzt weitergehen sollte.

Was mich stinksauer machte.

Ich steckte die Pistole, die Chris mir mitgebracht hatte, unter mein Kissen. Das Magazin war nicht vollständig geladen, aber zur Not würde es reichen. Eine Schusswaffe im Haus war nicht mehr genug. Nicht wenn Scotty offenbar fest entschlossen war, mich unter die Erde zu bringen.

An die Kissen gelehnt, ging ich noch einmal alle Fakten durch. Freitagabend fand ein großes Dinner der Organisation statt, bei dem man mit meinem Erscheinen rechnete. Laut Chris sollte ich dort von meiner Beförderung erfahren.

Ich nahm an, dass auch Scotty da sein würde.

Es sei denn, er beschloss, nicht zu kommen, meinetwegen.

Mittlerweile musste er erfahren haben, dass sein Mordversuch fehlgeschlagen hatte. Dass ich nicht tot war. Und das bedeutete, dass er jetzt eine neue passende Gelegenheit suchte und abwartete, was ich als Nächstes tun würde. Jetzt war der richtige Zeitpunkt, um es ihm zu zeigen. Ich nahm mein Handy und schickte ihm eine SMS. »Sie hatten keinen Erfolg.«

Es dauerte eine Weile, bevor er antwortete. »Ich weiß nicht, was du meinst. Wer hatte keinen Erfolg wobei? Was ist passiert?«

Ich biss die Zähne zusammen. Wenn er glaubte, er könne jetzt immer noch den Unschuldigen spielen, dann war er noch dümmer, als ich gedacht hatte. »Verarsch mich nicht, Kleiner.«

Dieses Mal antwortete er sofort. »Tue ich nicht. Was ist passiert?«

»Das weißt du sehr gut.« Mein Finger blieb über der Senden-Taste schweben, dann löschte ich die Nachricht. Wenn er so tun wollte, als wüsste er es nicht, dann konnte ich es vielleicht zu meinem Vorteil nutzen und ihn glauben lassen, ich sei weiterhin ahnungslos. »Ich dachte, du hättest es schon gehört. Die Bitter-Hill-Leute haben mir vor meiner Wohnung aufgelauert. Weißt du was darüber?«

Ein paar Augenblicke vergingen, dann: »Nein. Warum sollte ich? Was machst du jetzt?«

»Wirst du sehen. Freitagabend.«

Als er nicht antwortete, rief ich Tate an, der die Nachricht, dass ich heute nicht vorbeikommen konnte, nicht sehr gut aufnahm, bis ich ihm erklärte, dass die Cops nach der kleinen Schießerei in der Nachbarschaft herumschnüffelten. Dann war auch er der Meinung, dass es besser war, sich eine Weile bedeckt zu halten. Und nachdem ich versprochen hatte, zur Party zu kommen, war er wieder friedlich gestimmt, als wir auflegten. Warum es überhaupt zu dem Überfall gekommen war, verschwieg ich ihm.

Scotty war meine Angelegenheit. Ich kümmerte mich um ihn, niemand sonst.

Schnell schlüpfte ich aus der Hose und den Boxershorts, bevor ich unter die Decke glitt. Heidi war nicht die Einzige, die gerne nackt schlief, und ich brauchte jetzt mein Bett.

Nicht die Couch.

Die Schlafzimmertür öffnete sich, und Heidi kam herein. Ihre blassen Wangen hatten wieder ein bisschen mehr Farbe, aber unter ihren blauen Augen lagen immer noch Schatten. »Hey.«

»Hey.« Ich zwang mich zu einem Lächeln und klopfte neben mir auf die Matratze. Während und nach der kleinen OP hatte ich mir mehr als nur ein paar Drinks genehmigt, sodass ich jetzt eigentlich gut einen sitzen haben konnte. Rein hypothetisch. »Komm her, Süße.«

Sie biss sich auf die Lippe und ließ sich neben mir auf dem Bett nieder. »Tut es sehr weh?«

Und wie. »Gar nicht.«

»Gut.« Sie strich über den weißen Verband. »Hast du nichts von dem guten Zeug? Gegen Schmerzen?«

Ich lachte leise. »Ich verkaufe Waffen, keine Drogen.«

»Mist.«

»Schon gut. Mir geht's gut.« Es stimmte. Ich brauchte keine verfluchten Pillen, die mir das Gehirn vernebelten. Ein verletzter Arm und der Alkohol, das setzte mich schon genug außer Gefecht. Chris behielt die Gegend im Auge und würde mich warnen, wenn sich etwas tat. Oder er kümmerte sich gleich selbst darum. Ich hatte ihm gesagt, er könne tun, was er wolle, solange er sich von Scotty fernhielt. Ich konzentrierte mich wieder auf die Frau neben mir. »Du bist hübsch, weißt du das?«

Ihre Haut hatte einen grünlichen Ton angenommen, während sie meinen Arm anstarrte, aber nun zuckte ihr Blick weiter nordwärts. Trotz dieser Schusswunde am Arm wollte ich im Moment nirgendwo anders lieber sein. »Äh, danke?«

»Nein, ehrlich. Du bist wirklich hübsch. Wie ein Engel, der herunter zur Erde gekommen ist, um mich auf die gute Seite zu holen …«

Sie blinzelte. »Ich bin kein Engel, das kann ich dir versichern.«

»Da bin ich anderer Meinung.« Mit einer schnellen Bewegung zog ich sie auf meine Brust. Sie landete mit einem Uff, wobei sie darauf achtete, meinem verletzten Arm auszuweichen. »Ganz anderer Meinung. Sieh dich doch mal an.«

Ihre Stirn legte sich in Falten. »Oh mein Gott, bist du betrunken?«

»Nein«, flüsterte ich zurück, in dem gleichen dramatischen Ton wie sie. »Sicher nicht.«

Aber dann musste ich lachen.

Doch sie machte kein böses Gesicht. Ihre Lippen zuckten, bis auch sie lachte. »Du bist süß, wenn du betrunken bist.«

Ich strich mit dem Daumen über ihren Mund, über ihre volle Unterlippe, die mich unzählige Male schon wahnsinnig gemacht hatte. Ihr Atem wurde schneller. Auch wenn sie mir vorhin, während unseres Streits, etwas anderes zu verstehen gegeben hatte, jetzt gerade wollte sie mich. Das war offensichtlich. »Süß genug, um damit davonzukommen?«

Bevor sie mich abweisen konnte, küsste ich sie. Mit einem Seufzer teilten sich ihre Lippen, und ich nutzte die Gelegenheit. Meine Zunge tauchte in ihren Mund, suchte und fand sofort ihre. Sie schmeckte so gut, wie ich es in Erinnerung hatte.

Nein, sogar noch besser.

Und sie roch immer noch nach Pfirsichen.

Ich hatte eigentlich erwartet, dass sie sich ablehnend verhalten würde. Dass sie sich von mir befreien und mir sagen würde, dass ich meine Hände bei mir behalten solle. Sie hätte es lieber tun sollen. Und deshalb war ich umso glücklicher, als sie stöhnte und sich auf mich setzte.

Aber der dämliche edle Teil in mir wollte nicht die Klappe halten. Ich unterbrach den Kuss, packte stöhnend ihre Oberschenkel und grub die Finger in ihre weiche Haut. »Ich weiß, dass ich nicht dein Typ bin. Du musst dich nicht verpflichtet fühlen, Mitleid mit einem verwundeten Betrunkenen zu haben.«

Was hatte diese Frau nur an sich, das mich dazu trieb, etwas sein zu wollen, das ich nicht war? Scheiße, in den letzten drei Tagen hatte ich mehr bereut als in den letzten fünfzehn Jahren zusammen. Ich verwandelte mich in ein Weichei.

»Ja, was das angeht …« Sie spielte mit einer Strähne meines Haars. »Ich habe keine Ahnung, was dir den ganzen Tag durch den Kopf geht, aber wenn du auch nur halb so oft an gestern Nacht gedacht hast wie ich, dann müsstest du eigentlich wissen, dass du total mein Typ bist.«

Ich biss die Zähne zusammen und hob ihr meine Hüften entgegen, presste sie an ihre Hitze. Es bedurfte all meiner Selbstbeherrschung, sie nicht unter mich zu rollen und sie hart und schnell zu nehmen, jetzt sofort. Das Einzige, was mich davon abhielt, war der Gedanke, dass der Schmerz meinen Ständer auf der Stelle killen würde.

Als mir meine Verletzung wieder einfiel und wie ich sie mir eingehandelt hatte, unternahm ich einen letzten verzweifelten Versuch, Heidi zur Vernunft zu bringen. »Ich bin nicht gut genug für dich, Schatz. Du verdienst den Märchenprinzen, nicht den Bösewicht. Keine Ahnung, wer der Bösewicht in dieser dämlichen Geschichte war.«

»Du bist nicht der Bösewicht. Nicht für mich.« Sie legte die Hand auf mein Herz. »Du bist der Märchenprinz, der sich geopfert hat, um sein Königreich zu verteidigen. Du hast getan, was getan werden musste, wie gefährlich es auch hätte werden können. Und du hast gesiegt. Das macht dich nicht zu einem Bösewicht. Das heißt, du bist ein Kämpfer. Es macht dich zu dem, der du bist.«

Ihr unbedingter Glaube an mich kittete die Risse in meiner Seele. Genau das hatte ich hören müssen. Als ich sie fester packte, schenkte sie mir ein dünnes Lächeln. Kopfschüttelnd schluckte ich die Worte hinunter, die ich bisher noch nie gesagt hatte. Jetzt war nicht der Moment, ihr mein Herz auszuschütten, ich war betrunken. Ja, es gab tatsächlich ein paar Dinge, die ich bereute, und das war ein neues Gefühl für mich. Dass ich aus Scotty solch einen verkorksten Menschen gemacht hatte, war eines davon. Aber eines würde ich nie bereuen. Nicht in einer Million Jahren. Dass ich sie gerettet hatte. »Ich will noch mal mit dir schlafen. Ich will, dass du mir gehörst.«

Sie nickte. »Ja. Ich gehöre ganz dir, Lucas. Immer.«

»Gott helfe uns beiden.«

Ich zog sie zu mir herunter und küsste sie wieder. Schloss die Augen und vergaß alle Gründe, warum ich es nicht tun sollte. Warum ich jetzt nicht weitergehen sollte. Ich befand mich in einer ausweglosen Situation. Für uns gab es keine Hoffnung. Keine Zukunft. Und trotzdem hätte ich jetzt nicht aufhören können, selbst wenn man mir eine Pistole an den Kopf gehalten hätte.

Sie war es wert, für sie zu sterben.

Ich ließ die Hand tiefer bis zu ihrem Bein wandern und strich mit den Fingern die Innenseite ihres Schenkels hoch, ganz langsam, bis ich dort war, wohin ich wollte. Aber sie hatte zu viele Klamotten an, und ich nicht genug Hände zur Verfügung, um sie ihr auszuziehen. »Zieh dich aus, Süße.«

»Ja, Sir«, sagte sie lächelnd, richtete sich auf und zog sich ganz langsam das T-Shirt über den Kopf. Sie spannte mich auf die Folter. »Bist du nackt unter der Decke?«

Ich grinste. »Rate mal.«

»Gut.« Sie warf das Shirt auf den Boden, griff sich in den Rücken und öffnete ihren BH. Mit einem frechen Grinsen ließ sie ihn sich von den Armen gleiten und schleuderte ihn mir ins Gesicht. »So mag ich dich. Nackt und hilflos in meinem Bett.«

Mein Bett. Genauso drückte sie sich aus. Die Tatsache, dass sie mein Bett als ihres betrachtete, nach allem, was zwischen uns in den letzten vier Tagen geschehen war, erfüllte mich erneut mit dieser mir unbekannten Wärme. Und es war ein gutes Gefühl. Ich zog mir ihren BH vom Gesicht und warf ihn über die Bettkante, mit einem Lächeln, das viel zu freudig war, wenn man bedachte, dass sie nichts weiter getan hatte, als mein Bett als ihres zu bezeichnen. »Ganz schön frech.«

»Das weißt du doch.« Sie rutschte von mir herunter, stand auf und zog sich die Hose aus. Jeder Zentimeter mehr Haut, den sie zeigte, schürte das Feuer in meinem Blut mehr. »Und du magst es.«

In der Sekunde, als ihre Hose auf den Boden fiel, riss ich sie mit der unverletzten Hand neben mich aufs Bett. Unsere Lippen trafen sich, unsere Zungen umschlangen sich, und alles fühlte sich richtig an. In ihren Armen zu liegen war wie nach Hause zu kommen. Ein Zuhause, das ich seit verdammt langer Zeit nicht mehr hatte. Knurrend vertiefte ich den Kuss.

Ihre Nägel kratzten über meine Brust, umkreisten mein Piercing und glitten dann unter die Decke. Als sie ihre weiche, warme Hand um meinen Schwanz schloss, wusste ich, dass ich sie brauchte. Jetzt, sofort. Normalerweise hatte ich es beim Sex nicht eilig, da waren eher Disziplin und Fingerfertigkeit gefragt. Kein guter Moment, sich zu verlieren, sich zu vergessen. Aber mit Heidi wollte ich genau das. Mich verlieren.

Ich zerrte die Decke von mir und zog sie rittlings auf mich. Dann unterbrach ich den Kuss und befahl: »Kondom. Sofort.«

Ausnahmsweise widersprach sie mir nicht. Sie streckte einfach die Hand aus, öffnete die Schublade und nahm eines heraus. Schon während sie es aufriss, glitt sie tiefer, und als sie es mir überrollte, leckte sie sich über die Lippen. Sie machte mich fertig. Ich vergrub die Hand in ihrem Haar, packte es und zog sie langsam zu mir hoch.

So ließ sie sich von mir führen, bis ihre Lippen nur noch zwei Zentimeter von meinen entfernt waren. Heftig atmend ließ sie sich auf meinem Schoß nieder, sah mir in die Augen und packte meinen Schwanz, um ihn an ihrem Eingang zu positionieren. Ich schnalzte mit der Zunge. »Noch nicht, Süße.«

Sie erstarrte und biss sich auf die Unterlippe. Wir waren uns so nah, dass ich dunkle blaue Sprenkel um ihre Pupille herum erkannte. Als sie sich wieder über die Lippen fuhr, streifte ihre Zunge meinen Mund. »Lucas …«

»Ich weiß, Süße. Ich weiß.«

Ich riss sie an mich, küsste sie, und in genau diesem Moment hob ich die Hüften und stieß in sie. Sie wimmerte, ihr ganzer Körper drückte sich fester an mich, sodass ich einen Zug an meinem Brustwarzenring spürte. Und dieses eine Mal hielt ich mich nicht zurück. Meine Aufmerksamkeit war nicht geteilt zwischen der Frau über mir und meiner Umgebung.

Ich ließ mich einfach von meinen Instinkten leiten, ließ mich von Heidi mitreißen.

Sie ritt mich hart und schnell, ohne dass sich unsere Lippen voneinander lösten. Ihre Hände umfassten mein Gesicht, und sie stöhnte lang und tief. Ich wusste, dass ich bald so weit sein würde. Dass bald nur noch ein Stöhnen von ihr reichen würde – und es wäre um mich geschehen. Deshalb griff ich zwischen unsere Körper, drückte den Daumen auf ihre Klitoris und rückte mich so unter ihr zurecht, dass ihr Körper gegen meinen rieb, während sie mich ritt.

Ihre Stöße wurden wilder und drängender, und mit jedem weiteren zog sich ihr Inneres enger um mich zusammen. Mit jedem unruhigen Schrei, jedem angehaltenen Atemzug spannte sich mein Körper mehr an. Knurrend beendete ich den Kuss und vergrub das Gesicht an ihrer Schulter. Dann drückte ich meine Hüften hoch vom Bett und stieß noch tiefer in sie. »Zeig's mir, Süße.«

»Oh mein Gott, Lucas.« Sie klammerte sich an meiner Schulter fest. »Noch mal.«

Erneut hob ich die Hüften, den Daumen immer noch gegen sie gepresst. Sie warf den Kopf zurück, und ihr wunderbares Haar fiel ihr über den Rücken bis hinunter zu meinen Oberschenkeln. Ihre großen, festen Brüste hüpften, und sie starrte auf mich hinunter mit funkelnden blauen Augen, die mein Herz schneller schlagen ließen. Wieder wurde mir klar, dass diese Frau etwas Besonderes war. Dass ich nie wieder eine Frau finden würde, die diese Gefühle in mir weckte.

Nicht so wie sie.

Ihr Mund öffnete sich, und sie kam. Ihre nasse Hitze umklammerte meinen Schwanz. Ich war schon so weit, stand kurz davor zu explodieren, deswegen brauchte es nur noch einen Stoß in sie, und ich war bei ihr im Himmel. Denn wenn es einen Himmel gab, war es dieser hier.

Da ich wusste, dass sie noch in höchsten Höhen schwebte, drückte ich wieder den Daumen auf ihren Kitzler, um ihn sanft in winzigen Kreisen zu bewegen. Sie spannte sich an und begann erneut, mich zu reiten. Es war die köstlichste Qual, die ich mir je selbst bereitet hatte, aber ich wollte verdammt sein, wenn ich sie mit nur einem Orgasmus aus diesem Bett ließ. Und wenn es mich umbrachte … was sehr gut möglich war.

Mit geröteten Wangen stieß sie einen zitternden Atemzug aus und ließ die Hüften in einer Acht kreisen. Ihr ganzer Körper gab ein so verführerisches Bild ab, dass ich wohl noch Jahre, nachdem sie mich verlassen haben würde, voller Bewunderung daran zurückdenken würde. Ihre Muskeln zogen sich zusammen, und mit einem Stöhnen kam sie noch einmal.

Grinsend hörte ich auf, sie zu massieren und ließ sie langsam runterkommen. Schwer atmend sank sie auf meine Brust. Nach einer Weile hob sie das Gesicht und starrte mich an. Ihre Wangen waren immer noch rosig und die Lippen weich und geschwollen von meinen Küssen. »Heilige Scheiße. Das war … wow.«

Sie wollte von mir herabsteigen, doch ich legte meinen unverletzten Arm um sie, zog sie enger an mich und genoss das wunderbare Gefühl ihrer nackten Haut auf meiner. Ich wollte nicht zu viel hineindeuten oder sie glauben lassen, dass dies mehr war, als es sein konnte, aber es widerstrebte mir einfach, sie loszulassen. Deshalb hielt ich sie fest. Der Raum drehte sich, ich schloss die Augen. Der verdammte Deckenventilator – dabei war ich mir ziemlich sicher, ihn nicht angestellt zu haben.

Sie versuchte noch einmal, sich von mir wegzurollen, aber ich ließ sie nicht entkommen. »Wo willst du hin?«

»Nirgendwohin.« Sie legte die Hand auf mein Herz. Oder besser gesagt, dorthin wo mein Herz gewesen wäre, wenn ich noch eins gehabt hätte. Die meiste Zeit war ich mir da nicht so sicher.

Ich nickte gähnend. »Ganz genau.«

Erschöpfung drohte mich zu übermannen, doch ich kämpfte dagegen an. In einer Minute würde ich aufstehen und mich auf die Couch legen. In einer Minute würde ich mich von der Frau losreißen, der ich mich schon viel zu sehr geöffnet hatte. In einer Minute …

20

Heidi

Drei Stunden später saß ich auf dem Sofa, das Haar zu einem lockeren Zopf geflochten, mein Geschäftsbuch im Schoß. Die nächsten beiden Abende hatte ich mir freigenommen und meinen Geschäftsführer gebeten, meine Schicht zu übernehmen. Ich wollte Lucas nicht alleinlassen. Lucas war eingeschlafen, und weil ich ihn nicht hatte wecken wollen, war ich einfach liegen geblieben, in seinen Armen, während sein Atem ruhiger wurde … und war aus Versehen selbst eingeschlummert. Als ich schließlich erwachte, immer noch in seiner Umarmung, wusste ich nicht, ob ich lächeln oder doch eher in Panik geraten sollte.

Wenn er erfuhr, dass er neben mir geschlafen hatte, würde er mich wieder von sich stoßen, weiter als zuvor. Irgendetwas an dieser Intimität löste eine Heidenangst in ihm aus, und das musste ich respektieren. Es mochte Dummheit gewesen sein, mich in ihn zu verlieben, obwohl er mir gesagt hatte, ich solle es nicht tun, aber das hieß nicht, dass ich dumm war. Er hatte sehr deutlich zu verstehen gegeben, dass er nicht bei mir schlafen wolle, genauso wie er keinen Zweifel daran gelassen hatte, dass ich ihm niemals mehr bedeuten würde.

Deshalb war ich aus dem Bett gestiegen, hatte mich angezogen und beschlossen, so zu tun, als wäre es nie passiert. Was ihn betraf, war das vermutlich auch so, denn er war sofort in einen komatösen Schlaf gefallen.

Es war mein schmutziges kleines Geheimnis.

Schritte erklangen vor der Tür, dann klopfte es vier Mal. »Hallo? Heidi? Ich bin's, Chris. Lass mich rein. Lucas hat mir noch keinen neuen Schlüssel gegeben.«

Ich legte die Geschäftsbücher beiseite, strich mir das Shirt über dem Bauch glatt und ging zur Tür. Ich öffnete sie einen Spalt und spähte hindurch, um mich zu vergewissern, dass er allein war. Er war es. »Hey. Was gibt's?«

»Ich habe euch Pizza geholt.« Er hielt die weiße Schachtel hoch, damit ich sie sehen konnte. »Peperoni, die mag Lucas am liebsten. Ich dachte, das kann er jetzt gebrauchen.«

Ich öffnete die Tür und verschränkte die Arme vor der Brust. Mir war nicht wohl dabei, ihn hereinzulassen, auch wenn er ganz offensichtlich auf unserer Seite war. Ich hatte nicht vergessen, wie wir uns kennengelernt hatten. »Danke.«

»Ich hab auch Bier dabei.« Als er an mir vorbeiging, hinterließ er den schwachen Duft von Old Spice. Nachdem er die Pizza und ein Sixpack Sam Adams auf den Tisch gestellt hatte, wandte er sich zu mir um. Meine Gefühle mussten sich wohl auf meinem Gesicht abgezeichnet haben, denn er rieb sich das Kinn und sagte: »Du magst mich nicht besonders, was?«

Ich zuckte mit den Schultern und lehnte mich an die geschlossene Tür, die Hand auf dem Knauf. »Ist es wichtig, ob ich dich mag oder nicht?«

Er kam auf mich zu und blieb kurz vor mir stehen. Nah genug, um Augenkontakt aufzunehmen, aber nicht so nah, dass ich das Gefühl hatte, ich müsste mich verteidigen … erneut. Dieses Mal war ich darauf vorbereitet. Versuchte er es wieder, bekam er mein Knie in die Eier gerammt. »Also, es tut mir leid, dass ich dich zu Boden geworfen habe.«

Ich gab ein unterdrücktes Lachen von mir. »Äh, danke.«

»Ich meine es ernst.« Er strich sich mit der Hand durch das braune Haar und ließ meine Augen nicht los. Sein Gesicht war so nah vor meinem, dass ich kleine dunkelgrüne Flecken in seinen Augen erkannte. So etwas sah ich zum ersten Mal. »Ich weiß, ich habe mich wie ein Arschloch benommen, aber ich habe mich nur um meinen Kumpel gesorgt. Er hat nicht viele Leute auf seiner Seite, aber er hatte immer mich, und das wird auch so bleiben.«

Ich entspannte mich und biss mir auf die Zunge. Was er gesagt hatte und wie er es gesagt hatte, hatte mich tief in meinem Inneren berührt. So etwas hatte ich nie kennengelernt. Lucas konnte sich glücklich schätzen, dass er jemandem so wichtig war. »Ich weiß, warum du es getan hast. Schon gut.«

Er legte mir die Hand auf die Schulter. »Bist du sicher?«

»Ja, klar.«

Die Tür öffnete sich, und Lucas erschien gähnend, nur mit einer locker sitzenden grauen Sweathose bekleidet. »Heidi? Wo bist …?« Er entdeckte mich und Chris. »Oh. Da bist du.«

»Hey.« Sofort nahm Chris die Hand von mir. »Du bist wach.«

»Ja.« Lucas ballte die Hände und richtete seine strahlend grünen Augen auf mich. »Alles in Ordnung, Schatz?«

»J-ja, natürlich.« Ich lächelte. »Warum sollte nicht alles in Ordnung sein?«

»Zunächst mal, weil er seine Hand auf dir hatte«, stellte Lucas fest.

Chris seufzte. »Kein Grund zur Eifersucht. Ich hatte nichts dergleichen vor. Wir haben nur …«

»Ich weiß.« Lucas musterte uns mit finsterem Blick. »Das hab ich auch von ihr nicht angenommen. Ich wollte nur sichergehen, dass du dich nicht wieder auf sie stürzt und zu Boden wirfst.«

Wir schwiegen alle.

Chris räusperte sich. »Dein Timing ist gut, ich habe Bier und Pizza gebracht. Tut mir leid, wenn mein Klopfen dich geweckt hat, aber ich habe keinen Schlüssel mehr.«

»Danke, Mann.« Lucas ging zum Fenster und spähte mit angespannten Schultern hinaus. »Dein Schlüssel liegt neben der Tür.«

Chris ging dorthin, hob den goldenen Schlüssel auf, hielt ihn hoch und nickte. »Hab ihn.«

Lucas drehte sich nicht um. »Ist alles ruhig da draußen?«

»Bis jetzt ja.«

»Gut. Danke, dass du Wache gehalten hast, während ich meinen Whiskeyrausch ausgeschlafen habe.«

Chris antwortete mit einem knappen Nicken. »Jederzeit, Mann. Das weißt du.«

»Ja, weiß ich.« Nun wandte er sich doch zu uns um. »Danke noch mal, dass du gekommen bist.«

Ich verstand: Damit war Chris entlassen.

Und auch Chris hatte das wohl so verstanden.

Er schloss den Reißverschluss seiner braunen Lederjacke, während er zur Tür ging. »Hey, übrigens, Tate will, dass du die Lieferung an den Docks überwachst und dann anschließend zu dem Meeting kommst. Und das war keine Bitte. Er sagte, du sollst da sein.«

Ich runzelte die Stirn. »Er kann nicht. Es geht ihm noch nicht gut genug.«

»Ihm bleibt keine Wahl«, sagte Chris.

»Ich kann für mich selbst sprechen«, warf Lucas mit stahlharter Stimme ein. »Ich werde kommen.«

Zähneknirschend sah ich zu, wie sich die Männer voneinander verabschiedeten. Sobald sich die Tür hinter Chris geschlossen hatte und wir allein waren, ging ich auf ihn los. »Du bist gerade erst angeschossen worden und willst schon wieder da raus? Bist du wahnsinnig? Was wenn sie wieder angreifen? Du bist schwach. Du kannst dich nicht wehren.«

»Blödsinn. Außerdem bleibt mir keine andere Wahl.« Er schloss die Tür ab. »Ich habe Tate schon einmal abgesagt. Noch mal wäre nicht klug.«

Ich verschränkte wieder die Arme vor der Brust. Langsam drehte er sich zu mir um. An dem dünnen Schweißfilm auf seiner Haut erkannte ich, dass er Schmerzen hatte. Natürlich würde er es nie zugeben. Meine Wut wich Sorge. Dabei wäre ich lieber weiter wütend auf ihn gewesen. »Warum überhaupt jemand mit einem Typen wie ihm zusammenarbeiten will, ist mir ein Rätsel.«

Sein Kiefer zuckte, als er an mir vorbeiging. Seine undurchdringliche Fassade bröckelte, und er schnitt eine Grimasse. »Weil wir etwas brauchten, und er bereit war, es uns zu geben. Deswegen.«

Ich folgte ihm. »Was brauchtet ihr?«

»Geld, um Moms Arztrechnungen zu bezahlen. Und für die Miete.« Er nahm sich eine Bierflasche und öffnete sie. »Und das Essen für meinen kleinen Bruder. Jede Nacht zuzuhören, wie er weinte, weil er Bauchschmerzen vor Hunger hatte, wurde schnell langweilig.«

Mir stockte der Atem. Irgendwie hatte ich damit gerechnet, dass er mir sagte, ich solle mich um meine eigenen Angelegenheiten kümmern. Oder mit einer anderen bissigen, schlagfertigen Antwort. Aber nicht damit. »Oh.«

Er nahm einen Schluck Bier. »Ja.«

Weil ich nicht wusste, wie ich auf diese Offenheit reagieren sollte, kümmerte ich mich rasch um die Pizza. Er ließ sich auf dem Sofa nieder, ächzte einmal kurz, als er die richtige Position suchte, und legte ein Bein über das andere. Ich reichte ihm ein Stück Pizza auf einem Pappteller.

»Danke.« Er stellte das Bier ab und ergriff den Teller. »Du isst auch.«

Obwohl es keine Frage war, antwortete ich. »Ja.«

Nachdem ich mir selbst ein Stück und ein Bier genommen hatte, nahm ich neben ihm Platz. Wir aßen in einträchtigem Schweigen, während ich immer noch darüber nachdachte, dass er der Gang beigetreten war, weil er Geld für seine Mutter gebraucht hatte. Ich hatte einfach angenommen, er sei in diesem Milieu aufgewachsen. Denn so funktionierten Gangs wie The Sons of Steel Row. Man war wie eine Familie.

Doch bei ihm war das nicht der Fall gewesen. Nein, er war dabei, weil er seine Familie hatte ernähren müssen. Wofür ich ihn nur noch mehr liebte – und das obwohl ich ihn schon viel zu sehr liebte.

Vor allem weil er mich nicht zurückliebte.

»Typisch«, brummte ich leise.

Er musterte mich verwirrt. »Was ist typisch?«

»Äh …« Ich warf einen Blick zur Pizza. »Dass sie an der Würze gespart haben.«

»Ich finde, sie schmeckt gut«, erwiderte er. Offensichtlich nahm er mir den lahmen Vorwand nicht ab. Er schluckte den letzten Bissen seines Stücks herunter. »Ich habe Oregano in der Küche, wenn du etwas willst.«

»Schon gut.«

Er zog die Augenbraue hoch. »Das bedeutet fast immer, dass es nicht gut ist.«

Ich zuckte die Achseln, antwortete aber nicht. »Hast du gut geschlafen?«

»Ja. Wie ein Stein.« Er kratzte sich am Kopf. »Was hast du währenddessen gemacht?«

Neben dir geschlafen und mich dann weggeschlichen, als wäre es nie passiert. »Nicht viel.« Mit heißen Wangen zeigte ich auf die Geschäftsbücher auf dem Tisch. »Marco hat sie mir hochgebracht, damit ich heute Abend bei dir bleiben kann. Er kümmert sich um die Bar. Ich wollte nicht, dass du allein bist, falls … du weißt schon. Falls du wieder zu bluten anfängst oder so.«

Seine Stirn legte sich in Falten. »Ja, richtig. Du hättest ja heute arbeiten müssen.«

»Ja. Ich habe mir morgen auch freigenommen.«

Er nickte und blickte vom Sofa aus dem Fenster. »Das ist wahrscheinlich eine gute Idee. Mir wär's nicht recht, wenn du da draußen ohne Schutz wärst. Mein Arm tut noch höllisch weh.«

»Aber dann deinen Job machen zu wollen, der ja wohl viel gefährlicher ist als meiner.« Ich verdrehte die Augen. »Klingt total logisch.«

»Heidi …«

»Ja. Ich weiß. Du hast keine Wahl.« Prüfend betrachtete ich den Verband. Seine Haut war blass und sah ein bisschen feucht aus, aber ich hielt die Hände fest in meinem Schoß. Von meiner Pizza hatte ich fast nichts gegessen. »Du hast mir heute einen Schreck eingejagt.«

»Ich weiß.« Er tat nicht so, als hätte er mich missverstanden, sondern nahm einen Schluck Bier. Sein Adamsapfel hüpfte, und sein harter Bizeps spannte sich an, als er die Flasche senkte. »So ist mein Leben, Schatz. Warum glaubst du, bin ich allein? Niemand will dieses Leben ertragen. Wenigstens niemand, mit dem ich gerne zusammen wäre.«

»Und ich dachte, weil du dich nicht binden willst«, sagte ich schnell. Die Vorstellung, dass ständig auf ihn geschossen wurde, gefiel mir nicht. Auch wenn es die Realität war, aber es musste nicht meine Realität werden. »Dass du zu attraktiv und freiheitsliebend bist, um dich mit einer Frau zu begnügen.«

Seine Lippen zuckten. Er drehte sich zu mir um und rutschte ein wenig näher, bis sein Oberschenkel meinen berührte. »Das natürlich auch.«

»Was wäre, wenn du die richtige Frau triffst? Eine, die du magst, die dich mag und die nichts gegen das Leben hat, das du führst?« Mein Atem wurde schneller. »Würdest du dann deine Haltung ändern?«

Er zögerte. Sein Blick irrte zur Seite, und er nahm noch einen Schluck Bier. »Nein. So ein Leben würde ich niemandem zumuten.«

Traurigkeit überkam mich, aber ich wusste nicht warum. Es war ja nicht so, als würde ich glauben, ich könnte diese Frau sein. Das war ich nicht. Er wollte nicht, dass ich es war. Herrgott, ich war mir ja nicht einmal sicher, ob ich es sein wollte. Ja, ich liebte ihn, doch käme ich wirklich für den Rest unseres Lebens damit klar, dass er eine wandelnde Zielscheibe war? Vermutlich nicht. Aber es war auch egal, weil ich nie die Chance bekommen würde, es herauszufinden. »Verstehe ich.«

»Was ist mit dir?« Er streckte den unverletzten Arm über die Lehne aus, sodass er auf meinen Schultern zu liegen kam. Sein kaltes Bier drückte sich an mein Shirt. »Warum hast du noch keine Familie gegründet und ein paar kleine Heidis in die Welt gesetzt?«

»Eine tolle Idee.« Ich schnaubte. »Daraus wird aber nichts.«

Er erstarrte. »Warum nicht?«

»Tja, warum wohl nicht? Zunächst einmal weil ich auf der Straße aufgewachsen bin.«

Er legte den Kopf schief. »Ja. Und?«

»Und ich wäre eine schreckliche Mutter.«

»Weil du auf der Straße gelebt hast«, sagte er trocken. Sein Ton triefte vor Ironie. »Geeenau.«

»Ich meine es ernst. Ich weiß überhaupt nichts über das Elternsein. Ich hatte ja nicht einmal selbst Eltern.«

»Das heißt ja nicht, dass du eine schlechte Mutter wärst.« Er schüttelte den Kopf. »Kann ich dir eine Frage stellen, die du vielleicht nicht von mir hören willst?«

Ich spannte mich an. »Und welche?«

»Warum bist du nicht bei deinen Pflegefamilien geblieben?« Er zuckte mit den Schultern. »Du hast doch bei ein paar gelebt, oder? Du warst bestimmt ein süßes Kind. Jemand muss dich doch gewollt haben.«

Jahrealte ungeweinte Tränen brannten mir in den Augen, nicht seiner Frage, sondern der Ironie seiner Worte wegen. Und dabei war er völlig ahnungslos. »Oh, sie wollten mich schon. Vor allem mein letzter Pflegevater. Der wollte mich wirklich sehr.«

»Aber warum …?« Er brach ab, als er offensichtlich meinen Unterton richtig deutete. Auf seinem Gesicht malte sich eine Wut, wie ich sie noch nie zuvor gesehen hatte. »Sag mir, wie er heißt. Sag mir den Namen, sofort, verdammte Scheiße.«

Ich schüttelte den Kopf. »Nein. Ich weiß ihn nicht mal mehr.« Das war nicht wahr. Ich würde seinen Namen nie vergessen. Aber ich wollte nicht der Grund dafür sein, dass Lucas noch mehr Blut an seinen Händen hatte. »Wahrscheinlich ist er längst tot.« War er nicht. »Oder in einem anderen Staat.« Nein. Er wohnte immer noch in der Chestnut Street. »Wer weiß das schon.« Ich.

»Dann finde ich es selbst raus. Glaub nicht, dass ich das nicht tue. Wenn ich das hier überlebe …« Er drückte meinen Oberschenkel, ohne zu merken, dass er mir mit diesen Worten gerade ein Messer in die Brust gestoßen hatte. »Jeder Mann, der eine solche Situation ausnutzt … er … wie alt warst du?«

Normalerweise redete ich nicht darüber. Niemals. Aber mit Lucas … war es gar nicht so schlimm. »Dreizehn.«

Er stieß einen weiteren Strom Flüche aus, der ungefähr zehn Sekunden andauerte. Als er sich wieder beruhigt hatte, fuhr er sich mit gespreizten Fingern durchs Haar und starrte mir in die Augen. Ich konnte den Blick nicht von ihm abwenden. »Es tut mir leid, Heidi. So verdammt leid.«

Ich schluckte heftig. Auf einmal war da eine Nähe zwischen uns, die mich wie ein Schlag vor die Brust traf. Ich wusste nicht, wie ich damit umgehen sollte. »Es ist, was es ist«, flüsterte ich und packte sein Handgelenk. »Aber ich konnte flüchten, bevor er mich in die Finger bekam. Er beging den Fehler, mich zu warnen.«

»Du hattest wirklich ein Scheißleben als Kind.« Seine Stimme hüllte mich ein. Gott, wie ich seinen Bostoner Akzent liebte. In ruhigen Momenten wie diesen trat er deutlicher hervor und ließ mich dahinschmelzen. »Aber aus all diesen schlimmen Dingen hast du etwas Gutes gemacht. Du bist eine wunderbare, starke, mutige Frau, Heidi Greene. Zweifle nie daran und auch nicht an deiner Fähigkeit, trotzdem fürsorglich sein zu können.«

Hastig blinzelte ich gegen die Tränen an. Ich hatte ja nicht einmal geweint, als es passiert war. Warum dann jetzt? Aber seine Worte hatten etwas in mir ausgelöst. »Kann sein … ich wäre trotzdem keine gute Mutter.«

»Da bin ich anderer Ansicht«, sagte er. Er stellte sein Bier auf den Tisch und legte seine Hand auf meine. »Ich glaube, du wärst eine sehr gute Mutter.«

Ich versuchte, ihm nicht zu glauben, mich nicht in seinen Bann ziehen zu lassen, denn am Ende … war es nicht von Bedeutung, ob er mich für eine gute Mutter hielt. Er würde aus meinem Leben verschwinden und ich aus seinem. »Ach ja? Wieso bist du dir so sicher?«

»Du erinnerst mich an meine Ma«, sagte er leise, und seine Stimme brach dabei ganz leicht. So leicht dass ich es mir vielleicht auch nur eingebildet hatte. Doch ich war mir sicher, dass ich es gehört hatte. »Und sie war die beste Mutter, die ich kannte oder je kennen werde.«

Mein Herz zog sich zusammen. So viel zu meinem Vorsatz, cool zu bleiben. Mit ein paar sanften Worten hatte er ihn zunichtegemacht, wie gewöhnlich. Stahl mein Herz, gegen meinen Willen, wieder und wieder. Und das Schlimmste war, dass er es nicht einmal merkte. Und es nie erfahren würde. »Lucas …«

»Schscht, Süße. Lass einfach …« Er legte die Hand an meine Wange und beugte sich vor, bis seine Stirn an meiner lag. »Einfach … schscht.«

Und dann küsste er mich.

Er lehnte sich auf dem Sofa zurück, und ich stieg auf seinen Schoß, ohne den Kuss auch nur einmal zu unterbrechen. Wir liebten uns langsam, zärtlich. Dieses Mal war es so ganz anders als die anderen Male, und ich hatte das Gefühl, dass er es auch spürte. Jede heilsame Berührung, jedes beruhigende Streifen seiner Fingerspitzen brachte uns einander näher. Doch wohin würde es führen?

Ich hatte keine Ahnung. Aber ich ahnte, dass ich es bald herausfinden würde …

So oder so.

21

Lucas

Den Horizont im Blick, stand ich hinter den Männern, die die Waffen in den Lastwagen luden. Ich wurde das Gefühl nicht los, dass Scotty uns beobachtete. Wartete. Intrigierte.

Und früher oder später würde er einen weiteren Versuch starten.

Die einzige Frage war, wie ich darauf reagieren sollte. Ich winkelte den verletzten Arm an und versuchte, nicht das Gesicht zu verziehen, als es wehtat. Heidi hatte recht. Ich war schwach, und wenn ich jetzt angegriffen wurde, war ich vielleicht nicht in der Lage, mich zu wehren. »Das ist doch Schwachsinn.«

»Was ist Schwachsinn?«, fragte Chris. Er stand mit verschränkten Armen neben mir und runzelte die Stirn, als die Männer die vorletzte Kiste auf die Ladefläche hievten. »Vorsicht, Leute. Das ist empfindliche Fracht.«

Ich hatte die Tatsache gemeint, dass mein Bruder meinen Tod wollte, aber keine Lust, näher darauf einzugehen. »Dass ich hier draußen herumstehe, ohne Deckung, angreifbar und nur einen funktionierenden Arm habe. Wenn jemand mich attackiert oder Heidi …«, knurrte ich voll Wut. Auf die Welt und auf alle, die darin lebten. Alle außer ihr. »Der Zeitpunkt ist denkbar ungünstig.«

Chris warf mir einen ungläubigen Blick zu. »Alter, den Arm hast du dir nicht bei der Arbeit oder so verletzt. Das ist eine Schusswunde, weil jemand dich tot sehen will und fest entschlossen ist, sein Ziel zu erreichen. Dieser ›Jemand‹ ist dein …«

»Ja, ja.« Ich zerrte an meinem Kragen. »Ich weiß, Arschloch.«

»Ich bin mir da nicht so sicher«, murmelte Chris. Dann ging er zum Lastwagen und ließ mich allein zurück. Ich sah ihm nach und passte auf, dass keiner von der anderen Gang – die Käufer der Waffen – plötzlich auf dumme Gedanken kam. »Auf geht's. Bewegt euren Arsch. Wir müssen zu einem Meeting. Wenn wir zu spät kommen, geht's euch an die Schwänze.«

Ich folgte ihm, stockte aber, als ich einen aus der Crew ein wenig abseits stehen sah. Seine Hand lag auf der Pistole an seiner Hüfte, und durch die dunklen Brillengläser konnte ich seine Augen nicht sehen, doch ich zweifelte nicht daran, dass mein Eindruck stimmte: Aus irgendeinem Grund beobachtete er mich. Ich warf ihm einen finsteren Blick zu. »Hey. Du da. An die Arbeit.«

Er ignorierte mich. Blieb einfach stehen.

Da ich niemand war, der einer Auseinandersetzung aus dem Weg ging, marschierte ich auf ihn zu, ebenfalls die Hand an der Waffe. »Gibt es ein Problem?«

Der Mann sah mich ruhig an. »Nein, Sir, kein Problem. Ich passe nur auf Sie auf. Befehl von Tate.«

Er passte auf … auf mich, oder dass ich keine Dummheiten machte? Egal, es gefiel mir nicht. Ich kannte den Mann nicht und wollte ihn nicht an den Hacken kleben haben. »Verpiss dich. Ich passe selbst auf mich auf.«

»Aber …«

Ich packte den Mann am Hemd und zerrte ihn zu mir her, bis sein Gesicht dicht vor meinem war. »Ich sagte, du sollst verschwinden. Sofort.«

Der Mann hielt die Arme hoch und schluckte heftig. »Schon gut, Sir. Schon gut.«

Ich ließ ihn los, und er taumelte mit einem verärgerten Laut zurück. Dann stürmte er mit einem letzten bösen Blick davon. Ich ging zu dem Anführer der anderen Gang, der das Ganze viel zu interessiert verfolgt hatte, und streckte ihm die Hand hin. »Alles okay, Gonzalez?«

Gonzalez musterte mich. Falls etwas schieflief, dann jetzt. Cops. Schießereien. Schlägereien. Dies war der Moment der Wahrheit. Wenn das Geld übergeben wurde. Mein Puls schoss in die Höhe, und ich blickte mich suchend um. Gonzalez tat dasselbe.

Nach einem Augenblick, der mir vorkam wie ein ganzes beschissenes Jahr, griff er in seine Tasche. Angespannt hielt ich Ausschau nach etwas Hartem, wie einer Pistole. Stattdessen zog er einen glatten, weißen Umschlag hervor, ganz ähnlich dem, den ich zu Hause hatte. »Alles okay.«

Er gab mir den Umschlag, und ich steckte ihn in meine Jackentasche. Keine Sirenen heulten. Keine Gewehrschüsse knallten. Der Deal war abgeschlossen. Ich nickte dem anderen Lieutenant zu. »Schönen Abend noch, Mann.«

Der Typ verschwand wortlos.

Sofort kam Chris zu mir herüber. »Was ging denn da eben ab, mit MacKenzie?«

Hieß er so? Klar, dass ich das nicht wusste. »Tate hat ihn geschickt, damit er mich babysittet.«

»Scheiße«, brummte Chris. »Ist das gut oder schlecht? Ich weiß es nicht.«

»Ich auch nicht, aber es gibt nur einen Weg, das rauszufinden.« Die Lastwagen setzten sich in Bewegung, und die Crew stieg in die Autos. Ich wies mit dem Kopf auf Chris' Mustang, weil wir zusammen hergefahren waren. »Wir werden erwartet.«

Wir legten den kurzen Weg ins Büro schweigend zurück. Ich dachte darüber nach, ob Tate mich loswerden wollte, und Chris schien ebenfalls seinen Gedanken nachzuhängen.

Kaum angekommen näherte sich uns ein Mann. Brian, wenn ich mich richtig erinnerte.

Chris grüßte ihn mit einem Nicken. »Hey. Wie geht's?«

»Gut. Arme hoch«, sagte Brian, einer von Tates führenden Lieutenants, zu mir.

Zähneknirschend gehorchte ich. »Wenn du mich begrabschen willst, hättest du mir ruhig erst einen Drink spendieren können.«

»Da drinnen wartet jemand auf dich.« Er tastete mich ab, um nach Kabeln oder Waffen zu suchen, die ich nicht zusammen mit meinem Handy vor dem Sitzungszimmer abgelegt hatte. Dann nickte er. »Geht rein.«

Ich warf ihm ein freches Grinsen zu. »Danke.«

Während Chris, der hinter mir stand, die gleiche Prozedur durchlief, ging ich weiter. Dies war das erste Mal, dass ich diesen Raum betrat. Ich stand nicht weit genug oben in der Nahrungskette, um an dieser Art Treffen teilzunehmen. Auch jetzt war es mir schleierhaft, wie ich zu der Ehre kam, es sei denn, es ging tatsächlich um die Beförderung, von der Chris gesprochen hatte. Entweder darum oder …

Oder sie wussten von Scotty.

Mein Puls beschleunigte sich, und ich setzte mich am Tisch auf einen der Stühle, vor dem ein Whiskey stand. Daraus schloss ich, dass er noch frei war, denn außer mir und Chris hatten bereits alle ein Glas in der Hand. Ich starrte das Glas an, dann blickte ich mich im Raum um. Ein runder Tisch aus blankem Holz. Fünf dazu passende Stühle. Ein paar nichtssagende Bilder von Blumen und Landschaften. Alles sah genauso aus wie in jedem anderen langweiligen Büro.

Aber darauf fiel ich nicht herein. Ich wusste es besser.

»Also gut«, sagte Tate und nahm Platz. Er trug einen dunkelblauen Anzug und ein hellblaues Hemd – durch und durch Geschäftsmann, der er vorgab zu sein. »Fangen wir an. Zunächst möchte ich unseren heutigen Besucher willkommen heißen, Lucas Donahue.«

Die anderen – alle in Designeranzug mit Krawatte – setzten sich und murmelten Begrüßungen.

Chris sah mich nur an und zog eine Braue in die Höhe.

Ich starrte zurück.

Einer nach dem anderen ergriffen die Männer das Wort. Revierfragen, Todesfälle, Irrtümer. Es war ein Managementmeeting, zu dem ich nichts beizutragen hatte, denn außer Heidi managte ich null, und auch darin war ich mies.

Also lehnte ich mich zurück und beobachtete meine Kollegen unter gesenkten Lidern. Tate saß am Kopf des Tisches, Brian zu seiner Linken. Chris saß auf der rechten Seite, ich gleich neben ihm. Mir gegenüber entdeckte ich Tommy, der mich so skeptisch betrachtete, als fragte er sich, was zum Teufel ich überhaupt an diesem Tisch zu suchen hatte.

Tja, das fragte ich mich auch.

Aber ich war herbestellt worden. Und da war ich.

»Die Crew in Center City hat Probleme mit dem Absatz. Sie werden immer wieder hochgenommen und glauben, wir sollten auf Abstand zu der Highschool gehen«, sagte Tate und rieb sich die Stirn. »Das heißt, wir müssen einen besseren Standort für den Verkauf finden.«

Chris grinste mich an. Ich wurde unruhig. Das konnte nichts Gutes bedeuten. »Was denkst du darüber, Luc?«

»Äh … ja.« Ich richtete mich auf und klopfte mit den Fingern der unverletzten Hand auf den Tisch. »In Center City ist viel Polizei unterwegs. Wir müssen da weg.«

Brian nickte. »Das sagten wir gerade. Was schlägst du vor?«

»Ja.« Chris lehnte sich zurück und verschränkte die Arme. »Hast du irgendwelche Ideen, Luc?«

Ich zuckte mit den Schultern. Dass mein Blutsbruder mich so unter Zugzwang setzte, passte mir nicht. Offensichtlich war es eine Art Test, und das sture Arschloch in mir wollte nicht versagen. Mir fiel ein, was Heidi mir erzählt hatte, und ich straffte die Schultern. »Ich weiß nicht. Vielleicht ... sollten wir das tun, was die Bullen am wenigsten erwarten, und näher an Steel Row High ran, statt den Rückzug anzutreten. Da ist doch eine Gasse in der Nähe, oder?«

Tate beugte sich mit leicht geöffnetem Mund vor. »Richtig. Da sind sogar ein paar. Und ein geschlossener Waschsalon, nur ein paar Blocks weiter.«

»Was wenn wir diese engen Seitenstraßen zu unserem Vorteil nutzen?«

Brian schüttelte den Kopf. »Zu gefährlich. Da laufen wir leicht in einen Hinterhalt.«

»Ich stimme zu«, sagte Tommy schnell.

»Aber die Polizei meidet diese Gassen normalerweise, weil da Obdachlose sind. Sie wollen ihre Zeit nicht mit denen verschwenden, weil die nur einen Platz zum Schlafen brauchen.« Ich beugte mich vor und hielt Tates Blick fest. »Ein bisschen Kohle und ein paar Prepaidhandys hier und da, und wir haben nicht nur diese Gasse für uns, sondern auch Leute, die uns warnen können, wenn die Bullen kommen.«

Brian schnaubte. »Ich weiß nicht. Zu viele Risiken.«

»Aber es könnte klappen«, meinte Tommy, der mich auf einmal mit Respekt ansah. Er rieb sich das Kinn und schlug dann mit der flachen Hand auf den Tisch. »Verdammt noch mal, das könnte tatsächlich klappen. Er hat recht. Bullen halten sich von Obdachlosentreffs fern.«

Ein Lächeln huschte über Tates Gesicht. »Also gut. Dann würde ich sagen, wir sehen uns da mal um. Nehmen uns ein paar Tage, um alles abzuchecken, und dann, wenn mir gefällt, was ich höre, starten wir dort.«

Chris nickte einmal kurz. »Zwei Stimmen dafür.«

»Drei«, sagte Brian.

Tommy nickte. »Vier.«

Alle starrten mich an. Ich rutschte auf meinem Stuhl hin und her. »Ich hatte die Idee, also … natürlich … fünf… oder was auch immer ich jetzt sagen muss.«

Tate lachte. Seine blauen Augen leuchteten wie Saphire. Der Mann konnte ein eiskalter Killer sein, aber er verfügte über einen charismatischen Charme, das war nicht zu bestreiten. Eine gefährliche Kombination, wenn man auf seiner schwarzen Liste stand. »Du hast den Dreh bald raus. Keine Sorge.«

»Den Dreh von was genau?« Ich zupfte an meinem Kragen und nahm das bisher unangetastete Whiskeyglas in die Hand. »Warum bin ich hier?«

»Das ist eine Unterhaltung, die wir unter vier Augen führen werden.« Tate nickte den anderen Männern zu. »Wenn ihr uns bitte entschuldigt, Gentlemen.«

Die drei ergriffen ihre Drinks und gingen ohne ein weiteres Wort. Als Chris an mir vorbeikam, zwinkerte er mir zu. Ich zeigte ihm unter dem Tisch den Mittelfinger. Er lachte. Sobald die Tür zu war, stellte ich mein Glas wieder hin. »Kann ich etwas für dich tun?«

Tate strich sich mit gespreizten Fingern durch sein rotes Haar. »Du bist jetzt schon seit dreizehn Jahren uns gegenüber immer loyal gewesen. Warst schon Mitglied, da hattest du noch nicht mal Haare auf der Brust.«

Ich lachte. »Bei allem Respekt, du bist nur zwei Jahre älter als ich.«

»Ja.« Tate lächelte leicht. »Aber ich wurde in dieses Leben hineingeboren. Du nicht. Du hast es gewählt und es voll und ganz angenommen.«

Ich starrte in mein Glas. »Wirklich? Die meiste Zeit kommt es mir vor, als hätte es mich gewählt.«

»Mehr wollte ich nicht hören. Jetzt weiß ich, dass ich die richtige Entscheidung getroffen habe.« Tate lehnte sich zurück, legte die Fingerspitzen aneinander und betrachtete mich dann darüber hinweg wie ein Falke, der kurz davor ist, sich auf seine Beute zu stürzen. »Du hast deine Zeit abgesessen, und als du rauskamst, hast du dich sofort problemlos wieder integriert. Manche würden sogar sagen, zu problemlos.«

»Ich war schon immer ein Streber«, sagte ich grinsend.

»Wie du meinst, aber ich nenne das Ehrgeiz. Köpfchen. Erfolg.« Er stand auf, ging zum Fenster und zog die Vorhänge zur Seite, um hinauszublicken. Es war ein sonniger Tag in Steel Row, und die Sonne spiegelte sich in der Spitze der Kathedrale. Draußen besangen die Vögel schon den kommenden Frühling, doch ich wusste, dass Mutter Natur dieses Jahr zickig war, denn es lag immer noch Schnee. »Ich wäre dumm, wenn ich das nicht belohnen würde.«

Auch ich erhob mich und strich mir das Hemd über der Brust glatt. »Was willst du damit sagen?«

»Ich bin schon seit zehn Jahren nicht mehr mit einer normalen Frau ausgegangen.« Tate ließ die Vorhänge los und drehte sich zu mir um. »Mir kommt es vor, als würde ich dieses Leben schon zu lange leben, verstehst du. Als hätte es mich verändert, aber nicht zum Guten. Hast du dieses Gefühl manchmal auch? Als wäre ein normales Leben für dich gar nicht mehr möglich?«

Ich schluckte. »Ja. Ich kenne das Gefühl sehr gut.«

»Aber du hast jetzt Heidi.« Er sah mich aufmerksam an. »Sie ist Teil des normalen Lebens.«

Ich nickte. »Ja, das ist sie.«

»Und es klappt.«

Ich zuckte die Schultern und zerrte wieder an meinem Kragen. Mir gefiel es nicht, dass er sie auf einmal zum Thema machte. Je weniger die Gang von ihr wusste, desto besser. Dann konnte sie, wenn sich unsere Wege wieder trennten, einen sauberen Schnitt machen. »Bisher ja. Aber ich bin ein Typ, deswegen vermassle ich es bestimmt irgendwann.«

Tate lachte. »Wir alle. Aber sie vergeben uns doch immer.«

Unbehaglich trat ich von einem Fuß auf den anderen. »Nichts für ungut, aber hast du mich wirklich herbestellt, um über meine Beziehung mit mir zu reden?«

Tate hörte auf zu lachen. »Nein, natürlich nicht. Sorry.«

»Kein Problem.«

»Ich habe dich herbestellt«, er trat vor mich und legte mir die Hand auf die Schulter, »weil ich dir den Bereich Import und Export in Steel Row übertragen möchte. Sei mein erster Lieutenant.«

Obwohl ich dank Chris darauf vorbereitet war, versetzte es mir einen Stich in die Brust, denn es erinnerte mich daran, dass Scotty mich wegen eines Postens beiseiteräumen wollte. Ich sagte das einzig Mögliche, wenn ich diesen Raum lebend verlassen wollte. »Ich fühle mich geehrt.«

Tate gab mir einen Klaps auf die Schulter. »Kann ich das als Ja verstehen?«

Nicht dass ich wirklich eine Wahl gehabt hätte. Hätte ich abgelehnt, hätte ich mein eigenes Todesurteil unterschrieben. Jeder, der in dieser Gang Beförderungen ablehnte, machte sich verdächtig. »Ja, natürlich. Danke.«

»Sehr gut.« Er setzte sich wieder, holte seinen Mac Air heraus, klappte ihn auf und starrte mit gerunzelter Stirn auf den Monitor. »Dann geben wir es auf der Party bekannt.«

Ich verneigte mich. »Bis dahin.«

»Oh, und bring Heidi mit.« Er blickte noch einmal zu mir hoch. Seine Miene duldete keinen Widerspruch. »Ich möchte diese Wunderfrau kennenlernen, die mit unserer Art zu leben zurechtkommt, ohne zu wissen, worauf zum Teufel sie sich einließ.«

»Oh, das wusste sie.« Ich ging zur Tür, von Kopf bis Fuß angespannt. »Aber ich glaube nicht, dass sie kommen kann. Sie hat eine Bar und muss arbeiten.«

Tate bedachte mich mit einem ärgerlichen Blick. »Ich möchte sie kennenlernen.«

»Noch mal«, ich zuckte die Achseln, »tut mir leid, aber sie kann nicht.«

»Dann ein anderes Mal.«

Ich verließ den Raum, ohne zu antworten, und zog die Tür mit einem leisen Klicken hinter mir zu. Ein Grüppchen Männer saß an der Bar, sie tranken und plauderten, aber ich ging, ohne auch nur in ihre Richtung zu grüßen. Erst als ich hinter dem Steuer des Mustang saß, den wir vorhin hier stehen gelassen hatten, damit Chris und ich zusammen zu den Docks fahren konnten, packte ich den Schaltknüppel und knurrte: »Sohn eines verfickten hurensohnigen Schwanzlutschers.«

Er wollte, dass ich Heidi da hineinzog, sie einer Riesenmenge Leute vorstellte, um die sie am besten einen großen Bogen machen sollte. Und schlimmer noch, Scotty würde dort sein. Und er würde nur fünf Sekunden brauchen, um zwei und zwei zusammenzuzählen.

Und dann war Heidi angreifbar.

Ich musste einen Weg finden, um sie dazu zu bringen, mich zu verlassen. Sie vertreiben, ein für alle Mal, bevor ich sie mit mir in den Morast zog. Wenn ich mich wie ein Arsch benahm, würde sie mich nicht mehr mögen. Und wenn sie mich nicht mehr mochte, würde sie vielleicht auch kein schlechtes Gewissen haben, wenn sie mein Geld nahm. Und wenn sie mein Geld nahm, konnte sie fliehen. Sich in Sicherheit bringen.

Ich haute den Rückwärtsgang rein und schaffte es in Rekordzeit zurück nach Hause. Schon als ich die Stufen hinaufstieg, hörte ich Heidi lebhaft reden. Besorgt blieb ich vor der Tür stehen, um zu lauschen. »Nein, natürlich nicht. Du musst auf jeden Fall dorthin.« Es kam keine Antwort, dann sagte Heidi: »Ich weiß, ich werde dich auch vermissen. Aber du schaffst das schon, Marco, ganz sicher. Ich komme heute Abend zur Arbeit. Ja, um vier.« Sie fuhr zusammen, als ich eintrat, und winkte mir zu. Dann drehte sie mir den Rücken zu und nickte. »Natürlich. Wir sprechen später noch mal miteinander, okay?« Nachdem sie aufgelegt hatte, wirbelte sie zu mir herum, das Handy an ihre Brust gedrückt. »Hey, wie lief es mit dem Job und dem Meeting?«

»Gut.« Ich warf meine Schlüssel auf den Tisch und ließ den schmerzenden Arm kreisen. »Alles okay mit Marco?«

»Ja, er ist gerade mit Packen fertig und will heute Abend mit ein paar Freunden zum Essen ausgehen. Er wollte, dass ich mitkomme, aber ich habe abgelehnt.« Sie knabberte an ihrer Unterlippe. »Ich halte mich lieber von ihm fern, weil … du weißt schon.« Weil ich sie zu einer wandelnden Zielscheibe gemacht hatte, meinte sie. »Außerdem muss ich in die Bar. Dir geht es ja wieder besser.«

Ich durchquerte das Zimmer und öffnete den Hängeschrank links vom Spülbecken, in dem sich das Waffenputzzeug befand. »Ja. Ich weiß.«

Heidi kam zögernd näher. »Was machst du denn da?«

»Ich reinige meine Pistole, falls ich noch mehr Arschlöcher umlegen muss, um dir das Leben zu retten«, sagte ich in bewusst scharfem und ruppigem Ton.

Sie blinzelte erschrocken. »Okay. Da ist aber heute Morgen jemand mit dem falschen Fuß aufgestanden.«

Ich drängte mich an ihr vorbei, setzte mich an den Tisch und rollte das weiße Tuch aus, um die Utensilien darauf auszubreiten, ohne sie weiter zu beachten. Mit großen Augen sah sie zu, wie ich mit geübtem Griff die Waffe auseinandernahm. Als ich schließlich die Laufbürste hervorzog, hatte sie sich immer noch nicht gerührt. Ich runzelte die Stirn. »Hast du nichts Besseres zu tun, als mich anzustarren?«

Sie verzog das Gesicht. »Aber sicher.«

Damit marschierte sie an mir vorbei ins Schlafzimmer und knallte die Tür hinter sich zu. Ich stand da, starrte hinunter auf meine Pistole und fühlte … Scham. In den letzten dreizehn Jahren hatte ich getötet, gestohlen, bestochen und mich bis hoch an die Spitze gekämpft. Und wofür? Macht? Geld? Respekt? Wozu zum Teufel war das alles gut, wenn ich unter der Erde war oder irgendwo auf dem Grund des Atlantiks lag? Ja, es war zu ihrem Wohl, und ja, ich hatte ausnahmsweise einmal noble Absichten. Aber trotzdem, ich hatte mich wie ein Arsch benommen.

Und zum ersten Mal in meinem Leben tat es mir leid.

22

Heidi

Am Abend stand ich hinter der Theke und behielt nervös die Tür im Auge. Es war das erste Mal, dass ich die Wohnung verlassen hatte, seitdem Lucas angeschossen worden war, und ich wurde das Gefühl nicht los, dass etwas Schreckliches geschehen würde. Noch hatte sich niemand von den Bitter-Hill-Leuten gezeigt, aber nichts würde sie davon abhalten, einfach hier hereinzuspazieren. Zwar saß Lucas mit finsterer Miene auf dem Eckplatz an der Theke, aber falls eine Gruppe Männer hereinstürmte, konnten sie ernsthaften Schaden anrichten, bevor er sie ausgeschaltet hatte.

Falls er es schaffte, sie auszuschalten.

Er warf einen Blick auf sein Handy und fluchte leise vor sich hin.

»So viele böse Worte«, sagte ich trocken und lehnte mich an die Theke. »Was ist los?«

»Nichts«, brummte er. Er warf Chris einen Blick zu, der in einer anderen Ecke saß und die Tür im Auge behielt, und stützte sich mit den Armen auf den Tresen. »Ich habe nur laut nachgedacht.«

»Worüber?«

»Über Dinge, von denen du nichts zu wissen brauchst.« Er strich sich über das Kinn. »Von denen du auch gar nichts wissen willst.«

Ich rieb mit dem Lappen über den bereits sauber geputzten

Tresen und sagte mit bewusst ruhiger Stimme: »Wo warst du vorhin?«

Er versteifte sich. »Weg.«

»Wow, das war sehr informativ«, fauchte ich. Ich war die Ausweichmanöver leid. Ich wollte klare Worte, und zwar jetzt, sonst … »Danke.«

Etwas in ihm lockerte sich ein bisschen. Ich hatte keine Ahnung, was es war, doch man konnte es sehen. Seine Muskeln entspannten sich, und er seufzte. »Ich wollte mit Scotty reden, wenn du es unbedingt wissen willst. Um diesen ganzen Scheiß zu stoppen, bevor er außer Kontrolle gerät. Ich bin zu seiner Wohnung gefahren, aber da war er nicht.«

Mein Herz krampfte sich zusammen, als hätte jemand es gepackt und ganz fest zugedrückt. »Du kannst dich doch nicht einfach so mit ihm treffen. Und wenn er dich umgebracht hätte? Und wenn …?«

»Das ist mir scheißegal.« Er erwiderte meinen Blick, und für einen Sekundenbruchteil sah ich all die Gefühle, die er in diesen grünen Tiefen so gut vor der Welt verbergen konnte. Doch dann schaute er weg, und es war vorbei. »Er ist mein Bruder, Heidi. Mein Bruder.«

Ich presste die Lippen aufeinander. »Aber …«

»Es gibt kein Aber in dieser Situation. Du hast keine Ahnung, wie das ist, weil du keine Familie hast, die dir so in den Rücken fallen kann.« Kaum hatte er die Worte ausgesprochen, erstarrte er. »Ich meine … Mist. Heidi …«

Okay, das tat weh. Man brauchte mich nicht daran zu erinnern, dass ich ganz allein auf dieser Welt war, vielen herzlichen Dank auch. Das wusste ich selbst nur zu gut. Aber ich wollte ihm nicht zeigen, dass er mich verletzt hatte, deswegen warf ich ihm einen bösen Blick zu. »Hör auf damit. Wage es ja nicht, dich bei mir zu entschuldigen.«

Er rieb sich mit den Händen über das Gesicht. »Okay.«

»Und du hast recht. Ich weiß gar nichts über das Leben, das du führst. Dieses ganze Töten oder Getötetwerden.«

Er ließ die Hände in den Schoß sinken. »Das gilt für uns alle, Schätzchen. Die meisten Leute sind nur zu blind oder zu naiv, um es zu sehen.«

»Leute wie ich?«

Er zuckte die Achseln. »Das hast du gesagt, nicht ich.«

»Warum erzählst du Tate nicht davon? Er ist doch der Boss, oder?« Ich beugte mich vor zu ihm. »Er könnte, na ja, die Sache regeln, dann musst du es nicht tun. Klingt das nicht vernünftiger als …«

»Nein.« Er fuhr zurück. Seine Nasenflügel blähten sich. »Ich werde ihn nicht verpfeifen. Niemals.«

»Aber …« Ich wusste, es war hart, aber wenn ich mich zwischen Scotty und Lucas entscheiden müsste, wäre ich immer auf Lucas' Seite. Ich kannte seinen kleinen Bruder ja nicht einmal. Und jeder, der den Mord eines Familienangehörigen plante, verdiente, was er bekam. Aber das hieß nicht, dass Lucas derjenige sein musste, der den Abzug betätigte. »Dann wäre es dir lieber, dass Scotty durch deine Hand stirbt? Inwiefern ist das besser?«

»Mir wäre es lieber, wenn er mit dem Dreck überhaupt nicht erst angefangen hätte.« Er stieß sich von der Theke ab und lehnte sich dann mit beiden Armen darauf aufgestützt vor, bis sich unsere Nasen fast berührten. Offenbar gefiel es ihm, bei einem Streit in meinen persönlichen Raum einzudringen, was zu gleichen Teilen einschüchternd, nervig und heiß war. »Aber da es nun mal so ist, werde ich mich darum kümmern. Nicht Chris. Nicht Tate. Nicht du. Ich.«

Kopfschüttelnd zwang ich mich, ruhig zu bleiben. »Ich verstehe nicht, warum. Ich versuche es, aber es gelingt mir nicht.«

Wenn Blicke töten könnten, wäre ich jetzt tot. »Wenn Tate ihn umbringt … Ich weiß, was mit Spitzeln und Verrätern passiert. Dass er mein Bruder ist, wird ihn nicht vor einem langsamen, qualvollen Tod bewahren, und anschließend wird seine Leiche einfach verschwinden. Aber er muss bei meiner Ma liegen. Als sie starb, habe ich noch einen zweiten Platz dazugekauft, um ihn irgendwann mal als toten Briefkasten zu nutzen. Das Grab ist also schon da. Er soll bei Ma sein.«

In seiner Stimme lag eine so große Qual, dass ich gegen Tränen ankämpfen musste. »Vielleicht kannst du Tate bitten, dass er ihn ausschließt und verbannt? Weil er dein Bruder ist.«

»Er ist ein Verräter. Wenn du dich gegen einen von uns stellst, stellst du dich gegen uns alle. Und dann stirbst du.« Er hob eine Schulter. »So läuft das.«

»Deswegen willst du es selbst tun.« Ich verstand endlich. »Du willst ihm einen gnädigen Tod schenken. Kurz und schmerzlos.«

Er biss die Zähne aufeinander. »Er ist mein Bruder.«

»Und wenn er dich zuerst tötet?«

Er entzog mir seine Hand. »Chris wird alles arrangieren. Du musst nur zusehen, dass du Land gewinnst, bevor Bitter Hill wieder anfängt herumzuschnüffeln.«

Ich verschränkte die Arme vor der Brust und wich vor ihm zurück. Er tat, als bedeutete ihm sein Tod gar nichts. Als machte ich mir nur deswegen Sorgen, weil ich dann ohne Schutz wäre. Als würde ich einfach mit der Schulter zucken und weitermachen, als hätte er nie existiert. Ich wusste nicht, ob ich sauer, gekränkt oder traurig sein sollte. »Wow. Einfach … wow.«

Er starrte mich an. Seine Miene war kalt und distanziert. »Ich brauche ein bisschen Ruhe und Frieden.«

Dann ging er.

Ich sah ihm nach, bebend vor Zorn, doch ich folgte ihm

nicht. Denn sonst hätte ich ihn geschlagen. Und wenn ich ihn geschlagen hätte, hätte ich ihn geküsst. Und ich wollte ihn jetzt gerade nicht küssen.

Ich wollte ihn hassen. Und liebte ihn stattdessen. Zu dumm.

Chris kam mit seinem leeren Bierglas zu mir und stellte es auf den Tresen. »Schon Ärger im Paradies?«

»Überrascht dich das?«, fragte ich in einem so neutralen Ton wie nur möglich. »Noch eins?«

»Ja.« Er setzte sich und warf Lucas einen Blick zu – den der böse erwiderte. »Du solltest lieber auf Abstand gehen. Er ist nicht dein Ritter in einer strahlenden Rüstung.«

Ich ließ sein Glas volllaufen und versuchte das Brennen in meinen Augen zu ignorieren. Mein Gott, es war Jahre her, dass ich das letzte Mal so richtig geweint hatte. Jahre. Und jetzt machte ich mir Sorgen um einen Mann, der mich nicht wiederliebte, und in mir stiegen zum x-ten Mal in nur wenigen Tagen die Tränen auf. Lucas versuchte, mich zu brechen. »Ich habe nie gesagt, dass er das ist.«

»Muss du auch nicht. Das sehe ich.« Chris warf das Geld auf den Tresen. »Aber du könntest mal zur Abwechslung was für ihn tun, wenn du bereit dazu bist.«

Ich schob ihm das Bierglas zu und warf Lucas einen verstohlenen Blick zu. Seine grünen Augen bohrten sich in meine, als ich das Geld nahm. »Ach ja? Was denn?«

Chris beugte sich weiter vor zu mir. »Morgen Abend findet eine Party statt. Tate wollte, dass du auch kommst, aber Lucas hat ihm gesagt, du musst arbeiten. Es heißt, Tate habe es nicht sehr gut aufgenommen.«

»Ich muss wirklich arbeiten, aber ich könnte Ersatz finden, wenn es sein muss.« Ich zerknüllte den frischen Fünf-Dollar-Schein in meiner Faust. »Aber warum sollte dein Boss mich einladen?«

»Er will einen Beweis, dass du real bist und das Ganze nicht nur ein Trick ist. Lucas hat viel Staub aufgewirbelt, als er dich gerettet hat und mit dir auf seinem weißen Pferd davongeritten ist.« Er tätschelte meine Hand. »Tate will wissen, ob es das wert war. Er will euch beide zusammen sehen, Hand in Hand, schwer verliebt. Und wenn nicht …«

»Bekommt Lucas Ärger.« Meine Brust schmerzte. Ich schluckte heftig. »Warum hat er mir das nicht gesagt?«

»Er beschützt dich. So wie immer.« Chris zuckte mit den Schultern. »Er wird sich weigern, dich mitzunehmen, auch wenn es ihn umbringt. Was gut passieren könnte.«

Nein. Nein. Das durfte ich nicht zulassen. »Aber …«

»Jetzt, da du dein Bier hast, kannst du ja wieder zurück in die Ecke gehen und die Tür im Auge behalten.« Ein sichtlich gereizter Lucas ließ sich direkt neben Chris nieder. »Ich muss mit Heidi reden. Allein.«

Chris grinste. »Klar, Mann.«

Während er davonschlenderte, wandte sich Lucas wieder mir zu. »Was hat er dir gesagt?«

»Nichts.« Ich wischte – nun schon zum zehnten Mal – über die gleiche Stelle auf dem Tresen, ohne seinen Blick zu erwidern, denn dann hätte er die Wahrheit in meinen Augen gesehen. »Wie ist er eigentlich dazu gekommen? Ist er eine Waise wie du?«

»Nee, sein Pa ist in der Gang, und er ist in seine Fußstapfen getreten. Ich auch.« Er trommelte mit den Fingern auf seinem noch vollen Glas Scotch. »Also, ich bin Chris gefolgt. Nicht meinem Pa.«

»Dann hatte deine Familie eigentlich gar nichts damit zu tun?«

»Nein. Wir brauchten das Geld, Ma war schon krank, obwohl wir es noch nicht wussten, und sie schaffte nicht mehr genug

Schichten im Restaurant. Ich hing mit Chris rum und wusste daher, dass man als Son dort anständig verdient, aber ich wusste auch, dass man nur über Verwandtschaft reinkommt. So siebt Tate Spitzel und Undercover-Cops aus.« Unbehaglich rutschte er auf seinem Stuhl herum, redete aber weiter. »Also habe ich einen Weg gefunden, mich mit Tate zu treffen und ihn davon zu überzeugen, mich bei den Sons of Steel Row aufzunehmen. Zuerst versuchsweise, für kleinere Aufgaben, aber dann habe ich Karriere gemacht, schneller als jeder andere neue Rekrut.«

Kopfschüttelnd sah ich ihn endlich an. Seine grünen Augen hielten sofort meinen Blick fest. »Was ist mit ihm?« Ich nickte zu Chris, der uns sehr aufmerksam beobachtete. »Wie fand er es, dass du dich so reingemogelt hast?«

»Ihm war das egal.« Er schaute mich irritiert an. »Warum stellst du so viele Fragen über Chris?«

»Aus Neugier.«

Er schob seinen Kiefer vor. »Suchst du schon Ersatz für mich, Schätzchen?«

»Weil ich auch unbedingt noch einen Mann brauche, der mich herumkommandiert und meint, mich zu besitzen?« Ich schnaubte. »Danke, nein. Ich war nur neugierig. Das ist alles.«

»Er ist nicht …« Sein Handy summte, und er warf einen Blick darauf. Seine Augenbrauen zogen sich zusammen, dann steckte er es zurück in die Hosentasche. Er sprang vom Barhocker herunter und nahm sein Glas mit. »Da wir gerade von Chris sprechen, ich muss mit ihm reden.« Ohne mich eines weiteren Blickes zu würdigen, ließ er mich allein.

In diesem Moment wusste ich, dass er schließlich und endlich genau das tun würde. Mich verlassen …

Ohne einen Blick zurück.

23

Lucas

Ein paar Stunden später hatte sich die Bar bis auf mich, Chris und Heidi geleert. Immer wieder musterte sie mich, als würde sie mir am liebsten den Hals umdrehen. Offenbar hatte ich sie vorhin verärgert.

Kein echter Schocker.

Ich war noch nie ein Frauenversteher gewesen, deswegen mied ich sie auch bis auf die Momente, in denen wir beide nackt waren und nicht redeten. Aber Heidi konnte ich nicht meiden. Versucht hatte ich es. Es war, als würde ich versuchen, nicht zu atmen oder zu blinzeln. Wenn sie in meiner Nähe war, zog es mich unweigerlich zu ihr hin.

Selbst die Arschloch-Masche funktionierte nicht. Und eigentlich wollte ich auch nicht, dass sie funktionierte. Ich mochte sie. Ich wollte sie nicht mies behandeln. Aus irgendeinem Grund war es mir wichtig, dass sie mich auch mochte, und das machte mich zu einem noch größeren selbstsüchtigen Schwein, als ich es ohnehin schon war. Dabei hätte ich sie eigentlich vergraulen müssen, wenn mir wirklich etwas an ihr lag.

Stattdessen tat ich alles, damit sie mich mochte.

Mistkerl.

Außerdem hatte ich Heidi wohl falsch eingeschätzt, als ich annahm, sie würde sich einfach so von mir vertreiben lassen.

Chris kam zu mir herüber. »Ich muss los. Schafft ihr beiden es lebend über die Straße?«

»Ich denke, das bekomme ich hin«, sagte ich trocken. »Danke, dass du eingesprungen bist, Mann. Das weiß ich zu schätzen.«

»Ja, ich weiß. Ich bin der Beste.« Der Klaps, den er mir auf den Rücken gab, war härter als nötig. »Ich sehe dich dann morgen Abend bei Tate.«

Ich warf einen Blick zur Küchentür. Heidi war noch nicht wieder erschienen. »Ich habe Heidi nichts von der Party gesagt. Auch nicht, dass Tate sie kennenlernen will. Also sprich das nicht vor ihr an. Wenn sie weiß, dass er sie auch eingeladen hat, will sie bestimmt unbedingt mitkommen, und ich will sie von diesem Haus fernhalten – und von Scotty.«

»Äh … was das angeht …« Chris wippte auf den Fersen hin und zurück. »Möglicherweise habe ich die Einladung kurz erwähnt. Und dass Tate sie auch eingeladen hat. Als ich ihr sagte, wir würden uns morgen Abend sehen, wenn ich mit euch beiden hinfahre.«

»Das darf doch wohl nicht wahr sein.« Ich massierte mir die Schläfen und lehnte mich an die Wand. »Ich werde dich so hart in die Eier boxen, dass du eine Woche nicht mehr einsatzfähig bist.« Ich ballte die Hand zur Faust.

Chris hielt die Hände hoch und machte einen Schritt zurück. »Okay, okay. Sorry. Aber woher sollte ich wissen, dass du sie nicht mitnehmen willst?«

»Was, zum Teufel, hat Heidi bei Tate zu suchen?«

Chris warf einen Blick über meine Schulter hinweg, räusperte sich und zerrte an seinem Kragen. Ohne hinzusehen, wusste ich, dass Heidi hinter mir stand und meinen letzten Satz gehört hatte. »Äh … und das ist mein Stichwort. Es war schön, dich wiederzusehen, Heidi.«

»Mist«, murmelte ich leise. Und nach einem vorsichtigen Blick hinter mich sagte ich: »Hey, Schätzchen«, mit einem falschen Lächeln im Gesicht. »Habe ich dir schon gesagt, wie hübsch du heute Abend in diesen Shorts aussiehst?«

Sie antwortete mir nicht. Stattdessen brachte sie Chris zur Tür. »Danke, dass du gekommen bist.«

Chris' Erwiderung konnte ich nicht mehr hören, aber er warf mir noch einen letzten Blick zu, bevor er ging. Ich rührte mich nicht. Sah nur zu, wie Heidi die Tür hinter ihm abschloss. Wir waren allein. Sie legte die Hände flach auf die Tür und holte tief Luft. Als sie sich schließlich umdrehte, wusste ich, dass ein Streit bevorstand. Der Ausdruck in ihren Augen bestätigte dies.

»Was passiert morgen Abend bei Tate?«, fragte sie ruhig. »Und warum willst du mich nicht dorthaben?«

»Nichts passiert dort. Und weil du darauf bestimmt keine Lust hast.« Ich rieb mir den Nacken und versuchte, so auszusehen, als könnte mich kein Wässerchen trüben. Bei anderen konnte ich problemlos ein Pokerface aufsetzen, aber bei Heidi fiel es mir schwer. Wenn sie auch nur den Verdacht hatte, dass ihre Anwesenheit mir bei Tate Pluspunkte einbringen würde, wäre es unmöglich, sie dazu zu bewegen, zu Hause zu bleiben. »Es ist nur eine dumme Party mit Leuten von der Arbeit.«

Sie nickte, als wäre sie überhaupt nicht sauer. »Und wie sieht so was aus? Champagner und Hummer? Kaviar und Mousse? Nur die besten Gourmet-Köstlichkeiten für die Crème de la Crème von Bostons krimineller Elite?«

Es klang lächerlich, wenn sie es so sagte, und das war wohl auch ihre Absicht, aber Heidi wusste nicht, dass Tate sich für einen Feinschmecker hielt. Nur gäbe es statt Mousse vermutlich Lachs. »Tate nutzt diese Partys zum Netzwerken, und um Verbindungen zu knüpfen. Wahrscheinlich steht die Hälfte der

Gäste auf irgendeiner Fahndungsliste. Man muss praktisch eine Genprobe abliefern, um an der Security vorbeizukommen, aber wenn man einmal im Haus ist, geht alles.« Ich zog eine Augenbraue hoch. »Alles Verbotene, das du dir vorstellen kannst. Da findest du es.«

Ihre Wangen röteten sich. »Drogen? Mord? Prostitution?«

»Drogen? Klar. Mord? Hoffentlich nicht. Frauen? Ja, ein paar.« Ich zuckte mit den Achseln. »Aber nicht für uns. Tate hat nichts dagegen, wenn wir ein bisschen Party machen, aber es bleibt eine Geschäftsveranstaltung. Die Frauen sind für die Kunden.«

»Oh mein Gott.« Sie verschränkte die Arme. »Ernsthaft?«

»Mach dir keine Sorgen, an denen bin ich nicht interessiert und auch an sonst niemandem.« Ich strich ihr mit den Fingerknöcheln über die zarte Wange. »Ich will nur dich.«

Sie fuhr sich mit der Zunge über die Lippen und sah zu mir hoch. Ihre großen blauen Augen versenkten sich in meine. Sie sah so weich aus. So unschlüssig. Als zweifelte sie an sich. Bei ihrem Anblick fühlte ich mich noch schlechter. Denn es war meine Schuld. »Oh …«

»Es tut mir leid, Süße.«

Sie blinzelte mich an, ganz offensichtlich irritiert. »Was tut dir leid?«

»Dass ich so ein Arschloch war.« Ich zog sie in meine Arme. »Ich dachte … eigentlich ist es auch egal, warum ich es getan habe. Es war eine dumme Idee. Das hast du nicht verdient.«

»Ich dachte, du hättest nur schlechte Laune.« Ihre Gesichtszüge wurden weich. Sie legte mir die Hände auf die Schultern. »Sag mir die Wahrheit. Warum hast du das getan?«

»Ich wollte dich vergraulen. Dich mit ein paar gemeinen Bemerkungen dazu bringen, dass du mein Geld nimmst und die Flucht ergreifst.« Ich legte die Stirn an ihre, packte ihre Hüften und atmete ihren Duft ein. »Aber es hat nicht funktioniert. Eigentlich habe ich kein Problem damit, ein Arschloch zu sein. Außer bei dir.«

Ein Lächeln erhellte ihr Gesicht. »Und wenn du das größte Ekel auf der Welt gewesen wärst, es hätte nichts geändert. Ich habe dir gesagt, dass ich bleibe, und das habe ich auch so gemeint.« Sacht strich sie mir über das Kinn. Ich spürte die Berührung kaum, aber sie besänftigte die Bestie in mir. »Ich gehe erst, wenn diese Sache vorbei ist.«

Ich hatte keine Ahnung, was sie mit »diese Sache« meinte. Aber ich würde sie nicht fragen. Das wäre nicht fair. Nicht wenn ich am Eingang zum Tal des Todes stand. Und etwas in mir, tief, tief unter all der Wut und meinem Wissen, glaubte ihr. Und das bereitete mir eine Scheißangst.

Also schwieg ich und ließ sie los. Dann ging ich zur Tür, schloss sie auf und winkte sie hindurch. Sie trug knappe Jeansshorts, einen engen Pullover und ein Paar kniehohe Stiefel, sodass sie wie gewöhnlich zitterte, sobald sie ins Freie trat, obwohl es heute Abend ein bisschen wärmer war.

Ich schlüpfte aus meiner Jacke und warf sie ihr wortlos über.

Schweigend spazierten wir nach Hause. Doch sobald ich mich davon überzeugt hatte, dass die Wohnung leer war, ging ich wieder. Dass ich meine Taktik, sie zu vertreiben, indem ich mich wie ein Arschloch benahm, aufgegeben hatte, bedeutete nicht, dass wir nun glücklich und zufrieden bis an unser Lebensende einfach so weiterlebten. Nicht bei dem Leben, das ich führte. Sie machte sich nicht die Mühe, mich zu fragen, wohin ich verschwand – entweder weil sie es bereits wusste oder weil es ihr egal war. So oder so, es war nicht weiter wichtig.

In der Werkstatt ließ ich den Blick über die Autos wandern, die auf ihre Reparatur warteten. Ich rollte die verspannten Schultern, verzog das Gesicht, als ich einen Schmerz im Arm spürte, und entschied mich für den Camaro in der Ecke. Laut Auftragsblatt war nur ein routinemäßiger Ölwechsel fällig. Gut so. Das schaffte ich auch mit einem lahmen Arm.

Ich krempelte die Ärmel auf und versuchte, alle störenden Gedanken zu verbannen. Deswegen war ich hier. Die Arbeit mit den Händen verschaffte mir einen klaren Kopf und beruhigte mich. So wie die Musik Heidi …

Verdammt, konnte ich nicht mal einen einzigen scheiß Moment nicht an sie denken, an ihr verdammtes Lächeln, die strahlend blauen Augen und ihren frischen, sauberen Pfirsichduft? Ein Teil von mir – ein sehr, sehr kleiner Teil, den ich, falls mich jemand danach fragen sollte, verleugnen würde, bis ich blau im Gesicht war – wünschte, ich hätte Heidis Angebot neulich Nacht angenommen.

Fast wünschte ich mir, mit ihr zusammen davonlaufen zu können.

Das Geld nehmen, uns die idyllischste, die kleinste Stadt in Amerika suchen und neu anfangen. Eine Stadt mit einer Kriminalitätsrate von null Komma neunundneunzig Prozent. Sie könnte wieder eine Bar aufmachen und ich eine legale Autowerkstatt. Probieren, wie es war, ausnahmsweise mal ein Leben auf der richtigen Seite des Gesetzes zu führen. Mit ihr …

Ich hatte das Gefühl, dass es wirklich schön werden könnte.

Der Schweiß lief mir übers Gesicht, brannte mir in den Augen, und ich riss zu fest an dem Drehmomentschlüssel. Fluchend richtete ich mich auf und wischte mir mit dem Unterarm über die Stirn. Das Bild von Heidis blauen Augen blitzte vor mir auf, und ich warf den Lappen zur Seite. Heute Abend hatte die Arbeit an den Autos keine beruhigende Wirkung auf meinen Geist. Ich konnte nicht aufhören, an sie zu denken.

Dass Scotty meinen Tod wollte, konnte ich verdrängen, aber Heidi blieb immer in meinen Gedanken. Und, verdammt noch mal, ich wusste nicht, was ich dagegen tun sollte. Oder was es zu bedeuten hatte. Kopfschüttelnd ließ ich mich auf der Motorhaube des Benz nieder und stieß ein Stöhnen aus. Ich konnte immer noch Scottys Lachen hören, wenn ich ihn als Kind durch Mas Haus jagte.

Er in dem blöden Batman-Cape, und ich in Robins Strumpfhosen. Ich hatte Robin gehasst. Aber ihm zuliebe hatte ich mich trotzdem immer wieder hineingezwängt.

Und jetzt wollte er mich umbringen.

Das Leben war zu kurz für diesen Scheiß, aber es war auch zu kurz, um etwas Offensichtliches zu ignorieren: Dort oben war Heidi und wartete auf mich, und ich war hier unten und tat so, als sehnte ich mich nicht danach, zu ihr zu gehen, weil ich mir nicht eingestehen wollte, dass ich sie begehrte.

Denn ein solches Eingeständnis würde mich schwach machen. Das hatte man mir jedenfalls mein ganzes Leben lang eingeredet. Hatte ich mir selbst eingeredet. Aber nun, seit Heidi in mein Leben getreten war, hinterfragte ich diese Behauptung auf einmal.

Hinterfragte ich alles.

Ich warf den Drehmomentschlüssel beiseite und brach zum ersten Mal in meinem Leben eine Autoreparatur vorzeitig ab. Das konnte morgen jemand anders fertig machen, und dieser jemand würde nicht ich sein.

Nachdem ich das Licht ausgeknipst hatte, lief ich die Treppe hoch, stieß die Wohnungstür auf und blickte mich suchend um. Das Wohnzimmer lag im Dunkeln, ebenso die Küche, aber im Schlafzimmer war noch Licht.

Es leuchtete durch einen Spalt unter der Tür.

Ich lief weiter. Sie lag auf dem Bett, ein Buch in der Hand, und fuhr zusammen, als ich hereingestürzt kam. »Lucas? Was zum …?«

»Ich will dich.« Ich nahm ihr das Buch aus der Hand und legte es weg, wobei ich darauf achtete, die Seite nicht zu verschlagen. Dann warf ich die Decke zurück und legte mich auf sie, dorthin wo ich hingehörte. Sie trug nur ein weites T-Shirt und einen Satinslip und schaffte es, darin höllisch sexy auszusehen. Sofort legte sie die Beine um meine Taille. »Aber was noch wichtiger ist: Ich brauche dich, Süße. Ich brauche dich so sehr.«

Sie zögerte nicht. Scheute nicht zurück. Stattdessen umfing sie mein Gesicht mit beiden Händen und lächelte mich an. »Dann nimm mich. Ich gehöre ganz dir.«

Stöhnend drückte ich meinen Mund auf ihren, nahm mir, was sie mir so bereitwillig anbot. In der Sekunde, als unsere Lippen sich trafen, war es, als würde alles andere in den Hintergrund treten. Die Sorge. Der Schmerz, der Verrat. Mein ganzes Leben – verschwand einfach, bis ich nur noch Heidi wahrnahm, nur noch sie spürte.

In diesem Moment war sie mein Leben.

Und nichts hatte sich je richtiger angefühlt.

Ihre Zunge glitt über meine, und sie stieß dieses unglaublich sexy Stöhnen aus, das ich so sehr liebte. Und mir war, als wäre ich angekommen. Als hätte ich ein Zuhause gefunden. Es war kein Gebäude, keine Stadt, nicht mal ein Raum – das Zuhause war sie. Und ich wollte nie wieder weg.

Die Hüften rollend, mich gegen sie pressend, schob ich meine Hände unter ihr lockeres Shirt und umfasste ihre Brüste, um mit den Daumen über ihre harten Nippel zu streichen. Ich konnte spüren, wie ihre nasse Hitze fordernd gegen meinen Schwanz drängte. Leise Laute ausstoßend, wand sie sich unter mir und fuhr mit den Händen meinen Rücken hinunter, bis sie meinen Hintern packte. Alles in mir reagierte auf ihr Wimmern und ihre Bewegungen.

Alles.

Ich unterbrach den Kuss und vergrub das Gesicht an ihrem Hals, ließ mich von ihrem Pfirsichduft einhüllen und küsste zärtlich die Stelle, wo ihr Puls schlug, schnell und stark. Gleichzeitig stieß ich die Hüften gegen ihre, verfluchte die Klamotten, die wir noch nicht ausgezogen hatten. Ich hatte nicht gelogen oder übertrieben. Ich brauchte sie. Und zugleich wusste ich, dass es nicht richtig war. Es war nicht fair. »Es tut mir leid, Schatz. Es tut mir so leid.«

»Ich weiß.« Sie verschränkte die Füße auf meinem Rücken und hielt mich fest. »Aber ich brauche dich auch, Lucas. Ich brauche dich so sehr. Ich … ich … mag dich, Lucas. Sehr.«

Doch statt Befriedigung zu empfinden, wie ich es erwartet hätte, war mir, als hätte sie auf mich geschossen und ich würde nun verbluten. Sie mochte mich. Sie mochte mich wirklich. Das hatte sie nicht verdient. Was tat ich ihr an? Ob ich lebte oder starb, es durfte ihr nichts bedeuten.

Es war besser für sie.

Doch das fiel mir viel zu spät ein.

»Bitte nicht«, sagte ich mit harter Stimme, die trotzdem irgendwie gebrochen klang. Ich packte ihre Hüften. »Es wäre besser für dich.«

»Zu spät.« Sie zeigte mir ein trauriges Lächeln. »Aber keine Sorge. Ich weiß, wie es endet. Es endet damit, dass du gehst, so oder so, und ich in meine Bar zurückkehre und weitermache. Das hier zwischen uns, das ist nichts Dauerhaftes, das wissen wir beide. Wir leben nicht glücklich und zufrieden zusammen bis an unser Lebensende. So ist es eben.«

Alles, was sie sagte, stimmte. Wir würden nicht in meinem Auto in den Sonnenuntergang fahren, Händchen haltend und lächelnd, weil uns eine rosige Zukunft winkte. Höchstwahrscheinlich würde es damit enden, dass ich starb und sie mich weinend im Leichenschauhaus identifizierte …

Das, was jetzt gerade passierte, hätte ich nie zulassen dürfen.

Erst vor ein paar Tagen hatte ich mir auf dem Freedom Trail geschworen, mir nie vorzumachen, ich könne ein »normales« Leben führen. Dass ich niemanden dazu verleiten wollte, meine dunkle, schwarze Seele ins Herz zu schließen – und was genauso wichtig war, dass ich niemanden je in mein Herz schließen wollte.

Ich hatte keine Hoffnung mehr in dieser Welt. Sie schon. Die Gefühle wurden zu real. Zu schnell. Das war nicht gut für sie. Ich tat ihr nicht gut.

»Scheiße, Süße«, presste ich durch meine auf einmal seltsam enge Kehle hindurch. »Ich meine es nicht böse, aber diese Sache zwischen uns tut am Ende nur weh. Wir wissen es beide.«

Etwas blitzte in ihren Augen auf. Schmerz? Vielleicht etwas Tieferes. Härteres. Dunkleres. Was immer es war, auf einmal wollte ich etwas festhalten, das nicht für mich bestimmt war.

Mein eigenes Happy End.

Sie nickte, ohne dass ihr Blick meinen losließ. Und wie sehr ich es auch versuchte, ich konnte nicht wegsehen. »Was willst du damit sagen? Dass es jetzt enden sollte?«, fragte sie.

»Ja. Besser wäre es.«

Sie schluckte heftig. »Und wenn ich nicht will?«

»Ich möchte dir nicht wehtun, Süße.« Ich drückte ihr einen langen Kuss auf die Schulter.

»Dann lass es.« Sie vergrub die Hände in meinem Haar und zog daran, bis sie mich dort hatte, wo sie wollte – Nase an Nase. »Küss mich stattdessen.«

Ich schüttelte den Kopf, versuchte zu widerstehen, aber es war zwecklos. Mit einem Stöhnen tat ich es. Ich küsste sie wieder. Und dieses Mal hörte ich nicht auf. Mit hämmerndem Herzen riss ich ihr den Slip herunter, warf ihn hinter mich und rutschte tiefer, bis mein Kopf zwischen ihren Beinen war. Sobald meine Zunge sie berührte, schmolz sie in meinen Armen dahin. Ihre bebenden Schenkel umklammerten meinen Kopf, sie gab ein langes, kehliges Stöhnen von sich und reckte voll Verlangen ihre Hüften meinem Mund entgegen. »Lucas. Gott, härter. Mehr. Ja.«

Stöhnend grub ich die Finger in ihre weichen Pobacken und vertiefte den intimen Kuss, schmeckte ihren heranrollenden Orgasmus, noch bevor er sie traf. Ihr ganzer Körper spannte sich an, sie hob die Hüften und schrie unverständliche Worte.

Und sie schaffte es, dass auch das unglaublich heiß war.

Sobald sie wieder ein wenig runterkam, ließ ich sie auf die Matratze fallen, rollte mir ein Kondom über und stieß in sie, noch bevor sie wieder ganz zu Atem gekommen war. Sie schrie und grub die Fersen in meinen unteren Rücken, warf sich hin und her, und ihr heißes Inneres zog sich um mich zusammen, bis ich glaubte, gestorben und im Himmel zu sein. Und wenn es so war, wollte ich nie wieder zurück.

Je härter ich mit den Hüften stieß, desto lauter schrie sie unter mir, auf der Jagd nach der Erlösung, die ich ihr geben konnte. Als mein Orgasmus von den Hoden in meinen schmerzenden Schwanz stieg, durchströmte mich plötzlich etwas Fremdes, Warmes und Starkes, irgendwo von meiner Brust ausgehend, bis es sich sammelte und zu etwas wandelte, das ich besser kannte …

Begierde. Lust.

Doch selbst als dieses bekannte Verlangen mich mitriss, war da immer noch dieses warme, flaue Gefühl, dass ich anschließend nie wieder derselbe sein würde.

Und seltsamerweise fand ich das in Ordnung.

24

Heidi

Freitagabend stand ich vor einer enormen Backsteinvilla, in dem schicksten Kleid, das ich besaß, ein Täschchen in der Hand, das so winzig war, dass ich es genauso gut hätte zu Hause lassen können. Ich wusste, dass ich gerade einen großen Fehler machte. Einen riesigen, möglicherweise lebensbedrohlichen, alles verändernden Fehler … und trotzdem würde ich es tun.

Denn es war an der Zeit, dass ich ihn beschützte.

Wenn Tate mich sehen wollte, bitte schön. Dann musste ich mir anschließend keine Sorgen machen, dass Lucas von drei Seiten angegriffen wurde statt von zwei.

Die absurd kleine Handtasche in der Hand knetend, ging ich zur Haustür. Ich hörte gedämpfte Musik. Es klang, als spielte ein kleines Orchester Mozart. Ja wirklich, Mozart. Offenbar war es doch so eine Party wie ich gestern – im Spaß – vermutet hatte. Obwohl Lucas angedeutet hatte, dass es ziemlich fein zuging, hatte ich nicht wirklich mit Ballkleidern und Kaviar gerechnet.

Nachdem ich noch einmal tief durchgeatmet hatte – was mich aber leider nicht, wie erhofft, beruhigte –, betätigte ich den Türklopfer. Die Tür schwang sofort auf, und zwei breitschultrige Männer in Designeranzügen standen vor mir.

Der linke hob die Augenbrauen. »Bist du eines von Suzies Mädchen? Ich hab dich hier noch nie gesehen.«

»N-nein.« Aha. Die Prostituierten waren schon da. Na toll.

Ich zwang mich zu lächeln und hörte auf, meine arme Handtasche zu erwürgen. »Ich bin mit Lucas da. Lucas Donahue. Ich bin seine …«

»Freundin.« Chris erschien hinter den beiden Männern. Im Anzug sah er heißer aus denn je. Sein braunes Haar war gegelt und gestylt. Und der Fünf-Uhr-Bartschatten war genau so, wie er sein sollte. »Und ihm würde deine Anspielung gar nicht gefallen.«

Der Mann wurde rot und trat zurück. »Natürlich. Bitte entschuldigen Sie.«

»Kommen Sie, Miss.« Der rechte Mann warf dem anderen einen strafenden Blick zu. »Achten Sie nicht auf Frank. Er war schon immer ein Idiot und weiß nicht, wie man eine Dame behandelt.«

Chris machte einen Schritt vorwärts, als wolle er sich auf den Mann stürzen. »Vielleicht sollte ihn jemand daran erinnern, dass man nachdenkt, bevor man die Klappe aufreißt.«

»Alles ist gut, wirklich.« Ich blickte von Chris zu dem blass gewordenen Mann zu meiner Linken. »Es handelte sich offensichtlich nur um eine Verwechslung.«

Chris trat zu mir und legte mir die Hand auf den unteren Rücken. »Sorge dafür, dass das nicht noch einmal passiert. Nehmt ihren Mantel und geht wieder auf eure Posten.«

Der Mann, der nicht Frank war, half mir aus meinem Umhang. Bevor sie sich entfernten, nickten beide Chris respektvoll zu. Ich begann wieder, meine Handtasche zu würgen. »Das hättest du nicht tun müssen.«

»Doch, musste ich.« Er warf mir einen Blick aus den Augenwinkeln zu. »Ich dachte, du würdest nicht kommen. Weiß Lucas Bescheid?«

Ich schüttelte den Kopf. »Nein. Eigentlich hat er mir ziemlich deutlich klargemacht, dass ich nicht willkommen bin.«

»Verflucht, Mädel.« Er pfiff durch die Zähne. »Du hast Eier.«

»Das letzte Mal, als ich nachgesehen habe, nicht«, sagte ich trocken.

Er lachte kurz auf und geleitete mich sanft zu dem Raum, in dem sich die meisten Gäste versammelt hatten. »Komm. Ich begleite dich rein und beschütze dich, wenn er anfängt, Feuer zu spucken.«

Das Herz schlug mir bis zum Hals, als ich mich von ihm weiterführen ließ. Kaum hatte ich den Raum betreten, blieb ich wie erstarrt stehen. Atemberaubende Juwelen schmückten die wunderschönsten Frauen, alle trugen Abendroben der neuesten Mode. Überall um mich herum auf dem marmornen Fußboden standen Männer, die meisten mit einer Frau oder zweien am Arm, plaudernd in kleinen Grüppchen zusammen. Alles wirkte so normal. Wenn ich es nicht besser gewusst hätte, hätte ich gedacht, dies sei eine Party für Bostons obere Zehntausend.

Es war sogar ein Cop hier. Ein Cop. Ich kannte ihn aus den Abendnachrichten. Erst kürzlich hatte er einen Preis dafür gewonnen, dass er die Straßen von Steel Row sicherer gemacht hatte. Ich kam mir vor, als wäre ich in den Kaninchenbau gefallen und im Wunderland gelandet. Mit großen Augen sah ich mich um. Ich wusste, dass all diese Männer unter den Gucci-Anzügen mindestens eine Waffe trugen und dass sie allesamt in der Lage waren, ohne mit der Wimper zu zucken, jemanden umzubringen. Lucas eingeschlossen. Was mich daran erinnerte …

Es dauerte nicht lange, bis ich ihn gefunden hatte.

Er stand in einer Ecke, leicht von uns abgewandt. Eine strahlend schöne Frau in einem roten Seidenkleid strich ihm mit der Hand über den Arm, aber er schüttelte sie ab, ohne sie weiter zu beachten. Während er mit ihrem Begleiter plauderte, entdeckte er Chris, und ein freches Grinsen erschien auf seinem Gesicht. Das sehr schnell in sich zusammenfiel, als er mich erblickte.

Dann sah er aus, als wollte er jemanden umbringen. Oder Feuer spucken, wie Chris vorhin gesagt hatte. Ich holte tief Luft und geriet fast ins Stolpern, als ich einen Schritt rückwärts machte. Mein Herz schlug so heftig und schnell, dass es wehtat. »Oh Gott.«

Chris schmunzelte. »Jetzt ist es zu spät, einen Rückzieher zu machen. Tate hat dich auch gesehen und kommt herüber. Wenn du jetzt gehst, sieht das ganz schlecht aus, und alles wäre umsonst gewesen. Heb das Kinn, Liebes. Showtime.«

Ich versuchte, mich nicht von dem wütenden Mann beeindrucken zu lassen, der mit großen Schritten auf mich zukam, und blickte mich suchend nach diesem »Tate« um. Ein junger, sehr heißer Typ näherte sich mir. Aber das konnte er gewiss nicht sein … oder doch? Ich hatte angenommen, er sei, na ja, älter. »Das ist er nicht, oder?«

»Hm?« Chris musterte den Typen, von dem ich nicht den Blick lösen konnte. Nicht weil ich mich zu ihm hingezogen fühlte, sondern weil er so ganz anders war, als ich erwartet hatte. »Doch. Das ist er. Warum?«

Ich schluckte heftig. Der unglaublich attraktive Mann, der da auf mich zusteuerte, strömte Gefahr aus. Sogar mehr noch als Lucas … und das wollte einiges heißen. Rotes Haar, blaue Augen, glatt rasiert – er machte nicht den Eindruck, als wäre er je in eine Schießerei verwickelt gewesen, eher konnte man ihn sich auf einer Wohltätigkeitsgala vorstellen, doch davon ließ ich mich nicht täuschen. Er war ein gefährlicher Mann. »Ich dachte, er sei älter. Ich meine, er hat doch das Sagen, richtig?«

»Jepp. Sein Vater ist kürzlich gestorben, und er hat den Job übernommen.«

Ich warf einen kurzen Blick in die Richtung, aus der mir echte Gefahr drohte. Von Lucas. Er war schon fast neben mir. Ich spürte seinen Blick, der mir Löcher durch mein schwarzes Kleid brannte. Ich rückte näher an Chris heran. Wenn man bedachte, wie wir uns kennengelernt hatten, hätte ich nie geglaubt, dass ich mich einmal bei ihm sicher fühlen würde, doch heute Abend war es so. »Oh Gott.«

»Das sagtest du bereits«, murmelte Chris. »Lächle, Liebes. Er ist gleich da.«

Ich knipste ein Lächeln an. Chris trat einen Schritt vor.

»Tate, darf ich vorstellen? Heidi Greene, die berühmte Frau, die Lucas unter Einsatz seines Lebens gerettet hat«, sagte Chris, wobei seine Stimme laut durch den vollen Raum hallte. »Du verstehst jetzt sicher, warum.«

»In der Tat.« Tate streckte seine Hand aus. »Schön, Sie kennenzulernen, Ms Greene. Ich habe viel von Ihnen gehört. Lucas sagte mir, Sie könnten heute nicht kommen, deswegen bin ich erfreut, dass er sich offenbar geirrt hat. Vielleicht wollte er Sie uns vorenthalten, aber ich muss sagen, ich kann es ihm nicht vorwerfen. Wären Sie meine Frau, würde ich Sie auch verstecken wollen. Und ich weiß auch schon genau wo.«

Meine Wangen wurden heiß. Ich warf einen schnellen Blick in Lucas' Richtung, bevor ich meine Hand in Tates legte. Diese Geste schien, falls das überhaupt möglich war, Lucas noch wütender zu machen. »Ich war tatsächlich verhindert, habe mich aber freimachen können … Lucas zuliebe. Und Ihnen zuliebe natürlich.«

»Ausgezeichnet.« Er musterte mich von Kopf bis Fuß, dann leuchteten seine Augen anerkennend auf. Ich wusste, was das zu bedeuten hatte. Ein weiterer Mann näherte sich leise und flüsterte Tate etwas ins Ohr. Der wandte sich zur Seite, dann unterhielten sie sich, unhörbar für uns. Nach einem Moment nickte er. »Wenn Sie mich kurz entschuldigen wollen?«

»Selbstverständlich«, sagte ich schnell.

Tate ging, und ich stieß einen leisen erleichterten Seufzer aus. Ein Problem weniger. Lucas warf mir einen finsteren Blick zu, der mir sagte, dass ich mich auf etwas gefasst machen könne, und folgte Tate, der ihn im Gehen zu sich gewunken hatte, hinaus. Ich hatte eine Galgenfrist bekommen. Eine kurze zwar nur, aber immerhin.

Besser als nichts.

»Scheiße«, murmelte Chris und trat neben mich. Sein Blick fixierte etwas rechts neben Tates Kopf, und er sah aus, als hätte er eine ganze Schachtel Schrauben geschluckt. »Scheiße, fuck, Scheiße.«

»Was ist denn?« Ich stellte mich auf die Zehenspitzen. »Was ist los? Und wo geht Lucas hin?«

»Komm mit«, sagte Chris mit leiser Stimme, bevor er auf dem Absatz kehrtmachte und mich mit sich zog. »Ich muss dich irgendwo verstecken, bis …«

Wir schafften nur zwei Schritte, bevor uns eine Männerstimme aufhielt. »Nicht so schnell, Chris. Ich habe die Dame an deinem Arm ja noch nicht einmal begrüßen können.«

Ich merkte, wie Chris förmlich erstarrte. »Ach, nicht? Wir wollten gerade …«

»Ich weiß, wer sie ist.« Als der Mann vor uns trat und stehen blieb, wusste ich sofort, wer er war. Selbst wenn ich nicht sein Foto an Lucas' Kühlschrank gesehen hätte, hätte ich ihn erkannt. Die gleichen Augen, das gleiche Haar. Sie hatten sogar die gleichen Gesichtszüge, das gleiche arrogante Grinsen. Doch Lucas' Augen waren warm, wenn er mich ansah, und Scottys Augen kalt wie Eis. »Ms Greene, richtig?«

Ich wollte ihm Gewalt antun. Ihn schlagen. Auf ihn schießen. Irgendetwas. Er hatte es verdient, weil er versucht hatte, seinen Bruder zu töten … und mich. Doch stattdessen schenkte ich ihm ein strahlendes Lächeln und tat so, als hätte ich keinen Schimmer, wer er war. »Ja. Und Sie sind …?«

»Scott. Scott Donahue.« Er sah mich ruhig an, ergriff meine Hand und hob sie an seine Lippen. Als er meine Knöchel küsste, musste ich gegen den Drang ankämpfen, mir die Hand an meinem Kleid abzuwischen. »Ich bin mir sicher, dass mein Bruder mich ein- oder zweimal erwähnt hat.«

»Ooooh … richtig.« Ich blinzelte. »Ja, ja. Natürlich. Ich habe so viel über Sie gehört … und wie sehr Sie Ihren großen Bruder lieben.«

Das Lächeln geriet ein wenig ins Wanken, aber nicht genug. »So ist es.«

»Tja, jetzt kennst du sie ja.« Chris räusperte sich. »Wir sollten mal sehen, wo Lucas steckt. Er wartet sicher auf uns.«

»Warum die Eile?«, fragte Scotty, der meine Hand immer noch festhielt. Ich unterdrückte den Impuls, sie ihm zu entreißen, damit er nicht denken sollte, er habe mich eingeschüchtert. Denn das hatte er nicht. »Er ist bei Tate, und ich möchte Ms Greene gern ein bisschen besser kennenlernen. Immerhin ist sie mit meinem Bruder zusammen.«

Chris' Griff um meine Taille wurde fester. »Ich finde, du kennst sie gut genug.«

Ich nickte. »Aber es war schön, Sie kennenzulernen.«

»Nur mal mit der Ruhe.« Scotty kam noch näher und lächelte mich an. Chris fluchte leise. »Erzählen Sie doch ein wenig mehr darüber, wie Sie meinen Bruder kennengelernt haben.«

Auch Chris rückte näher und griff nach seiner Waffe. »Du solltest lieber Abstand …«

»Ich habe gehört, er hat Ihnen das Leben gerettet und sein eigenes dabei riskiert.« Scotty musterte mich aufmerksam. Er rieb sich das Kinn, ließ die Schultern kreisen und stieß ein leises Lachen aus. »Was so gar nicht nach meinem Bruder klingt, wenn Sie mich fragen.«

Ich hob das Kinn. »Dann kennen Sie ihn wohl nicht so gut, wie Sie meinen, denn ich finde, das klingt sehr wohl nach ihm.«

»Sie müssen ihm viel bedeuten.« Er legte den Kopf zurück und fixierte mich. Es ärgerte mich, dass er schon mit seinem Blick allein meine Knie zum Zittern brachte. »Und dass er etwas so Wichtiges an die Öffentlichkeit gelangen lässt? Eigentlich hätte er es besser wissen müssen.«

Seine Worte schickten mir einen Schauder über den Rücken, doch ich ließ mir nichts anmerken. Wollte nicht, dass er sah, dass er mich getroffen hatte. »Ich weiß nicht, was Sie meinen.«

»Ich meine, dass Sie ihm offensichtlich wichtig sind.« Scotty ließ den Blick über die Menschenmenge schweifen. »Das war in dem Moment klar, als er Sie rettete, ohne auch nur einen Gedanken an die Konsequenzen zu verschwenden. Damit hat er seine größte und vielleicht seine einzige Schwäche gezeigt. Sie.«

»Er hat einfach das Richtige getan«, sagte ich schnell und rang mir ein Lächeln ab. »Mehr nicht.«

Scotty musterte mich. »Wenn Sie das sagen, Herzchen.«

Vor Wut sah ich nur noch rot. Die Tatsache, dass er dort stehen und locker mit mir plaudern konnte, während er plante, den Mann zu töten, von dem wir gerade sprachen, hatte mich bis ins Mark getroffen. »Nennen Sie mich nicht Herzchen. Ich bin nicht Ihr Herzchen.«

Chris schmunzelte. »Wie ich sagte. Eier, Liebes. Eier.«

»Scotty«, sagte Lucas. Ich spürte ihn, bevor ich ihn hörte. Als er hinter mich trat, war seine innere Anspannung in Wellen zu spüren. Es waren Riesenwellen. »Gibt es ein Problem?«

»Nö.« Scotty ließ endlich meine Hand los und sah ihn an. »Kein Problem. Wir haben nur geplaudert.«

Ich grub die Nägel in meine Handfläche, sonst hätte ich Scotty das Gesicht zerkratzt. »Es war nett, Sie kennenzulernen, Scotty.«

»Ja.« Scotty wurde rot, als er den Kosenamen hörte. »Ganz meinerseits.«

Als Scotty sich daraufhin immer noch nicht entfernte, fragte Lucas: »Gibt's noch was, Bruder?«

Dieser sah Lucas lange und ernst an, trat dann näher und senkte die Stimme. Ich konnte ihn kaum verstehen, deshalb wusste ich, dass Chris nichts mitbekam, auch wenn er offensichtlich die Ohren spitzte. »Du solltest dir deine Gefühle nicht so anmerken lassen, weißt du. Das hast du mir selbst beigebracht. Man weiß nie, wer zusieht.«

Lucas legte den Arm um meine Schultern. Er wirkte locker und unerschütterlich. Als könnte ihn nichts beeindrucken, am wenigsten Scotty. Aber ich spürte die Anspannung in seinem Bizeps. Er war alles andere als gelassen. »Ich habe keine Ahnung, wovon du sprichst.«

Tate erschien wieder auf der Bildfläche, ein Glas Champagner in der Hand. Er erhob es ein wenig und trat auf uns zu, an Lucas' Seite. Der Cop stellte sein Getränk ab und verließ den Raum, als wüsste er, was jetzt kam – Stichwort: glaubhafte Abstreitbarkeit. »Ich möchte euch alle bitten, das Glas zu heben. Wie alle loyalen Mitglieder dieser Organisation hat auch Lucas seine Zeit abgesessen, hat zu uns gehalten und wird nun dafür belohnt werden. Darf ich vorstellen: der neue Leiter von Import und Export.«

Ein leises Raunen ging durch den Saal. Lucas' Hand streichelte meine nackte Schulter, als könnte ihn nichts aus der Ruhe bringen. Aber ich wusste es besser. Dieser Muskel an seinem Kinn tickte wieder wie eine Uhr. Scotty fixierte Lucas, aber in seinen Augen lag ein hartes Glitzern. Als ich es bemerkte, war mir, als drückte die Angst mein Herz wie eine Faust zusammen. Angst um Lucas. Etwas stimmte hier nicht.

Lächelnd hielt Scotty Lucas die Hand hin, aber das Lächeln erreichte nicht seine Augen. »Glückwunsch, Bruder.«

»Danke.« Lucas lächelte zurück und schüttelte seine Hand. »Das zeigt nur, was man mit ein bisschen harter Arbeit und Geduld erreichen kann.«

»So siehst du das?«, fragte Scotty.

Tate verfolgte das Ganze mit gerunzelter Stirn. »Gibt es ein Problem?«

»Absolut nicht«, sagte Scotty. »Ich wollte sowieso gerade gehen.«

Mit langen, ruhigen Schritten entfernte er sich, als habe er alle Zeit der Welt, um seinen Bruder zu töten … als würde ihm die Verzögerung nicht im Geringsten etwas ausmachen.

Es war furchterregend.

»Ignoriere ihn einfach«, sagte Lucas zu Tate, während er mich unerbittlich festhielt. »Er wartet schon lange darauf, endlich in der oberen Liga mitzuspielen.«

Tate nickte. »Kann sein, dass er sich ärgert, aber du hast es verdient. Das muss er akzeptieren, sonst ist er raus.« Er hielt inne, dann legte er die Hand auf meine Schulter und drückte zu. »Alles in Ordnung, Miss Greene? Sie sehen ein wenig blass aus.«

Ich biss mir auf die Zunge. Wie gerne hätte ich Tate gesagt, dass Scotty Lucas nach dem Leben trachtete. Doch das wäre ein Verrat an Lucas gewesen, und dann hätte es kein Zurück mehr gegeben. »J-ja, natürlich. Ich freue mich nur so für Lucas.«

»Ich auch«, sagte Tate und strich seine Anzugjacke glatt. »Jetzt, da die Sache verkündet ist, sollten wir zum Geschäftlichen übergehen. Wenn Sie mich bitte entschuldigen?«

»Was dagegen, wenn ich mich früh verabschiede?«, fragte Lucas. Lächelnd strich er mir mit der Hand über den bloßen Arm. »Wir haben was zu feiern, wenn du verstehst, was ich meine?«

Tate lachte. »Natürlich. Aber ich erwarte dich gleich morgen früh im Büro. Wir haben viel zu besprechen.«

»Natürlich«, murmelte Lucas.

»Ich habe mich gefreut, Sie kennenzulernen, Mr Daniels«, sagte ich eilig und hielt ihm die Hand hin. »Danke für Ihre Gastfreundschaft.«

Er hauchte einen Kuss darauf. »Es war mir ein Vergnügen, meine Liebe.«

Sobald er sich entfernt hatte, ließ Lucas mich los wie eine heiße Kartoffel. Und gab die ungerührte Fassade auf. »Was hat er zu dir gesagt?«

»Nichts«, antwortete ich sofort und verschränkte die Arme vor der Brust. »Es war nichts.«

Er betrachtete mich eine Weile, versuchte, in meinen Gesichtszügen zu lesen, bis seine Augen zu Stein wurden. Vermutlich hatte er ein Zeichen der Angst in meiner Miene erkannt.

»Du hättest nicht herkommen sollen«, knurrte er und fuhr sich mit der Hand durchs Haar. Als seine Blicke mich nicht mehr losließen, machte ich instinktiv einen Schritt zurück, bevor ich mich wieder fing. In seinen Augen lag keine Wärme mehr oder irgendetwas, das ihr nahekam. Nein, er sah aus … er sah aus wie Scotty. Kalt. Berechnend. Stinksauer. »Verflucht, du hättest nicht herkommen sollen.«

25

Lucas

Es hätte nicht viel gefehlt, und ich hätte die Beherrschung verloren, gleich hier, vor aller Augen. Sie am Ellbogen gepackt und aus dem Saal gezerrt wie ein ungezogenes Gör. Denn so hatte sie sich benommen, als sie einfach hier aufgetaucht war, obwohl ich es ihr ausdrücklich untersagt hatte. Wenn sie nicht hergekommen wäre, hätte sie Scotty nicht getroffen. Und wenn sie Scotty nicht getroffen hätte, wäre sie jetzt nicht in noch sehr viel größerer Gefahr als vorher schon.

Heidi war sich dessen nicht mal bewusst, aber mit ihrem Erscheinen heute Abend …

… hatte sie ihr eigenes verfluchtes Todesurteil unterschrieben.

Ich holte tief Luft, ballte die Hände zu Fäusten und löste sie wieder, während ich bis fünf zählte. Wenn es um sie ging, vergaß ich plötzlich alle Vorsicht. Ich hatte sie gerettet, als ich mich eigentlich um meine eigenen Angelegenheiten hätte kümmern sollen. Ich hatte zugelassen, dass sie sich an meinen in vielen Jahren um mich herum errichteten Schutzmauern vorbeigeschlichen hatte, und nun hatte ich Angst um ihr Leben.

Und sie zahlte es mir zurück, indem sie ihr Leben einfach wegwarf.

Ich würde ihr höchstpersönlich den Hals umdrehen und Scotty die Mühe ersparen. Knurrend zerrte ich an meiner

Fliege, die mir die Luft abschnürte, und wies mit dem Kopf in Richtung Ausgang. »Wir fahren nach Hause. Sofort. Hol deinen Mantel.«

Ihr Blick huschte zur Tür, dann zu mir zurück. Sie schluckte. »Lucas …«

»Sofort.«

»Hör zu, Mann«, sagte Chris und stellte sich vor sie, als würde sie Schutz brauchen. Vor mir. Lächerlich. »Sie hat es nicht böse gemeint. Sie hat nur versucht, dir zu helfen …«

»Helfen? Das war absolut nicht, in gar keiner Weise hilfreich. Und wenn du weißt, was gut für dich ist, dann verpisst du dich jetzt.« Ich trat dicht vor ihn, bedrängte ihn, die Tatsache nutzend, dass ich größer war als er. »Das geht dich einen Scheißdreck an.«

Chris lief rot an. »Ich bin nicht dein Angestellter, Arschloch, und sie auch nicht. Du kannst uns nicht herumkommandieren wie …«

Uns? Seit wann waren die beiden ein Team? Die Eifersucht – ein ebenso unangenehmes, wie unbekanntes Gefühl – traf mich wie ein Schlag in den Magen. Hart.

»Oh doch, das kann ich«, zischte ich. Ich musste irgendwohin mit meiner Wut. Brauchte eine Möglichkeit, sie abzureagieren. Chris, mein bester Freund, mein wahrer Bruder, war mein Ventil für diese innere Hölle, in der ich gefangen war. »Dann pass mal gut auf.«

Ich holte aus und wollte ihm gerade inmitten all dieser Leute die Scheiße aus dem Leib prügeln, als Heidi sich vor ihn warf. »Lucas, nein. Nicht hier. Zu viele Zuschauer.«

Ich senkte den Arm, ohne aber die Faust zu öffnen. Schwer atmend riss ich mich zusammen. Jetzt war weder der Zeitpunkt noch der Ort günstig, um meiner Wut Luft zu machen. Ich blickte mich um. Viel zu viel Aufmerksamkeit.

Ich tat es schon wieder. Zeigte Schwäche.

Und ich konnte nichts dagegen tun. Es war wie ein unaufhaltsamer Tornado in meinem Inneren, der meine jahrelange Selbstbeherrschung in Stücke riss.

Chris zog Heidi sanft aus dem Weg, und sie ließ es zu. »Ich bin nicht dein Feind, und das weißt du. Und sie auch nicht.«

Langsam löste ich die Faust, während das Blut weiter mit einem Höllentempo durch meine Adern pumpte. Meine Knöchel schmerzten von dem Bedürfnis, Knochen zu zermalmen, doch ich kämpfte gegen den primitiven Trieb an. »Hol. Deinen. Mantel.«

»Okay.« Heidi hob das Kinn. Im Gegensatz zu mir wirkte sie völlig ruhig. »Okay. Komm mit.«

Ich hatte ihr gesagt, sie solle zu Hause bleiben. Sie hätte nicht herkommen sollen. Sie hätte nicht …

Sie streckte ihre Hand aus, und ihre sanften blauen Augen riefen mich auf eine Art, wie es zuvor noch niemand getan hatte. »Komm mit. Wir gehen nach Hause.«

Nach Hause. Zwei so einfache Worte.

Ohne etwas zu entgegnen, ergriff ich ihre Hand und führte sie zur Garderobe. Mehrere Menschen sahen uns nach. Ihre aufmerksamen Blicke machten mich nervös, doch ich schaute nicht zurück. Ich würde nie wieder zurückschauen. Dafür war es zu spät. Es war zu spät, sie vor dem Leben zu bewahren, das ich führte. Und es war definitiv zu spät, sie wegzuschicken, in Sicherheit. In Sicherheit vor mir. Nun war es an der Zeit, nach vorne zu schauen.

Pläne zu machen.

Nachdem ich ihr in ihren Umhang geholfen hatte, gingen wir hinaus in die dunkle Nacht, wobei sie mir immer wieder verstohlene Seitenblicke zuwarf. Was ich allerdings ignorierte.

Ich war noch nicht bereit, über den Abend zu reden. »Wie bist du hergekommen? Steht dein Wagen hier?«

»Nein, ich habe ein Taxi genommen.« Sie zog das Cape enger um sich. »Ich habe kein Auto.«

Mit den Zähnen knirschend gab ich dem Wagenmeister meine Karte. »Du bist allein hergekommen?«

»Ja.«

Aha. Aber ich würde nicht darauf eingehen. Noch nicht zumindest. Dabei brachte mich allein die Vorstellung, dass sie sich allein hier herausgewagt hatte, obwohl sie wusste, dass die Bitter-Hill-Typen nur auf eine Chance warteten, sie in die Finger zu bekommen, erneut an den Rand des Wahnsinns. Während mein Wagen vorgefahren wurde, behielt ich aufmerksam unsere Umgebung im Auge, dann öffnete ich die Beifahrertür und starrte sie herausfordernd an. Der Wagenmeister, offensichtlich ein cleveres Bürschchen, wartete nicht auf Trinkgeld und verzog sich eilig.

Sie zeigte keine Angst und wich meinem Blick nicht aus. Stieg einfach nur mit steifen Bewegungen in den Wagen. Nachdem ich mich hinter dem Steuer niedergelassen und den Gang eingelegt hatte, schloss sie den Gurt. Wir wechselten kein Wort, als wir auf die Straße fuhren, und nie war ich dankbarer für unser Schweigen gewesen. Ich überprüfte im Rückspiegel, ob wir verfolgt wurden, und warf ihr dann einen schnellen Blick zu. Sie hatte ihr Täschchen zusammengeknüllt und starrte geradeaus. Sie wirkte beunruhigt.

Gut so. Das sollte sie auch sein.

Als hätte sie meinen Blick gespürt, brach sie das Schweigen. »Es tut mir leid, dass du wütend bist, aber ich habe gehört, dass Tate mich sehen wollte, um sich davon zu überzeugen, dass die Sache zwischen uns auch stimmt. Dass du sonst zur Rechenschaft gezogen würdest.« Sie umklammerte ihre Tasche fester.

»Und ich wollte nicht, dass du meinetwegen noch mehr Ärger bekommst. Gott weiß, dass ich dir schon genug Probleme bereitet habe.«

Meine Oberlippe kräuselte sich, und ich packte das Steuer so fest, dass meine Hand wehtat. »Und deshalb musstest du die Heldin spielen, hm? Musstest unbedingt versuchen, mich zu beschützen.«

Sie schnappte nach Luft. »Ich habe nicht …«

»Genug.« Erneut kochte die Wut in mir hoch. Ich stand kurz davor zu explodieren, und das wollte ich nicht. Nicht wenn sie dann alles abbekam, verdammt. »Einfach … genug.«

Glücklicherweise verstand sie den Hinweis und hielt die Klappe.

Ich versuchte, meinen Griff um das Steuer zu lockern, ohne Erfolg. Wie sollte ich mich auch entspannen, wenn ich wusste, dass Scotty jetzt mit aller Macht versuchen würde, an sie heranzukommen? Alles nur weil sie eine Heldin hatte sein wollen und zu dieser Party gekommen war. Denn das brachte es einem ein, wenn man ein Held war: eine Zielscheibe auf dem Rücken.

Tja, mir egal.

Ich war kein Held und würde nie einer sein.

»Warum bist du denn so sauer auf mich?«, fragte sie. Sie hatte endlich aufgehört, durch die Windschutzscheibe zu starren, und wandte sich stattdessen mir zu. »Weil ich zu der Party erschienen bin, obwohl du mich nicht dahaben wolltest, oder weil ich nicht blind deine Befehle befolgt habe?«

Ich zählte schweigend meine Atemzüge. Ein, eins. Aus, zwei. Ein, drei. Aus, vier. Ich würde nicht ausflippen, und ich würde nicht meine Beherrschung verlieren. Nicht ihr gegenüber.

»Du kannst mich nicht beschützen, ohne die Folgen für dich zu berücksichtigen«, sagte sie. »Das werde ich nicht mehr zulassen.«

Dieses Mal zählte ich schwer atmend bis zehn. Es half nicht.

»Reden wir jetzt nicht mehr miteinander? Wirst du jetzt bockig?« Sie warf ihre Tasche zur Seite. »Wie alt sind wir? Fünf?«

Als ich immer noch nicht antwortete, gab sie auf und starrte wieder zum Fenster hinaus.

Als wir vor der Werkstatt vorfuhren, war die Spannung zwischen uns dicker als Öl. Ich stellte den Motor ab und suchte auf dem Parkplatz nach irgendwelchen bedrohlichen Hinweisen. Nichts. »Wir gehen direkt nach drinnen. Nicht reden, nur gehen.«

Als sie mich ansah, waren ihre Augen so groß, als sei sie erschrocken, dass ich tatsächlich etwas gesagt hatte. »Ach, reden wir wieder miteinander?«

»Das ist kein scheiß Spiel«, blaffte ich. »Halt. Die. Klappe. Geh rein.«

Sie verdrehte die Augen, stieß die Beifahrertür auf und sprang mit einer einzigen geschmeidigen Bewegung hinaus. Mit der Waffe in der Hand folgte ich ihr und hielt gleichzeitig nach irgendwelchen Gefahren Ausschau. Wir schafften es, ohne angegriffen zu werden, nach drinnen, doch auch dort blieb ich weiter wachsam. Sobald ich die Tür abgeschlossen hatte, ging ich zum Fenster und warf einen Blick hinaus. Von jetzt an würde ich die ganze Nacht Wache halten. Mir blieb ja sonst keine Möglichkeit. Hinter mir klappte die Schlafzimmertür zu. Ich legte die Stirn an die kalte Scheibe. Sie hatte wohl beschlossen, dass Schweigen die beste Lösung war.

Gott sei Dank.

Was zum Teufel sollte ich jetzt mit ihr tun? Wie sollte ich für ihre Sicherheit sorgen, wenn Scotty wusste, dass sie mein schwacher Punkt war? Vor mir sah ich die Spitze von St. Stephen, die zum Teil im Nebel verborgen war. Wo war »Gott« jetzt? Wo war er, als mein Bruder entschieden hatte, dass er ohne mich besser dran war? Und wo war er bei Heidis Überfall, als mir keine andere Wahl geblieben war, als dazwischenzugehen – und sie damit in mein Leben hineinzuziehen?

Ich wandte den Blick von dem Turm ab, von dem keine Antwort zu erwarten war und keine Absolution. Dichte Wolken verdeckten die Sterne, ein Sturm zog auf. Ich hatte keine Zeit gehabt, mir den Wetterbericht anzuhören – ich war zu beschäftigt damit gewesen, Kugeln auszuweichen und Heidi das Leben zu retten –, aber den Himmel konnte ich ziemlich gut lesen.

Wie auf ein Stichwort fielen Schneeflocken vom Himmel.

Die Schlafzimmertür hinter mir öffnete sich, und alles in mir spannte sich an. »Geh zurück ins Bett.«

»Ich gehe nicht ins Bett.« Sie durchquerte das Wohnzimmer, doch ich drehte mich nicht um. Ich wagte nicht, sie jetzt anzusehen. »Ich gehe zur Arbeit.«

Ich brauchte eine volle Minute, um zu begreifen, dass sie – schon wieder – versuchte, mich umzubringen. Genau genommen versuchte sie, sich selbst umzubringen, aber wenn sie starb, dann würde ich …

Es war ein und dasselbe.

»Du gehst nirgendwo hin.«

Sie warf in gespielter Verzweiflung die Hände in die Luft. »Und warum nicht?«

Ich legte die Pistole auf den Tisch neben der Tür und lehnte mich dagegen, um ihr den einzigen Ausgang zu versperren. »Du bist einfach dort hingegangen und hast dein hübsches kleines Gesicht dort gezeigt.«

»Ich sagte bereits: Sie mussten mich mit eigenen Augen sehen.« Sie hob herausfordernd das Kinn an. Mutig. Töricht, aber mutig. »Tate musste mich mit eigenen Augen sehen.«

Und auf einmal kam alles, was ich zurückgehalten hatte, in Bewegung, riss den Damm ein. Und es war nicht mehr aufzuhalten. Ich schlug mit der Handfläche gegen die Tür. »Es ist mir scheißegal, was er musste. Ich wollte, dass du sicher bist und nichts mit diesem Leben zu tun hast. Und du hast es ruiniert.«

»Weil ich zu einer einzigen Party gegangen bin«, sagte sie gedehnt. »Ja, klar. Jetzt werde ich natürlich nicht mehr widerstehen können. Ich werde zu jeder Einladung gehen, zu der du gehst, eine richtige Partymaus werden. Und alles mit meiner Anwesenheit ruinieren.«

Ich ging in die Küche und ergriff mit zitternder Hand die Whiskeyflasche. Mein Zorn wuchs mit jedem Wort, das sie sagte. Sie kapierte es nicht. Verstand nicht, dass sie jetzt zur idealen Zielscheibe für Scotty geworden war. Es war nur eine Frage der Zeit, bis er zuschlagen würde.

Und er würde hart zuschlagen.

»Solange wirst du nicht mehr leben.« Ich drehte den Deckel ab und hielt mir die Flasche an die Lippen. Als ich fertig war, knallte ich sie so fest auf den Tisch, dass es ein Wunder war, dass sie nicht in tausend Stücke zersplitterte. »Du kapierst es nicht. Du kapierst es nicht, und das macht mich so wütend. Du kannst es dir nicht vorstellen.«

Sie kam zu mir und schnappte sich die Flasche, um ebenfalls direkt daraus zu trinken. Dann stellte sie sie auf den Küchentresen. »Verdammt, Lucas. Ich stand doch schon auf der Abschussliste von Bitter Hill. Was kann es denn da noch für einen Schaden anrichten, wenn ich zu irgendeiner dummen Party gehe?«

»Du bist zu der Party gegangen, zu der auch mein Bruder, der mich unbedingt aus dem Weg räumen will, eingeladen war.« Ich lehnte mich an den Küchentresen und starrte finster die Wand an. »Du bist zu ihm gegangen, hast dich vorgestellt und ihm gezeigt, wer du bist.«

»Ja …« Sie blinzelte. »Und?«

»Das alles hier passiert nur, weil ich dich beschützen wollte«, murmelte ich und schüttelte lachend den Kopf. Es klang leicht irre. »Und du machst immer wieder alles kaputt. Du willst nicht mehr leben, das muss es sein. Anders kann ich es mir nicht erklären.«

Sie gab einen verärgerten Laut von sich. »Das ist doch Unsinn. Was hat die Party denn damit zu tun?«

»Als ich dich gerettet habe, hatte ich nichts dadurch zu gewinnen. Mein ganzes Leben lang habe ich nur Dinge getan, die mir halfen, das zu bekommen, was ich wollte. Ich war es leid, arm zu sein, deshalb habe ich mich den Sons of Steel Row angeschlossen. Ich habe Scotty mit reingeholt, weil ich ihn so besser im Auge behalten konnte. Mein Gott, ich bin sogar lieber ins Gefängnis gegangen, als mit den Cops zusammenzuarbeiten, weil ich am Leben bleiben wollte. Ich habe immer die Entscheidung getroffen, die am cleversten, am sichersten war.« Ich fuhr mir mit den Händen über mein Gesicht. »Und dann tat ich zum ersten Mal etwas, bei dem die Nachteile die Vorteile bei Weitem überwogen.«

Sie biss sich auf die Zunge oder die Wange, wie immer wenn sie angestrengt nachdachte. »Das war ich.«

»Ja. Du.« Ich streckte die Hände aus und lachte wieder. »Und auch wenn ich nur einfach mit dir vögeln würde, würde ich niemals zulassen, dass du Tate triffst. Scotty weiß das. Aber du nicht. Deshalb, Schätzchen, wie könnte man mich besser wie ein Lamm zur Schlachtbank führen, als dich zu dieser Party zu locken? Jetzt weiß Scotty, dass er am besten über dich an mich rankommt, denn jetzt glaubt er, dass du für mich die wichtigste Person auf diesem Planeten bist.«

Und damit könnte er recht haben, doch ich weigerte mich immer noch, es zuzugeben. Zumindest nicht laut.

Es war für uns beide nicht gut.

»Aber das ist … Ich bin nicht … Ich bin nicht dein Schwachpunkt. Du versuchst doch seit dem ersten Tag, mich dazu zu bewegen, die Stadt zu verlassen.« Sie fuhr sich über die trockenen Lippen und schüttelte den Kopf. »Dass du dich damals eingemischt hast, war nur eine vorübergehende Unzurechnungsfähigkeit.«

Ich öffnete den Mund, um ihr zu sagen, wie falsch sie lag. Um ihr zu sagen, dass ich mich vom ersten Augenblick, als ich sie sah, zu ihr hingezogen gefühlt hatte. Warum sonst wäre ich immer wieder in ihre Bar gekommen? Ich hätte genauso gut zu Hause trinken können. Ich hatte sie sehen wollen. Ihre Nähe gesucht. All das lag mir auf der Zunge. All die Worte, die ich in meinem Inneren unter Verschluss hielt.

Aber was würde es helfen, wenn ich sie jetzt aussprach?

Ich schüttelte den Kopf. »Es ist unwichtig, was ich wirklich getan habe oder warum. Wichtig ist nur, wie es für ihn aussieht. Was er glaubt.«

Bevor sie sich abwandte und tief durchatmete, sah ich etwas Dunkles in ihrem Blick, doch ich konnte nicht erkennen, was es war. »Deswegen wolltest du mich nicht dorthaben. Weil du wusstest, was Scotty denken würde.«

»Ja«, brachte ich gerade noch heraus.

»Warum hast du mir das nicht gesagt?« Sie blickte mich wieder an. Ihre Wangen waren gerötet, und sie stand wie erstarrt. »Warum vertraust du mir nicht und behandelst mich wie eine Partnerin, statt mir zu verbieten hinzugehen, als wäre ich ein Kind?«

»Weil ich nicht wollte, dass dir etwas passiert, verdammt. Ich wollte nicht, dass du die Aufmerksamkeit der Anwesenden weckst.« Ich musterte sie von Kopf bis Fuß und sagte bitter: »Aber du hast es trotzdem getan. Du hast dich eingemischt und damit uns beide umgebracht.«

»Du hast eine Kleinigkeit vergessen«, fauchte sie.

Ich zog eine Augenbraue hoch. Ich wusste, sie hasste es, wenn ich das tat. »Ach? Und was wäre das, Schätzchen?«

»Du hast mich nicht gerettet, weil dir was an mir lag oder weil du mich liebtest.«

Ich verschränkte die Arme vor der Brust und lehnte mich an die Wand. Sie sollte nicht sehen, dass ich innerlich kochte. »Und, weiter?«

»Und …« Sie baute sich vor mir auf und legte den Kopf in den Nacken, um ohne jedes Anzeichen von Gefühl zu mir hochzublicken. »Da wir doch füreinander gar nichts übrighaben, wen kümmert's dann, wenn sie mich holen? Sie können mich nicht gegen dich verwenden.«

»Also, nachdem ich mir die Mühe gemacht habe, dich zu retten, soll ich jetzt … was tun?« Ich grinste süffisant. »Dich als Verlust abschreiben? Dich vergessen, wenn er dich in die Finger bekommt? So tun, als wüsste ich nicht, wie die Bitter-Hill-Typen Frauen behandeln oder was sie vielleicht mit dir anstellen werden? Soll es mir einfach scheißegal sein? Willst du das sagen?«

Sie presste die Lippen aufeinander, gab nicht klein bei. Normalerweise begehrte ich sie noch mehr, wenn sie sich so stur zeigte, doch nicht dieses Mal. Dieses Mal war es anders. »Du entscheidest selbst, was du fühlst. Nicht er. Und nicht ich. Wenn ich dir egal bin, bin ich dir egal.«

»Denkst du das von mir?«, fragte ich ruhig, und mit jedem Wort wurde meine Brust enger. So nah war ich der Versuchung, ihr zu gestehen, was ich für sie empfand, und es machte mir eine Scheißangst. »Glaubst du ernsthaft, ich würde – könnte – dich im Stich lassen, wenn du in Schwierigkeiten wärst?«

Wortlos sah sie mich an. Wild entschlossen erwiderte ich ihren Blick, ließ sie mich sehen. Mein wahres Ich. Es war an der Zeit. Langsam schüttelte sie den Kopf. »Nein.«

»Du bist mein Schwachpunkt«, sagte ich, mir das Gesicht reibend. »Und jetzt weiß er es. Er weiß es, Heidi, verdammt noch mal. Du hast dich ihm auf dem Silbertablett serviert. Und mich gleich mit.«

Kopfschüttelnd wich sie zurück. »Nein. Ich bin nicht … du, nein …«

»Doch.« Ich hielt ihren Blick fest. Meine Brust hob und senkte sich schneller als nach einem Fünf-Meilen-Lauf. Mein Herz schlug ein schnelles Staccato in meinem Kopf und übertönte die Stimmen, die mir befahlen, die Klappe zu halten, bevor ich etwas sagte, das ich bereuen würde. »Doch.«

Sie bedeckte den Mund mit der Hand. »Lucas …«

Ich trat näher an sie heran. »Flieh.«

»Flieh mit mir.« Sie tat einen bebenden Atemzug. »Wenn du mit mir kommst … dann gehe ich.«

Noch ein Schritt. »Nein.«

»Dann ist meine Antwort nein.«

Ich packte sie um die Taille und riss sie an mich. »Verdammt. Heidi, verdammt.«

Und dann küsste ich sie.

26

Heidi

Lucas wollte mir Angst einjagen, als wäre ich nicht selbst in der Lage zu erkennen, was für ein Mann er war. Denn alle Beispiele, die er für seine Selbstsucht anführte, waren Unsinn. Der Gang hatte er sich angeschlossen, um seiner Familie ein besseres Leben zu ermöglichen. Scotty hatte er mit ins Boot geholt, weil er geglaubt hatte, sein kleiner Bruder wäre dort sicherer. Er hatte keinen Deal mit der Polizei gemacht und seine Gefängnisstrafe abgesessen, weil seine Loyalität unerschütterlich war. Und nun deutete er an, dass er etwas für mich empfand … etwas, das zählte …

Aber ich glaubte ihm nicht.

Das sagte er nur – fühlte er nur –, weil er mich gerettet hatte. Und nun, ganz konsequent, wollte er mich am Leben erhalten. Mein Überleben war zu seinem persönlichen Anliegen geworden. Das war alles. Mein törichtes Herz wollte seinen Handlungen eine tiefere Bedeutung geben, ihm Glauben schenken, wenn er mich ansah, als bedeutete ich ihm etwas, aber ich wusste es besser. Er liebte mich nicht. Er wollte nicht den Rest seines Lebens mit mir verbringen.

Er hatte einfach nur das Richtige getan, weil er trotz allem ein guter Mensch war.

Dass er mich küsste, als könne er nicht ohne mich leben, hieß nicht, dass es auch wirklich so war. Dass ich mehr wollte, entgegen aller Vernunft und Logik, hieß nicht, dass es für ihn ebenso zutraf. Er drehte mich um, sodass ich mit dem Rücken zur Wand stand, und gab ein tiefes Grollen von sich. Seine Hände wanderten über meinen Körper, berührten mich überall. Hinterließen Spuren aus Feuer. Seine Zunge tanzte mit meiner, und ich verlor mich in ihm. Wie immer.

Und trotzdem, noch im selben Moment, als er mich vor Lust aufschreien ließ, überkam mich ganz schwach der Schmerz darüber, dass das, was uns verband, keine Zukunft hatte.

Und das seit dem ersten Mal, als ich ihn in meiner Bar Lucky genannt hatte.

Tränen brannten unter meiner Lidern. Seit der Party hatte ich keinen Zweifel mehr daran, dass die Pattsituation zwischen ihm und seinem Bruder bald ein Ende finden würde. In einem Kugelhagel und Blutbad. Vielleicht aus unserem Blut. Ich konnte nur hoffen, dass Lucas es überlebte, denn wenn nicht …

… wusste ich nicht, wie ich weiterleben sollte.

Schon nach der kurzen Zeit, die wir miteinander verbracht hatten, hatte er sich in meinem Leben, in meinem Herzen eingenistet. Offenbar war ich doch noch eine Träumerin, denn gestern Nacht hatte ich von ihm und mir geträumt. Und wir waren glücklich gewesen. Sehr glücklich. Ich träumte, dass wir zusammen ein Abendessen zubereiteten, in einer normalen Küche, einem normalen Haus, und wir führten ein normales Leben. Er war hinter mich getreten und hatte meinen Hals geküsst, dann hatte er die Arme um mich geschlungen und mich festgehalten, als wolle er mich nie wieder loslassen. Obwohl ich wusste, dass es nur ein Traum war und nie mehr als das sein würde, konnte ich das Gefühl nicht abschütteln, dass …

… wir glücklich hätten werden können. In einem anderen Leben. Es wäre möglich gewesen.

Er packte meine Shorts und riss sie mir bis zu den Knöcheln

herunter, kurz darauf tauchte seine Hand zwischen meine Beine, um mich zu umfassen. Sobald ich seine Finger spürte, entrang sich mir ein Stöhnen. Die Wirkung, die er auf mich hatte, war … verrückt. Süchtig machend. Und sehr gefährlich.

So wie er selbst.

Er ließ mich los, öffnete seine Hose und ließ sie ebenfalls zu Boden fallen. Dann löste er den Kuss, um vor mir in die Hocke zu gehen. Als er meine Hüften umfasste und zu mir hochblickte, sah er so verletzlich aus. »Es tut mir leid, dass ich dich angeschrien habe, Süße. Und es tut mir leid, dass ich dich in diese Scheiße reingezogen habe.«

Süße – ich würde niemals genug davon bekommen, dieses Wort aus seinem Mund zu hören. Meinetwegen konnte er das Ende der Welt verkünden – solange er ein »Süße« daranhängte, mit diesem leicht brüchigen Ton am Ende, war es mir einerlei. Und das war die reine Wahrheit. »Ich weiß. Schon in Ordnung.«

»Nein, ist es nicht.« Er zog mir den Slip über die Füße. »Aber ich weiß, wie ich es wieder gutmachen kann.«

Ohne eine Sekunde zu verschwenden, brachte er mich vollends um den Verstand, als er seinen Mund auf mich drückte und meinen Po mit seinen großen Händen umfasste, um mich dort zu halten, wo er mich haben wollte. Ein langes, ersticktes Stöhnen ausstoßend, sank ich gegen die Wand und grub die Hände in sein dichtes Haar. Dann hob ich ein Bein an und legte es ihm über die Schulter, um meine Hüften in einer Acht kreisen zu lassen. Ich wollte, brauchte es, dass er mich für ein paar Minuten in den Himmel schickte. Dass er mich alles, was geschehen war, vergessen ließ, und alles, was noch geschehen würde.

Ich musste das alles vergessen, nur für eine Sekunde.

Er schabte mit den Zähnen über meine bereits empfindliche Klitoris, während seine Zunge weit und fest kreiste. Mein Atem wurde schneller, ich packte sein Haar und zog ihn noch näher an mich. Trotzdem war es nicht nah genug und würde es nie sein. »Lucas, oh mein Gott.«

Er verstärkte den Druck und stieß gleichzeitig einen Finger in mich hinein. Sterne explodierten vor meinen Augen, und ich kam heftig an seinem Mund. Knurrend riss er mich herum, sodass ich den Hintern in die Luft reckte, und umklammerte meine Hüften von hinten. Kurz darauf drückte er seine Erektion an die Stelle, wo eben noch seine Lippen gewesen waren, und ich kam noch einmal, noch stärker als zuvor. Keuchend packte er mein Haar und zog sanft meinen Kopf zurück.

Sein Mund presste sich an mein Ohr, dann knabberte er daran. »Ich liebe es, dich mit dem Mund zu vögeln, Schätzchen. Du schmeckst so gut, wenn du kommst. Und dieses leise Keuchen … Ich liebe …« Er brach ab und zog fester an meinem Haar. »Ich könnte den Rest meines Lebens zwischen deinen feuchten Schenkeln verbringen und dann glücklich sterben, aber jetzt … jetzt muss ich dich vögeln.«

Ich nickte. »Ja. Gott, ja.«

Mit einem langen, harten Stoß drang er in mich ein. Meine Nägel kratzten über die Wand, suchten Halt und fanden ihn nicht. Meine Hüften umklammernd, bewegte er sich in mir, immer kräftiger und härter. Ich bog den Rücken durch und drängte mich ihm entgegen, um ihm noch näher zu sein.

»Heidi.« Er stöhnte auf. Seine Hüften bewegten sich schneller »Du bringst mich noch um.«

Ich schrie auf, als sich der Druck, der sich in mir aufgebaut hatte, löste. Und im selben Moment war auch er so weit. Sein Körper versteifte sich, als er kam. Heftig atmend sank er auf mich, ohne mir dabei jedoch die Luft abzuschnüren. »Lucas …«

»Ich weiß.« Er küsste mich auf den Kopf und hielt mich in den Armen. »Glaub mir, ich weiß.«

So blieben wir für kurze Zeit, bis er mich wortlos hochhob und ins Schlafzimmer trug – die Hose hing ihm noch um die Knöchel, ein fast komischer Anblick. Aber nur fast. Stattdessen war es bittersüß. Vorsichtig legte er mich auf das Bett und zog die Decke über mich.

Nachdem er sich das Shirt über den Kopf gezogen und auf den Boden geworfen hatte, stand er da, herrlich in seiner Nacktheit, und ich konnte nicht aufhören, ihn anzusehen. Davon konnte ich nie genug bekommen. Diese Tattoos zu bewundern, diese Muskeln und …

Oh mein Gott, waren das *Sommersprossen* auf seiner Schulter?

»Was ist denn?« Er warf einen Blick auf seine Schulter. »Stimmt was nicht?«

»Sind das …?« Ich kroch auf allen Vieren zu ihm. Er ließ mich nicht aus den Augen. Seine Brust hob und senkte sich schneller, als ich näher kam. »… Sommersprossen?«

Sofort bedeckte er seine Schulter, und seine Wangen röteten sich leicht. »Ja. Warum?«

»Ich will sie sehen.« Er ließ zu, dass ich seine Hand wegzog. Dann fuhr ich mit den Fingern über die Muttermale. Sie bildeten … einen … »Ist das ein Stern?«

Das Rot auf seinen Wangen wurde dunkler. »Ja. Ma hat immer gesagt, es sei ein Zeichen dafür, dass ich zu etwas Besonderem bestimmt sei. Offensichtlich hat sie sich getäuscht.«

Ich zeichnete den Stern auf seiner Schulter nach. Bisher hatte ich die Bedeutung nicht erkannt, aber er hatte sich den gleichen Stern auf die andere Schulter tätowieren lassen, gleich über seinem Piercing. Zum Gedenken an seine Mutter. Auf einmal wurde die Liebe, die ich für ihn empfand, so stark, dass es mir schier die Luft abschnürte. »Deine Mutter war eine sehr kluge Frau.«

»Nein. Sie hat sich geirrt. Ich bin nichts Besonderes, ich bin ein Krimineller.« Er schluckte. »Sie ist tot, und Scott will mich tot sehen, und wenn ich nicht vorsichtig bin, wirst auch du bald tot sein.«

Mein Herz krampfte sich zusammen. »Lucas …«

»Nicht.« Er fuhr sich durchs Haar und seufzte. »Sag es nicht.«

Ich wollte protestieren, ihn anflehen, mich nicht wieder auszuschließen, aber wozu? Auch wenn sich all das für mich real anfühlte, für ihn war es nicht real. Er wollte sich mir nicht öffnen, und die Verbindung, die ich fühlte, war einseitig. Das hatte er mir oft genug deutlich gemacht, indem er mich daran erinnerte, dass dieses Arrangement nur vorübergehend war. »Willst du dich wieder zu deinen Autos flüchten?«

Er zuckte die Achseln. »Ja, vielleicht. Ich kann besser denken, wenn meine Hände beschäftigt sind und niemand mit mir redet.«

»Gehst du deswegen immer mitten in der Nacht runter in die Werkstatt, wenn niemand sonst da ist?«

»Nein. Ich gehe mitten in der Nacht runter, wenn niemand da ist, weil ich kein Automechaniker bin.« Er stieg aus seinen Boxershorts und streckte sich. Jeder seiner schlanken Muskeln lockte mich. »Aber auch wenn ich einer wäre, würde ich immer noch lieber alleine arbeiten wollen. Ich bin in allem besser, wenn ich alleine bin.« Er grinste mich an. »Na ja, mit einer Ausnahme.«

Schnaubend verdrehte ich die Augen. »Wow. Ich bin hin und weg.« Ich drehte mich zur Wand und rollte mich zusammen, weil ich nicht wieder zusehen wollte, wie er mich verließ, auch wenn ich nichts anderes von ihm erwartete. »Viel Spaß mit deinen Autos.«

Er seufzte. »Gute Nacht, Süße.«

»Nacht«, murmelte ich.

Ich schloss die Augen und wartete darauf, dass er ging und das tat, was er am besten konnte: sich hinter eine Wand aus Einsamkeit und Eis zurückzuziehen. Deshalb war ich mehr als überrascht, als er fluchte und das Bett sich unter seinem Gewicht senkte. Dann streckte er sich neben mir aus, zog die Decke auch über sich und rieb die Wange an meiner. »Du kannst dich entspannen, Süße. Ich beiße nicht … nicht fest.«

Ich hielt den Atem an, aus Angst, dass er gehen würde, wenn ihm klar wurde, dass ich neben ihm lag. Doch das tat er nicht. Er zog mich in seine Arme und schmiegte sich an mich. Ich lag einfach da und sah die Wand an, ohne mich zu rühren. Noch nie im Leben war ich so schockiert über eine Berührung gewesen. Ich zwang meine Muskeln, sich zu entspannen. »Was tust du da?«

»Hm.« Ich hatte das Gefühl, dass er schmunzelte. Es war unglaublich sexy. »Wenn mich nicht alles täuscht, nennt man das die Löffelchen-Position. Ich glaube, das macht man so, wenn man zusammen schläft. Ich kenne es zwar nicht aus persönlicher Erfahrung, aber ich dachte, ich versuch's mal.« Er presste die Hüften gegen meinen Hintern, sodass ich seine Erektion deutlich spüren konnte. »Fühlt sich eigentlich ganz gut an.«

Ich lachte ebenfalls. »Ja, stimmt. Aber warum machst du das mit mir?«

»Weil wir gevögelt haben und ich jetzt müde bin und dies auch mein Bett ist.« Er knabberte an meiner Schulter. »Obwohl diese Position dem Schlaf nicht gerade förderlich ist, oder?«

Ein Stöhnen entschlüpfte mir. »Nicht wenn du das tust.«

Seine Hand glitt über die Rundung meiner Hüfte und dann zwischen meine Schenkel. »Verflucht. Du fühlst dich gut an, Schätzchen.«

»Lucas …«, flüsterte ich atemlos.

»Mach da jetzt bloß nichts Großes draus.« Seine Hand erstarrte. »Ich bin es nur leid, auf dem Sofa zu schlafen.«

Ich blickte über meine Schulter und versuchte, seinen Gesichtsausdruck zu deuten, aber es war zu dunkel. »Ich kann auf dem Sofa schlafen, wenn du willst.«

»Nein, das will ich nicht.« Seine Arme spannten sich an und hielten mich noch fester. »Du weißt, warum ich heute Nacht hier bin«, sagte er schroff. »Aber ich werde es nicht aussprechen.«

Doch ich sehnte mich danach. Ich wollte wissen, ob er das sagen würde, was ich von ihm hören wollte – oder ob dies nur einfach ein letzter Moment des Glücks war, bevor wir auseinandergingen. Denn mein Bauch sagte mir, dass es Letzteres war, so sehr ich auch auf Ersteres hoffte. Trotz der Zweifel, die mich quälten, und der Fragen, die mich nicht losließen, schmiegte ich mich an ihn, verbarg das Lächeln in meinem Kissen und schlief ein.

27

Lucas

Ich spürte warme nackte Haut. Ein Arm lag über meiner Brust und ein Bein über meinem, wenn ich mich nicht irrte. Mir war, als wäre ich gestorben und im Himmel. Die samstägliche Morgensonne schien durch die Vorhänge und wärmte meine nackten Schultern. Ein Hauch von Pfirsichduft stieg mir in die Nase.

Lächelnd hielt ich die Augen noch ein wenig geschlossen und genoss dieses einmalige Gefühl. Denn das würde es bleiben, einmalig. Mehr Normalität würde ich nie erleben.

Es war ein Fehler gewesen, die Nacht mit ihr zu verbringen, doch das war mir egal. Mir blieb nicht mehr viel Zeit, sie in den Armen zu halten, deswegen hatte ich beschlossen, ausnahmsweise mal mein Leben zu leben, statt nur zu überleben. Ich war neugierig gewesen, warum so ein Wirbel darum gemacht wurde, und hatte mit einer Frau in meinen Armen geschlafen. Wie sich herausgestellt hatte, war es … schön.

Mehr als schön.

Doch jetzt war es Morgen und an der Zeit, meinen Bruder zu finden und diese Sache ein für alle Mal zu beenden, so oder so. Und dazu musste ich dafür sorgen, dass Heidi mir nicht in die Quere kam und sich in Gefahr brachte. Als ich vorsichtig mit den Fingern über ihren nackten Arm strich, gab sie im Schlaf einen leisen Laut von sich und schmiegte sich eng an mich. Und wieder überkam mich ein Lächeln.

Ich konnte nichts dagegen tun.

Sie fühlte sich so gut an.

»Flieh mit mir. Wenn du mit mir kommst … dann gehe ich.« Mein Herz schlug schneller, als ich an ihre Worte zurückdachte. Seitdem sie sie gesagt hatte, schimmerte in ihren blauen Augen so viel Gefühl, dass es mir die Luft abschnürte. Ich bekam sie nicht aus dem Kopf. Mein Gott, ich hatte sogar davon geträumt. *»Flieh mit mir. Wenn du mit mir kommst … dann gehe ich.«*

Dies war die einzige Lösung, die ich nicht akzeptieren wollte.

Die einzige Lösung, die ich nicht in Betracht zog, weil ich nie vor etwas davonlief.

Wenn es Schwierigkeiten gab, kämpfte ich bis zum Schluss, und wenn es sein musste, mit nichts als meinen Fäusten. Ich packte nicht meinen Koffer und floh. So war ich nicht. Aber mit ihr zusammen … könnte ich es da tun? Die größte Herausforderung im Leben annehmen und aus einem Typen wie mir einen gesetzestreuen Bürger machen. Eine Autowerkstatt eröffnen und ein Leben auf der richtigen Seite des Gesetzes führen. Aber könnte ich wirklich dieser Mann sein? Könnte ich …

Die Tür im Erdgeschoss öffnete sich langsam.

Ich erstarrte. Jeder Nerv in meinem Körper erwachte, als eine Türangel quietschte. Ich hielt die Augen weiter geschlossen, für den Fall, dass mich bereits jemand beobachtete, und schob die Hand unter mein Kissen, um nach der Pistole zu tasten.

Dann fiel mir ein, dass ich sie gestern Abend, als ich mit Heidi stritt, neben der Tür abgelegt hatte. Ich besaß zwar immer noch die, die Chris mir gegeben hatte, doch das hieß, dass ich eine Waffe dort draußen gelassen hatte. Eine Waffe, die gegen mich gerichtet werden konnte. »Scheiße«, murmelte ich.

»Hm?«, fragte Heidi, die sich neben mir regte. »Was ist …?«

Als ich ihr hastig die Hand vor den Mund hielt, fing sie an, wild mit den Armen um sich zu schlagen. Einer traf mich an der Schläfe, bevor sich ihr Blick endlich scharf stellte und sie mich ansah. Sofort legte ich den Finger an den Mund und wies mit dem Kopf zur Tür in der Hoffnung, dass sie die Botschaft verstand. Erschrocken nickte sie.

Ich flüsterte, so leise ich konnte: »Kriech unters Bett. Sofort.«

Sie widersprach nicht, sondern warf, kaum hatte ich den Befehl ausgesprochen, die Decke zurück und verschwand unter dem Bett, mit nichts als einem T-Shirt bekleidet, das sie in der Nacht angezogen haben musste. Ich war völlig nackt … während wir angegriffen wurden.

Ich war unvorsichtig gewesen. Ein schwerer Fehler.

Leise holte ich die geladene Glock aus dem Nachttisch, in dem ich sie versteckt hatte. Mein Puls raste, und Adrenalin pumpte durch meine Adern. Offenbar war es nicht mehr nötig, zu Scotty zu fahren. Er war zu mir gekommen.

»Egal was du siehst oder hörst, komm nicht raus.« Ich schlüpfte in eine Jogginghose, weil ich nicht mit einem nackten Schwanz um unser Leben kämpfen wollte. Ich vergewisserte mich, dass nichts von ihr zu sehen war. »Nicht mal wenn sie mich umbringen. Verstanden?«

Sie steckte den Kopf heraus, und unsere Blicke trafen sich. Ich sah so viel in ihren Augen, dass meine Entschlossenheit, hier um jeden Preis lebend rauszukommen, nur noch stieg. Ich sah meine Zukunft. Mein Leben. Meine Vergangenheit. Es war alles da und blickte mich an. Zum ersten Mal in meinem Leben bereute ich etwas zutiefst.

Ich bereute es, nicht mit ihr geflohen zu sein, als ich die Chance dazu gehabt hatte.

»Lucas …«, wisperte sie.

»Komm. Nicht. Raus.« Ich neigte den Kopf. »Geh jetzt wieder da runter.«

Sie nickte und glitt so weit unter das Bett, wie es ging. »Sei vorsichtig.«

Ich fasste die Pistole fester, schickte schnell ein Gebet nach oben für den Fall, dass ich dem Gott, von dem alle sprachen, nicht völlig egal war, und schlich zur Tür. Mit rasendem Herzen drückte ich mich mit vorgehaltener Waffe an die Wand daneben.

Mit ein bisschen Glück hatte ich das Überraschungsmoment auf meiner Seite, denn sie gingen vermutlich davon aus, dass ich schlafend im Bett lag. Leise Schritte näherten sich der Tür, dann drang ein gedämpftes Flüstern an mein Ohr. Der Knauf ruckelte, dann flog die Tür auf und ein Mann stürmte herein – mit erhobener Waffe und ohne zu zögern. Ich drückte den Abzug. Blut sprühte über mein Gesicht und spritzte gegen die Wand hinter dem ersten Dreckskerl, der heute versucht hatte, mich zu töten.

Mir blieb nicht mal die Zeit zu prüfen, ob ich ihn kannte, denn kurz darauf folgten die anderen.

Bevor ich einen weiteren Schuss abgeben konnte, traf mich eine Faust an der Schläfe. Mein Blick verschwamm. Leise fluchend stolperte ich zurück und hob wieder den Arm. Zu spät.

Mindestens zweihundert Pfund pure Muskeln warfen sich auf mich, und ich traf hart auf dem Boden auf. Im Fallen schlug ich mit dem Kopf gegen den Kleiderschrank, was höllisch wehtat, doch ich hatte andere Sorgen. Ich musste mich wehren. Ich riss die Waffe hoch und schaffte es, einen Schuss abzugeben, aber der Mann über mir warf sich im letzten Moment zur Seite.

Eine Faust traf mich im Magen. Gegen die aufkommende Übelkeit ankämpfend versuchte ich, den Mann besser zu fassen zu bekommen, aber meine verdammten Augen wollten nicht mitspielen. Ich konnte immer noch nicht klar sehen. Gerade noch rechtzeitig erkannte ich schwarzes Metall, das auf mich zeigte, und trat mit einem Fluch danach. Mein nackter Fuß traf auf Knochen und Metall, das dann über den Boden zum Fußende des Bettes schlitterte.

Zu Heidi.

Aus meiner Lage auf dem Boden konnte ich ihren Blick direkt erwidern, doch nur einen kurzen Augenblick lang, nicht mehr. Sie hielt sich den Mund zu, um keinen Laut von sich zu geben. Noch hatte niemand sie bemerkt. Noch war sie in Sicherheit. Ich hob die Pistole und feuerte. Dieses Mal ging der Schuss nicht daneben. Sich krümmend und Blut spuckend ging der Wichser zu Boden.

Ich rollte mich auf den Bauch und sprang auf, um tief Luft zu holen, die Hand auf den Bauch gepresst. Mein Gott, das war die wahre Hölle auf Erden. Wenn man nicht nur um sein eigenes, sondern auch um das Leben der Frau, die man liebte, kämpfte. Wie konnte ich …? Moment, was?

Vielleicht hatte der Sturz mehr als nur mein Sehvermögen beeinträchtigt.

Meine Ohren klingelten immer noch von den Schüssen. Schnell blinzelnd versuchte ich, den Nebel vor meinen Augen und in meinem Hirn zu lichten. Ich war mir fast sicher, dass ich eine Gehirnerschütterung davongetragen hatte. Die Benommenheit war ebenso unangenehm wie gefährlich. Genauso wie meine Gedanken, deshalb verdrängte ich sie eilig. Ich hörte auch weiterhin nichts als das Hämmern meines rasenden Herzens, das in meinem Kopf widerhallte. Ein kurzer Blick bestätigte, was ich bereits wusste.

Keiner dieser Männer war mein Bruder.

Aber ich erkannte sie … auch wenn meine Kugeln ihnen die

Köpfe zerschossen hatten. Es waren zwei der Bitter-Hill-Typen, die neulich abends in Heidis Bar gewesen waren. George und Patrick. Und wo George und Patrick waren, war auch Phil nicht weit. Dort draußen lauerte noch mindestens ein weiterer Kerl. Das bedeutete, ich musste vor ihm zuschlagen.

Es war die einzige Möglichkeit, lebend hier rauszukommen.

Ich hob die Pistole und schlich zur Tür. Aus dem Wohnzimmer war nichts zu hören, doch mein schnell schlagendes Herz sagte mir, dass ich noch nicht in Sicherheit war. In Situationen wie dieser hatte ich immer auf meinen Instinkt vertraut, und das würde ich auch jetzt tun, denn er hatte mich nie im Stich gelassen. Ohne einen Blick zu Heidi, um sie nicht zu verraten, falls uns jemand beobachtete, spähte ich ins Wohnzimmer.

Niemand zu sehen. Doch im selben Augenblick, als ich durch die Tür trat, drückte sich das gefährliche Ende einer Schusswaffe an meinen Hinterkopf. Das Arschgesicht hatte sich gegen die Wand gedrückt, so wie ich eben. Und ich war darauf reingefallen.

»Keine Bewegung, Wichser«, befahl er in dem gleichen spöttischen Ton, den ich auch angeschlagen hätte, wenn die Rollen vertauscht gewesen wären.

Ich gehorchte. Er stand hinter mir und hielt mir eine Waffe an den Kopf, das hieß, vorerst war er im Vorteil. Doch nicht lange, dafür würde ich sorgen. Zu viel stand auf dem Spiel. Denn wenn ich starb … war das Heidis Todesurteil. Das durfte nicht sein.

»Blinzle nicht mal. Waffe her.«

»Phil. Wie nett, dass du vorbeigekommen bist«, sagte ich langsam und hielt die Hände hoch, ohne jedoch die Pistole loszulassen. »Ich habe mich schon gefragt, wann ich wohl dich und deine Kumpel wiedersehe.«

»Gesicht zum Fenster.«

Ich drehte mich zum Fenster. »Willst du, dass ich den schönen blauen Himmel sehe, wenn du mich erschießt?« Ich seufzte. »Wow. Ich hätte nicht gedacht, dass du so sentimental bist. Vielleicht bin ich auch so nett zu dir, bevor ich dich umbringe.«

»Du bringst mich um?«, fragte Phil lachend.

Ich nickte. »Ja.«

»Ich bin nicht derjenige, dem man eine Pistole an den Kopf hält«, sagte Phil, der schon jetzt, obwohl er noch gar nichts gemacht hatte, klang, als sei er außer Atem. Er drückte mir den Lauf fester gegen den Hinterkopf und drehte ihn, bis er auf die Stelle traf, wo ich gegen den Kleiderschrank geknallt war. Es tat scheißweh, aber ich biss die Zähne zusammen, um ihm kein Anzeichen von Schwäche zu zeigen. »Und du blutest schon.«

»Was? Das?« Ich schmunzelte. »Das ist nur ein Kratzer. Wenn du Blut sehen willst, guck dir deine Kumpel an. Die ruinieren mir den Parkettboden mit ihrer Hirnmasse.«

Phil knurrte. »Halt die Schnauze.«

»Ich sag dir was. Wie wäre es, wenn ich dir einen kleinen Vorsprung gebe? Ich zähle bis drei, und wenn du dann immer noch da bist, puste ich dir das Hirn aus dem Schädel, das mir dann auch den Boden versauen kann.« Ich grinste. »Keine Sorge. Ich kenne jemanden, der die Flecken wieder rausbekommt.«

Die Waffe an meinem Hinterkopf wackelte. »Fahr zur Hölle.«

»Sehr gern. Eins.«

»Hör auf damit«, warnte Phil, und die Pistole bebte noch stärker. »Hör auf zu zählen.«

»Zwei.« Ich spannte mich an und machte mich bereit herumzuwirbeln, darauf hoffend, dass Phil nicht schnell genug war, um mich abzuwehren. Das war mein einziger Vorteil. »Dr…«

»Drei«, sagte Chris. Seine Stimme klang laut durch die Stille des Raumes.

»Chris.« Erleichterung überkam mich, so heftig und plötzlich, dass meine Beine unter mir nachzugeben drohten. Nach all der Anspannung und der Angst war mein Blutsbruder gekommen, um mich zu retten. Ich kämpfte nicht mehr allein. »Gott sei Dank. Bring den kleinen Scheißer um.«

Chris lachte. »Tja … Das kann ich nicht. Ich habe ihn schließlich engagiert.«

»Was hast du …?« Ich ballte die Hände, die ich immer noch erhoben hielt, unfähig zu glauben, was ich hörte. »Du hast ihn engagiert?«

Es war keine Frage. Durfte keine sein.

»Habe ich.« Chris lachte wieder und kam näher. Langsam. Gelassen. »Oh, richtig. Überraschung. Dein Bruder versucht nicht, dich zu töten. Sondern ich.«

Mein Magen krampfte sich zu einem Stein zusammen. Ein Vogel flog vor dem Fenster vorbei und sang ein fröhliches Lied. Am liebsten hätte ich ihn erschossen. Weil der Mann, dem ich vertraut hatte, der Mann war, der mein Untergang sein würde. Er kannte all meine Geheimnisse. Er wusste, dass ich Heidi nicht aus reiner Herzensgüte gerettet hatte. Er wusste *alles*.

Und wenn er Heidi fand … *Bitte nein*.

Aber er konnte meine Angst nicht sehen. Meine Panik. Ich öffnete die Fäuste, einen Finger nach dem andern, und lockerte die Handmuskeln. »Dann hast du dir diesen ganzen Scheiß über Scotty also nur ausgedacht?«, fragte ich und hielt meinen Ton bewusst neutral.

»Ja.« Er lehnte sich gegen die Wand und verschränkte die Beine, lässig und vollkommen unbekümmert, so als hätte er nicht gerade alles, an das ich geglaubt hatte, zerstört. »Scotty hat keine Ahnung, was los ist, und so wird es auch bleiben.«

Ich schluckte hart, als mein Magen sich wieder zu heben begann, und versuchte, die Puzzelteile zusammenzusetzen. Wenn Chris von Anfang an geplant hatte, mich aus dem Weg zu räumen – und das hatte er ganz offensichtlich –, warum stand er dann hier und schwafelte? Warum hatte ich nicht längst eine Kugel im Kopf? »Und warum das Ganze?«

»Eigentlich lautete der Plan, dich dazu zu bringen, deinen Bruder zu töten. Dabei wäre ich natürlich an deiner Seite gewesen. Und wenn du den Abzug gedrückt hättest, hätte ich meinen gedrückt. Dann wäre ich zurück zu Tate gegangen und hätte ihm erzählt, dass du mit der Polizei zusammengearbeitet und kaltblütig deinen eigenen Bruder abgemurkst hast, bevor ich dich davon abhalten konnte. Ich wäre der Held gewesen. Und du tot, was schon vor langer Zeit hätte geschehen sollen.«

»Wow.« Ich schluckte wieder. »Das ist ziemlich abgezockt, Mann.«

Chris zuckte mit einer Schulter. »Du hast es nicht verdient.«

»Was habe ich nicht verdient?« Ich drehte mich leicht nach links. »Die …?«

»Stopp, keinen Schritt weiter, denk nicht mal dran«, zischte er. »Ich kenne alle deine Tricks, Bruder.«

»*Bruder*.« Ich schnaubte, als endlich die Wut über den Schock siegte, der mir einen Schlag gegen die Kehle versetzt hatte. »Fick dich. Du bist nicht mein Bruder.«

»Autsch. Das tut ja richtig weh.« Chris entdeckte Heidis Handtasche. Ein Grinsen erschien auf seinem Gesicht. Meine zweite Waffe lag auf dem Tisch hinter ihm. »Du hast die Beförderung nicht verdient, oder dass du überhaupt in die Gang aufgenommen wurdest. Wenn ich gewusst hätte, dass du mir mal meinen Posten wegnehmen würdest, hätte ich dich schon als Kind erschossen.«

Ich setzte ein Lächeln auf, auch wenn es mir schwerfiel. »Bild dir nichts sein. Du warst mir schon immer unterlegen.«

Chris' Gesicht lief rot an, und er trat näher. Wut und Eifersucht strahlten in so starken, beinahe greifbaren Wellen von ihm ab, dass ich mich fragte, wie mir das alles bisher hatte entgehen können. »Komisch denn jetzt bin ich der Gewinner. Als mein ursprünglicher Plan nicht schnell genug funktionierte, musste ich mir einen neuen ausdenken. Ich konnte das Risiko nicht eingehen, dass du mit Scotty redest und kapierst, dass ich derjenige bin, der es auf dich abgesehen hat.«

Ich fragte ihn nicht, wie sein neuer Plan aussah, diesen Gefallen wollte ich ihm nicht tun. »Ich sehe nicht, wie dich das zu einem Gewinner macht.«

»Weil du den vierten Mann nicht mal hast reinkommen sehen.«

Den vierten Mann? Scheiße. Ich biss die Zähne zusammen, weil ich die Antwort auf meine Frage schon kannte. Doch ich spielte trotzdem mit. »Wo ist er?«

»Er hat etwas für mich geholt, während Phil dich mit der hübschen Aussicht auf Boston abgelenkt hat.« Chris legte den Kopf schief. »Bring sie raus, Tom.«

Entsetzen überkam mich, weil ich wusste, was ich jetzt zu sehen bekam. In der Sekunde, als ich verstanden hatte, dass Chris und nicht Scotty meinen Tod wollte, hatte ich gewusst, dass es so enden würde. Er wusste zu viel.

Ich hätte gestern Nacht mit ihr fliehen sollen. Ich hätte fliehen sollen, um sie in Sicherheit zu bringen.

Ich würde alles tun, um sie zu schützen, verdammt.

Und Chris wusste das.

Der Mann, den ich neulich Nacht hatte leben lassen, kam

aus dem Schlafzimmer, einen Arm fest um Heidis Kehle geschlungen, mit dem anderen hielt er ihr eine Pistole an den Kopf. Sie hielt sich mit beiden Händen am Unterarm des Mannes fest und stolperte vorwärts, als er ihr einen Stoß mit dem Knie versetzte. Er lachte und drückte ihr die Lippen auf die Stirn. »Langsam. Wir wollen ja nicht, dass du dir wehtust … Noch nicht. Nicht bevor wir nicht zu Ende gebracht haben, was wir neulich angefangen haben.«

»Ja, wen haben wir denn da!« Chris klatschte grinsend in die Hände. Dieses Grinsen kannte ich nur zu gut. Er setzte es immer auf, bevor er etwas tat, das ihn und mich in Schwierigkeiten brachte. »Willkommen auf dieser Party, Liebes. Wie nett, dass du dich zu uns gesellst. Bitte lass dir noch etwas Zeit, bevor du um euer Leben bettelst.«

Sie sah mich an, dann wieder Chris. Ihre Oberlippe war geschwollen, und Blut sickerte aus einem Mundwinkel. Sie hatten sie geschlagen. »Leck mich«, knurrte sie. »Ich bettle nicht.«

»Lass sie sofort los«, sagte ich in betont ruhigem Ton. Der Zorn hatte mich so heftig gepackt, dass es mir fast den Atem verschlug. »Dann lasse ich dich … ach Quatsch, ich töte euch trotzdem.«

Ich schwenkte die Waffe zu dem Mann herum, der Heidi im Würgegriff hatte, doch als Chris eine Bewegung machte, richtete ich schnell die Waffe auf ihn, bereit herauszufinden, wer schneller schießen konnte. Doch er bedrohte nicht mich. Nein, er zielte auf sie. »Bleib locker. Wenn du mich jetzt erschießt, kann ich noch im Fallen abdrücken. Und Tom ebenso. Und vergessen wir nicht die Waffe, die der gute alte Phil dir an den Kopf hält …«

Ich blinzelte. Das Blut, das mir in die Augen lief, brannte und trübte meine Sicht. »Egal. Das ist es mir wert.«

»Kann ja sein, dass du dir egal bist.« Chris trat näher an Heidi heran. »Aber sie ist dir nicht egal. Sie ist dir sogar so wichtig, dass du dein Leben geben würdest, um sie zu schützen. Das wissen wir beide.«

Ich sah sie nicht an, denn dann hätte ich mich verraten. »Falsch. Sie bedeutet mir gar nichts.«

»Ach?« Er schnalzte mit der Zunge. »Tom. Na los, probier mal die Ware aus, wenn's ihm doch scheißegal ist.«

»Gern.« Er griff nach Heidis Brust, um brutal zuzudrücken. »Darauf warte ich schon viel zu …«

Heidi wand sich und versuchte, sich zu befreien. Dabei fiel ihr das Haar ins Gesicht. »Lass die Finger von mir.«

Meine Übelkeit nahm noch zu. Und die Wut … oh, diese Wut. Ich versuchte, Ruhe zu bewahren, doch es war unmöglich, wenn dieser kleine Scheißer meine Frau bedrohte. Ich machte einen Schritt vorwärts, aber der Mann hinter mir versetzte mir einen Schlag auf den Kopf. »Noch eine Bewegung«, warnte er mich, »dann schieße ich dir ins Bein.«

Das Arschloch hatte ich schon ganz vergessen, so beschäftigt war ich damit gewesen, Tom dabei zuzusehen, wie er darum bettelte, getötet zu werden. Langsam. »Wenn du sie noch mal anfasst, schneide ich dir die Hände ab.«

Grinsend drückte Tom wieder ihre Brust. »Das ist es mir wert. Das sind wirklich feine Titten. Ich werde …«

Das war's. Er war so gut wie tot.

»Schluss jetzt, Tom.« Chris lachte und trat auf sie zu. »So behandelt man keine Dame.«

Heidi hob das Kinn, und in ihren blauen Augen funkelten so viel Stärke und Mut, dass ich am liebsten zu ihr gelaufen wäre, um sie zu küssen … und sie dann zu verstecken. »Als wenn du wüsstest, wie man eine Dame behandelt.«

»Oh, das weiß ich.« Chris strich ihr übers Kinn, Heidi zuckte zurück. Jetzt hatte er mir den Rücken zugewandt. Mutig.

Und arrogant. So wie immer. »Es wäre besser gewesen, wenn ich dich in dieser Nacht gerettet hätte. Er weiß doch mit einer Frau wie dir gar nichts anzufangen. Wenn doch wärst du jetzt nicht hier.«

»Scher dich zum Teufel«, fauchte sie und spuckte ihm ins Gesicht.

Lachend wischte Chris sich die Wange mit dem Unterarm ab. »Ich muss schon sagen, ich liebe deine kratzbürstige Art. Ich freue mich darauf, sie dir auszu…«

Ich schluckte die Flüche herunter, die mir auf der Zunge lagen. »Wenn du sie auch nur einmal anfasst, bringe ich dich so langsam um, dass du nach deiner Mama rufst, wie damals als du von dem Baum gefallen bist.«

Chris schnaubte. »Träum weiter.« Dann sagte er zu Heidi: »Bleib ruhig, Liebes. Ich tue dir nichts. Nur deinem Lover … wenn er nicht ein braver Junge ist und tut, was ich sage.«

Sie warf mir einen Blick zu. Jetzt sah sie panisch aus.

Weil er *mich* bedrohte?

Einen kurzen Moment lang achtete außer dem Mann hinter mir niemand mehr auf mich, deshalb ging ich ein kalkuliertes Risiko ein. Noch hatten sie mich nicht getötet. Daraus schloss ich, dass Chris einen ausgeklügelten Plan B hatte. Um es so aussehen zu lassen, als hätte er mit der ganzen Sache nichts zu tun. Und Heidi war ein Teil davon …

So wie ich auch.

Langsam drehte ich die Pistole und zielte, ohne dass der Mann es merkte. Ich holte tief Luft, hielt die Hand ruhig. Wenn ich nur den Bruchteil eines Zentimeters danebenlag, würde Heidi sterben. Einatmen. Ausatmen. Boom. Ich drückte den Abzug. Tom stand einen Augenblick reglos da, dann spuckte das riesige Loch in seinem Kopf Blut.

Heidi schrie und hielt sich die Ohren zu. Tom kippte rücklings ins Schlafzimmer. Einen Moment lang stand die Zeit still. Niemand rührte sich. Nicht mal Chris. »Heidi! Lauf!«

Dann ging plötzlich alles ganz schnell, als Heidi zur Tür rannte. Chris stürzte ihr nach, und ich wirbelte zu dem Mann herum, der immer noch verständnislos seinen toten Freund anstarrte. Ich hob die Waffe, drückte ab – und nichts geschah. »Mist.«

Das Klicken des leeren Magazins riss den Wichser aus seiner Trance. Ich warf die nutzlose Waffe zur Seite, Chris verfluchend, weil er mir eine nicht vollständig geladene Pistole gegeben hatte, und mich, weil ich mir nicht die Zeit genommen hatte, das zu ändern. Phil versetzte mir mit seiner Waffe einen Schlag gegen die Schläfe …

… und die Welt wurde dunkel.

Als ich wieder zur mir kam und gegen den Schmerz, der in meinem Kopf wütete, ankämpfte, hielt Phil Heidi die Pistole an den Kopf, und Chris ragte mit verschränkten Armen über mir auf. Heidi stand wie erstarrt, und ihr Blick war fest auf mich gerichtet, als fürchtete sie, ich könne überhaupt nicht mehr aufwachen. Wahrscheinlich wäre es besser gewesen.

Was immer diese Typen mit uns vorhatten … es war nichts Gutes.

Als Chris sah, dass ich wieder zu Bewusstsein kam, straffte er die Schultern und lächelte. »Ah … Dornröschen wacht auf.«

Heidi sank gegen Phil, und ihr Gesicht nahm wieder ein bisschen mehr Farbe an. Aber nicht genug. Ich stemmte mich auf den Ellbogen hoch und sah mich um. Die drei Leichen waren nicht weggebracht worden, aber neben mir stand jetzt ein Stuhl. Und meine Pistole lag auf dem Tisch neben der Tür. Fast in Reichweite. »Du musst das nicht tun, Chris.«

»Doch, muss ich.« Er lächelte ein eiskaltes Lächeln. »Wenn man etwas will, muss man es sich nehmen. Man darf nicht darauf warten, dass jemand es einem gibt. Nur so erreicht man in diesem elenden Leben etwas. Das hast du mir beigebracht.«

»Blödsinn«, fuhr ich ihn an. »Wenn man etwas will, muss man es sich verdienen.«

»Nee. Es macht mehr Spaß, es sich zu nehmen.« Chris wies mit der Pistole auf Heidi. Sie funkelte ihn böse an. »Und jetzt nehme ich es mir von dir. Und du wirst es mir geben.«

Ich setzte mich auf und presste mir die Hand an den schmerzenden Kopf. Chris runzelte die Stirn und behielt mich wachsam im Auge. Er und Phil hielten weiter ihre Waffen auf Heidi gerichtet. »Was soll das alles? Was hast du jetzt vor?«

»Dieser Job hätte mir gehören sollen, Lucas. Ich war hier, hab mir den Arsch aufgerissen. Ich hatte es mir verdient. Und dann kommst du nach Jahren einfach wieder angetanzt und schnappst mir die Beförderung vor der Nase weg. Deshalb musst du sterben. Wenn du nicht mehr da bist, bekomme ich endlich den Posten, der mir zusteht.«

Ich lachte und fuhr mir mit der Zunge über die aufgeplatzten, trockenen Lippen. Ich schmeckte Blut, aber das war mir egal. »Auf keinen Fall. Scotty kriegt ihn, Blödmann. Er ist mein Bruder, und ich werde ihn nicht erschießen, so wie du gehofft hast.«

Ein wahnsinniger Ausdruck erschien in seinen braunen Augen. »Das musst du gar nicht mehr.« Chris umkreiste Heidi und Phil. Er sah durch und durch bösartig aus. Von dem Jungen, mit dem ich aufgewachsen war, war nichts mehr zu sehen. Diesen Mann kannte ich nicht. Nicht mehr. »Du wirst dort rüber zum Tisch gehen und das Testament unterschreiben, das ich freundlicherweise getippt und von einem Notar habe beglaubigen lassen. Darin steht, dass du mir, deinem Blutsbruder, alles vermachst, auch deinen Posten. Heidi wird als Zeugin unterschreiben und dann … tja, du weißt, was dann kommt. Du hast dich gegen die Bitter-Hill-Jungs, so lange es ging, gewehrt, aber irgendwann … musstest du aufgeben. Mit dieser Fürsprache quasi von der Schwelle des Todes aus muss Tate mir den Posten geben.«

Ich betrachtete den Stuhl, den er mir hingestellt hatte. Wahrscheinlich lagen auch schon Stift und Papier bereit. »Das wird nicht passieren. Ich unterschreibe nichts.«

»Doch, wirst du.« Er blieb neben Heidi stehen. »Du tust es, oder ich töte sie gleich hier. Jetzt sofort. Vor deinen Augen. Und du weißt, das ist keine leere Drohung. Aber wenn du es tust … lasse ich sie leben.«

»Lass sie zuerst gehen. Sie kann unterzeichnen und dann gehen«, sagte ich schnell. »Dann tue ich es.«

»Nein … keine Chance.« Chris schnaubte. »Ich bin doch nicht blöd. Du willst sie nur aus dem Weg haben, damit du uns beide töten kannst, ohne ihr Leben zu riskieren.«

»Du irrst dich.« Ich rappelte mich auf. Chris beobachtete mich aufmerksam, befahl mir aber nicht, unten zu bleiben. »Ich will dich nicht töten. Warum, glaubst du, bist du noch am Leben?«

Er lachte. »Weil ich derjenige bin, der alle Pistolen hat.«

»Rede dir das ruhig weiter ein.« Ich rang mir ein süffisantes Grinsen ab, obwohl es höllisch wehtat. »Ich will dich nicht umbringen. Ich wollte nicht mal diesen Job. Du kannst ihn haben. Dann muss überhaupt niemand sterben. Lass uns einfach gehen, und du hörst nie wieder von uns. Wir verlassen Boston. Und du kannst das Leben leben, auf das du so scharf bist.«

»*Mein* Leben ist nicht in Gefahr.« Chris straffte sich, doch sein selbstsicheres Lächeln war ins Wanken geraten. »Es ist vorbei. Ich habe gewonnen.«

»Bin ich tot?«

Chris' Kiefermuskeln spannten sich an. »Nein.«

»Dann ist es noch nicht vorbei.« Ich hob die Hände und machte einen Schritt vorwärts. Einen Schritt näher zu meiner Pistole. Einen Schritt näher, um Heidi und mich lebend hier rauszubringen. »Aber so muss es nicht enden. Lass uns einfach gehen. Lass uns fliehen.«

»Was? Du würdest das alles aufgeben, all die *Macht*, um wie ein Normalsterblicher zu leben? Um dich abzurackern, gerade so über die Runden zu kommen, arm und ohne Einfluss und allein? So wie früher, als Kind?« Er zeigte mit der Waffe auf Heidi. »Ein normales, *langweiliges* Leben führen?«

Ich ballte die Hände. Heidi verfolgte aufmerksam das Geschehen. Eines ihrer Augen war zugeschwollen, und aus der Platzwunde an ihrem Mund sickerte immer noch Blut. Tränen rannen ihr über das Gesicht. So voller Angst wie jetzt hatte ich sie noch nie gesehen. Und ich war der Grund. Ich musste es wieder in Ordnung bringen.

Und zum ersten Mal wusste ich ohne jeden Zweifel, wie meine Antwort lauten würde.

»Ja. Ich würde von hier weggehen, für immer solange ich mit ihr zusammen sein kann, und wir würden nie zurückkommen.« Ich sah Heidi in die Augen. »Mir ist egal, wie ich lebe, solange ich bei dieser Frau bin. Und ob arm oder nicht, ich wäre der glücklichste Kerl auf Erden, wenn sie mich nähme.«

28

Heidi

Ich musste schlucken, obwohl mir die Kehle wehtat. Er hatte so leidenschaftlich, so aufrichtig gesprochen, dass ich … ihm in diesem Augenblick glaubte. Doch dann wieder war ich mir nicht sicher. So oft hatte ich ihn gebeten, mit mir zusammen zu fliehen, und jedes Mal hatte er abgelehnt. Also war es wohl doch nur ein Trick, um Chris zu verwirren und Lucas eine Gelegenheit zu verschaffen anzugreifen.

Chris lachte. »Verdammt, der Knast macht aus den meisten Typen gemeine Arschlöcher. Aber sieh dich an, was für ein Weichei du geworden bist.«

Lucas ließ die Knöchel knacken. Er wurde rot vor Wut. Der Muskel an seinem Kiefer zuckte, ein deutliches Zeichen dafür, wie sauer er war. Ausnahmsweise war nicht ich der Grund. »Nenn es, wie du willst. Wichtig ist nur, dass keiner von uns beiden etwas tun muss, das er hinterher bereuen würde.«

»Nee, nee.« Chris schüttelte den Kopf. »Das nehme ich dir nicht ab.«

Genau wie ich es ihm nicht abnahm, dass er mich tatsächlich ohne einen weiteren Kratzer laufen lassen würde, sobald Lucas die Papiere unterzeichnet und ich als Zeugin unterschrieben hätte. Wir würden beide sterben, wenn Lucas nicht als Erster zuschlug. Doch selbst nach alldem, obwohl er wusste, was Chris alles getan hatte … hatte Lucas ihn nicht erschossen. Die Möglichkeit dazu hätte er gehabt. Aber er hatte es nicht getan.

Er suchte nach einem Weg, es zu beenden, ohne dass Chris dran glauben musste. Eben als er reglos und blass auf dem Boden gelegen hatte, hatte ich eine emotionale Achterbahn aus Trauer und Angst durchlebt. Und als ich irgendwann glaubte, er könne tatsächlich tot sein … war auch ich innerlich gestorben.

Schmerz und Furcht hatten mein Herz gepackt und nicht mehr losgelassen.

Deswegen taten seine Worte auch so weh.

Ich *wollte*, dass sie wahr waren. Dass er mich wirklich begehrte. Mich liebte. Aber ich konnte ihm einfach nicht glauben. Selbst gestern Nacht, als er mich im Bett in die Arme genommen hatte, hatte er mich gewarnt, nicht zu viel hineinzuinterpretieren. Und ich hatte auf ihn gehört. Jetzt war Schluss damit.

»Das ist die Wahrheit. Richtig, Heidi?« Er hielt meinen Blick fest, bevor er langsam seinen Kopf nach links drehte. Ich glaubte zu verstehen, dass ich dorthin ausweichen sollte, sobald er etwas unternahm … und hoffte, dass ich richtiglag. Irgendwelche Missverständnisse konnten wir uns jetzt nicht leisten. »Haben wir nicht gerade erst darüber gesprochen, dass wir den Wagen nehmen, die erste Straße links abbiegen und dann einfach weiterfahren würden?«

Ich spielte mit, obwohl ich bezweifelte, dass sein Plan funktionierte. Doch ich wollte alles tun, um ihm zu helfen. Also befeuchtete ich mit der Zunge meine wunden Lippen und nickte. »Ja, das stimmt. Gestern Abend erst. Heute Morgen wollten wir aufbrechen. Neu anfangen.«

Phils Arm, der um meinen Hals lag, drückte fester zu. »Blödsinn. Das ist ein Trick. Er wird uns töten, genau wie die anderen. Warum sollte er von hier verschwinden wollen? Den Sons gehört die Stadt, und Lucas ist gerade ganz oben angekommen.«

»Schnauze«, blaffte Chris ihn an. »Ich habe dich nicht um deine Meinung gebeten, und ich werde dich auch nie um deine Meinung bitten.«

»Nein.« Phil schüttelte den Kopf und schwenkte die Pistole von meiner Schläfe hin zu Lucas. »Nein. Wenn du ihn nicht killst, mache ich es. Der kommt mir nicht …«

Nein, nein, nein, nein.

Phil war abgelenkt. Jetzt oder nie. Ich trat nach hinten aus. Als er grunzend seinen Griff lockerte, warf ich mich nach links, so wie Lucas es mir signalisiert hatte. Schüsse knallten über mich hinweg. Ich hatte keine Ahnung, wer auf wen geschossen hatte, ob jemand getroffen war oder ob Lucas noch lebte. Gerade als ich mich mit dröhnenden Ohren auf die Knie hocharbeitete und den Kopf hob, um nachzusehen, kam Phil auf mich zugestürzt. Ich schrie und rappelte mich auf. In der Sekunde, in der ich mein Gleichgewicht wiedergefunden hatte und mich herumdrehte, donnerte ein weiterer Schuss. Phil erstarrte, den Arm nach mir ausgestreckt. Ich stolperte zurück, weil ich dachte, er wollte mich packen.

Doch er gab ein Gurgeln von sich, spuckte Blut und fiel zu Boden. Ich schlug die Hand vor den Mund und sah, wie seine Augen trüb wurden und alle Anzeichen von Leben ihn verließen. Ich war wie gebannt von seinem Anblick. Ich hatte keine Ahnung, ob Lucas tot war oder lebte oder ob Chris uns beide abknallen würde, aber ich war unfähig, den Blick von Phil zu lösen. Schaffte es einfach nicht. Ich hatte gerade gesehen, wie eine Seele den Körper verließ.

Was war bloß aus meinem Leben geworden?

Kopfschüttelnd taumelte ich zurück, bis ich die Wand im Rücken spürte. Endlich kam ich wieder zu mir und sah mich um. »L-Lucas? Lucas!«

»Hier«, sagte er irgendwo links von mir. »Bist du getroffen?«

Ich wandte mich der Stimme zu und sah ihn an. Blut lief ihm über das Gesicht, und die Nähte am Arm waren aufgerissen, aber sonst …

… war er offenbar unverletzt.

Abgesehen von der Tatsache, dass Chris eine Pistole auf ihn richtete und er wehrlos war. Und wir beide gleich sterben würden. Ja, abgesehen davon, sah er gut aus.

»Nein.« Ich zwang mich zu atmen. Offenbar hatte ich kurz vergessen, wie das ging. »Und du?«

»Mir geht's gut.« Er sah mich an und lächelte. Ja, tatsächlich, er lächelte, als wären wir nicht gleich ebenso tot wie der Mann zu meinen Füßen. Mein Herz krampfte sich so fest zusammen, dass ich glaubte, auf der Stelle tot umzufallen. Oder hatte ich einen Treffer in der Brust abbekommen? Doch ich blutete nicht. Es war nur der Kummer zu wissen, wie es enden würde, der mich langsam umbrachte. »Vier erledigt. Bleibt nur noch einer.«

Chris drückte die Hand auf seine Schulter, aus der Blut sprudelte. »Vergiss es. Ja, du hast mich angeschossen, aber ich werde dieses Zimmer lebend verlassen. Unterschreib jetzt das beschissene Testament.«

Sie starrten einander in die Augen. Keiner rührte sich. Ich wusste nicht genau, was hier geschah, aber ich konnte spüren, wie der Raum vor Spannung knisterte. Nach einem Schweigen, das mir wie viele Monate vorkam, ergriff Lucas das Wort. »Du lässt sie laufen, nachdem sie unterschrieben hat, und dann unterschreibe ich. Aber erst, wenn sie in Sicherheit ist. Dann kannst du versuchen, mich zu töten. Wenn du es schaffst, hast du alles, was du willst. Aber du bekommst es nur so.«

Ich warf ihm einen entsetzten Blick zu. »Nein. Das kannst du nicht …«

»Doch das kann ich«, fuhr er mich an. »Also, wie lautet deine Entscheidung, Chris?«

Zuerst antwortete er nicht. Er starrte Lucas nur an, öffnete und schloss die Faust, die Waffe auf den Mann gerichtet, den ich liebte, doch ansonsten blieb er völlig regungslos. »Du scheinst zu glauben, dass du ein Druckmittel gegen mich hast. Dass du im Vorteil bist. Bist du nicht. Und ich werde es dir beweisen.«

Auf Lucas' Schulter zielend, drückte er den Abzug. Wie in Zeitlupe warf ich mich mit einem Schrei dazwischen, im selben Augenblick, als der Knall des Schusses in dem stillen Zimmer erklang. Ich dachte nicht nach. Zögerte nicht. Atmete nicht einmal.

Ich bewegte mich einfach.

Während ich auf ihn zuflog, sah ich Lucas' Gesicht – den Schock, der sich darauf abzeichnete, während ich mit aller Macht versuchte, sein Leben zu retten. Als könne er nicht glauben, was ich da tat.

Ich traf hart auf den Boden auf, rutschte ein Stück weiter und stieß mit der Schulter gegen den Tisch neben der Tür, ohne auch nur einmal den Blick von Lucas zu nehmen. Ich beobachtete ihn, um mich zu vergewissern, dass er nicht mit leblosen Augen umsackte. Doch er stand einfach da, mit offenem Mund, und fiel dann neben mir auf die Knie. »Herrgott noch mal, Heidi. Was zur Hölle tust du da?«

Seine Hände glitten suchend über jeden Zentimeter meines Körpers, und endlich atmete ich ein. Der Sauerstoff brannte in meiner Lunge, doch das war unwichtig. Er war am Leben.

»Bist du getroffen?« Seine tastenden Hände zitterten. Es klebte kein Blut daran, und ich spürte keinen Schmerz, also musste die Antwort wohl ein Nein sein. »Mein Gott, Heidi. Du kannst doch nicht … Herrgott.« Er zog mich in seine starken, festen Arme.

»Mir geht's gut. Ich bin nicht verletzt.« Endlich fand ich meine Stimme wieder. Ich packte fest seine Schultern, dann flüsterte ich: »Aber du musst es beenden.«

Lucas stürzte zu seiner Pistole, aber er war zu langsam. Chris hatte bereits nachgeladen und zielte direkt auf meinen Kopf. Lucas' Arm erstarrte in der Luft. »Wenn du das tust, stirbt sie. Gleich hier, gleich jetzt. Und dieses Mal schieße ich nicht daneben. Und ihr Blut wird dann an deinen Händen kleben.«

Lucas hob die Hände und schluckte so heftig, dass ich sah, wie sein Adamsapfel sich bewegte. Er ließ Chris nicht aus den Augen. »Ich unterschreibe die beschissenen Papiere, okay? Tu ihr nichts.« Lucas nahm das Blatt Papier und den Stift. »Deine Unterschrift, Schatz.«

Gegen die Tränen anblinzelnd tat ich, was er sagte, und wusste zugleich, dass es das Letzte war, was ich je tun würde. Meine Hand zitterte so stark, dass meine Schrift fast nicht leserlich war. »Lucas …«

»Ich weiß, Süße.« Er nahm mir den Stift aus den bebenden Händen. »Ich weiß. Und es tut mir leid. Es tut mir wirklich sehr leid.« Er setzte ebenfalls seine Unterschrift darunter, doch seine Hand blieb fest. Als er fertig war, legte er das Blatt Papier auf den Tisch und schob mich hinter sich, um mich mit seinem Körper zu schützen. »Du hast, was du wolltest. Lass sie gehen. Sie hat nichts damit zu tun.«

Chris lächelte. »Ich habe dir ja gesagt, dass ich der Sieger sein werde. So ist das, wenn einem jemand etwas bedeutet – am Ende ist man der Verlierer. Aber das wusstest du sicher, nicht wahr?«

Lucas schluckte schwer. »Fahr zur Hölle.«

Chris' Lächeln verstärkte sich. »Mit Vergnügen. Aber du trittst die Reise zuerst an.« Er richtete den Lauf auf Lucas' Kopf. »Ein paar letzte Worte, Bruder?«

»Fick dich«, knurrte Lucas. »Das sind meine letzten Worte.«

Und dann warf er sich auf Chris. Die beiden Männer fielen in einem Knäuel aus Armen und Beinen zu Boden. Beide kämpften um ihr Leben, bewegten sich so schnell, dass ich nicht mehr erkennen konnte, wer wer war. Ein Schuss knallte, und sie erstarrten.

Ich rappelte mich auf, verzweifelt nach Luft schnappend. »Lucas! Oh mein Gott, Lucas!«

»Keiner bewegt sich«, sagte eine mir bekannte Stimme von der Tür her. Ich hatte den Mann nicht kommen hören, aber offenbar war er derjenige, der geschossen hatte. Mit festem Griff hielt er seine Waffe auf die beiden Männer gerichtet. »Steht auf. Hände hoch.«

Mit erhobenen Händen rollte Lucas sich herum und erhob sich. An seinem linken Auge, das bereits zugeschwollen war, bildete sich ein weiterer blauer Fleck. Sein Gesicht war blutverschmiert, und er sah aus, als hätte er Mühe zu atmen, aber ich konnte kein Einschussloch entdecken. »Scotty?«

Chris, der sehr viel lädierter als Lucas aussah, stemmte sich hoch.

Er sagte nichts.

»Was ist hier los?« Scotty zielte auf Chris. Immerhin hatten wir jetzt mal jemanden auf unserer Seite. »Sag mir einen guten Grund, warum ich dir nicht sofort in den Kopf schießen sollte.«

Chris lachte. Es klang irre. »Na los. Mir egal.«

»Was machst du hier?«, fragte Lucas. »Woher wusstest du …?«

»Ich weiß gar nichts.« Scottys Finger bog sich um den Abzug. »Ich hatte keine Ahnung, was hier los ist. Ich war nur in der Gegend und hörte die Schüsse.«

Lucas starrte Scotty an. In seinen Augen lag Begreifen. Aber was hatte er begriffen? Ich wusste es nicht. Doch es war, als würde er Scotty mit … mit … Stolz betrachten. Und auch mit ein wenig Furcht.

Lucas wischte sich das Blut ab, das ihm über den Mund lief. »Erschieß ihn nicht. Er soll dieses Haus lebend verlassen, genau wie wir. Heute stirbt hier keiner mehr.«

Die Hand auf mein laut pochendes Herz gepresst, sank ich gegen die Wand. »Lucas.«

»Ich weiß, Süße.« Er warf mir einen kurzen prüfenden Blick zu, bevor er sich wieder an Chris wandte. Er nahm das Blatt Papier und gab es ihm. »Selbst mit etwas Schriftlichem wirst du noch darum kämpfen müssen, aber mein Posten gehört jetzt dir. Ich bin tot. Und jetzt verpiss dich, bevor ich meine Meinung ändere.«

Chris drückte das Blatt an seine Brust.

Scotty beobachtete sie beide mit zusammengekniffenen Augen.

»Dabei macht der doch niemals mit«, sagte Chris und wies mit dem Kopf auf Scotty. »Was soll ihn davon abhalten, allen zu erzählen, was er hier gesehen hat?«

»Nichts«, antwortete Scotty. »Und denk immer daran, du kleiner Wichs…«

»Er erzählt es keinem«, sagte Lucas schnell, während sein Blick zwischen seinem Bruder und Chris hin- und herflog. »Richtig, Scotty?«

»Verdammt, Lucas.« Scotty verzog das Gesicht, doch dann sagte er: »Na gut. Meinetwegen. Ich halte die Klappe.«

Chris trat von einem Fuß auf den anderen. »Aber …«

»Er hat gesagt, er erzählt es niemandem«, knurrte Lucas.

Scotty nickte. »Solange du dich von Lucas fernhältst … und von Heidi … Ja, solange sage ich nichts.«

»Ich verstehe nicht«, sagte Chris langsam. »Warum gibst du alles auf, wenn du mich stattdessen nur töten müsstest?«

»Ich gebe nicht alles auf«, entgegnete Lucas und betrachtete mich mit seinen warmen grünen Augen. »Ich behalte das, was mir am wichtigsten ist, und will nicht noch mehr Blut an meinen Händen haben.«

Mein Herz machte einen Satz. Ich wusste nicht, was ich darauf sagen sollte, und ich wollte ihm vor den anderen Männern keine Fragen stellen. Also hielt ich den Mund.

Chris verdrehte die Augen. »Das kann nicht dein Ernst sein.«

»Noch nie im Leben war es mir mit etwas ernster«, sagte Lucas, immer noch den Blick auf mich gerichtet, als wartete er auf etwas … Ein Zeichen von mir? »In einer Stunde sind wir weg. Und jetzt hau ab.«

Chris nickte und ging zur Tür. Einen Moment lang stieg die Spannung im Raum wieder, als Scotty Chris nicht vorbeiließ, doch dann trat er zur Seite, ohne allerdings die Waffe zu senken. »Ein falsches Wort zu wem auch immer, und du bist tot. Denk dran.«

Chris nickte, bedachte Lucas mit einem letzten Blick und ging. Als die Tür im Erdgeschoss zuschlug, drohten meine Beine nachzugeben, und ich stützte mich mit rasendem Herzen an der Wand ab. »Oh mein Gott. Du hast es geschafft. Wir leben noch.«

»Ja.« Lucas legte den Stift hin und drehte sich zu mir um. Er zog mich in seine Arme, die mir so vertraut waren, und sie schlossen sich um mich und drückten mich fest. Doch auch sie konnten nichts gegen das Zittern ausrichten. »Wir haben es geschafft. Gemeinsam. Danke, Scotty.«

Scotty schloss die Tür und ging zum Fenster, um hinauszusehen. »Ich habe gar nichts gemacht. Aber ihr müsst verschwinden. Er könnte mit ein paar Leuten zurückkommen.«

Lucas ließ mich los. Es bedurfte meiner ganzen Selbstbeherrschung, mich nicht an ihm festzuklammern.

»Wie lange schon?«, fragte Lucas.

Scotty erstarrte kurz und drehte sich dann zu uns um. »Wie lange was?«

»Wie lange bist du schon ein Cop?«

»Warte. Was?«, fragte ich staunend. »Scotty ist kein …« Oh Mist. Doch, er war es. Der schuldbewusste Ausdruck auf seinem Gesicht sagte alles. »Oh. Wow.«

Scotty lehnte den Kopf an die Fensterscheibe. »Wie bist du drauf gekommen?«

»Die Art, wie du geredet hast. Deine Körperhaltung. Und die Art, wie du gelogen hast, als ich dich fragte, woher du wusstest, was hier los war.« Lucas zuckte mit den Achseln. »Ich habe zwei und zwei zusammengezählt. Habe ich unrecht?«

»Nein.« Scotty schüttelte langsam den Kopf. »Du hast recht.«

Lucas' Brust schwoll vor Stolz an, aber die Furcht war ihm immer noch anzusehen. »Wenn sie es rausfinden …«

»Bin ich ein toter Mann. Ich weiß.« Scotty fuhr sich mit der Hand durchs Haar. »Glaubst du, das weiß ich nicht? Mir egal. Ich muss dafür sorgen, dass diese Stadt wieder sauber wird. Für Ma.«

Lucas taumelte einen Schritt zurück, fing sich aber wieder. »Ich weiß.«

»Warum hast du mich nicht verraten?«, fragte Scotty. »Die Gelegenheit hättest du gehabt. Hast du immer noch.«

»Das tue ich dir nicht an.«

Ich beobachtete sie, unfähig den Blick von den beiden Männern zu lösen.

Scotty rieb sich das Gesicht. »Danke.«

»Ich habe Chris diesen Wisch gegeben, damit deine Deckung nicht auffliegt. Wenn du ihn verhaftet hättest, wär's das für dich gewesen. Und wenn wir ihn getötet hätten, hättest du zwei Tote rechtfertigen müssen. So sieht es zumindest wie ein

Überfall von Bitter Hill aus. Sie haben mich entführt und dann umgebracht. Die Leiche wird nie gefunden. Ihr beide habt es gesehen, konntet uns aber nicht retten. Das ist leicht zu erklären, es passt alles zusammen. Niemand wird etwas vermuten. Du kannst Chris im Auge behalten, und er wird sich von dir fernhalten, weil er Angst hat, dass du was sagst. Oder du räumst ihn später aus dem Weg. Aber was immer du entscheidest, du solltest stets wachsam sein.«

»Danke«, sagte Scotty leise. Seine grünen Augen, die mir früher einen kalten Schauder eingejagt hatten, waren jetzt voller Gefühl. »Ich weiß, dass du dachtest, ich wollte deinen Tod … es hat mich fast umgebracht, dass ich dich das glauben machen musste. Ich habe immer nur versucht, dich zu beschützen.«

Lucas nickte. »Ich weiß. Hast du wirklich versucht, mich wieder ins Gefängnis zu bringen?«

»Ja. Das erste Mal habe ich dich auch reingebracht.« Scotty kratzte sich den Kopf und scharrte mit den Füßen. »Aber nur, weil ich dich in Sicherheit wissen wollte. Um dich von Ärger fernzuhalten. Dort konnte ich dich im Auge behalten. Nicht, weil ich dich hasste.«

Die Männer starrten sich an.

Als Lucas nichts sagte, räusperte Scotty sich. »Du musst packen. Mach schnell. Ich halte draußen Wache.«

Und damit verließ er die Wohnung.

Wir waren allein.

Reglos starrte Lucas auf die geschlossene Tür. Ich schlang die Arme um mich und schluckte schwer. »Es war nicht … Scotty hat nicht … Wir sind am Leben.«

Meine Worte schienen ihn aus seiner Trance zu reißen. »Wir sind am Leben.« Er kam zu mir und legte die Hand an meine Wange. Seine Berührung war so zärtlich, dabei hatte er erst vor wenigen Sekunden vor meinen Augen mehrere Menschen umgebracht. Er war mit Blut bespritzt, und Gott weiß mit was noch. Ich ebenfalls. »Aber wir sollten sehen, dass wir hier wegkommen, sonst wird das nicht mehr lange so bleiben.«

Ich schüttelte den Kopf. »Ich versteh's immer noch nicht.«

»Ich kann dieses Leben nicht mehr weiterführen. Ich will es nicht. Jetzt, da ich …« Er presste die Lippen aufeinander, schien um Worte zu ringen. »Wir haben jetzt keine Zeit, um darüber zu reden. Hilfst du mir packen?«

Ich sank auf einen Stuhl. »Richtig. Packen.«

Er würde mich verlassen, und ich würde ihn nie wiedersehen. Ich hatte gewusst, dass das passieren würde, war darauf vorbereitet, dass es wehtat. Aber dass es so wehtat, damit hatte ich nicht gerechnet. Die Gefahr war vorbei. Die Typen von Bitter Hill, die hinter mir her gewesen waren, waren tot, Scotty war ein Cop – was ich immer noch nicht ganz begriffen hatte –, und Chris hatte nun, was er wollte.

Lucas hatte alles aufgegeben, um mich zu retten.

Alles.

Er holte den Umschlag mit dem Geld aus einer Schublade in der Küche und steckte ihn in eine Tasche, bevor er ins Schlafzimmer ging. Als er an mir vorbeikam, runzelte er die Stirn. »Beweg deinen hübschen kleinen Hintern, Schätzchen. Sobald Chris Tate das Testament gegeben hat, wird man hier nach meiner Leiche suchen, um sich zu vergewissern, dass ich auch wirklich tot bin. Wir müssen hier weg.«

Überrascht erhob ich mich. An mich hatte ich gar nicht gedacht. Er war fertig mit mir, und ich sah ihm wie eine Idiotin beim Packen zu. Als hätte ich eine zärtliche Verabschiedung erwartet. Einen Kuss oder eine Umarmung, *irgendetwas*. Aber nein. *Beweg deinen hübschen kleinen Hintern, Schätzchen*. Das war alles. Vielleicht war es dumm von mir, aber ich hatte mir wirklich mehr erhofft nach allem, was wir zusammen durchgemacht hatten. »O-oh. Richtig. Ich … ja. Verstanden.«

»Gut. Und vergiss nicht …« Als ich an ihm vorbei zur Tür ging, brach er mit überraschter Miene ab. »Warte, wo willst du hin? Auch wenn Scotty aufpasst, da draußen ist es nicht sicher. Wir können anschließend in die Bar und dann in deine Wohnung gehen.«

»Ich weiß«, sagte ich schnell. »Du musst los, das verstehe ich. Ich will dich nicht aufhalten. Ich muss … Moment, die Bar und meine Wohnung?«

»Du …« Er packte mich am Arm. Ein dunkler, gequälter Ausdruck erschien auf seinem Gesicht, doch er wandte sich schnell ab, bevor ich ihn deuten konnte. »Du willst, dass ich allein gehe?«

»Ich dachte, du wolltest es so.« Ich befreite mich aus seinem Griff. »Warum sollte ich jetzt noch mit dir gehen? Es ist vorbei.«

»Ich dachte …« Er räusperte sich und rieb sich den Nacken. »Ich dachte, du kommst mit. Als ich diese Dinge zu Chris und Scotty gesagt habe, hast du nicht … du hast es bestätigt.«

»Ja, aber du hast es doch nicht ernst gemeint, oder?« Ich lachte und erwartete, dass er einstimmte und eine arrogante Bemerkung machte, so wie immer. Doch das tat er nicht. »Lucas?«

»Ich … ich kenne mich mit so was nicht aus. Wie soll ich es dir sagen, Heidi? Ich …« Er ließ die Hände sinken, ballte sie zu Fäusten und überwand den Abstand zwischen uns. »Scheiß drauf. Ich riskier's.«

Meine Verwirrung nahm zu. »Was …?«

Er umfing mein Gesicht mit beiden Händen und küsste mich.

29

Lucas

Sobald ihre Lippen meine berührten, legte ich alles, was mich durchtobte, in diesen einen Kuss. Die Gefühle, die ich noch nicht verstand, die Gefühle, die mir eine Scheißangst einjagten, und selbst meinen Glauben daran, dass wir gemeinsam glücklich werden konnten. Das alles gab ich ihr zu verstehen, so schlicht wie möglich, mit diesem einen Kuss.

Ich wusste, dass ich es auch würde aussprechen müssen, doch es war zumindest ein Anfang. Vorhin, vor den Augen dieser beiden Männer, hatte ich ihr mein Herz geöffnet. Damit sie verstand, was ich für sie empfand. Ich hatte gesagt, dass ich nicht der Verlierer war, weil ich sie bekam. Doch jetzt sah es so aus, als wäre das gar nicht wahr. Weil sie mir nicht geglaubt hatte. Das musste ich ändern. Als sie geantwortet hatte, sie wolle mit mir mitkommen, war ich der glücklichste Mann auf Erden gewesen. Ich hatte gedacht, sie wolle wirklich mit mir zusammen sein. Dabei hatte sie es gar nicht ernst gemeint.

Sie hatte mir nicht *geglaubt*.

Heidi stöhnte in meinen Mund. Ihre Hände umklammerten meine Schultern, während sie ihre Zunge um meine schlang. Ich brach den Kuss ab und legte keuchend die Stirn an ihre. Auch sie atmete schwer. »Ich weiß, dass ich kein guter Mensch bin«, sagte ich. »Ganz im Gegenteil.«

Sie sah mich blinzelnd an und wich ein Stück zurück. »Doch. Bist du.«

»Nein. Bin ich nicht.« Ich schüttelte den Kopf. »Aber ich will mich bessern. Deinetwegen. Ich werde es bestimmt vermasseln, und ich weiß rein gar nichts über das Leben außerhalb …«, ich zeigte auf die Leichen am Boden, »na ja, dieses Dreckslochs. Aber ich weiß auch, wie ich mich fühle, wenn ich mit dir zusammen bin. Ich fühle mich einfach gut, Süße. Du kannst hier nicht bleiben, bei ihnen. Du musst mitkommen. Ich will, dass du mich begleitest.«

Sie biss sich auf die Lippen und trat einen Schritt zurück, löste sich aus meinen Armen. Noch nie hatten sie sich so verdammt leer angefühlt. »Ich bin auch gern mit dir zusammen …«

»Lass mich ausreden. Ich weiß, dass ich viel verlange, aber ich will …« Ungeduldig deutete ich auf sie und mich. »Ich will das hier. Mit dir. Ich will den Rest meines Lebens damit verbringen, dich zu beschützen. Für dich zu sorgen.«

»Geht es dir darum?« Sie blinzelte kurz, sah aber alles andere als überzeugt aus. Sogar eher noch skeptischer. »Du willst mich weiter beschützen?«

»Du bist nirgendwo sicherer als bei mir«, beteuerte ich.

»Die Sache ist die: Du hast doch schon alles für mich aufgegeben. Du lässt alles, was du kennst, zurück. Alles, was du wolltest.« Sie beschrieb mit einer kleinen Kreisbewegung die Wohnung. »Ich will nicht, dass du dich verpflichtet fühlst, nur weil du meinst, du müsstest das Richtige tun. Du hast genug für mich getan.«

»Nein.« Ich schüttelte den Kopf. Sie verstand mich einfach nicht. »Bitte, Schatz.«

Sie umklammerte die Rückenlehne des Sofas, nutzte es als Barriere zwischen uns. »Bitte was?«

»Ich bitte dich nicht, mit mir zu fliehen, weil ich dich retten will wie ein Held. Ich sagte dir bereits, dass ich keiner bin. Und dass ich nie einer sein werde.«

»Lucas …«

»Ich will, dass du mit mir mitkommst, weil ich mein Leben ändern will. Mit dir zusammen. Flieh mit mir, Süße. Lass uns ein ganz normales Leben führen. In der sichersten Stadt Amerikas, so weit weg von hier wie möglich. In einem normalen Haus, mit einem Zaun drumherum. Mit einem ganz normalen biederen Garten.« Mit schnellen Schritten durchquerte ich das Wohnzimmer. »Ich weiß, dass du etwas Besseres als mich bekommen kannst. Und auch verdient hast. Und ich weiß, dass du diese beschissene kleine Bar auf der anderen Straßenseite liebst, aber weißt du was? Ich … ich …«

Sie ließ das Sofa los, und ihr Mund öffnete sich leicht. »Was?«

Ich schluckte den bitteren Geschmack der Säure hinunter, die in meiner Kehle aufstieg. Wollte ich es wirklich tun? Wollte ich tatsächlich solch einen Kitsch von mir geben? Ja, das wollte ich. Und ich wusste, ich würde es niemals bereuen. »Ich liebe dich, verdammt. Deswegen will ich, dass du mit mir gehst. Nimm allen Mut zusammen und komm mit mir, Heidi.«

Sie schnappte nach Luft. »W-wie bitte?«

Eben noch hatte ich das Gefühl gehabt, mich übergeben zu müssen, doch jetzt, als die Worte heraus waren, fühlte ich mich … fantastisch. Ich marschierte um das Sofa herum und riss sie in meine Arme. Fast atemlos sank sie an meine Brust. »Ich liebe dich, okay? Durch dich fühle ich mich lebendig. Das will ich nicht wieder verlieren. Ich will mit dir in diesem kleinen Haus wohnen, wahrscheinlich ganz viele Blumen umbringen und den Rest meines Lebens damit verbringen, dich zu lieben. Dich zum Lächeln zu bringen. Dich so glücklich zu machen wie du mich, falls ich das überhaupt kann.«

Mit tränenfeuchten Wangen lächelte sie mich an. Wie zum Teufel schafften Frauen es nur, verzweifelt und verzückt zugleich auszusehen? »Sag das noch mal. Ich will es noch einmal hören.«

Ich sah sie verwundert an. Sie wollte, dass ich es noch mal sagte? Das konnte nur eines bedeuten: Ich hatte gewonnen. »Ich liebe dich, Heidi.«

Sie schluchzte auf, dann warf sie mir die Arme um den Hals. »Ich liebe dich auch.«

Einen Augenblick lang war ich so verblüfft darüber, dass sie mich ebenfalls liebte, dass ich sie losließ. Sie war … sie war *sie,* und ich war *ich*, aber sie liebte mich *dennoch*? »Du liebst mich?«

Sie nickte, das Gesicht an meinem Hals vergraben. »Ja, das tue ich. Ich wollte es mir ganz lange nicht eingestehen, aber ich wusste es schon, als wir das erste Mal miteinander schliefen. Du hast mir zwar immer wieder gesagt, ich dürfe mich nicht in dich verlieben, aber ich konnte nicht anders.«

Da legte ich wieder die Arme um sie und drückte sie fest an mich. Sie klammerte sich an mich, und so stand ich einen Moment ganz still da und versuchte zu begreifen, was sie gesagt hatte. Sie hatte gesagt, sie liebe mich. Sie liebe mich wirklich. Mich. »Tja, mich hast du jedenfalls erfolgreich getäuscht.«

Sie lachte und strahlte mit leuchtenden blauen Augen zu mir hoch. »Machen wir das wirklich? Zusammen weglaufen und wie normale Menschen leben?«

Ich musste lachen. Sie sagte es so, als sei es etwas ganz Entsetzliches, Furchtbares.

Und ich konnte es ja auch kaum glauben.

»Ja, verdammt, das tun wir. Also beeil dich und pack deine Sachen, bevor Steel Row hier eintrifft oder, schlimmer noch, die Bullen – abgesehen von Scotty natürlich.« Ich küsste sie auf die Stirn. »Dies ist zwar die mieseste Gegend von Steel Row, aber trotzdem könnte sie jemand gerufen haben.«

Sie nickte und ließ mich los, doch in ihren Augen lag immer noch dieses Funkeln. »Okay, dann los.«

Wir rannten in der Wohnung hin und her, packten Klamotten und Computer ein, warfen unsere Handys in den Müll – und das alles, während wir über Leichen und Lachen von gerinnendem Blut stiegen. Irgendwann blieb sie stehen und blickte mit gerunzelter Stirn darauf hinunter. »Werden sie sich nicht fragen, warum deine Leiche nicht hier ist, bei den anderen?«

»Nee. Darum kümmert sich Scotty, und Chris wird mitspielen. Ihm bleibt keine Wahl.«

»Oh. Richtig.« Sie lächelte mich an. »Er ist ein Cop.«

Verrückt. Zum ersten Mal begann ich die Tragweite des Ganzen zu begreifen. Mein Bruder war doch kein schlechter Mensch – sondern ein guter. Mit Verantwortungsbewusstsein und Verstand. Ich hatte ihn richtig erzogen. Noch nie war ich so stolz auf etwas gewesen und noch nie so stolz auf ihn. Zu wissen, dass er undercover arbeitete, gegen einen Haufen skrupelloser Killer, die Cops bei lebendigem Leibe häuteten, erfüllte mich mit einer Scheißangst, aber trotzdem …

Ich war sehr stolz auf ihn.

Und Ma wäre es ebenfalls gewesen.

»Ich weiß.« Auch auf meinem Gesicht breitete sich ein Lächeln aus. »Ich habe ihn nicht verkorkst.«

Sie kam zu mir, stellte sich auf die Zehenspitzen und küsste mich. Ich musste mich zügeln, um sie nicht an mich zu drücken, aber wir durften keine Zeit verlieren. Nur deswegen tat ich es nicht. »Weil du ein guter Mensch bist, Lucas Donahue.«

Zum ersten Mal … glaubte ich ihr beinahe.

Die Tür öffnete sich, und ich fuhr herum, die Waffe im Anschlag.

Dieses Mal voll geladen.

»Nicht schießen«, rief eine mir nur allzu bekannte Stimme. »Ich bin's. Scotty. Seid ihr fertig?«

»Ja.« Ich hängte mir die Tasche über die Schulter, steckte die Pistole ins Holster und hielt Heidi die Hand hin. Sie legte ihre kleine, weiche Hand in meine und drückte meinen Arm fest an ihre Seite. Wir waren blutverschmiert, voller Prellungen und schmutzig – aber wir waren *frei*. »Wir sind fertig.«

Scotty warf einen Blick auf unsere verschränkten Hände und die Taschen auf unseren Schultern. »Das ist jetzt wohl nicht mehr gespielt, was?«

»Ich glaube, es war nie nur gespielt«, gestand ich. »Wir gehen jetzt und kommen nicht wieder zurück. Ich … ich … werde dich vermissen.«

»Ich weiß.« Scotty steckte die Hände in die Hosentaschen. »Ich werde dich auch vermissen. Aber da gibt es noch ein Problem.«

Mein Herz setzte einen Schlag aus. »Ein Problem?«

»Sie werden eine Leiche sehen wollen. Und die Cops auch. Das weißt du. Niemand verlässt dieses Leben, es sei denn durch eine Kugel. Wir brauchen einen Beweis.« Er nahm die Hände aus den Hosentaschen. »Du musst tot sein, und alle müssen es erfahren. Nur so kannst du wirklich frei sein.«

Sie warf mir einen kurzen Blick zu. Ihre Wangen waren rosig angelaufen. »Wie soll das denn funktionieren?«

»Hier liegen doch ein paar Leichen rum. Wer kann denn sagen, dass nicht eine davon Lucas ist?«, fragte Scotty.

Sie schnaubte. »Die DNA kann das sagen. Das müsstest du doch wissen.«

»Deswegen müssen wir die Wohnung abfackeln und alle Beweise vernichten, damit die Leichen nicht identifiziert werden können.« Ich verstand, worauf er hinauswollte.

»Ganz genau. Aber dann brauchen wir noch zwei weitere

Leichen, damit erst gar niemand auf die Idee kommt, hier groß zu ermitteln.«

Heidi blinzelte. »Uns?«

»Ja. Ich habe einen Kumpel im Leichenschauhaus angerufen, der schickt uns zwei Tote rüber – einen Mann und eine Frau. So sieht es noch glaubhafter aus. Wir werden aber die zahnärztlichen Unterlagen fälschen müssen, damit niemand auf die Idee kommt, Fragen zu stellen.« Scotty verschränkte die Arme. »Damit seid ihr dann aber ganz offiziell für tot erklärt. Die Polizei wird nicht mehr nach euch suchen. Und auch niemand von Steel Row. Die Forensik bestätigt, dass ihr es seid, und dann seid ihr frei.«

Da war es wieder, dieses Wort. *Frei.* »Das würden sie für dich tun?«

»Ich habe meine Leute.« Scotty nickte. »Also, ja, würden sie.«

Heidi zitterte. »Und dann fahren wir einfach fort.«

»Genau.« Scotty sah Heidi an. »Ich erzähle Steel Row, dass ich gesehen habe, wie ihr im Kugelhagel gefallen seid, was die Beweise bestätigen werden, und dass ich dann geblieben bin, um sicherzugehen, dass ihr es wart. Chris wird das bestätigen, weil ihm keine andere Wahl bleibt.« Scotty hob eine Schulter. »Nicht wenn er wirklich die Krone will.«

»Ich bin stolz auf dich, Bruder«, sagte ich. Und ich meinte es auch so. »Ich werde nie vergessen, was du jetzt für mich tust. Ich werde nie …«

Scotty sagte nichts, er nickte nur.

Ich merkte, dass die Gefühle in mir überhandnehmen wollten, doch ich hatte mich schnell wieder im Griff. Er wusste, dass ich ihn liebte. Und jetzt wusste ich, dass er mich auch liebte. Aber ich hatte noch so viele Fragen. »Warum hast du dich neulich mit den Leuten von Bitter Hill getroffen? Ich habe dich gesehen.«

»Ich habe einen Mann bei ihnen. Der hat mich über Chris' Plan auf dem Laufenden gehalten. Es war von Anfang an eine Falle.« Während wir die Treppe hinuntergingen, fragte er: »Wohin werdet ihr beiden jetzt gehen?«

»Ich weiß es noch nicht.« Ich drückte Heidis Hand. Es war alles wie ein Traum. Der beste Traum, den ich je gehabt hatte, aus dem ich nie wieder aufwachen wollte. »Wir fahren einfach los, biegen links ab … und dann immer weiter.«

»Und dann immer weiter«, echote sie lächelnd.

»Meine Güte, ihr beiden …« Scotty gab einen frustrierten Laut von sich. »Okay, dann los mit euch. Ich regle das hier. Haut ab, bevor euch jemand sieht.«

Ich öffnete Heidi die Tür meines Mustang, und sie glitt hinein. Dann fasste sie den Türgriff und blickte hoch zu Scotty. »Meine Bar … und Marco …«

»Ich weiß, ich habe dich schon länger beobachtet. Ich kümmere mich darum.«

Sie knabberte an ihrer Unterlippe. »Er wurde am Boston College aufgenommen. Heute soll er umziehen.«

»Ich sorge dafür, dass er da ankommt und auch dortbleibt.« Er schaukelte auf den Fersen vor und zurück. Der Wind blies durch sein braunes Haar. »Macht euch keine Sorgen. Ich kümmere mich hier um alles.«

Sie ließ sich gegen die Rückenlehne sinken. »Danke. Für alles.«

»Keine Ursache.«

»Ich komme gleich.« Ich schloss die Tür und wandte mich noch ein letztes Mal an Scotty. »Sorg dafür, dass nichts übrig bleibt.«

Er nickte. »Verlass dich drauf, Mann. Bist du sicher, dass du das willst? Bist du wirklich bereit, alles aufzugeben, was du dir aufgebaut hast, für das du gekämpft hast, für eine Frau?«

Ich warf einen Blick durch das Fenster. Sie beobachtete uns, die Wangen vor Aufregung gerötet, an ihrer Unterlippe knabbernd. »Ich war mir in meinem Leben noch nie so sicher.«

»Dann geh.« Er klopfte mir auf diese männliche Art auf den Rücken, so wie wir es alle taten. »Geh und werde glücklich. Du hast es verdient. Ich passe auf, dass Chris keinen Scheiß baut … sonst werde ich das wohl an deiner Stelle zu Ende bringen müssen.«

Weil ich ihn nicht mit einer halbherzigen Umarmung davonkommen lassen wollte, nahm ich ihn fest in die Arme und gab ihm einen Kuss auf die Schläfe. »Ich … ich liebe dich, Bruder.«

Er drückte mich ebenfalls, mit stärkeren Armen, als ich sie in Erinnerung hatte. »Ich liebe dich auch. Nutz diesen Neuanfang und bau dir ein richtiges Leben auf. Eines, auf das Ma stolz gewesen wäre – denn jetzt gerade wäre sie verdammt stolz auf dich.«

Ich schluckte, ich hatte plötzlich ein Brennen in der Kehle. »Ich hoffe, du hast recht.«

»Oh, hab ich.« Er ließ mich los. »Und jetzt geh.«

»Okay.« Ich öffnete den Kofferraum, warf unsere Taschen hinein und schloss ihn. Während ich Scotty zunickte, prägte ich mir sein Gesicht ein letztes Mal ein. »Tu, was du tun musst, Mann. Aber bleib am Leben.«

Er salutierte. »Verstanden.«

»Wenn du mich je brauchen solltest … na ja, du wirst mich schon finden. Ich bin für dich da.«

Ohne zu antworten, ging er zurück in meine Wohnung. Als ich mich auf dem Fahrersitz niederließ, umklammerte ich fest das Steuer. Das letzte Mal, als wir in diesem Auto gesessen hatten, war ich mir so sicher gewesen, dass wir niemals lebend aus dieser Hölle herauskommen würden, erst recht nicht gemeinsam und verliebt. Ich legte den Rückwärtsgang ein.

Als wir an dem Waschsalon neben ihrer Bar angekommen waren, fuhr ich langsamer. Sie zog ein wenig den Kopf ein und blickte hinaus, die Hand an die kalte Scheibe gelegt, die Schultern nach vorne gezogen. »Auf Wiedersehen, kleine Bar.«

Ich legte meine Hand auf ihren Oberschenkel. »Bist du dir sicher?«

»Ja.« Sie legte ihre Hand auf meine. »Ich bin mir sicher. Wo geht's jetzt hin?«

»Was hältst du von Georgia?«

»Georgia?« Sie wandte mir ihr Gesicht zu, mit ihren feuchten, üppigen, pinkfarbenen Lippen, die zum Küssen einluden. »Warum Georgia?«

»Falls sie doch dahinterkommen, dass wir gar nicht tot sind, wird niemand auf dem Land nach zwei Stadtratten suchen.« Ich lächelte. »Außerdem riechst und schmeckst du nach Pfirsichen. Ich finde, das passt dazu.«

Sie verschluckte sich fast beim Lachen. »Tue ich das?«

»Ja.« Ich schob meine Hand weiter ihren Oberschenkel hinauf. »Überall.«

Ihre Wangen röteten sich. »*Lucas*.«

»Ja, Schätzchen?«

»Bieg links ab und fahr weiter … bis wir in Georgia sind.«

»Okay.« Ich legte ihr die Hand in den Nacken und zog sie an mich. Unsere Lippen trafen sich, und wir lächelten uns an, als der Kuss endete. »Es ist noch nicht zu spät. Noch kann ich umkehren.«

»Fahr weiter, Lucky.« Sie lachte leise auf. »Jetzt hast du mich am Hals, ob es dir gefällt oder nicht.«

Ich schloss die Augen, drückte sie an mich und atmete ihren Duft ein, als sei er das reinste Lebenselixier. Ein Duft, den ich von jetzt an immer einatmen durfte. »Oh, es gefällt mir. Sehr sogar.«

Als wir an einer Ampel hielten, setzten wir uns wieder gerade hin. Als sie auf Grün sprang, lächelten wir uns an, und eine helle, sonnige Freude erfüllte das Innere des Wagens. Wären es andere Leute gewesen und nicht wir, hätte ich mich früher über sie lustig gemacht und ihnen geraten, sich ein verdammtes Zimmer zu nehmen – oder noch besser, sich gleich eine Kugel in den Kopf zu jagen oder etwas ähnlich Grobes.

Aber so bog ich links ab und fuhr einfach weiter. Raus aus Steel Row, über die Stadtgrenze hinaus und raus aus Massachusetts. Und irgendwo in den Bergen von Pennsylvania wagte ich endlich daran zu glauben, dass es tatsächlich möglich war.

Zum ersten Mal in meinem Leben …

… glaubte ich an ein Happy End, selbst für einen Bösewicht wie mich.

Epilog

Lucas

Ein Jahr später
Georgia

Ich nahm die Schaufel in die Hand und stieß sie in den steinigen Boden. Obwohl mir der salzige Schweiß, der mir über die Stirn lief, höllisch in den Augen brannte, wurde ich nicht langsamer. Die Sonne brannte auf mich herab, als wollte sie mich bei lebendigem Leib schmoren, doch mir blieben nur noch ein paar Minuten, um fertig zu werden, und ich wollte es nicht vermasseln.

Wenn Heidi früher nach Hause kam und mich erwischte, war mein ganzer Plan für die Katz gewesen. Das wollte ich nicht riskieren.

Ich wischte mir mit dem Arm über die Stirn und musterte den Gegenstand in dem Sack, für den ich das Loch gegraben hatte. Normalerweise gehörte diese Art von Arbeit nicht zu meinen Aufgaben, aber ich war fest entschlossen, sie durchzustehen. Irgendwie wohl auch, um mir etwas zu beweisen. Ich bückte mich und zerrte den Sack in das Loch, um ihn mit Erde zu bedecken. Anschließend trat ich zurück und begutachtete mein Werk. Ein brauner Stamm mit Ästen streckte sich aus dem frisch umgegrabenen Boden und trug schon die ersten grünen Blätter.

Pfirsichbaum … gepflanzt.

Mochte er gut gedeihen.

Mit ein paar Schritten war ich bei dem Gartentisch, den wir gemeinsam gebaut hatten, und nahm mir die Flasche Wasser, um sie bis auf den letzten Tropfen auszutrinken. Die Hitze war unerträglich, dabei war es erst Frühling. Aus Erfahrung wusste ich, dass es von jetzt an nur noch schlimmer werden würde.

Und doch genossen wir beide jede Minute.

Das letzte Jahr hatten wir uns angestrengt, »normal« zu sein, und wie sich herausstellte … war es uns sehr viel besser gelungen, als wir gedacht hatten. Ich besaß eine Autowerkstatt, die gut lief – wenn auch vor allem dank der Tatsache, dass sie die einzige Autowerkstatt in der Stadt war –, und Heidi hatte eine Bar gleich nebenan.

Genau wie in alten Zeiten, nur sehr viel besser.

Sie hatte ihre Bar »Neues Ufer« genannt.

Einmal hatten wir einen Brief von Scotty erhalten. Aus einem anderen Staat und ohne Angaben zum Absender und ohne unsere wirklichen Namen zu nennen, aber ich erkannte seine Handschrift. In dem Umschlag hatte sehr viel Geld gelegen – höchstwahrscheinlich vom Verkauf der Bar –, das war's. Obwohl wir meinen Wagen kurz nach der Grenze zu Massachusetts abgestoßen und unsere Nachnamen geändert hatten, hatte er uns gefunden.

Wie? Keine beschissene Ahnung.

Aber er hatte es geschafft, und wenn jemand unseren Aufenthaltsort herausfand … dann war es mir lieber, dass er es war. Ich vertraute ihm, und Heidi tat das auch. Das reichte mir.

Ich war nie glücklicher gewesen.

»Lucas?«, rief Heidi aus dem Haus.

Ich stellte die Wasserflasche wieder hin. »Hier draußen.«

Die Hintertür öffnete sich, und Heidi trat in unseren umzäunten Garten. »Hey, ich bin ein bisschen früher nach Hause gekommen. Ich dachte, wir könnten ins Kino und …« Dann entdeckte sie die Rosenbüsche – alle zehn –, die ich gepflanzt hatte, und den Pfirsichbaum, und blieb mit offenem Mund wie angewurzelt stehen. »Oh mein Gott. Das ist ja ein richtiger Garten.«

»Wir haben doch immer gesagt, wir wollten ein normales Haus mit einem normalen Garten in einer normalen Stadt.« Ich zeigte auf das Haus. »Alles andere haben wir ja schon, aber der Garten fehlte noch … bis jetzt.«

Sie ging zu dem Baum und berührte seine Blätter. »Was für ein Baum ist das?«

Grinsend stellte ich mich hinter sie. »Rate mal.«

»Ich kenne mich nicht …« Sie drehte sich um und schnappte nach Luft, als sie den Pfirsich in meiner Hand entdeckte. Und auf dem Pfirsich lag etwas hell Glänzendes. Ich lächelte. »Es ist natürlich ein Pfirsichbaum.«

»Na …« Mit bebender Hand bedeckte sie ihren Mund. »*Lucas*.«

»Ich habe die ganze Zeit überlegt, wie ich es machen soll. In einem schicken Restaurant oder auf einer dieser blöden Kusskameras bei einem Baseballspiel. Oder nackt im Bett. Mir fielen eine Million Möglichkeiten ein, aber nichts davon schien das Richtige zu sein.« Ich fiel vor ihr auf ein Knie, den Pfirsich in der Hand … zusammen mit meinem Herzen. »Und dann begriff ich: Es fehlte noch ein Teil des Puzzles.«

Lachend schüttelte sie den Kopf. »Der Garten.«

»Der Garten.« Ich hielt ihr den Pfirsich hin. Sie nahm ihn mit zitternden Händen, den Blick auf den Ring, der darauf lag, gerichtet. »Ich liebe dich, Schatz.«

Ich nahm ihre Hand in meine, um sie zu beruhigen. Meine Hände zitterten nicht, denn ich war nicht nervös oder unsicher. Ich wusste, was ich tat, und ich war zu einhundert Prozent bereit dazu. »Dies ist das Zweitbeste, das ich in meinem ganzen Leben getan habe. Das Beste war, dich zu bitten, mit mir wegzugehen und neu anzufangen.«

Sie nickte eifrig. »Ja.«

»Und ich …« Ich runzelte die Stirn. Moment. »Du kannst nicht antworten, bevor ich dich gefragt habe, Schatz.«

»Du musst mich nicht fragen. Und das weißt du.« Sie fiel vor mir auf die Knie, legte den Pfirsich zwischen uns, umfing mein Gesicht und lächelte mich strahlend an. »Aber wenn du dich dann besser fühlst, dann mach weiter.«

»Ja, ich fühle mich dann besser«, brummte ich. »Ich will es auf die traditionelle Art tun, verdammt.«

Ihre Lippen zuckten. »Dann bitte, aber gern.«

»Danke.« Ich holte Luft. »Heidi Greene, Licht meines Lebens, Liebe meines Herzens …«

Sie lachte. »Trägst du jetzt nicht ein bisschen dick auf?«

»Schatz«, ich lächelte und gab ihr rasch einen Kuss, »du verdirbst mir meinen Heiratsantrag.«

Sie tat so, als zöge sie sich die Lippen mit einem Reißverschluss zu.

»Ich weiß, dass du etwas Besseres als mich verdienst und dass ich kein guter Mensch bin. Auf jeden Fall nicht gut genug für dich.« Sie öffnete den Mund, um zu protestieren, doch ich legte ihr einen Finger auf die Lippen. »Pssst. Ich bin dran. Ich darf sagen, was ich will, und du darfst nicht widersprechen.« Ich hielt inne und wartete, um sicherzugehen, dass sie mich ausreden ließ. Sie blieb stumm. »Aber gerade weil ich weiß, dass du etwas Besseres verdienst, bin ich der beste Mann für dich. Ich werde immer versuchen, mich zu bessern, ein besserer Mensch zu sein, weil du in allem das Beste verdienst.«

»Aber ich habe es ja schon«, flüsterte sie. »Ich weiß, dass du glaubst, dass du nicht gut bist, aber in meinen Augen … bist du es immer gewesen. Du warst immer gut zu mir, hast mir immer gutgetan, und ich liebe diesen Garten.«

Ich grinste so breit, dass ich das Gefühl hatte, mein Mund reiche von einem Ohr zum anderen. »Nun, dann … Heidi Greene, erweist du mir die Ehre, Heidi Donahue zu werden?«

»Ja. Ganz sicher, ja«, sagte sie und küsste mich wieder.

Bevor wir den Ring hier draußen noch vor lauter Küssen vergaßen, löste ich mich von ihren Lippen und hob den Pfirsich auf. »Das war der Ring meiner Mutter. Sie bat mich, ihn für meine eigene Hochzeit aufzuheben. Ich hätte nie gedacht, dass ich einmal Verwendung dafür finden würde … aber andererseits hätte ich auch nie damit gerechnet, jemandem wie dir einmal zu begegnen.«

Sie streckte mir ihre immer noch zitternde Hand hin. »Er ist wunderschön. Genau das Richtige. Ich liebe dich«, brach es aus ihr hervor. »Ich liebe dich so sehr.«

Lachend schob ich ihn ihr auf den Finger und half ihr beim Aufstehen. »Ich liebe dich auch, verdammt«, knurrte ich ihr ins Ohr und drängte sie rückwärts ins Haus. »Und ich werde dir zeigen, wie sehr.«

Sie hielt sich an mir fest, und unsere Lippen verschmolzen miteinander, als seien sie füreinander geschaffen, so wie immer. Seit dem ersten echten Kuss in meiner Küche hatte ich gewusst, dass diese Sache zwischen uns für immer sein würde. Zwar hatte ich das warme Gefühl, das sie in mir auslöste, nicht erkannt, aber tief in meinem Inneren … hatte ich es gewusst. Deswegen hatte ich sie nicht gehen lassen wollen.

Ich gab der Tür hinter uns einen Stoß, hob sie auf den Küchentisch, trat zwischen ihre Schenkel und vertiefte den Kuss. Sie zog mir das Shirt aus der Hose, und kurz darauf lag es auf dem Boden, wo nur einen Augenblick später auch der Rest unserer Kleider landete.

Ich unterbrach den Kuss, blickte tief in ihre blauen Augen und konnte kaum fassen, dass dies jetzt mein Leben war. Ich hatte Glück gehabt, den Jackpot gewonnen. Noch vor nicht allzu langer Zeit war ich überzeugt gewesen, ich würde niemals frei sein. Dass ich niemals dieselbe Freiheit genießen konnte wie alle anderen in Amerika. Aber … ich hatte mich geirrt. Ich hatte diese Freiheit gefunden. In Heidi. Und sie in mir. Das würde ich niemals vergessen oder als selbstverständlich betrachten. »Ich liebe dich, Schatz.«

»Ich liebe dich auch.«

Sie küsste mich wieder, während ihre Hände über meine Brust strichen, immer tiefer, bis sie sich um meinen Schwanz schlossen. Ich zog scharf die Luft zwischen den Zähnen ein und stieß in ihre Hand. Sie ließ dieses rauchige Lachen hören, das so höllisch sexy war, und bewegte die Finger über die Spitze. »Gefällt dir das, Lucky?«

»Ja. Sehr sogar.« Ich küsste mir einen Weg über ihren Körper. Den Hals. Das Schlüsselbein. Die Brust. Dort nahm ich die harte rosafarbene Spitze in den Mund und saugte fest daran, während ich mit den Zähnen darüberfuhr, genau so wie sie es mochte. Nachdem ich sie freigegeben hatte, grinste ich zu ihr hoch und kniete mich hin, sodass mein Kopf genau auf der Höhe ihrer heißen, nassen Mitte war. »Und was ist mit dir? Gefällt dir das, Schatz?«

Sie spreizte die Beine, drückte den Rücken durch und grub die Hände in mein Haar. »Ja. Gott, ja.«

Leise lachend schloss ich den Mund über ihrer Klitoris und bewegte die Zunge in weiten, leichten Kreisen. Als ich begann, sie das dritte Mal kreisen zu lassen, krallte sie sich keuchend in meine Schultern und flehte mich an, schneller zu machen und sie endlich zu nehmen.

Natürlich verlangsamte ich den Rhythmus.

Als sich ihre Hüften an meinen Mund wiegten, konnte ich die Süße ihres heranrollenden Orgasmus schmecken, der schon so nah war, dass ihre Beine zu beiden Seiten meines Kopfes bebten. Ich erhöhte den Druck, um sie abheben zu lassen, und stieß gleichzeitig zwei Finger in sie hinein. Ihr Inneres packte mich, und sie erstarrte, den Mund zu diesem perfekten O geformt, das mich immer wieder in den Wahnsinn trieb.

Knurrend stand ich auf und drang mit einer einzigen Bewegung in sie ein. Kaum war ich bis zur Wurzel in ihr drin, kam sie noch einmal. Ihre Schreie erfüllten die Küche. Ich stieß in sie hinein, wieder und wieder, jedes Mal härter. Als ihre Nägel über meinen Rücken kratzten, zogen sich meine Hoden zusammen. Alles in mir schrie danach, ebenfalls zu kommen, doch ich hielt mich zurück.

Ich wollte mehr von ihr.

Mit einem frustrierten Schrei warf sie den Kopf zurück, legte die Beine um meine Hüften und schlug die Nägel so fest in meine Schultern, dass es wehtat. »Gott, Lucas. Bitte.«

Ich biss ihr in den Hals, hob ihr Gesäß leicht an und vergrub mich in ihr, bis ich die Stelle traf, die sie garantiert mindestens dreimal kommen ließ. Sie schrie, gab ein ersticktes Schluchzen von sich und verkrampfte sich um meinen Schwanz. Stöhnend bedeckte ich ihren Mund mit meinem und bewegte mich weiter in ihr, berührte wieder und wieder dieselbe Stelle.

Als sie sich von ihrem zweiten Orgasmus erholte, war ich verloren. Ich brauchte die Erlösung in ihr so dringend, wie ich Luft oder Wasser zum Leben brauchte.

Ohne sie …

… war ich nichts.

Ich bewegte meine Hüften schneller und ächzte, als der Orgasmus meinen ganzen Körper, meinen Verstand und meine Seele übernahm. Und sie begleitete mich, stieg ein letztes Mal hoch bis über die Wolken, bevor sie wieder hinunter in meine Arme schwebte. Das Gesicht an ihrem Hals vergraben, rang ich nach Atem.

Es war zwecklos. Denn sie war es, die mir den Atem raubte und immer rauben würde.

Und ich wollte es nicht anders haben.

Seufzend legte sie den Kopf an meine Schulter und klopfte leicht mit den Fingern auf meine Brust. Ich beobachtete, wie der Diamantring im Sonnenlicht, das durch die Fenster drang, glitzerte. Sie roch immer noch nach Pfirsichen. Als ich tief die Luft einsog und ihr süßer Duft mich einhüllte, breitete sich wieder diese vertraute Wärme in mir aus. Doch jetzt wusste ich, was es war.

Liebe.

Mein Dank gilt …

… an erster Stelle meinem Mann Greg, weil er immer für mich da ist. Du hast nie daran gezweifelt, dass ich mein Ziel erreichen oder in der Welt der Autoren Erfolg haben kann, und dein unerschütterlicher Glaube an mich bedeutet mir alles.

Und meinen Kindern – Kaitlyn, Hunter, Gabriel und Ameline. Sobald ihr alt genug seid, dies zu lesen (falls ihr es *je* lest), sollt ihr wissen, dass ich jedes Buch nur geschrieben, über jedem Wort nur gegrübelt habe, um die beste Mom zu werden, die ich sein konnte. Ich hoffe, es ist mir gelungen!

Meiner Familie – Mom, Dad, Tina, Cynthia, MeeMaw, PeePaw, Carole, Greg, Danny, Riley, Connor, Erick und Ashley. Ihr seid alle wunderbar! Danke, dass ihr euch immer für meine Arbeit interessiert und euch erkundigt, woran ich gerade schreibe.

Meinen Freunden – Liz, Jay, Cora, Jen, Chelsea, Tiffany, Megan und noch so vielen mehr, dass zwanzig Seiten nötig wären, um all ihre Namen aufzuschreiben … aber ihr wisst, dass ihr gemeint seid. Danke, dass ihr immer für mich da seid, bei Konferenzen oder im wahren Leben, um miteinander zu lachen, zu reden und sich in den Arm zu nehmen.

Meiner Agentin Luise. Du hast nie aufgehört, daran zu glauben, dass du mich genau dorthin bringen kannst, wo ich sein will. Du hast mir gesagt, du würdest es schaffen, und du hast es geschafft. Hier bin ich, und ich könnte nicht dankbarer sein für alles, was du täglich für mich tust.

Und Kristin. Danke, dass du eine so tolle Lektorin und Sparringspartnerin bist. Auch ohne deine unermüdliche Hingabe an meine Bücher wäre ich nicht so weit gekommen. Dass du immer da bist, wenn wir dich brauchen, ist wirklich so etwas wie eine Superkraft.

Und Laura Fazio, meiner Lektorin bei NAL Signet. Vielen Dank, dass dir mein Buch und meine Art zu schreiben so gefallen! Es war ein Vergnügen, mit dir zu arbeiten, und ich freue mich schon auf viele weitere Bücher mit dir zusammen! Ich wusste schon bei unserem ersten Treffen, dass wir uns gesucht und gefunden hatten. Danke, dass du ebenso denkst!

Allen bei Penguin, die an diesem Buch mitgearbeitet haben oder mitarbeiten werden. Danke für die tolle Zusammenarbeit. Ihr seid super!

Und zu guter Letzt allen, die das hier lesen: *Danke*. Ihr habt es erst möglich gemacht.

Leseprobe

SOPHIE JACKSON
Dunkle Liebe
Hoffnung

1

Zum ersten Mal dachte Max O'Hare darüber nach, sich das Leben zu nehmen, als man seinen Vater beerdigte. Es war einer dieser tristen Oktobermorgen gewesen, an denen einem der Wind ins Gesicht peitscht und es nicht regnet, sondern in Strömen gießt und selbst den sorglosesten Menschen dazu bringt, sich zu fragen, warum er überhaupt je fröhlich gewesen war.

Max hatte zugesehen, wie man den Sarg seines Vaters in die Erde hinabsenkte, gleich neben Hazel O'Hare, Max' Mutter. Der schöne Grabstein über ihrer letzten Ruhestätte, der mit goldenen Lettern verriet, dass sie bei ihrem Tod durch einen Frontalzusammenstoß auf dem Weg zur zweiten Geburtstagsfeier ihres Sohns erst sechsundzwanzig gewesen war, hatte nun einen Nachbarn bekommen. Im Alter von fünfundvierzig und nach qualvollen achtzehn Monaten hatte Connor O'Hare seinen tapferen Kampf gegen den Bauchspeicheldrüsenkrebs verloren und ließ Max als Waise zurück.

Eine Waise, die sich fragte, was zum Teufel sie mit ihrem Leben anstellen sollte.

Sicher, da war der Familienbetrieb, eine spezialisierte Autowerkstatt, in der Max voller Begeisterung und Heldenverehrung das Mechanikerhandwerk von seinem Vater erlernt hatte … doch als Connor schließlich nicht mehr arbeiten konnte, wurde dieser ganze Scheiß überflüssig. All die heißen Schlitten und brüllenden Motoren – nichts davon war mehr wichtig. Das einzig Wichtige war, wann die nächste Runde Chemo anstand und zu welch absurden Beträgen sich die Arztrechnungen auftürmten.

Nicht dass sich Max' Vater jemals darüber beschwert hätte. Als Max anfing, sich wegen Geld und Terminen zu stressen, hatte er nur gelächelt und gesagt, dass das Leben zu kurz sei, um sich über Kleinigkeiten den Kopf zu zerbrechen. Aber so war Connor O'Hare nun mal gewesen. Vielleicht war er deshalb nie ausgeflippt, wenn Max als Teenager von der Polizei nach Hause gebracht worden war oder als man ihn wegen Drogenbesitz und Autodiebstahl verhaftete. *Du wirst deinen Weg schon finden,* hatte sein Vater mit einem enttäuschten Schulterzucken gesagt, das Max vor Schuldgefühlen mit den Zähnen knirschen ließ, *das sind nur Schlaglöcher in der Straße des Lebens, Sohn.*

Max war sich da nicht so sicher. Er hatte keine Ahnung, warum er immer wieder solchen Mist baute. Aus Langeweile vielleicht? Verdammt, er konnte nicht mal beschissene Familienverhältnisse als Entschuldigung vorschützen. Sein Vater war ein guter Mann, der sein Bestes gab, um seinen Sohn allein großzuziehen. Nein, Max war sein eigener schlimmster Feind. Er wollte so stark sein wie sein Dad, so großmütig und engagiert, aber er versagte jedes verdammte Mal.

Erwartungsgemäß kämpfte Max' Vater wacker gegen seine Krankheit und blieb tapfer bis zum Ende, doch sein Tod war nicht der eines Kriegers. Er war nicht romantisch. Es gab keine geflüsterten liebevollen Worte, keine Lebensweisheiten oder Worte des Bedauerns, da er nicht mehr in der Lage gewesen war zu sprechen – der Krebs hatte schon seine Lunge und seine Kehle angegriffen. Max konnte einfach nur zusehen, wie sein Vater immer mehr von der Krankheit zerstört und dieser robusten Lebendigkeit beraubt wurde, die Max immer gekannt und geschätzt hatte. Alles, was blieb, war die gealterte Hülle eines Mannes, der still im Schlaf hinüberglitt, während Max am Krankenhausbett wachend seine Hand hielt.

Der Kummer hatte Max so fest im Griff, dass er nicht einmal weinen konnte. Seine Augen blieben hartnäckig trocken, so als blockiere die Trauer jeden Teil von ihm, jede Tränendrüse, jede Vene und Arterie.

Natürlich hatte er Freunde. Freunde, die eher wie eine Familie für ihn waren und sich für ihn ein Bein ausreißen würden. *Was immer wir tun können. Ich bin hier, wenn du reden willst.* Herrgott, er schaffte es kaum, morgens aus dem Bett zu kommen, und die erwarteten, dass er redete. Er wusste es zu schätzen, sicher, aber ihre Worte waren nichts als ein bloßes Flüstern in einem Wind, der Max mit der Zeit in eine tiefe Depression trieb. Diese Dunkelheit gipfelte darin, dass er eine Flasche Wodka kippte, ein Dutzend Linien Koks schnupfte und stumpf auf eine Packung Tabletten starrte, die er in den Sachen seines Vaters gefunden hatte.

Es wäre so einfach, hatte er gedacht.

So verdammt einfach.

Und schmerzlos.

Das wollte er mehr als alles andere: eine Existenz ohne Schmerzen.

Doch er hatte es nicht durchgezogen. Feigheit war nichts, auf das Max stolz war, aber wie sein bester Freund Carter ihm erklärt hatte: Er war zwanzig Jahre alt und hatte noch sein ganzes Leben vor sich. Und gelebt hatte er es. Er hatte sich zugedröhnt, Frauen gevögelt, sich auf Dinge eingelassen, die ihn nichts angingen, er wurde zum Dealer, angeschossen, verhaftet, auf Kaution freigelassen … und dann das Ganze wieder von vorne.

Weniger ein Leben als vielmehr ein endloser Kater, unterbrochen von Delirien. Er hielt die Werkstatt mit dem Geld über Wasser, das er durchs Dealen verdiente, bezahlte damit seine Angestellten und feierte von Sonnenuntergang bis Sonnenaufgang. Und während die Monate verstrichen, verebbte der Schmerz, den Max seit dem Tag der Beerdigung gespürt hatte, ganz allmählich. Zurück blieb eine Taubheit, in der er sich ungehemmt suhlte. Er spürte keinen Schmerz. Herrgott, er spürte überhaupt nichts mehr. Und das war gut so.

Er bezweifelte, dass er je wieder etwas spüren würde. Er war sich nicht einmal sicher, ob er das überhaupt wollte.

Bis *sie* in sein Leben stolperte …

Max schaute von dem hochwertigen cremefarbenen Teppich unter seinen Füßen hoch zu dem Mann, der ihm gegenübersaß. Elliot wartete geduldig, dass Max noch etwas sagte, aber Max wusste, dass er fertig war. Er hatte schon mehr gesagt, als er wollte. Er hatte schon lange nicht mehr über seinen Vater gesprochen, und an dieser speziellen Narbe zu kratzen war immer noch so qualvoll wie am Tag der Beerdigung vor acht Jahren.

Er griff nach dem Wasserglas auf dem kleinen Holztisch neben seinem Sessel und trank einen großen Schluck. Die erwartungsvolle Stille war erdrückend und ließ Max unruhig auf seinem Sitz herumrutschen.

»Deinem Schweigen nach nehme ich an, wir sind fertig für heute.« Elliot lächelte und kritzelte rasch etwas auf den Block, der wie immer auf seinen Knien lag.

Max antwortete nicht, sondern atmete tief durch, weil er wusste, dass Elliot ihn vom Haken gelassen hatte. Er hatte schnell erkannt, dass Dr. Elliot Watts ein hartnäckiger alter Bastard war. Ja, er war Therapeut, und dieser Mist war sein Job, doch er war von Anfang an unerbittlich gewesen. Nichtsdestotrotz musste Max zugeben, dass er den Doc mochte, ganz egal, welche dunklen Pfade der Vergangenheit er ihn zu betreten bat.

»Du hast heute wirklich gute Fortschritte gemacht, Max«, fuhr Elliot mit einem kleinen Nicken fort. »Ich weiß, es ist nicht leicht, über deinen Vater zu reden.«

Oh ja, ohne Scheiß.

Kritzel, kritzel. »Also, du bist jetzt seit fünfzehn Tagen hier. Wie kommst du mit den Medikamenten zurecht?«

Max zuckte mit den Schultern. Er hatte eine Unmenge bunter Pillen bekommen, die er jeden Morgen schlucken musste: Antidepressiva, Ritalin, Amantadin. Jede erfüllte eine spezielle Aufgabe und sollte ihm gegen die quälende Verzweiflung, die schlaflosen Nächte und den Suchtdruck helfen. Und das taten sie auch. Größtenteils. Verdammt, Medikamente waren schließlich auch nichts anderes als Drogen.

Es waren nicht die Drogen, die er wollte, die Drogen, von denen er wusste, dass sie seiner Unruhe in den Arsch treten würden, die Drogen, die verhindern würden, dass sein Schwanz nichts als schlaffe Zeitverschwendung war, die Drogen, die den ungeheuren Appetit unterdrücken würden, der ihn an Hüftspeck zulegen ließ, die Drogen, die jedes Mal wie mit dem verdammten Lockruf einer Sirene nach ihm riefen, wenn er nachts versuchte, ein Auge zuzutun.

Aber Medikamente waren auch nichts anderes als Drogen.

Bei jedem halbherzigen Schlag seines Herzens floss das Blut nur träge durch seinen Körper. Es sehnte sich nach dem Feuer einer Line, dem Leben, dem euphorischen Losgelöstsein. Herrgott, er brauchte einen Hit. Nur einen einzigen verdammten Hit.

Elliot setzte sich ein wenig aufrechter, als spüre er den Hunger, der Max praktisch von innen lähmte. »Was machen die Albträume?«

Durchdringende Furcht erfasste Max. Er schluckte und rang nervös die Hände. Sein Unbehagen sprach Bände. Die Albträume waren genau das: albtraumartig und so lebhaft und beängstigend, dass es Max schon beim bloßen Gedanken an Schlaf eiskalt wurde. Sie hatten nur wenige Tage nach seiner Einweisung eingesetzt, wenige Tage nachdem er vom Stoff runter war, und trotz Elliots verordneter Medikation ließen sie nicht nach. Die Ringe unter seinen Augen waren der Beweis dafür.

»Wir können deine Dosis erhöhen, wenn es nötig ist, Max«, sagte Elliot leise. »Du brauchst deinen Schlaf.«

Max seufzte mit einem kaum wahrnehmbaren Nicken. Die Angst vor dem, was ihn erwartete, wenn er schlief, wog schwerer als sein Stolz.

»Okay. Dann werde ich das für dich veranlassen.«

»Danke.« Max' Stimme war leise, doch seine Dankbarkeit unermesslich.

»Möchtest du über die Albträume reden?«

»Nein.« Max rieb sich die Schläfen, hinter denen die grotesken Bilder, die ihn nachts überfielen, hevorzubrechen drohten. Elliots Schweigen brachte ihn dazu, den Kopf zu heben. »So schlimm.«

Max zog die Kapuze seines Sweatshirts tiefer ins Gesicht. Er trug die Kapuze sowohl bei seinen Einzelsitzungen als auch bei den Gruppengesprächen, und merkwürdigerweise schien es Elliot nicht zu stören. Max war sich nicht ganz sicher, warum er es tat, aber es half ihm dabei, die Anspannung ein wenig zu lindern, die er bei dem Gedanken empfand, mit Fremden über Dinge zu reden, die vor Jahren passiert waren. Die Kapuze war ein Kokon, eine Schutzmauer, die ihm seinen Aufenthalt in der Entzugsklinik ein wenig leichter machte.

»Vielleicht könntest du etwas über deine Albträume in das Notizbuch schreiben, das ich dir letzte Woche gegeben habe. Ich weiß, dass es immer noch leer ist.« Elliot lächelte trocken über den spöttischen Blick, den Max ihm daraufhin zuwarf.

In ein Notizbuch schreiben? Nein, danke.

»Na schön.« Elliot beugte sich vor. »Hör mal, du weißt, wo du mich findest, wenn du weiterreden möchtest. Wir sind alle hier, um dir da durchzuhelfen. Du bist nicht allein, okay?«

Max schnaubte innerlich und verkniff es sich, die Augen zu verdrehen. Sicher, er war umgeben von Leuten, denen »nur sein Bestes am Herzen lag«. Sie wollten »ihm helfen, clean zu werden«, »das alles gemeinsam ausdiskutieren«, sichergehen, dass er »sich wohl fühlte«, »entspannt« war – und nicht völlig irre von dem Bedürfnis, aus diesem beschissenen Laden abzuhauen und den nächstbesten Dealer ausfindig zu machen.

Ja, er war von wohlmeinenden Leuten umgeben.

Und noch nie hatte er sich so allein gefühlt.

2

Sieben Jahre zuvor …

Die Party war wie üblich ausgeufert. Es war fast Mitternacht, und Riley Moore trank, flankiert von drei seiner Kumpels, Wodka-Shots von den nackten Brüsten zweier namenloser Mädchen – indem er die Schnapsgläser nur mit den Zähnen aufnahm. Die Jungs feuerten ihn johlend an, wann immer er ein Glas verschüttete und dem Rinnsal auf der herrlichen Haut der Mädchen mit eifriger Zunge folgte.

Max musste darüber lachen, wie begeistert er sie wieder sauber leckte. Er kannte Riley erst seit wenigen Jahren durch gemeinsame Freunde. Nichtsdestotrotz und obwohl er nicht viel über die Vergangenheit des Mannes wusste, hatte er ziemlich schnell gelernt, dass Riley immer strahlender Mittelpunkt jeder wilden Party und ein regelrechtes Tier war, wenn es ums Trinken ging. Er trank praktisch alles, solange es Alkohol war, trotzdem schien er immer bemerkenswert nüchtern zu bleiben, egal, wie viele leere Flaschen um ihn herumstanden. Riley war ein durchgeknallter Irrer, aber er rührte nie irgendwelche anderen Sachen an. Nicht einmal Gras. Jedes Mal lehnte er mit der Begründung ab, dass es ihn einfach nicht interessiere. Max hatte diese Selbstbeherrschung insgeheim immer bewundert.

Nein, Rileys Laster waren Autos und Frauen. Jede Menge Frauen.

Etwas rempelte Max hart gegen den Ellbogen. Als er sich umdrehte, sah er seinen besten Freund Carter, high und betrun-

ken, den Arm um eine süße, sehr spärlich bekleidete Brünette gelegt.

»Mach dich locker, Mann«, sagte Carter mit einem breiten Grinsen. »Komm schon. Das ist eine Party!«

Max nickte und prostete seinem Freund mit der Bierflasche zu. »Keine Sorge.« Er kippte sein Bier hinunter. Die Line, die er vor knapp einer Stunde gezogen hatte, ließ allmählich nach. »Hast du was für mich?«

Carter nickte, kramte in seiner Jeanstasche und zog ein kleines Tütchen hervor. »Nur zu, Kumpel, und dann lass dich volllaufen, flachlegen, irgendwas. Hauptsache, es zaubert dir ein Lächeln in deine hässliche Visage!«

Lachend schaute Max ihm nach, wie er zu einem der Sofas hinübertorkelte, sich mit seiner neuen Freundin darauffallen ließ und anfing, wild mit ihr rumzuknutschen. Aber der Mistkerl hatte recht. Max war fast zweiundzwanzig Jahre alt. Er musste mal ein bisschen die Sau rauslassen, richtig Spaß haben und diese Trauer loswerden, die ihm nach dem Verlust seines Vaters vor eineinhalb Jahren immer noch wie ein Mühlstein um den Hals hing. Er wusste nur nicht, wie er das ohne ein paar Lines und ein Bier anstellen sollte. Ihm war klar, dass seine Art, Party zu machen, ins Gefährliche abzukippen drohte, aber ironischerweise sorgte schon allein dieser Kitzel dafür, dass Max die Nase im Koks und einen Drink in der Hand behielt.

»Hey, du bist ja doch noch gekommen!« Bei dem freudigen Aufschrei eines der halb nackten Wodka-Girls blickte Max von dem Tütchen in seiner Hand hoch. Die dünne Rothaarige krabbelte vom Tisch, zog sich – sehr zur Enttäuschung der Männer in unmittelbarer Umgebung – ihr T-Shirt wieder über und lief quer durchs Apartment zur Tür, die sich geöffnet hatte.

Max sah ihr mit einem kleinen Lächeln hinterher, das ihm sofort aus dem Gesicht fiel, als er das Mädchen sah, das sie be-

grüßte. Herrgott! Sie war … groß und blond. Sehr blond. Und eine natürliche Blondine obendrein. Diese Farbe kam nicht aus der Tube. Wie Honig und Asche. Der blonde Schopf und darunter diese zierlichen Schultern in einem roten, kurzärmeligen Top. Sie trug eine schwarze Jeans, die sich an ihre Beine schmiegte wie eine zweite Haut. Sie war … Himmel, sie war bezaubernd.

»Komm, ich stell dir Riley vor! Wir trinken Body Shots!« Rotschöpfchen wippte auf den Zehenspitzen und schleppte den faszinierenden Neuzugang zurück in Richtung Küche.

Blondies Gesichtsausdruck, mit dem sie sich in dem Chaos umsah, verriet Max, dass sie nicht der Typ Frau war, der sich ausziehen und von irgendwelchen Typen Drinks von den Brüsten lecken lassen würde. Skurrilerweise empfand Max diesen Gedanken als ungewohnt tröstlich. Sie bewegte sich geschmeidig und elegant, und als sie das Zimmer durchquerte, ertappte sich Max dabei, dass er sich den Hals verrenkte, um ihr an den anderen Leuten vorbei hinterherzusehen. Leute, die er vergessen hatte und die ihn einen Scheiß interessierten.

»Riley, das ist meine beste Freundin Lizzie. Lizzie, das ist Riley.« Rotschöpfchen schmiegte sich an Rileys Arm, während Lizzie ihn anlächelte.

Und was für ein Lächeln das war.

Nichts als weiße Zähne, strahlendes Funkeln und verfluchte Regenbögen.

»Hey, Liz«, grinste Riley. »Möchtest du was trinken?«

»Ich heiße Lizzie, und nein, ich trinke nichts, wenn ich fahre«, bemerkte sie.

Max musste über ihre freche Antwort und den überraschten Ausdruck in Rileys Gesicht kichern.

Riley lachte schallend los. »Na, Scheiße, Lizzie, dann lass mich dir wenigstens eine Cola holen.«

Bevor sie antworten konnte, hatte Riley ihr eine Cola eingeschenkt und reichte sie ihr mit einem Augenzwinkern. Das Schmunzeln, das Lizzies Gesicht zierte, war verteufelt sexy. Völlig abgelenkt schob Max das vergessene Tütchen Koks in die Hosentasche und bewegte sich unauffällig näher zu der Stelle, an der sie alle standen.

Wie gebannt beobachtete er Lizzie während der ganzen vierzig Minuten, die sie auf der Party blieb. Sie war charmant und witzig und konnte ebenso gut austeilen wie einstecken, als das Geplänkel richtig losging. Sie schaute sogar ein paarmal flüchtig in Max' Richtung, worauf er ihr leicht lächelnd zunickte. Die rosige Farbe, die ihre Wangen daraufhin annahmen, war bezaubernd.

Normalerweise wäre Max längst an ihrer Seite und hätte sie mit den charmanten, blumigen Sprüchen angegraben, auf die die Weiber seiner Erfahrung nach standen.

Aber irgendetwas hielt ihn zurück. Etwas Unbekanntes und Beängstigendes. Etwas, das ihm sagte, dass diese Lizzie ihm die Eier abreißen würde, falls er versuchte, irgendetwas anderes als ehrlich und echt zu sein.

Also beobachtete er sie nur, und als sie ging, wusste er, dass er sie wiedersehen musste.

Das Gelände der Entzugsklinik war riesig. Sechs Hektar groß, um genau zu sein. Bevor der Schnee hier im mittleren Süden Pennsylvanias zu tief dafür geworden war, war Max auf dem Gelände umhergeschlendert, gelegentlich stehen geblieben, um eine zu rauchen, und wieder weitergeschlendert. Die Stille war ohrenbetäubend und machte ihn zappelig. Er war die Hektik und den Trubel von New York City gewohnt, und die ausgedehnten Felder und frische Luft waren eine drastische Umstellung.

Wenn er nicht gerade eine seiner fünfzehn Sitzungen pro Woche mit Elliot, seinem Suchttherapeuten, hatte oder ziellos umherwanderte, saß er in seinem Zimmer und las oder hörte Musik. Und das war während der Anfangsphase seines Kokainentzugs, die einfach *bombig* war und ihn auf Scheißschneckentempo runterbremste, völlig in Ordnung gewesen. Nach zwei Wochen allerdings fing er an, unruhig zu werden. Elliot hatte ihm versprochen, er könne anfangen, mit einem Personal Trainer Sport zu machen, sobald er gut auf seine Medikamente eingestellt war. Offen gesagt brannte Max darauf, in den Fitnessraum zu gehen, um die Anspannung und den Stress abzureagieren, die ihm die Schultern krümmten. Aber er musste warten. Als Alternative hatte Elliot ihm angeboten, einen Yogakurs mitzumachen.

Was Langsames. Was Leichtes.

Max hatte Elliot ins Gesicht gelacht. Nein, hatte er erklärt. Er war nicht der Yoga-Typ. Stattdessen hatte er sich wieder in sein Zimmer zurückgezogen.

Nicht, dass es ihn störte, in seinem Zimmer zu sein. Und ehrlich gesagt war »Zimmer« hier ein dehnbarer Begriff. Hotelsuite traf die Sache eher. Es war hübsch eingerichtet mit einem großen Bett, bequemen Sesseln, ansprechender Kunst an den Wänden und einem eigenen angrenzenden Badezimmer. Offensichtlich hatte Carter den Laden wegen seiner eher entspannten, heimeligen Atmosphäre ausgewählt, außerdem war die Klinik klein, mit nur maximal siebzehn »Klienten« gleichzeitig, was individuelle Betreuung und Unterstützung rund um die Uhr gewährleistete. Max wusste, dass Carter richtig tief in die Tasche gegriffen hatte, um ihn so kurzfristig hier unterzubringen.

Obwohl das Zwölf-Schritte-Programm der Narcotics Anonymous einen großen Teil von Max' Heilungsprozess darstellte, bot die Einrichtung auch eine ganzheitlichere Therapie an, von der Max überzeugt war, dass sie sicher irgendjemandem nützte. Nur nicht ihm. Er stand nicht auf diesen ganzen Geist-Körper-Seele-Hokuspokus. Er wollte nur so schnell wie möglich clean werden, damit er wieder nach Hause konnte.

Trotzdem musste Max nach fünfzehn Tagen ein wenig widerwillig zugeben, dass der Entzug gar nicht so schlecht war. Natürlich vermisste er seine Freunde und die Bequemlichkeiten von zu Hause wie verrückt, aber es war ein bisschen, wie im Gefängnis zu sein. Nur gemütlicher. Mit besseren Gerüchen, besseren Gardinen und freundlicheren Gesichtern. Sicher, die Sitzungen mit Elliot waren eine scheußliche Pflicht, bei der Max nichts anderes wollte, als sich in Embryostellung zusammenzukrümmen, und die Gruppensitzungen waren sogar noch schlimmer, aber die Jungs, die er in der Gruppe kennengelernt hatte, machten seinen Aufenthalt definitiv interessanter. So viel zum Thema Spinner.

Zum Beispiel Stan. Stan war achtundzwanzig Jahre alt und kokainabhängig. Wie Max hatte er immer wieder die Nase in den Schnee gesteckt, um das Leben und den ganzen Scheiß, der dazugehörte, zu vergessen. Er war ein zäher, eins achtundsechzig kleiner Puertoricaner, der einem Esel ein Ohr abkauen konnte. Und das tat er auch. Regelmäßig. Aber das war Max nur recht. Wenn Stan redete, hieß das, dass Lyle, der Gruppenleiter, und Hud, ein Drogenberater, nicht in Max' Richtung schauten und erwarteten, dass *er* etwas sagte.

Bisher hatten sie zehn Gruppensitzungen gehabt, und Max hatte noch kein einziges Wort gesagt. *Wollte* kein Wort sagen. Wusste nicht, wo zum Teufel er anfangen sollte, um den ganzen Mist in zusammenhängende, flüssige Sätze zu bringen. Herrgott, nüchtern und bei klarem Verstand zu sein führte nur dazu, dass seine zuvor ruhiggestellten Gedanken ihm erbarmungslos das Gehirn zermarterten, und zwar jeden Morgen, sobald er die Augen öffnete. Die dicke Decke aus Koks, mit der er schamlos mehrmals täglich das Chaos in seinem Kopf erstickt hatte, war nur noch eine ferne Erinnerung. Max zog sich einfach die Ersatzdecke – die Kapuze seines Sweatshirts – tiefer ins Gesicht, vergrub sich darunter und versuchte, sich zu entspannen.

Leichter gesagt als getan, wenn Stan endlos über seine Reue lamentierte. Oh, diese Reue!

»Ich schwör's bei Gott, Mann, hält der eigentlich jemals die Klappe?«

Max' Blick glitt hinüber zum Urheber der geflüsterten Beschwerde, Dom Hayes, einer weiteren Koksnase mit einer Vorgeschichte aus Drogendeals, kleinerer Vergehen, Knastaufenthalten wegen irgendwelchen Blödsinns und so weiter. Er war sechsundzwanzig und trotz seiner kriminellen Vergangenheit ein ziemlich patenter Kerl. An einem der ersten Tage hatte er seine Kippen mit Max geteilt, als der kurz davor gewesen war, die Kurve zu kratzen und quer durch den Staat Pennsylvania zurück nach Hause abzuhauen. Seitdem verstanden sie sich. Interessanterweise erinnerte Dom ihn sehr an Carter, was ebenso unerträglich wie tröstlich war.

Herrgott, Max vermisste seinen besten Freund.

Auch wenn Carter ein Arschloch war. Ein Arschloch, das fast zwanzig Jahre lang für Max da gewesen war. Ein Arschloch, das für Max in den Knast gegangen war, als alles den Bach runterging. Ein Arschloch, dem Max eine Knarre unter die Nase gehalten hatte, als er schließlich völlig am Ende gewesen war. Ein Arschloch, das am Ende seiner Geduld den bewusstlosen Max vom Badezimmerfußboden aufgehoben und angefleht und angeschrien hatte, sich endlich zusammenzureißen, auf Entzug zu gehen und clean zu werden. Ein Arschloch, das fast vier

Stunden lang gefahren war, um ihn in die Klinik zu bringen, ohne Fragen alles bezahlt und ihn zum Abschied mit Tränen in den Augen heftig umarmt und ihm gesagt hatte, dass alles wieder in Ordnung kommen würde.

Seufzend schloss Max kurz die Augen, um Stan und die anderen siebzehn Männer im Raum auszublenden. Max wusste, ohne Carter wäre er tot. Er wusste, dass die Autowerkstatt seines Vaters ohne Carters Finanzen und Rileys Business-Knowhow verloren gewesen wäre, zusammen mit dem guten Ruf, den sich sein Dad so verdammt hart aufgebaut hatte. Ohne Carter hätte Max es nie überlebt, Lizzie zu verlieren.

Wie immer, wenn er an sie dachte, durchschnitt stechender Schmerz seinen Bauch, stieg hoch in seine Brust und krallte sich um Herz und Lunge, bis er sich auf seinem Stuhl nach vorne krümmte. Er versuchte, die unerbittliche Qual wegzuatmen, dankbar dafür, dass die Aufmerksamkeit aller immer noch auf Stan gerichtet war.

Aller außer Dom. »Alles okay, Mann?«, murmelte er neben ihm.

Max nickte. Er räusperte sich und versuchte, so zu atmen, wie Elliot es ihm gezeigt hatte. Langsam und ruhig. Tief und gleichmäßig. Ein. Aus. Ein. Aus.

Früher eine so einfache Handlung und nun, ohne sie und ohne weißes Pulver, ein ständiger Kampf.

»Dann erzähl mir mal von deinem Zwischenfall in der Gruppe.«

Max ging allmählich auf, dass Dr. Elliot allwissend war oder so etwas. Ihm entging nicht das Geringste. Der Mistkerl musste in jeder verfluchten Ecke des Centers Kameras installiert haben. Er wusste einfach alles! Entweder das, oder Max' kleiner »Zwischenfall« in der Gruppe war nicht so unbemerkt geblieben, wie er gehofft hatte.

Er zuckte mit den Schultern. »Nicht der Rede wert.«

Gott allein wusste, warum er weiter log. Er fühlte sich dadurch jedenfalls ganz gewiss nicht besser, und ganz gewiss würde es auch nicht dafür sorgen, dass er schneller wieder nach Hause kam. Und war es nicht das, worauf es letztlich ankam? Wieder auf die Beine und dann nach Hause zu kommen?

Kritzel, kritzel. »Max, es wird helfen, darüber zu reden.« Elliot nahm einen Schluck aus seiner allgegenwärtigen Kaffeetasse mit dem Logo der Philadelphia Phillies. Max fragte sich, ob darin Kaffee war oder etwas Stärkeres, wie Cognac. Oder Whiskey. Ein Schluck Jack Daniels wäre jetzt etwas verdammt Feines.

Langsam stieß Max den Atem aus. »Es war dasselbe wie schon mal zuvor«, murmelte er.

Elliots Blick wurde weicher. »Lizzie.«

Beim Klang der beiden Silben wurde Max die Brust unangenehm eng.

»Erzähl es mir«, sagte Elliot leise. »Was immer du kannst. Erzähl es mir.«

Ob es an dem sanft beschwörenden Tonfall von Elliots Stimme lag oder an dem Wunsch, allen zu zeigen, dass er wieder auf die Beine kommen konnte, oder ob es das dringende Bedürfnis war, Carter nicht zu enttäuschen – die Risse in Max' emotionalem Damm begannen langsam, größer zu werden. Er erzählte Elliot von der Party, bei der er *sie* zum ersten Mal gesehen und nicht angesprochen hatte, weil er ein zu großer Schisser gewesen war. Davon, wie Riley und Carter ihn scherzhaft aufgezogen hatten, weil er wochenlang nicht zum Hörer griff und sie anrief, obwohl er sich verzweifelt danach sehnte, sie wiederzusehen. Gott, diese Sehnsucht! Die Sehnsucht, die ihn immer noch fertigmachte. Scheiße, und dann der sanfte Klang ihrer Stimme, als er endlich seinen Mut zusammengekratzt und die

Nummer auf dem zerknitterten Stück Papier gewählt hatte, das er seit Rileys Fete in der Tasche mit sich herumtrug. Ihr erstes Date in einer Bowlinghalle, wo sie ihn mit beinahe fünfzig Punkten Vorsprung weggeputzt und ihm dann erlaubt hatte, sie zu küssen. Der Kuss, ihre Lippen …

… Max konnte kaum atmen. Seine Brust zog sich zusammen, als die Erinnerungen auf ihn einprasselten, heftig und unnachgiebig. Sein Herz hämmerte so stark, dass sich sein Blickfeld verengte und sein Gesicht brannte. Er musste aus diesem verdammten Büro raus, doch sein Gehirn konnte die Signale nicht schnell genug an seine Füße weitergeben. Und da war dieser Schmerz in seiner Brust. Er rieb über die Stelle und versuchte, Elliot zu sagen, dass er glaubte, gerade mit ziemlicher Wahrscheinlichkeit einen Herzanfall zu haben. Aber aus seinem atemlosen Mund kamen keine Worte.

Max hatte nicht gesehen, dass sich Elliot bewegt hatte, doch er war da und kniete an seiner Seite. Ruhig umfasste er seinen Unterarm und beschwor ihn, tief durchzuatmen. Obwohl Max die drängenden Finger seines Psychologen spürte, konnte er nicht antworten. Die Panik schnürte ihm die Kehle zu. Es war beinahe zum Lachen. Da flehte sein Seelenklempner ihn an, zu reden, sich zu öffnen, und das eine Mal, wo Max es wollte, konnte er nicht. Wenn das keine Ironie war. Max sackte in seinem Sessel zusammen. Er nahm Stimmen wahr, war aber nicht fähig zu antworten. Es war beinahe, als befände er sich außerhalb seines Körpers, als schwebe er über dem Ganzen und sähe zu, wie der Tsunami aus Emotionen ihn ertränkte.

Und das war sein letzter Gedanke, bevor ihn der erstickende Schlund gänzlich verschlang: Ich sterbe.